庫

悲しみのイレーヌ

ピエール・ルメートル
橘 明美訳

文藝春秋

パスカリーヌに
そしてわが父に

作家とは
引用文から引用符を取り除き、
加工する者のことである。
ロラン・バルト

目次

悲しみのイレーヌ

主な登場人物

カミーユ・ヴェルーヴェン……………………司法警察　警部　犯罪捜査部班長
イレーヌ・ヴェルーヴェン……………………カミーユの妻
ルイ・マリアーニ………………………………カミーユの部下　富豪一家の息子
アルマン…………………………………………同右　ケチで知られる
ジャン＝クロード・マレヴァル………………同右　浪費家
ジャン・ル・グエン……………………………警視　犯罪捜査部部長　カミーユの上司
コブ………………………………………………捜査チームのメンバー　ITのエキスパート
エリザベス………………………………………同右　腕利きの女性
フェルナン………………………………………同右　酒浸りの中年
メフディ…………………………………………同右　若いアラブ系
ジャン・ベルジュレ……………………………鑑識課長
エドゥアール・クレスト博士…………………心理プロファイラー
フランソワ・コッテ……………………………クルブヴォア事件の現場を扱った不動産業者
エヴリン・ルーヴレ……………………………クルブヴォアで惨殺された娼婦
ジョジアーヌ・ドゥブフ………………………同右
マヌエラ・コンスタンツァ……………………トランブレで惨殺された娼婦
アンリ・ランベール……………………………コンスタンツァのヒモ
フィリップ・ビュイッソン……………………ル・マタン紙の記者
ファビアン・バランジェ………………………大学教授　犯罪小説の専門家
ジェローム・ルザージュ………………………ミステリ通の書店主

第一部

二〇〇三年四月七日月曜日

1

「アリス」

カミーユ・ヴェルーヴェンは目の前の女に呼びかけた。これがカミーユでなければ、なにも考えずに〝若い娘〟の部類に入れるような女だ。

名前で呼んだのは味方だとわからせるためだったが、女は殻に閉じこもっていて、その殻にはほんのわずかなひびも入らなかった。カミーユは視線を落とし、最初に尋問に当たった部下のアルマンの走り書きを見た。《アリス・ヴァンデンボッシュ、二十四歳》――二十四歳のアリス・ヴァンデンボッシュといったら、普通どんな女を想像するだろうか？　カミーユの頭に浮かんだのは、面長《おもなが》で、淡い栗色の髪、物怖じしないまなざしの若い娘だった。だが目を上げれば、そこにはまったく違う人間がいる。女はもはや自分自身ではなくなっていた。ブロンドの髪は根元のほうが黒ずみ、べったりとはりついている。顔には血の気がなく、左頰に大きな紫色の痣《あざ》があり、唇の端にも乾いた血がこびりついている。目は怯《おび》えきり、血走っていて、恐怖以外に人間らしさが残っていない。その恐怖のせいで女はまだ震えていて、それも、雪の日に上着なしで外に出たようなひどい震え方だ。しかも両手でコーヒーカップを握りしめていて、海難事故の生存者のようでもある。これまでの経験からいえば、ここに来た人間は誰でも、たとえ肝が据わっていようとも、カミーユを見たとたんになんらかの反応を示す。だがアリスは違っていた。殻に閉じこもったまま、ただ震えていた。

朝の八時三十分。

カミーユがパリ警視庁の自分のオフィスに着いたのはその少し前だったが、仕事に出てきただけでもう疲れていた。前日の夕食会がお開きになったのが夜中の一時だったのだ。妻のイレーヌの友人の集まりで、カミーユが知らない顔ばかりだった。誰もがテレビの話をし、それも業界の裏話で、面白そうではあったが、向かいに座った女性が驚くほど母に似ていたせいで楽しむどころではなかった。もちろんカミーユは母の幻影を消そうと努力した。だが同じまなざし、同じ口元が目の前にいてはそうもいかない。次から次へと煙草を吸うところまで同じで、カミーユは否応なく三十年前に引き戻された。

それは母がまだアトリエから出ることができた時代、そしてカミーユがまだ母が絵を描くところを見にいっていた時代だった。母は絵の具の染みがついた上っ張りを着て、煙草をくわえ、ぼさぼさの髪でアトリエから出てきたものだ。気の強い女で、タフで、だが内向的で、ややせわしない筆遣いで絵を描く。制作に没頭するあまり、カミーユがそばに行っても気づかないこともあった。カミーユ自身もまだ絵を愛していたあのころ、母のそばで過ごした長く、静かな時間。そのあいだカミーユは母の手の動きから目を離せなかった。一つ一つの動きがすべて、カミーユ自身にかかわる謎を解く鍵だと思えた。

そう、あれは〝前〟のことだ。長く吸いつづけてきた無数の煙草が、とうとう母に牙をむいて襲いかかるよりも〝前〟のこと。だが、同じ煙草が胎児の栄養不良を招いて、カミーユに傷跡を残したのよりずっと〝後〟のことだった。当時のカミーユは百四十五センチの体を精一杯伸ばしながら、自分がなにをもっとも憎んでいるのかわからずにいた。胎児に毒を盛り、トゥールーズ＝ロートレックの冴えない複製を──体のバランスは少しましだが──この世に生み出した母なのか、それとも寡黙で、無力で、ただひたすら母を崇《あが》めていた父なのか、あるいは鏡に映った自分自身の姿なのか。顔つきは十六歳ですでに一人前だったが、身長は別で、百四十五センチで成長が止まっていた。母がアトリエで数多くの作品を生み出し、父が黙々と薬局を切り盛りしていたあいだ、カミーユは人々と同じように年を重ねながら〝背が低いとはどういうことか〟を学んでいった。まずは必死でつま先立ちするのをやめた。人々を下から見上げることに慣れた。棚に無理に手を伸ばしたりせず、最初から椅子を持ってくるようになった。自分の居場所をドールハウスのように整えるようになった。母が描く絵には、画廊に持っていくときカンバスを巻かなければならないほど大きいものもあり、人形サイズの小男には本当の意味で理解することはできなかったが、それでもカミーユは飽きもせずにながめていたものだ。すると母が時折、「カミーユ、こっちへおいで」と言う。そしてスツールに掛けたまま、それ以上なにも言わずにカミーユの髪に手を差し入れる。そんなとき、カミーユは自分が母を愛していることを知り、時には母以外の誰も愛せないだろうと思うことさえあった。

だから昨夜、母に似た女性を見ながら、あれはまだましな時代だったとカミーユは改めて思ったのだ。目の前の女性は派手に笑い、酒にはほとんど手をつけないが、煙草をひっきりなしに吸っていた。そう、あれは癌《がん》がやってくる〝前〟だった。だが〝後《あと》〟になると、母はベッドの脇にひざまずき、頰をベッドカバーにのせて日々を過ごすようになった。その姿勢のときだけ痛みが少し和らぐのだ。皮肉なことに、病が母をひざまずかせたことで、ようやく二人の視線が同じ高さで交差するようになったが、そのときにはもう互いを理解できなくなっていた。この〝後〟の時期に、カミーユはさかんにデッサンした。母のいない母のアトリエで、独りでデッサンしながら長い時間を過ごした。時にはどうにか心を静めて寝室に行ったが、するとそこには父がいて、やはりひざまずいて人生の残りの半分を過ごしていた。母に身を寄せ、母の肩に腕をまわし、黙って母と同じリズムで呼吸している。だからカミーユは独りだったし、デッサンに戻るしかなかった。そしてデッサンしながらひたすら時を過ごし、待った。

カミーユが大学の法学部に進んだころには、母はもう絵筆ほどに軽くなっていた。帰宅するといつも父が苦悩の表情を浮かべ、重い沈黙に包まれていた。そしてその状態が長く続き、カミーユは子供のままの体を丸めて法文と格闘しながら最後の時を待った。

その〝時〟が訪れたのは五月のある日のことだ。父が電話をかけてきたのだが、どこの誰ともわからないような声で「どうやら帰ってきたほうがいい」と言っただけで、カミーユは一瞬戸惑った。だが次の瞬間、これからは独りで生きていくしかない、自分にはもう誰もいないのだと悟った。

それから年を重ね、なんと四十歳になってから、もう誰もいないというのは間違いだとようやくわかった。すでに皺が目立ち、禿げ頭になっていた小男の人生にイレーヌが登場したことによってすべてが変わったのだ。だがそれでもやはり、こうして昔のことを思い出せば心穏やかではいられない。そんなわけで、いや、ついでに言えば野生肉《ジビエ》が胃にもたれたせいもあって、昨夜の会食はひどく応えた。

そして今朝、カミーユがイレーヌに朝食のトレーを運んでやったころ、アリス・ヴァンデンボッシュという二十四歳の女がボンヌ＝ヌーヴェル大通りで地区のパトロール隊に拾われ、カミーユは登庁するなりその取り調べを引き継ぐはめになったというわけだ。

カミーユは椅子からすべり降りると、アリスをそのままにして、パリ警視庁きっての〝しみったれ〟アルマンがいるオフィスに行った。耳の大きいやせた男で、ここではカミーユ同様かなりの古株だ。

「十分したらマルコが見つかったと報告しに来てくれ」カミーユは指示した。「ひどいありさまだと言うんだぞ」

「見つかったって、どこで？」アルマンが面食らって訊いた。

「さあな。適当に考えろ」

カミーユはせかせかと自分のオフィスに戻り、アリスに近づいた。

「さて、振り出しに戻って、じっくり話を聞かせてもらおうか」

カミーユはアリスの正面に立っていたが、二人の視線はほぼ同じ高さだった。アリスはようやく麻痺状態を脱したのか、今初めて気づいたようにこちらを見つめている。おそらくこの世の不条理を痛切に感じているのだろう。なにしろ二時間前にリンチされ、腹部をめった打ちにされて半ば気を失い、ようやく気づいたと思ったら警察にいて、目の前には妙に背の低い男が立っていて、その男が「振り出しに戻ろう」と言っているのだから。カミーユは自分でそう言ったものの、この女には振り出しもなにもないだろうとわかっていた。

デスクに戻って座ると、イレーヌが買ってくれたガラスの鉛筆立てから無意識に一本取り、またアリスのほうに目を上げた。よく見ると顔立ちは悪くない。いや、むしろ美しいほうだ。少し悲しげだがほっそりと整っていて、それが手入れをしないのと夜更かし続きとで部分的に損なわれているだけだ。ピエタ像。古典彫刻のレプリカといったところだろうか。

「いつからサントニーのために働いてる？」

カミーユはメモ帳にアリスの顔をデッサンしながら訊いた。

「彼のためなんかじゃないわ」

「なるほど、二年程度か。サントニーのために働き、サントニーから金をもらってる。そうだな？」

「違うってば」

「だがあんたは、そこに少しは愛があると思ってる。そういうことだな？」

女はこちらを睨みつけたが、カミーユは笑みを返し、またデッサンに集中した。女はそのまま黙っている。カミーユは母がよく口にした言葉を思い出した。「モデルの体内で脈打つのはね、いつでも画家の心臓なのよ」

さらに何本か線を加えると、メモ帳にもう一人のアリスが現れた。実物より若く、痣もないが、同じように悲しげだ。カミーユはまた目を上げ、そろそろ頃合いだと踏んだ。そこで椅子をアリスの前まで引っぱっていって子供のようにその上に飛び乗った。足が床から三十センチ離れた。

「煙草、いい?」アリスが訊いた。

「サントニーはかなりまずい立場にいる」カミーユは煙草のことを無視して言った。「誰もがつかまえようとやっきになっている。それはあんたも知ってるはずだ」と言って頰の痣を指さした。「連中は甘くない。だろ? つまり、警察が先にサントニーを見つけたほうがいいわけだ」

だがアリスは黙ったままカミーユの足元を見ていた。靴が振り子のように揺れるのを見て催眠術にかかったように。

「サントニーを助けられるやつはいないし、いいところ二日だな。それ以上はもたんだろう。あんたも同じで、誰も助けちゃくれない。連中に見つかるのは時間の問題だぞ。で、サントニーはどこにいる?」

だがアリスは、ばかなことをしていると知りながらやめられない子供のように口を引き結んだ。

「そうか、そりゃけっこう。じゃあこのまま出ていけばいい」カミーユは独り言のように言った。「次に会うとき、あんたがごみ箱のなかにいないといいがな」

ちょうどそのときアルマンが入ってきた。

「マルコが見つかったぞ! 班長が言ってたとおり、ひどいありさまだそうだ」

カミーユは驚いたふりをしてみせ、それから訊いた。

「どこで見つかった?」

「家で」

カミーユは思わず顔をしかめた。アルマンのやつ、何も想像力までけちらなくてもいいだろうに。

「そうか。ならお嬢さんのほうは解放してやるか」と言ってカミーユは椅子から飛び降りた。

アリスの顔に恐怖が走った。

「ランブイエよ」とかすれ声が聞こえた。

「ほう？」カミーユは無関心を装った。

「ドラグランジュ大通り十八番」

「十八番」

それだけで女への礼は十分だというように、カミーユはただ繰り返した。そしてアリスがポケットからつぶれた煙草の箱を取り出し、一本火をつけるのを見て言った。

「煙草は体に毒だぞ」

2

カミーユがその住所に一隊送り込めとアルマンに合図したとき、電話が鳴った。

もう一人の部下のルイからだった。

「クルブヴォアでとんでもないことが……」

息を切らせていて、声が続かない。

「どうした」カミーユは即座にペンを構えた。

「今朝匿名の通報があって、それでこちらに来たんですが……それが、なんというか……」

「なんだ、なんでもいいから言ってみろ」カミーユは少々苛立《いらだ》って促した。

「……残酷で」とルイがようやく言葉を吐いた。声が上ずっている。「虐殺です。それもまともじゃありません。わかりますか？」

「いや、それだけじゃわからんよ」

「とにかく……こんなのは見たことがありません」

3

部長のジャン・ル・グエンは電話中だったので、カミーユはオフィスまで出向いた。そしていつものように軽くノックしただけで返事を待たずに入った。長いつき合いなので、カミーユにはそれが許されている。ついでに言えば、上司というより同志なので敬語も使ったことがない。

ル・グエンは巨漢で、二十年前から次から次へとダイエットを試してきたが一グラムも減らない。今ではほぼあきらめの境地に達していて、それが顔にも全身にもなんとなく力尽きたといった印象を与えている。カミーユはル・グエンがそのあいだに少しずつ廃王のような態度を身につけてきたことを知っている。もううんざりだという表情や、周囲に投げる不機嫌な視線がそうだ。今日もカミーユが口を開くやいなや反射的に「今忙しい」と遮った。だがカミーユが差し出した急ぎの報告書に目を通すと、まあ行ってみるかと腰を上げた。

4

ルイが電話で「こんなのは見たことがありません」と言ったのがカミーユの頭に引っかかっていた。ルイは悲観的な性格ではなく、むしろ楽観的すぎていらいらさせられることもあるほどだ。そのルイがああ言うからには、現場で待ち受けているのはまともなものではないだろう。それでもルイのことをいろいろ思い出したせいで、カミーユは車が環状線《ペリフェリック》（パリの環状高速道路）を行くあいだ陰鬱な気分にならずに済んだ。

ルイはブロンドの髪を横で分けているが、前髪の収まりが悪くてしばしば目にかかる。そのたびに頭を軽くひと振りするか、あるいは片手でかき上げるのだが、その動きは無造作ながらも巧みで、特権階級の子供だけが身につけることのできるものだ。だが何年も見ているうちにカミーユはそれがある種のサインになっていることに気づいた。ルイの感情のバロメーターとでも言えばいいだろうか。右手でかき上げたときは、「了解」とか「分別をもちましょう」とか「そうはいきませんね」などと幅があるものの、おおむねルイに自信があり、考えがはっきりしていることを示す。逆に左手のときは当惑、気まずさ、遠慮、恐縮などを示す。ルイを見ていると初聖体拝領のころ（だいたい七、八歳）の姿が目に浮かぶようで、それほどまだ線の細さが残っている。要するにエレガントで、スリムで、デリケートなわけで、まったくもって癪《しゃく》に障るやつなのだ。

　しかもルイは金を持っている。由緒正しい資産家で、身のこなしにも話し方にも、発音や言葉の選び方にもそれが表れている。社会を棚にたとえるなら、いちばん上の《金持ちのぼんぼん》と銘打った棚に並べられた資質のすべてを身につけている。大学では気の向くままさまざまな学問に手を出し（法律、経済、美術史、美学、心理学）、勉学などしょせん遊びだと思いながらも、そのすべてにおいて輝かしい成績を修めた。だが、そこでなにかが起きた。カミーユもよくは知らないが、ある晩、デカルトとピュアモルト・ウイスキー、すなわち理性的直観と極度の酩酊《めいてい》の混合がなんらかの化学反応を起こしたらしい。ルイは自分の特殊な日常がこの先もずっと続くところを想像したのだろう。パリ九区の六部屋もある高級アパルトマンに住み、書棚は美術書で埋め尽くされ、寄木細工の棚にはブランド食器が並び、何軒ものアパルトマンの賃貸料が高級官僚の俸給のように確実に転がり込んできて、休日にはヴィシー（温泉保養地として有名）の母の家でのんびりし、界隈のどのレストランでも得意客としてちやほやされる、そういう暮らしがずっと続くところを。そして突然、なにやら説明のつかない内的反発が生まれた。それは深刻な実存の危機であり、ルイ以外の人間なら「で、おれはここでなにやってんだ？」と表現するような疑念だった。

　これが三十年前だったら、ルイは左翼の革命家になっていたかもしれないとカミーユは思う。だが今日ではイデオロギーなど人生の選択肢になりえない。またルイは宗教的感情を嫌っているので、その延長である奉仕活動に満足することもない。だから自分にできる〝つらい仕事〟を探すしかなかった。そしてある日ふと思いついた。警察。それも犯罪捜査がいいと。そうと決まればあとは前進あるのみ。ルイは自分の可能性を疑ったことなどない。疑いという文字はルイの家系の辞書にないのだ。しかも才能に恵まれているので、現実の壁に行く手を阻まれることもめったになく、難なく試験を突破して刑事の卵になった。彼の決意を支えたものは三つあるだろうとカミーユは思っている。まずはなにかのために尽くしたいという思い（市民への奉仕ということではなく、もっと単純に目的のために全力を尽くすこと）。次いで、このままの人生を送っていたら自己陶酔に陥ってしまうという恐怖。そしておそらくは、自分がそこに生れなかったという理由で、労働階級に対して負っている――とルイが勝手に思い込んでいる――借りを清算したいという思いだ。

試験を通ったルイが踏み込んだ世界は、彼自身が想像していたものとはまったく違っていた。アガサ・クリスティー風の優雅さもなければ、コナン・ドイル風の演繹《えんえき》的推理も通じない世界。そこで目にするのは、いかがわしい店で殴り倒された売春婦であり、バルベス（犯罪多発地区）のごみ回収コンテナのなかで血を抜かれて死んでいる売人であり、ジャンキー同士の刃傷沙汰《にんじょうざた》であり、そこからからくも逃げ出したやつが倒れている悪臭を放つトイレであり、コカインのために身を売る男娼であり、夜中の二時以降はフェラチオに五ユーロ以上払おうとしないその常客といったところだ。当初、カミーユはルイの様子をながめて楽しんでいた。前髪と格闘しつつ、恐怖や驚きに目を丸くしながらも、頭の回転速度を緩めることなく、あくまでも正確に言葉を選んで次から次へと報告書を書くルイ。十三歳の少年が母親の目の前で大鉈《マチエーテ》で切り殺された事件のとき、声がうつろに響く小便臭い吹き抜け階段で少年の死体のそばに立ち、冷静に目撃証言を集めつづけるルイ。夜中の二時にノートルダム＝ド＝ロレット通りの百五十平米もあるアパルトマンに帰っていくルイ。彼が服を着たまま倒れ込むのはベルベットのソファーであり、その上の壁にはパヴェル・スクドラークのエッチングが掛かっていて、左右にはサイン入り初版本が並んだ書棚と亡き父のアメジストのコレクションがあるという、何とも刑事らしからぬ環境だ。

ルイが配属されてきたとき、この小意気で、気取った口調で、いつも泰然としている青年に、カミーユもすぐに好感をもったわけではない。だがほかの刑事たちはもっとあからさまで、金持ちのぼんぼんと日常をともにすることを快く思わず、容赦ない歓迎ぶりを示した。要するに、多くの集団が同僚を自由に選べないことへの腹いせとして練り上げてきた、あらゆる種類の新人いじめの標的にしたのだ。二か月も経たないうちに、ルイは陰湿ないじめをひと通り経験した。しかし愚痴一つこぼさず、ぎこちない微笑みを浮かべてすべてに耐えた。

一方カミーユは、場違いに見えながらも頭の切れるルイに、実は優秀な刑事の素質があることを誰よりも早く見抜いていた。だからこそ、いや、ある種の自然淘汰《とうた》の力を信じていたからかもしれないが、あえて介入しなかった。そしてルイも、イギリス人のように感情を表に出さないとはいえ、そのことに感謝しているのがカミーユにはわかった。ある晩カミーユは庁舎を出たところで、ルイが向かいのビストロに飛び込んで立て続けに強い酒をあおるのを見たことがある。そのとき思い出したのは、『暴力脱獄』でポール・ニューマンが演じた囚人ルークだ。徹底的に打ちのめされ、もうパンチを繰り出すことさえできないのにあきらめず、ふらふらしながら何度も何度も起き上がるシーン。やがて周囲の野次馬はうんざりし、とうとう殴り合いの相手も戦意を無くしてしまう。そしてここでも同じようなことが起きた。ルイの真摯《しんし》な仕事ぶりと、善良とでも呼ぶしかない稀有な資質を前にして、ほかの刑事たちも結局のところ降参するしかなかったのだ。それから年を追うごとに、カミーユとルイは互いの相違点を認め合うようになり、ルイはカミーユにもっとも近い同志になっていったが、もともとカミーユは部下たちから道徳的権威と見なされていたので、誰も驚かなかった。

そんなルイの足跡を振り返ると月日が経つのは早いものだと思う。カミーユももはや古株で、今では部下や同僚を呼び捨てにしたり、「きみ」とか「おまえ」と呼んでいるが、カミーユのことを「カミーユ」と呼ぶ人間はだいぶ減ってきた。時とともにチームのメンバーも入れ替わり、いまだにそう呼ぶのは同じ古株連中だけだ。過半数を占めるようになった若手からは「ヴェルーヴェン警部」ないし「あなた」と呼ばれ、望みもしないのに長老の座を占めてしまったような居心地の悪さを感じることもある。というのも、それが階級に敬意を払ってのことではなく、多くの場合カミーユの背の低さに困惑し、それを取り繕《つくろ》うためにそう呼ぶのだとわかっているからだ。だがルイの場合は理由が異なり、身についた自然な言葉遣いとしてカミーユを「班長」とか「あなた」と呼ぶ。二人は友人になったことはないが、互いを尊敬していて、それこそがどちらにとってもチームワークの保証になっていた。

5

十時少し過ぎにカミーユとアルマン、その後ろから部長のル・グエンがクルブヴォアのフェリックス＝フォール通り十七番地に到着した。パリ北西部の郊外にある再開発地区の一つだ。

地区の中心には廃用になった小工場が昆虫の死骸のようにうずくまっていて、作業場だったに違いない周囲の建物がロフトに改装されつつある。そのうちの四棟はすでに仕上がっていたが、雪景色のなかに南国のバンガローを置いたかのようにちぐはぐな印象だった。四棟とも白のモルタル壁にアルミ枠の窓、屋根にはスライド式サンルーフがついていて、なかはかなり広そうだ。だが場所全体としては廃墟の感が否めず、車も警察車両以外は一台も見当たらない。

二段上がると玄関ポーチだが、そこでルイがこちらに背を向け、片手を壁について前かがみになり、ビニール袋を口に当てていた。カミーユはル・グエンとアルマンを後ろに従えてルイの横をすり抜け、投光器で煌々《こうこう》と照らされた室内に入った。犯罪現場に足を踏み入れるとき、若手は無意識に〝死〟の痕跡を探すが、ベテランは〝生〟の気配がないか探す。だがここではそのどちらも意味をなさないとカミーユは直感した。探すまでもなく、その場所全体を〝死〟が占めていて、それが生者である警察官の目のなかにまで入り込んで戸惑いの色と混ざり合っている。だが、その奇妙な印象についてじっくり考える間もなく、カミーユの目は壁に掛けられた女の首をとらえていた。

たった三歩踏み込んだだけで、悪夢にも出てこないような最悪の光景が広がっていることがわかった。切り落とされた指や、大量の血餅《けっぺい》が目に入り、汚物と血と内臓の臭いがむっと鼻を突く。と同時にカミーユの脳裏にゴヤの「我が子を食らうサトゥルヌス」が浮かび、あの狂った顔、大きく見開かれた目、大きく開いた口が目の前で踊った。狂気だ。究極の狂気。カミーユは今この場にいる警察官のなかではベテラン中のベテランだが、それでも即刻踵《きびす》を返して逃げ出したくなり、無意識に振り向いた。ポーチではルイがあらぬほうを向き、鬱憤《うっぷん》をぶちまけようとする物乞いのようにビニール袋を持った手を突き出していた。

「こりゃいったい」とル・グエンが小声で言いかけたが、その先は言葉にならない。

ルイがそれを聞き、目をこすりながらようやく近づいてきた。

「すみません、まだなにもわかっていません。一歩入って、すぐに出て……そのままずっと外にいたもので」

部屋の中央まで踏み込んでいたアルマンが呆然とした顔でこちらを振り返った。落ち着こうとしているのか、手の汗をしきりにズボンで拭いている。

鑑識課長のベルジュレがル・グエンに報告に来た。

「二班は必要です。時間がかかりますよ」そして肝の据わったベルジュレにしてはめずらしくこうつけ加えた。「尋常じゃありませんね、これは」

言うまでもなく、尋常どころではない。

「よし、あとは任せたぞ」

そう言ったル・グエンの横をすり抜けて、来たばかりだった部下のマレヴァルが早くも口を両手で押えて飛び出していった。

カミーユはどうにか息を吸い、残りのメンバーに仕事にかかれと合図した。

それが起きる前のこの家の様子を想像するのは難しかった。なにしろそれの結果がそこらじゅうに散らばり、どこに目をやればいいのかもわからない。右手の床には腹を裂かれた胴体があり、肋骨が折れて乳房を貫いている。無数の傷があるようだが、排泄物にまみれているので細部はわからず、確かなのは女性だということだけだ。左方には頭が（これも女性）転がっていて、目が焼かれている。あんぐり開いた口からは気管や血管がはみ出ていて、喉に手を突っ込んでつかみ出したとしか思えない。正面にはその頭が属していたと思われる――いや壁の頭のほうかもしれないが――もう一つの胴体があり、切り傷に沿って皮膚が一部剝がされている。下腹部に深い穴が開いていて、こちらは酸を使ったものと思われる。最初に目に入ったあの壁の頭は、よく見ると両頰に釘が打ち込まれていた。カミーユはひととおりながめてから手帳を取り出したが、すぐまたポケットにしまった。状況があまりにも異常なので、どんな捜査手法も役に立たず、なにをやっても失敗するような気がしたのだ。これほどの残忍性を前にすると、戦略もなにもあったものではない。しかしながら、カミーユがここにいるのは戦略のためだ。そう、言葉を失うほどの惨状と向き合っているのは、捜査の指揮をとるためだ。

壁には頭が打ちつけられているだけではなく、巨大な血文字で《わたしは戻った》と書かれていた。被害者の血が固まる前に急いで書いたのだろうが、かなり大量に使われていて、血が長く糸を引いて垂れている。文字は数本の指を使って書いたと思われ、線がくっついたり離れたりしているので目がかすんでいるような錯覚に陥る。カミーユは胴体の一つをまたいで壁に近づいた。よく見ると血文字の最後に指紋がある。指を一本だけ壁に押しつけた跡で、細部まではっきりしているし、指の左右までしっかり押し当てられている。昔は身分証に指紋を押す必要があり、指を出すと担当官が黄ばんだ厚紙の上に押しつけ、あらゆる方向に傾けたが、あれと同じように丁寧に押しつけられた指紋だ。

壁の一部には血しぶきがかかり、天井まで届いている。

カミーユは何分もかけてようやく息を整えた。だが目に入るものすべてが思考を攪乱《かくらん》するので、このままここにいるかぎり冷静な判断などできないような気がした。

現場ではすでに十人ほどが鑑識作業に入っていた。犯罪現場という特殊な場所には、手術室と同じように、くつろぎに近い雰囲気が漂うことがままある。あえて冗談を飛ばす連中がいるからだが、カミーユはそれを嫌っている。なかには悲惨な現場など慣れっこだといわんばかりに、もっぱら卑猥なギャグで周囲をうんざりさせる鑑識官もいる。とはいえ、そういうことは男が多数を占める職場にはありがちなことだし、現実から悲劇の仮面を剝ぎ取る癖がついている鑑識官の目には、たとえ死体であっても女性は女性なのだから仕方がない。彼らに言わせれば、自殺した女の顔がむくんで紫色になっていようとも、それは「いかした女」なのだ。だが今日の現場はまったく違っていた。今ここを支配している空気はいつもの冗談さえ受けつけないもので、かといって悼《いた》みでもないし、同情でもない。それは百戦錬磨のベテランでさえたじろぐような、有無を言わせぬ重苦しさだ。そもそも壁に釘づけにされた頭が胴体を見下ろしているという状況で、いったいどんな軽口がたたけるだろう？　だから誰もが口を閉じ、ただ黙々と手を動かしている。どこか宗教がかった静寂のなかで、寸法や距離を測り、遺留物品を採取し、投光器の角度を調整しては写真を撮っている。場数を踏んだアルマンでさえ死人のように青ざめ、うっかり動くとこの場にとりついた狂気が目覚めるとでも思っているのか、鑑識が張ったテープをまたぐのさえ慎重になり、儀式のようにゆっくり動いている。マレヴァルはというと、先ほどまでのルイと同じくビニール袋が手放せなくなっていて、二度ほど室内に戻ろうとしたものの、そのたびに排泄物と解体された肉の臭いに顔をゆがめ、即座に向きを変えて出ていった。

そのロフトはかなり広かった。惨劇の跡が生々しいにもかかわらず、インテリアに趣向が凝らされているのがわかる。いかにもロフトらしく、玄関を入るともうそこが白壁の広々したリビングになっている。右手の壁には巨大な写真プリントが掛かっていて、全体をながめるにはかなり距離をとらなければならない。カミーユは玄関口まで下がってみて、どこかで見たような図柄だと思った。

なんだったろうと考えながら戸口にもたれたところへ、ルイの声がした。

「ヒトゲノムですね」

そうだ、ヒトゲノムマップの複製だ。アーティストが手を加え、墨と木炭で明暗を強調したものだろう。

カミーユは大きなはめ殺しの窓まで行ってカーテンを少し開け、外をながめた。植えたばかりでまだ目隠しの役を果たしていない木立を通して、遠くの郊外住宅地が見えている。気を取り直して振り向くと、別の壁には細長い帯状の人工牛革の飾りパネルが掛けられ、白黒のまだら模様が目を引いた。その下には黒革のソファーが置かれているが、大きさが尋常ではない。ひょっとしたら壁の寸法に合わせてあつらえさせたのかもしれないが、まあ正直なところなにがなにやらわからない。なにしろここはまるで別世界で、壁には巨大なヒトゲノムマップが掛かっていて、しかも誰かが女性たちの内臓を抜いてばらばらにした場所なのだから……。ソファーの前の床にはGQマガジンが一冊放り投げてある。右手にはそれなりに在庫の揃ったバーカウンター、左手には電話が載ったローテーブルがあり、さらにその脇の曇りガラスのコンソールテーブルには大画面の薄型テレビが置かれている。

アルマンがひざまずいてそのテレビを調べていた。カミーユは身長のせいでひざまずく必要もなく、立ったままアルマンの肩をたたき、ビデオカセットを指さした。

「そいつを再生してみろ」

カセットはきっちり巻き戻されていた。再生が始まると、犬が映し出された。野球帽をかぶったシェパードで、前脚でオレンジを押さえて器用に皮をむきながら房にかぶりついている。いかにも素人が撮ったような平凡で雑なカメラワークで、よくあるビデオ投稿番組ではないかと思ってよく見ると、案の定、右下に《USギャグ》のロゴがあり、小さいカメラのキャラクターが笑っていた。

「そのまま続けてくれ。ひょっとするとなにか出てくるかもしれん」

カミーユはビデオをアルマンに任せ、電話を調べはじめた。留守電機能がついている。メッセージの前に流れる音楽にも流行があるらしく、数年前にはパッヘルベルの「カノン」だったが、これは……ヴィヴァルディの「四季」の春だったか？

「秋ですね」とルイがつぶやいた。

ルイはそのまま下を向いてじっと耳を傾けている。ふいにメッセージが流れた。「こんばんは（男の声、インテリ風、正確な発音、おそらく四十代、だが締めつけられたような妙な声）。申し訳ありませんが、今ロンドンにおります（書いたものを読んでいるようだ。やや甲高い、鼻にかかった声）。ピーという音のあとにメッセージを残していただければ（やはり高い声、しかも気取ったような……ゲイだろうか？）、戻り次第こちらからご連絡差し上げます。ではまた」

「ボイスチェンジャーを使ってるな」カミーユはそう言ってベッドルームに向かった。

ベッドルームの奥の壁は全面鏡張りのクローゼットになっていた。そしてベッドは、やはり血と排泄物にまみれていた。血に染まった上掛けシーツが引きはがされ、丸められている。ベッドの足のほうにコロナビールの空瓶が転がっていて、ヘッドボードの上には大型のポータブルCDプレーヤーがあり、その横に切り落とされた指が花びらのように並べられている。覆面バンドのトラヴェリング・ウィルベリーズのCDケースも置かれているが、中身はなく、かかとで踏みつぶしたように割れている。ベッドは日本式で低く、かなり硬そうだ。その上の壁にはシルクスクリーン・プリントが掛かっていて、そこに飛び散った血がかえって絵に趣を添えている。衣類は見当たらず、おかしな具合に絡み合った数本のサスペンダーが残されているだけだ。クローゼットが少し開いたままになっていたので、なかをちらりとのぞいたが、そこにはスーツケースしかなかった。

「スーツケースのなかをもう見たか？」カミーユは近くで作業していた男に訊いた。「まだです」と素っ気ない答えが返ってきた。どうやら邪魔したようだ。

ベッドの近くにブックマッチが落ちていたのでかがみ込んでよく見ると、黒地に赤のイタリックで《パリオズ》とあった。

「この店に心当たりは?」とルイに訊いた。

「ありません」

ルイが知らないならマレヴァルに訊こうと玄関に向かって声をかけたが、玄関のドア枠からおずおずと出た顔が引きつっているのを見て、あとでいいと手を振った。

バスルームは一方の壁だけダルメシアン柄の壁紙で、あとは白で統一されていた。洗面台にはなにかを洗った痕跡があるが、犯人が手を洗ったのだろうか?


カミーユはルイとアルマンを連れていったん外に出ると、まだ気分が悪そうなマレヴァルにロフトの所有者を探しにいかせた。ルイはすぐに細葉巻《シガリロ》を取り出した。カミーユと一緒のとき、ルイはオフィスでも車内でもレストランでも、要するにほとんどの場所で喫煙を控えているが、戸外に出たときだけは別なのだ。

三人は黙ったまま並んで立ち、開発中の宅地をぼんやりながめた。背筋が凍るようなあの室内の光景に比べると、この辺りの陰鬱なながめでさえどこか心安らぐもの、人間的なものに見えてくる。

「アルマン、近隣の聞き込みから始めてくれ」カミーユが沈黙を破った。「マレヴァルが戻ったら応援にやる。言うまでもないが、事件の詳細は漏らすなよ。厄介なのは現場だけでたくさんだからな」

アルマンはうなずいたが、その目はルイの葉巻の箱を狙っていた。そしてさっそくこの日の最初の一本をねだりはじめたところへ、ベルジュレが出てきた。

「まだかなりかかりそうだ」

それだけ言ってなかに戻ろうとする。ジャン・ベルジュレは以前軍にいたので、何事にも無駄がない。

「ジャン！」カミーユはその背中に声をかけた。

やや丸みを帯びた整った顔が振り向いた。この世の不条理を突きつけられてもふんばれる男の顔だ。

「最優先で頼む」カミーユは言った。「二日で」

「ああ、やってみる」と言ってベルジュレは戻っていった。

その後ろ姿を見送ってから、カミーユはルイのほうを見て肩をすくめた。

「言ってみるもんだな」

6

フェリックス＝フォール通りのロフトを改装したのは、不動産開発を専門とするSOGEFI社だった。

十一時三十分、パリ十区のヴァルミー河岸。その社屋は運河を見下ろす立派な建物で、なかに入ると床材は大理石だらけ、壁面はガラスだらけ、受付嬢もとびきりゴージャスだった。警察の身分証を提示すると受付嬢は一瞬たじろいだが、すぐエレベーターに案内してくれた。エレベーターを降りるとまた大理石の床で（ただし濃淡が反転している）、両開きの扉の先にだだっ広いオフィスがあり、そこでコッテというグロテスクな顔の社長が胸を張って「おかけください」と迎えた。「なにをお尋ねでしょう？　残念ながらあまり時間がありませんが」

こいつの正体は〝トランプの城〟だなとカミーユは思った。つまりちょっとしたことでぐらつくタイプだ。体格はいいが、借りてきた体に住みついたような危うさがある。服装も妻が買い揃えたに違いなく、その妻はどうやら夫がどういう人間かシビアに見抜いている。つまり、居丈高な社長（ライトグレーのスーツ）で、独断型（ブルーのピンストライプシャツ）であり、常に多忙を装っている（イタリア製の先の尖った靴）が、実のところは虚勢を張る中間管理職のようなもので（派手なネクタイ）、しかもけっこう品がない（金の印台指輪と揃いのカフスボタン）。

妻だけではなく、カミーユに対してもコッテはすでに正体を露呈していた。二人がオフィスに入ったとき、こちらを見て驚いたように眉を上げ、次の瞬間眉を戻し、なにも見なかったふりをしたからだ。低身長に対するあらゆる反応を見てきたカミーユにとって、それは最悪の部類に属するものだった。コッテは人生を〝重要なビジネス〟ととらえているのかもしれない。あらゆる物事をたやすい案件とか、厄介な案件とか、チャンスにつながる案件といった具合に分類して処理しているのではないだろうか。だからカミーユを見たとき、この状況がどの分類にも属さないと見てとって動揺したのだろう。

相手がこういう反応を示した場合、カミーユはルイに場を譲ることが多い。ルイは辛抱強いし、相手に状況をのみ込ませるのがうまいからだ。

「こちらの会社が所有する物件が、誰に、どのような条件で貸し出されたのかを知りたいのですが。もちろん急を要します」とルイが切りだした。

「なるほど。で、どの物件でしょう？」

「クルブヴォアのフェリックス＝フォール通り十七番地です」

「え……」とコッテは青ざめた。

それきりなにも言わない。度を失い、口をぱくぱく動かしながらデスクマットを見つめている。

「コッテさん」とルイが穏やかかつ慎重な、とっておきの声色で対応した。「あなたにとっても、会社にとっても、すべてをお話しくださるのがいちばんだと思います。どうか落ち着いて、全部聞かせてください。焦《あせ》らずに」

「ええ、ええもちろんです」コッテはようやくそう言うと、すがるような目で二人を見た。「あれはその……なんといいますか……普段ならまずお引き受けしないような取り引きで……おわかりですよね」

「いいえ、わかりませんが」ルイは冷静に応じた。

「問い合わせがあったのは先月で、お客様が――」

「客とは？」カミーユが口をはさんだ。

コッテは反射的にカミーユのほうを見たが、その視線はすぐに助けを、あるいは慰めを求めて窓のほうに流れた。

「エナル。エナル様です。名前はジャンだったと……」

「確かですか？」

「ええ、ジャン・エナル様です。クルブヴォアのロフトに興味をおもちでした。正直なところ……」コッテはようやく最初の横柄な態度を取り戻して一気に話しはじめた。「あの工場跡地の開発計画はあまりうまくいっていません。わが社としては思い切った投資をし、これまでに四棟の改装工事を終えましたが、結果は芳《かんば》しくなく……もちろん深刻な状況ではありませんが、それでも……」

まわりくどいのでカミーユはじれた。

「何軒売れたんです？」

「一軒も」

そう答えると、その言葉が自分にとっての死刑宣告だったかのように、コッテはカミーユを見つめた。どうやらクルブヴォアの開発投資に失敗し、コッテとその会社が崖っぷちに立たされているのは間違いないようだ。

「どうぞ」とルイが促した。「続けてください」

「その方はロフトを買うのではなく、三か月だけ借りたいというご希望でした。なんでも映画制作会社の代理だとか。もちろんお断りしましたよ。そもそも賃貸業は弊社の事業の範疇《はんちゅう》ではありません。投資回収にリスクがある上に、短期間でかなり費用が発生しますからね。そもそもわたしどもは開発を手掛ける会社であって、不動産屋じゃありません」

ばかにしたように言いきった口調が、実質的にその不動産屋にならざるをえなかった状況の苦しさを雄弁に物語っている。

「そうですね」ルイがそっと合いの手を入れた。

「しかし〝現実〟という法には従わざるをえないわけでして」とコッテは言いまわしに工夫してインテリを気取った。「しかも、そのお客様は……」

「現金払いだったんですね？」ルイが言った。

「ええ、現金で、しかも……」

「高くてもいいと言った」カミーユがつないだ。

「相場の三倍でした」

「どんな人です？」

「わかりません。電話で話しただけですから」

「声は？」ルイが訊いた。

「澄んだ声でした」

「それで？」

「下見のためにロフトに人をやりたいとおっしゃいました。写真を撮らせたいと。それで日時を決めて、わたしが鍵を開けにいきました。あのときにおかしいと気づくべきでしたが……」

「なににですか？」ルイが訊いた。

「やってきたカメラマンが、なんというか、それほどのプロには見えなかったんですよ。ポラロイドらしきものを持ってきていて、一枚撮るごとに写真を丁寧に床に並べていくんです。ごちゃごちゃになるのを恐れているようでした。しかもなにかが書かれた紙を見ながら撮っていて、自分でもよくわからない指示に従っているといったふうでした。それでそのとき思ったんです。この人がカメラマンだと言うなら、まだわたしのほうが……」

「不動産屋らしい？」カミーユがずけずけと言った。

「まあ、そうおっしゃりたいなら」コッテはカミーユを睨みつけた。

「それで」とルイがあわてて割って入った。「そのカメラマンがどんな人だったか覚えていますか？」

「いいえ、大したことは。わたしは早々に引き揚げましたから。こちらはなにもすることがないし、がらんどうのロフトでただその人が写真を撮るのを見て二時間も過ごすなんて。ですからその人のために鍵を開け、少し撮影の様子を見てから帰りました。終わったらその人が鍵をかけ、郵便受けに入れておくということにしたんです。スペアキーでしたから、急ぐ必要もなかったので」

「どんな人だったんです？」

「まあ普通の」

「というのは？」ルイは粘った。

「だから、普通と言ったら普通ですよ！」コッテの声が上ずった。「どう言えっていうんです？　中肉中背で、若くもなく年寄りでもなく、普通なんです！」

そこでコッテが急に押し黙ったので、三人揃ってこの世の〝絶望的凡庸さ〟に思いを馳せるような雰囲気になった。

「しかし」とカミーユが話を戻した。「そのカメラマンがあまりプロらしくなかったことが、あなたにとってはもう一つの保証になった、違いますか？」

「ええ、まあそういうことです。すべて前払いで、契約なし、素人カメラマン、つまりこれは、要するに……その手の映画の撮影だろうと思い、借主とのあいだに問題が生じることもないと思いまして」

最初に腰を上げたのはカミーユで、コッテは二人をエレベーターまで見送った。

「改めて供述をとらせていただくことになります。おわかりですね？」ルイが子供にでも言うように説明した。「それから、裁判所に召喚されることもありえます。ですから……」

そこからカミーユが引き継いだ。

「ですからなにも手を触れないでいただきたい。帳簿はもちろん、なんであろうといじらないでください。税務上の問題はあとであなたが自分で解決すればいい。とにかく今は殺人事件が先決です。あなたにとっても、それが最優先だということです」

コッテは虚ろなまなざしで二人を見た。どういう結末になるか推し量ろうとしながらも、すでに最悪の予感がして途方に暮れているようだ。こうなると、派手なネクタイも死刑囚が蝶ネクタイをつけたように浮いて見える。

「あのロフトの写真や見取り図もここにありますね？」カミーユが訊いた。

「それなら紹介用の立派なパンフレットがございまして」とコッテは思わずにっこり笑ってセールストークに入りかけたが、それが場違いなことにすぐ気づいて当惑顔に戻った。

「ではここに早急に届けてください」カミーユは名刺を差し出した。

コッテは熱いものにでも触れるように、そっと指先で受けとった。

7

二班いても、やはり鑑識チームはこの日の大半を現場で過ごすはめになりそうだった。車、バイク、バンが慌しく行き来し、そこからばれたのか、昼前にはもう最初の野次馬が集まってきた。それにしても、こんなところまでわざわざやってくる人がいるとは驚きだ。今朝は人の気配すらなかったのにと思うと、なにやらB級ホラーでゾンビが出てくる場面を思い出す。しかもまずいことに、半時間後には報道関係者もやってきた。もちろん現場は見せないし、なんの発表もしないという方針だったが、そうこうしているうちに事件のニュースがちらほらと流れはじめ、午後二時にはもう、このまま勝手に報道させるよりなんらかの発表をしたほうがいいという状況になった。カミーユは携帯でル・グエンに状況を伝えた。

「こっちでもちょっとした騒ぎになってる」とル・グエンが嘆息した。

電話を切ると、カミーユは最小限のことしか言うまいと決意し、ロフトの外に出た。

思ったほどの大人数ではなかった。数十人の野次馬と、十人弱の記者、それも一見したところ大物はおらず、フリーの連中と下っ端の追っかけ記者だけのようだ。これならなんとかごまかして貴重な数日を稼げるかもしれない。

カミーユ・ヴェルーヴェンは記者連中のあいだではちょっとした有名人だが、それには二つの理由がある。手腕と身長だ。手腕が評価されると同時に、百四十五センチという身長がそれをある種の名声にまで押し上げた。人だかりのなかでは姿が埋もれてしまうので、ヴェルーヴェン警部をカメラに収めるのは難しい。それでも記者たちはこの無愛想な小男にインタビューしようと詰めかける。口数は少ないが、はっきり物を言う男だと思っているからだ。

カミーユも、確かにある種の状況では、低身長で得をすることがあると思っている。損をすることのほうがはるかに多いので慰めにはならないが、それでもまあ、ひと目見ただけで覚えてもらえるところは利点と言えなくもない。とはいえそれも痛し痒《かゆ》しで、カミーユはすでに何度もテレビ出演の依頼を断ってきた。自分が呼ばれるのは「見事にハンディキャップを克服した感動秘話」を期待してのことだとわかっているからだ。番組関係者が勝手に想像をふくらませ、冒頭にカミーユの運転シーンを入れようなどと考えているのは明らかだった。ペダル操作が手元でできて、しかも屋根にちゃんと回転灯がついているパトカーというのが絵になると思っているらしい。カミーユはそんな取材はごめんだったし、それはなにも運転嫌いのせいだけではない。もちろん警察上層部もカミーユが出演を断るたびに胸をなでおろしている。

だが一度、本当に一度だけ、断り損ねたことがある。あれは陰気な嵐の日だった。しかもいらついていた。もしかしたらメトロで長距離移動を強いられ、乗客のぎょっとした顔や気まずい視線に必要以上にさらされた日だったかもしれないが、とにかくその日、フランス3（テレビ局）から出演依頼があった。視聴者の関心に応える番組ですから是非お願いしますというお決まりの説得のあと、依頼者はそれとなく、あなたにとっても決して損にはなりませんよとほのめかした。この世に有名になりたくない人間などいないと思っているのだろう。ついでに言えば、その日カミーユはバスタブで転んで顔を打ちつけていた。要するに災難続きだったので、カミーユは半ばやけっぱちで出演を引き受けてしまい、上層部もしぶしぶ了承の意向を示した。

そして当日、本当に出たいわけでもないのに引き受けてしまったことで、カミーユはかなり落ち込んでテレビ局に着いた。しかもスタジオは上のほうの階にあったからエレベーターに乗らなければならず、高いところのボタンをどう押そうかと戸惑ったが、幸いなことに、ファイルだのテープだのを抱えて一緒に乗り込んだ女性が「何階まで行かれます?」と訊いてくれた。カミーユがあきらめきった顔で手の届かない十六階のボタンを示すと、その女性はキュートに微笑んだ。そしてボタンを押そうとしてくれたのだが、そのせいで抱えていたものを落としてしまった。結局十六階に着いたとき、二人は揃ってしゃがみ込み、散らばった書類だの転がったテープだのを拾い集めていた。

「わたしが壁紙を貼るときも同じですよ」とカミーユは言った。「すぐ手に負えなくなってしまって」

その女性は笑った。明るい笑いだった。

それがイレーヌとの出会いで、二人は半年後に結婚した。

8

記者たちはじれていた。

カミーユは手短に言った。

「被害者は二人です」

「身元は？」

「わかりません。若い女性です」

「何歳です？」

「二十五歳前後でしょう。今はそれしか言えません」

「遺体はいつ運び出されるんですか？」カメラマンの一人が訊いた。

「もう少しあとで。技術的な問題で少し遅れています」

そこで一瞬質問が途切れた。一気に締めくくるチャンスだ。

「まだ大したことは言えませんが、正直なところそれほど特殊な事件ではありません。手がかりが少ない、それだけです。明日の夕刻にはなんらかの発表ができるでしょう。それまでは鑑識に仕事をしてもらうのが先決です」

「じゃなにを書けばいいんです？」と酒に酔ったような目つきの若者が訊いた。

「まず被害者が二人の女性だということ。身元はまだわかりません。それから殺害されたということ。一日か二日前でしょう。しかし誰が、どうやって、なぜ犯行に及んだのかはまだわかっていません」

「それだけ？」

「先ほどからそう説明しているつもりですが」

まさに最小限の情報だったので、記者たちは困惑の色を浮かべた。

そのとき、なんとも間の悪いことに、カミーユがもっとも避けたかったことが起きた。鑑識のバンがバックで近づいてきたのだ。さらにまずいことに、なぜこんなところに置かれているのか皆目見当もつかないコンクリートのプランターのせいで、玄関口に十分寄せることができなかった。運転手が降りてきて横開き式のバックドアを大きく開け、そこから鑑識官が二人降りた。そしてロフトの玄関扉が少し開いてリビングの壁の一部が見えたとたん、それまで緩んでいた記者たちの集中力にスイッチが入った。なにしろその壁は血にまみれ、ジャクソン・ポロックの絵のようになっていたのだから。しかも少しすると、わざわざ血まみれの原因を説明するかのように、二人の鑑識官が複数のビニール袋をしずしずとバンまで運びはじめた。どの袋もしっかり閉じられ、《法医学研究所行き》とラベルが貼られている。

事件記者たちは葬儀屋並みの能力を身につけていて、死体の寸法を目測することができる。だから運ばれてきたビニール袋を見て、これがばらばら殺人であることに気づいてしまった。

「なんてこった！」記者たちが一斉に騒ぎはじめた。

警察側があわてて立ち入り禁止の範囲を広げているあいだに、カメラマンたちは写真を撮りまくった。小集団は細胞分裂のように二つに割れ、片方はバンに近づいて遺体搬送の様子を撮りまくり、もう片方は携帯を取り出して応援を呼んだ。

「なんてこった！」カミーユがそう言う番だった。

ど素人並みの失態だ。遅ればせながらカミーユも携帯を取り出し、気が滅入るような電話を何本か入れた。それはつまり、カミーユが台風の目になったことを意味していた。

9

鑑識チームはよく働いた。すでに換気のために二つの窓が少し開けられていて、朝のあのひどい臭いもある程度消え、ハンカチやマスクは必要なくなっていた。犯罪現場というのは不思議なもので、死体が運び出されてからのほうがかえって不安を呼ぶこともある。それは、死がもう一度この場を襲い、死体を連れ去ったという印象を与えるからかもしれない。

だが今回はいつも以上の変化が起きていた。まだ残っているのは鑑識助手ばかりで、カメラ、レーザー距離計、ピンセット、小瓶、証拠品用のビニール袋、ルミノール液などを手に残りの仕事をこなしているのだが、その様子はここに死体などなかったかのようで、まるで死が被害者に対し、〝かつて生きていた肉体に宿る〟という最後の尊厳さえ拒否したように思えた。指も、頭も、内臓もすべて搬出され、今残っているのは血痕と排泄物の跡だけだ。あの生々しい恐怖が取り除かれたことで、ロフトそのものも今やまったく違う様相を呈している。そしてその様相は、カミーユの目にはひどく奇妙なものに映った。だがどこがどう奇妙なのかがよくわからない。カミーユはクロスワードパズルで言葉が出てこないときの気分になり、眉をひそめて考え込んだ。その顔つきが気になるのか、ルイがちらちらとこちらを見ている。

ルイがテレビと電話があるほうへ行くと、カミーユはベッドルームに行くというふうに、先ほどから二人は美術館の客のように現場をうろついていた。まだ見落としている〝なにか〟を求めてさまよっているのだが、今のところなにも見つからない。少しして二人はバスルームですれ違ったが、どちらも考え込んだままで言葉を交わさなかった。ルイはそこからベッドルームに向かい、カミーユはまたカーテンを少し開けて外をながめた。鑑識助手たちはそろそろ片づけに入り、投光器のコンセントを抜いたり、ビニールシートやコードを巻き取ったりし、各種ケースや道具箱のふたを一つずつ閉めはじめた。カミーユのひそめた眉の影響なのか、あるいは同じようにこの場所の奇妙さを感じているのかわからないが、時間が経つにつれルイもいつも以上に深刻な表情になり、八桁の暗算でもしているように見えた。

二人はまたリビングで一緒になった。今朝ほどクローゼットのなかにあったスーツケースが開いた状態で床に置かれている（ブライドルレザーの高級品、金属のコーナーパッド）。これはまだ運び出されていなかったのだ。なかにはスーツ、靴べら、充電式シェーバー、札入れ、スポーツウォッチ、ハンディコピー機などが入っていた。

そこへ古株の技術者が一人外から戻ってきて、カミーユに声をかけた。

「今日はついてないな、カミーユ。もうテレビ局が来てるぞ」そして部屋を縦横に走る血痕を目で追いながらつけ加えた。「これじゃ当分、報道局の連中に追いまわされそうだな」

10

「入念に準備した計画殺人ですね」ルイが言った。

「おれが思うに、もっとややこしい話だな。ひと言でいえば、全体がどうにもちぐはぐだ」

「ちぐはぐ？」

「ああ。ここにあるのはどれもほぼ新品だ。ソファーも、ベッドも、壁紙も、なにもかも。ポルノ撮影のためにこれほど金をかけるとは考えにくい。家具もレンタルで十分なはずだし、家具付きの部屋を借りる手もある。そもそも普通は借りたりせず、ただで使える場所を探すもんだろう」

「スナッフフィルム（実際の殺人を撮影したとされる映画）はどうです？」ルイが訊いた。

「それも考えた。ああ、その可能性もある」

だが二人とも、その手の都市伝説が流行ったのはかなり前のことだと知っている。それに、セットに凝る必要も金をかける必要もないのは普通のポルノと同じだ。

カミーユはまた部屋のなかを歩きはじめた。

「それからあの壁の指紋。完璧すぎて、とても偶然とは思えない」

「この現場は」とルイも思いつくまま言葉にしはじめた。「外からは見えません。扉は閉められていたし、窓もカーテンが引かれていました。あのままなら発見されなかった。ということは、匿名の電話をかけてきたのは犯人だと考えられます。つまり計画的な犯行であり、犯人自らの手によって暴かれた犯行です。ただこれだけの虐殺をたった一人でやったとは考えにくいですね」

「人数はいずれわかるさ。それより、おれがいちばん引っかかってるのは、留守電の応答メッセージが録音されていたことだ」

ルイが首をかしげてカミーユのほうを見た。

「なぜです？」

「なぜなら、電話機があり、留守電機能がついていて、応答メッセージまで録音されているのに、肝心なものがないからさ。電話線が」

「えっ？」

ルイは電話のところまで飛んでいくと、まず電話機を持ち上げ、次いでローテーブルを動かした。そこにはコンセントしかなく、電話線はつながっていなかった。

「犯行が計画的なのは明らかだが、特徴はそれを隠そうとしていないところにある。むしろなにもかもが目立つようにしてある。それもやりすぎくらいに」

カミーユは両手をポケットに突っ込んでまた少し歩き、今度はヒトゲノムマップの前で足を止めた。

「そうだ」とうなずいた。「やりすぎなんだ」

11

まずルイが、次いでアルマンがカミーユのオフィスにやってきた。最後にようやく携帯での通話を終えたマレヴァルが加わって、カミーユのチームが揃った。まわりからは時に敬意を、時に軽蔑を込めて「ヴェルーヴェン班」と呼ばれているチームだ。カミーユはすばやくメモを見直してから、三人のほうに目を上げた。

「どう思う？」

三人は目を見合わせた。

「まずは」とアルマンが口火を切った。「犯人が何人かを突き止めないとな。多ければ、それだけ見つけやすいわけだし」

「あれは一人じゃ無理でしょ」とマレヴァルも続いた。「とうてい無理」

「確かな人数は鑑識と解剖の結果を待つしかないな。ルイ、ロフトの賃貸の件を報告してくれ」

ルイがSOGEFI社訪問の件を説明するあいだ、カミーユはマレヴァルとアルマンの反応をながめていた。

二人はあまりにも対照的だ。片方は放蕩者で、もう片方はどけち。つまり前者がいつも〝過剰〟なら、後者はいつも〝不足〟している。ジャン＝クロード・マレヴァルは二十六歳で、魅力的な男だが、その魅力を乱用している。いや、魅力だけではなくすべてを乱用している。夜も、女も、自分の体も。節制という言葉を知らず、年がら年中やつれた顔をさらしている。マレヴァルのことを考えるたびに、この放蕩ぶりには相当金がかかっているんじゃないかと思い、カミーユは漠然とした不安を感じる。幼稚園のころからすでに先が思いやられる子供がいるものだが、マレヴァルもこのままではいずれ汚職警官になるのが目に見えている。実際のところ、マレヴァルが遺産でも浪費するように独身生活を浪費しているだけなのか、それともすでに浪費癖が中毒の域に達して坂を転げ落ちつつあるのかは微妙なところで、見分けがつかない。カミーユはここ数か月で二回、マレヴァルとルイがなにやら口論しているところに出くわした。そのとき二人が気まずい顔をしたので、カミーユはマレヴァルがルイに金をせびっていたのだと思っている。とはいえ、まさか日常的にということはないだろう。いずれにせよ、カミーユはこの件には口出しするまいと思い、ずっと気づかないふりをしている。

マレヴァルはアメリカ煙草を手放せず、競馬好きで、酒ではボウモアに目がない。だがもっとものめり込んでいるのは女だ。それだけもてるということでもあり、確かにハンサムだ。背も高く、黒髪で、ずる賢そうな目も魅力の一つ。しかも柔道の国内ジュニアチャンピオンだったころの体形をいまだに維持している。

一方アルマンに目を移すと、まさにマレヴァルの逆だ。みじめったらしいアルマン。二十年近くこの職場にいて、そのうちの十九年と半年を「警察史上最悪の守銭奴」というレッテルとともに生きてきた。見た目は年齢不詳だが、がりがりに痩せていて、頬がこけ、いつも不安気な顔をしている。アルマンを形容しようとすると、どうしても〝欠乏〟ないし〝マイナス〟を意味する言葉になってしまう。要するに吝嗇《りんしょく》が人間の形をとったような男だ。それは単なる性格上の欠点ではなく、もっと深刻な、いやかなり深刻な病理学上の問題なので、カミーユには笑えない。正確に言えば、アルマンのどけち根性そのものはどうでもいいが、長く仕事を共にしてきた仲間なので、みじめったらしい姿を見るのがつらいのだ。なにしろアルマンは一サンチームをけちるために驚くほどあさましい行為に走るし、安いコーヒー代を出したくないがためにあきれるほど複雑な言い訳を考えるのだから。自分もハンディキャップを負っているからだろうか、カミーユはアルマンのそうした恥を他人事とは思えず、苦しくなる。しかもアルマン自身がその状態を自覚しているので、それを思うとたまらない。アルマンは自分でわかっているのに、どうしようもないのだ。だから彼自身苦しんでいて、そのせいで悲しく、寂しい男になった。

だがただの守銭奴というわけではない。アルマンは黙々と仕事をする。しかもいい仕事をする。そのやり方はかなり変わっているが、犯罪捜査の補佐役として彼の右に出る者はいないだろう。しみったれだからこそ、アルマンは細かいことにこだわり、労を惜しまず、几帳面な仕事をする。電話帳を丹念に繰るような仕事を何日でも続けられるし、暖房のいかれた車で延々と張り込むのも平気だし、通り沿いの住民全員から、あるいはある職業の従事者全員から聞き込みをすることも厭わないし、そうやって文字通り「干し草の山から一本の針を」探し出してくる。百万ピースのジグソーパズルを渡したとしても、アルマンはただ黙って自分のデスクに持ち帰り、勤務時間のすべてを注ぎ込んで完成させるだろう。アルマンにとってそれがなんの捜査かは重要ではない。対象がなんであろうがかまわない。細かい情報をかき集めたいという欲求があまりにも強くて、それがすべてに勝るからだ。そしてその執着心が一度ならず奇跡を起こしてきたので、アルマンを毛嫌いしている同僚たちでさえ、この男はなにかをもっていると認めざるをえない。つまり、しつこくねだって小物を巻き上げるのが得意のこの哀れな男は、実はほかの刑事たちにはない〝無限の忍耐〟のようなものを身につけていて、それが最大限に発揮されると、彼のやり方もまた一種の才能だということが示されるのだと。だがいずれにしても、アルマンが同僚から好かれることはない。誰もが持てる表現力を駆使してアルマンのしみったれぶりをからかってきたが、すでに言葉を使い尽くしてしまい、今ではもうなにも言わない。だがそれはアルマンを見直したからではなく、あきれ果ててしまったからだ。

「よし」とカミーユはルイの報告のあとを引き継いだ。「鑑識から第一報が上がってくるまでは、順当にやれることをやっていこう。アルマンとマレヴァルは物的証拠を追ってくれ。現場にあった家具や調度品、衣類、シーツ類など、あらゆるものの出所《でどころ》を知りたい。ルイ、おまえはあのアメリカの番組が録画されたビデオとか、要するにみょうちきりんに見えるものを片っ端から調べてくれ。ただし脱線するなよ。なにか新しい情報が出てきたら、ルイが連絡係だ。質問は？」

質問はなかった。というより、ありすぎて三人ともなにも言えなかった。

12

この事件は、この日の朝クルブヴォア警察署に匿名の電話がかかってきたことによって発覚した。カミーユはその電話の録音を聞きに警察署まで行った。

「殺人がありました。フェリックス＝フォール通り十七番地です」

あの留守電の応答メッセージと同じく鼻にかかったような声だった。間違いない。同じボイスチェンジャーを使ったものだ。

それから本庁に戻って報告書だの宣誓供述書だの質問表だのをやっつけたが、それだけで二時間もかかってしまった。しかもこの段階ではまだ大したことはわかっていないので、書類の空白を未知の要素で埋める作業になり、いったいなんのためなのかと首をかしげざるをえない。

事務手続きから逃げるわけにはいかないが、こういうとき、カミーユは自分で「精神的斜視」と名づけた症状に見舞われることがある。つまり右目では手の動きや文字を追っていて、さまざまな用紙に記入し、統計局の要求に応え、書式どおりに調書や報告書を作成するのだが、そのあいだも左目の網膜には床に転がった胴体や、血が凝固して黒くなった傷口、あるいは耐えがたい苦痛にゆがみ、生にしがみつこうとする顔、死を前にして驚きを隠せない目などが映っていて消えようとしないのだ。

時には両方の映像が文字どおり重なることもある。今しがたも頭のなかで、司法警察のロゴとあの花びらのように置かれた指が重なった……。カミーユは眼鏡をはずして机に置き、目頭をゆっくり揉んだ。

13

鑑識課長のベルジュレはいまだに骨の髄まで軍人で、むやみにあわてたりしないし、今の地位に満足しているからなのか、上層部から催促されても動じることがない。だが、今回はどうやらル・グエンがごり押ししたようで（だとすれば大物対決だ。めったなことでは動じない二人ががっぷり組み合ったわけで、相撲のスローモーション映像のような戦いだったことだろう）、この日の午後遅くにカミーユは鑑識から仮報告書を受けとることができた。

被害者はやはり二人だった。年齢は二十から三十のあいだで、どちらもブロンド。一人は身長百六十五センチ、体重五十キロ、左膝の内側にイチゴ状血管腫があり、歯並びがよく、バストが大きい。もう一人も同じような身長、体重で、同じく歯並びがよく、やはりバストが大きいが、ほかに識別に役立つ身体的特徴はない。二人は死亡推定時刻の三時間から五時間前に食事をしていた。野菜サラダ、カルパッチョ、赤ワイン。デザートは一人がイチゴの砂糖がけで、もう一人がレモンシャーベット。どちらもシャンパンを飲んでいた。モエ・エ・シャンドン・ブリュットの瓶とシャンパングラス二つがベッドの下で見つかり、二人の指紋が検出された。

また壁の血文字はやはり数本の指を使って書いたものだとわかった。当然のことながら、モドゥス・オペランディ（手口）――ラテン語を学んだことのない人々が好んで使う表現だ――の詳細はもっと時間をかけなければわからない。たとえば次のような点だ。死体はどの順序で、どのように、なにを使ってばらばらにされたのか。それは男一人でできることか、それとも複数必要か（あるいは女にも可能か）。被害者はレイプされたのか、だとしたらどのようにか（あるいはなにによってか）。未知数が多く、それを埋めるには時間がかかる。いや、わからないままになるものも多いだろう。そして、未知数が多いままでもなんとか公式を解くのがカミーユの仕事なのだ。

報告書のなかでとりわけ興味深いのは、壁に押しつけられた指紋――中指だった――が本物ではなく、なんとスタンプによるものだったことだ。

ここでコンピューターが力を発揮した。カミーユは技術革新反対論者ではないが、それでもコンピューターという奇妙な機械はたちが悪いと思うときがある。この日も鑑識の第一報が届いたと思ったら、すぐにコンピューターがいい知らせと悪い知らせをはじき出してきた。カミーユはどちらを見たいですかと選択を迫られたような気がして、やはりこいつはたちが悪いと改めて思った。いい知らせは、採取された指紋から被害者の一人の身元がわかったことだ。エヴリン・ルーヴレ、二十三歳、ボビニー（パリ北東の郊外）在住、売春で逮捕歴あり。悪い知らせのほうは、あのスタンプの指紋と同じものが、二〇〇一年十一月二十日にトランブレ（イル＝ド＝フランス北東部、正式名称はトランブレ＝アン＝フランス）で起きた未解決事件でも採取されていたことだ。となると変質者による犯行という線が濃くなる。それがわかったとたん、少し前にようやく頭から追い払ったあの現場の惨状がまた脳裏によみがえった。

トランブレ事件のファイルがさっそくカミーユのもとに届けられた。

14

トランブレの未解決事件もかなりたちの悪いものだった。その点に異を唱える者はいないはずだ。当時大いに騒がれた事件で、自殺願望でもないかぎりこれをあえて引き継ごうとする刑事はいないだろう。なかでも注目されたのは、被害者の足の指に黒インクを使った指紋が押されていたことで、当時これがさまざまな憶測を呼び、リポーターたちも次々と仮説を披露した。事件は数週間にわたって微に入り細に入り報道され、《トランブレの虐殺》だの《空き地の悲劇》だのと各紙が大見出しを競ったが、最終的にはル・マタン紙に軍配が上がった。

もちろんカミーユもほかの人々と同程度にその事件のことを知っていたが、それ以上でもそれ以下でもない。だがぞっとする事件だったことは確かで、それを思い出したとたん、台風の目の半径がぐっと狭まったような気がした。

トランブレ事件とつながったことで、今回の事件の様相もがらりと変わった。犯人がパリ近郊で次々と女性を手にかけ、ばらばらにしているのだとすれば、逮捕しないかぎりまた新たな犠牲者が出ることになる。あんな殺し方をするシリアルキラーとはいったいどんなやつなのか……。カミーユの頭に「心理プロファイラー」という言葉が浮かんだ。すぐ受話器を取り、ル・グエンに新たな展開を知らせた。

「くそっ」とル・グエンはひと言で片づけた。

「そういう言い方もあるな。そう、そのとおり」

「メディアが食らいつくだろうな」

「もう食らいついてる。間違いなく」

「なんだと？」

「犯罪捜査部は今や笊《ざる》も同然らしい。おれたちが現場に着いてからわずか一時間で記者にかぎつけられたし……」

「たし？」とル・グエンが不安気な声で訊いた。

「……テレビも来た」カミーユはしぶしぶ認めた。

ル・グエンが嘆息して黙り込んだので、チャンスとばかりカミーユは頼み事を口にした。

「連中の心理プロファイルが欲しいんだが」

「連中ってなんだ？　指紋から複数と割れたのか？」

「いや、そいつなのか連中なのかはまだわからん！」

「そうか。予審はデシャン判事が担当することになった。彼女に頼んで、心理プロファイルの専門家を指名してもらうとしよう」

カミーユはその予審判事と仕事をしたことはなかったが、何度か顔を見たことがある。五十前後の女性で、スリムでエレガントだが、いわゆる美人ではない。金のアクセサリーが好きな独得な雰囲気の女性と記憶している。

「司法解剖は明日の朝だ」ル・グエンが続けた。「プロファイラーの人選がスムーズにいったたら、その場に来てもらってとりあえずの意見を聞けるようにしてやる」

トランブレ事件のファイルに目を通す暇はなさそうだ。カミーユは家に持ち帰って読むと決め、とりあえず今回の事件に集中することにした。

15

まずエヴリン・ルーヴレの記録に目を通した。

一九八〇年三月十六日、ボビニー生まれ。母親はフランソワーズ・ルーヴレ、父親不明。中卒。職歴なし。警察の記録に最初に載ったのは一九九六年十一月で、ポルト・ド・ラ・シャペルで車内での売春行為により現行犯逮捕された。未成年だったので起訴は免れたが、また捕まることになるのは目に見えていた。そして案の定、ルーヴレ嬢は三か月後にマレショー大通りで捕まり、今回は起訴された。判事はルーヴレ嬢が今後もたびたびここにやってくるだろうとわかっていたが、軽犯罪者に対するフランス司法の歓迎の印として「執行猶予付きの懲役八日」を言い渡した。だが妙なことに、エヴリンの記録はそこで終わっていた。これはめずらしい。普通は年ごとに逮捕歴が増えていくもので、月ごとに増える場合もある。麻薬に手を出したり、HIVに感染したりしてますます金が必要になり、朝から晩まで客を引くようになるからだ。だがエヴリンは二度と捕まらず、「執行猶予付きの懲役八日」を最後に記録から消えていた。そして久しぶりに現れたと思ったら、クルブヴォアのロフトでばらばら死体になっていた。

16

警察の記録にあるエヴリン・ルーヴレの住所は、ボビニーのマルセル・カシャン地区だった。七〇年代に郊外に数多く建てられた集合住宅の一つで、ドアはへこみ、郵便受けには穴が開き、床も天井も落書きだらけ。四階ののぞき穴付きのドアの前で「警察です、開けてください！」と言うと、年齢不詳のやつれた顔が現れた。エヴリンの母親だ。

「ルーヴレさん？」カミーユが声をかけた。

「娘さんのことでお話があって来ました」ルイが続いた。

「ここにはいません」

「どこにいた……いや、いるんでしょう？」

「さあね。あたしは警察じゃないし」

「わたしたちはそうです。ですからご協力いただきたいんですが……。エヴリンさんはひどく厄介な、深刻な事態に陥っているんです」

母親はようやく関心を示した。

「深刻って、どんな？」

「住所を教えてください」

母親は迷っている。カミーユもルイも玄関前に留まり、あえて踏み込まなかった。経験から、ここは慎重を期すべきだと思った。

「重要なことです」

「ジョゼのところよ。フルモンテル通り」

と言っただけでドアを閉めようとする。

「名字は？」

「さあね。ジョゼとしか聞いてないわ」

その隙にカミーユが足先をドアにはさんだ。母親は娘のことを訊こうとしない。もっと気になることがほかにあるのかもしれない。

「エヴリンさんは亡くなりました」

その瞬間に変化が起きた。母親の口が開き、目に涙があふれた。悲鳴も嘆息もなかったが、ただ涙が流れ出した。それを見て、カミーユはわけもわからずこの母親を美しいと思った。そこには今朝あのアリスという女の顔にも感じたなにかがあった。顔かたちのことではなく、心のありように関するなにかだ。カミーユはルイを見て、それからまた母親に視線を戻した。母親はずっとドアノブを握りしめたまま下を向いている。なにも言わず、なにも訊かず、ただ涙に沈んでいる。

「遺体の確認にいらしていただけますか？」

耳に届いていないようだったが、少しすると黙って顔を上げ、かすかにうなずいた。ドアが静かに閉められた。カミーユとルイはあえて踏み込まなくてよかったとほっとし、すぐにその場を離れた。悲劇を告げる役はすみやかに立ち去るのがいい。

17

警察のデータベースによれば、ジョゼというのはジョゼ・リベイロ、二十四歳のことだった。若いのにすでに常習犯で、自動車窃盗や暴行で逮捕歴が三回。パンタン（パリ北東の郊外）の宝石店強盗事件に加担して中央刑務所で三か月過ごし、半年前に出所して、その後は警察沙汰を起していない。運がよければジョゼは不在かもしれず、もっと運がよければジョゼは逃亡中かもしれず、だとすれば彼がホシかもしれない。だが実のところ、ルイもカミーユもそんな甘い期待はしていなかった。履歴を見るかぎり、ジョゼ・リベイロはあんな金のかかった異常殺人をやってのけるような男ではない。そして案の定、ジョゼは家にいて、ジーンズにスリッパという恰好で出てきた。背はさほど高くないが、陰のある男前。だがその顔には不安の色が浮かんでいた。

「やあ、ジョゼ。会うのは初めてだな」

と言ってカミーユがジョゼを見上げた瞬間、もうこの二人は合わないと決まった。ジョゼは男らしく胸を張り、歩道に落ちている犬の糞でも見るようにカミーユを見下ろしていた。

今回はカミーユもルイもいきなり踏み込んだ。ジョゼは抵抗せずに二人を通したが、おそらく頭のなかではエンジンの回転数を二万まで上げ、警察が予告なしにここに来た理由を考えていただろう。しかもそれは山ほどあるに違いない。リビングは狭く、ソファーとテレビのまわりに少々空間があるだけだった。ローテーブルに空のビール瓶が二本、壁に冴えない絵が一枚、そして靴下の匂い。いかにも独身男の部屋だ。だがそのまま寝室まで行ってみると、そこは散らかり放題で、そこらじゅうに服が落ちていて、そのなかに女物もあった。インテリアは悪趣味で、極め付きは蛍光色のフラシ天のベッドカバーだ。

ジョゼはドア枠に肘を当て、緊張し、戦闘態勢で身構えていた。顔には、警察に一杯食わされた、だがなにも言うもんかと書いてある。

「独り暮らしか？」

「なんでそんなこと訊くんです？」

「質問するのはこっちだ。独りなのか？」

「いや、エヴリンと一緒だけど、今は出かけてます」

「エヴリンの仕事は？」

「失業中。探してますよ」

「ほう……だが見つからないんだな？」

「いまんとこね」

ルイは黙っていた。作戦を見極めようとしているのだろう。だがカミーユは急に疲労感をおぼえ、作戦などどうでもよくなった。なぜなら、なにもかもが予想どおりでばかげているからだ。この仕事では、うんざりすることさえ手続きの一部になってしまっている。そこでさっさと片づけることにし、最短の道を選んだ。

「最後に見たのはいつだね？」

「土曜に出たきりです」

「何日も空けることはよくあるのか？」

「いや、実は初めてで……」

そこでようやくジョゼは、警察が自分の知らないことを知っていると気づいたようだった。最悪なのはこれからで、それを今から耳にすることになるのだと。ジョゼは同じ高さのルイを見て、それからぐっと視線を下げてカミーユを見た。その目はもはや犬の糞ではなく、死神を見ていた。

「彼女がどこにいるか知ってるんですね？」ジョゼが訊いた。

「殺されたよ。今朝クルブヴォアのロフトで見つかった」

そのときジョゼの顔に表れた衝撃はどうやら本物だった。それでようやくカミーユもルイも、エヴリンは間違いなくジョゼとここで暮らしていたのだと納得できた。たとえ売春婦でも、ジョゼはエヴリンのことを愛していて、エヴリンが客と別れてから帰って眠るのはこのアパルトマンであり、ジョゼの腕のなかだったのだ。ジョゼのゆがんだ顔は、いったいなぜだという驚きと、痛いほどの悲しみにあふれていた。

「誰が殺《や》ったんです？」ジョゼが訊いた。

「まだわからない。だからここに来たんだ。エヴリンがクルブヴォアでなにをしていたのか知りたくてね」

ジョゼはなにも知らないと首を振った。

だが一時間後には、カミーユは訊くべきことをすべて訊き出していた。エヴリンとジョゼがある工夫をして生計を立てていたこと。だがその工夫が、エヴリンを謎の殺人鬼の手に委ねるきっかけになったことを。

18

ジョゼから訊き出した内容はこうだ。

エヴリン・ルーヴレは察しのいい娘だった。未成年で逮捕されたとき、自分がすでに危険な坂道に立っていて、このままでは母親と同じように一気に転がり落ちていくことになると悟った。ポルト・ド・ラ・シャペルでの稼ぎはやめなかったが、コンドームなしなら二倍払うという客を拒否し、手を出していた麻薬もどうにか量を抑えた。二度目の逮捕で起訴され、有罪判決を受けてから数週間後にジョゼと知り合った。二人はフルモンテル通りに落ち着き、ネット環境を整えてプロバイダと契約した。それ以来、エヴリンは一日二時間ほどをパソコンの前で過ごして客を見つけ、場所を決め、そこへ出かけていって稼ぐようになった。送り迎えはジョゼの役で、待っているあいだ近くのカフェのピンボールで時間をつぶす。ただしいわゆるヒモではない。この二人のちょっとした商売で手綱を握っているのはジョゼではなく、エヴリンだったからだ。エヴリンは何事も手際がよく、しかも慎重だったので(少なくとも今回の事件に巻き込まれるまでは)、商売はうまくいっていた。

多くの客はエヴリンをホテルに呼ぶ。先週もそうで、ある客からメルキュールに呼ばれた。ひと稼ぎして出てきたとき、エヴリンはその客についてジョゼに、「感じがよくて、変態じゃなくて、超金持ち」とだけ言ったそうだ。そして新たな申し出を受けてきていた。明後日に3Pで楽しもうというもので、もう一人はエヴリンが手配する。もう一人について客が出した条

件は、エヴリンと同じくらいの背で、同じくらいの年で、胸が大きいこと、それだけだった。そこでエヴリンはポルト・ド・ラ・シャペルで知り合ったジョジアーヌ・ドゥブフに電話し、「朝までの夜通しの仕事なんだけど、客はその夜独りだから来てほしいって。報酬はいいわよ。二日分は稼げるから」と誘った。客から渡された住所はクルブヴォアで、二人を送っていったのはもちろんジョゼだ。だが着いてみると再開発中の人気のない場所だったので、三人は少々不安になった。そこで相談し、女二人がなかに入って問題ないと確認するまで、ジョゼが車で待機することにした。なにも問題がなければ窓から手を振る、それが合図だ。そこでジョゼは数十メートル離れたところに車を停め、そこから様子を見ていた。男が扉を開けてエヴリンたちと握手し、なかに招き入れた。もう外は暗く、男は部屋の明かりのなかにシルエットとして浮かび上がっただけで、顔は見えなかった。二十分ほど経ったころ、エヴリンが窓際に来てカーテンのすき間から手を振った。ジョゼは助かったとすぐに車を出した。パリ・サンジェルマンの試合の中継を見逃したくなかったのだ。

19

ジョゼのアパルトマンを出ると、カミーユはルイに第二の被害者、ジョジアーヌ・ドゥブフ、二十一歳についてとりあえずわかるかぎりの情報を集めてくれと指示した。それほど手間はかからないはずだ。環状線付近で商売している売春婦ならまず間違いなく警官たちが知っている。

帰宅すると、イレーヌがソファーに寝そべり、両手を腹にのせてテレビを見ていて、カミーユに気づくと満面の笑顔で迎えてくれた。その様子が健康そのもので五体満足なのを見て、カミーユは自分の頭のなかがいかにばらばら死体でいっぱいになっていたかに気づいた。

「うまくいってないの？」カミーユが腕に抱えた分厚いファイルを見てイレーヌが言った。

「いや、順調だよ」

カミーユは仕事の話をしたくなかったので、片手をそっとイレーヌの腹に当てて訊いた。

「どうだ、なかで元気に暴れてるか？」

だがそこで夜の報道番組が始まり、いきなり鑑識のバンが映った。クルブヴォアのフェリックス＝フォール通りをゆっくり出ていくところだ。

テレビカメラが現場に来たときには見せ場はもう終わっていたので、画面に映し出されたのはロフトの玄関（ありとあらゆる角度から撮られている）、閉めきった扉、引き揚げていく鑑識の技術者たち、そしてカーテンが引かれた窓のクローズアップだけだった。だがナレーションの語り口は大災害のときのように重々しく、それだけでもう、メディアがこの事件にしっかり食いつき、少々のことで放すつもりはないとわかる。カミーユは思わず、どこかの省の大臣が汚職で摘発されないものかと願った。

特に念入りに報じられたのは複数のビニール袋が搬出されたことだ。ナレーターはこんなことは前代未聞だと指摘するとともに、「クルブヴォアの惨劇」についていかに情報が少ないかをさかんに強調した。

イレーヌは黙って見ていた。するとふいにカミーユが映った。夕方ふたたびロフトから出たときの映像で、その数時間前と同じような内容を発表しただけだが、今回はテレビカメラがそれをとらえていた。しかも上から見下ろすアングルだ。穴の底にカミーユがいて、長い棒の先につけられたマイクに取り囲まれているといった構図で、その奇妙さが事件そのものの異常さを物語っているようにも見える。

「あわてて編集したみたいね」イレーヌがプロの目で言った。

確かにそのとおりで、カミーユの発言は適当に切り貼りしたまとまりのないものになっていた。映像が局に届いたのがぎりぎりだったのだろう。だがそのおかげで軽い扱いで済んでいるのがせめてもの幸いだ。

「まだ身元はわかっていませんが、二人の若い女性が殺害されました。これは……極めて残忍な犯罪です」なんでこんなばかなこと言ったんだとカミーユは首をひねった。「この件はデシャン判事が担当することになりました。今のところ申し上げられるのはそれだけです。まずは仕事をさせていただきたい」

番組が次のトピックスに移ったところでイレーヌが言った。

「あなたったら、かわいそうに」

夕食後、カミーユはまずテレビが面白いふりをし、それから雑誌をぱらぱらめくった。次いでライティングデスクから書類を二、三取り出してペンを片手にながめていると、とうとう見かねてイレーヌが言った。

「少し書斎で仕事したほうがいいんじゃない？　そのほうが気が休まるかも」イレーヌは笑っ

ていた。「遅くまでかかりそう？」
「いや、少し目を通したら休むよ」

20

カミーユが書斎の机に《〇一／一二五八七》と書かれたファイルを置いたのは夜十一時だった。分厚いファイルだ。取りかかる前に、眼鏡をはずして目頭をゆっくり揉んだ。カミーユは若いころから眼鏡をはずす動作に憧れていたが、ずっと視力がよかったので実行するに至らず、自分も早くやってみたいと長い間うずうずしていた。それだけこだわりがあるので、実はやり方も三通りある。一つ目は、右手でゆっくり眼鏡をはずしていき、最後に首を軽くまわして仕上げとする。二つ目は見せる相手を想定した凝ったやり方で、謎めいた微笑みを添え、ややぎこちなく左手で眼鏡をはずしながら、右手は相手のほうに差し出して握手するといういわば風流な挨拶。三つ目は、左手で眼鏡をはずしながら目を閉じ、眼鏡を手元に置いたら右手で目頭を揉む。その際には親指と中指を使い、人差し指は額に当て、目は閉じたままがいい。この三つ目は長時間集中したあとの息抜きで（だからため息を添えてもいい）、少し――ほんの少しだけ――老けはじめたインテリのやり方だ。

カミーユは仕事柄、報告書、調書、裁判記録のたぐいを数多く読みこなしてきたので、分量があっても短時間で目を通すことができる。

トランブレ事件もやはり匿名の電話で始まっていた。資料によれば、その電話はこうだ。

「トランブレ＝アン＝フランスで殺人がありました。ガルニエ通りの空き地です」

犯人は明らかに自分の流儀にこだわっている。それにしてもこれほど単純な文章が流儀になるとは驚きだ。

言葉遣いはもちろんだが、クルブヴォアでも同じパターンの文章が繰り返されたところに意味がある。簡潔で、計算されていて、必要な情報だけを伝える文章。そこには動揺もパニックもなく、感情のかけらもない。つまりこの繰り返しは偶然ではない。また自らの犯行を知らせてきたということは、犯人が冷静であることを物語っている。ただしそれが本物か見せかけかは別の問題だ。

被害者の身元はすぐに割れた。マヌエラ・コンスタンツァ。スペイン生まれの二十四歳の売春婦で、ブロンデル通りの角にあるいかがわしい宿で客をとっていた。警察はただちにマヌエラのヒモだったアンリ・ランベールの身柄を拘束した。通称〝太っちょ〟。五十一歳、逮捕歴十七回、有罪判決四回、うち二回は加重売春斡旋《あっせん》罪。だがこの〝太っちょ〟はすぐに計算し、自分はトランブレ事件の日、すなわち二〇〇一年十一月二十日にはトゥールーズのショッピングモールで強盗をやっていたと自白した。おかげで禁錮《きんこ》三年を言い渡されたが、殺人罪での起訴は免れた。

さらに資料を見ていくとぞろぞろ現場写真が出てきた。どれも驚くほど精細な白黒写真で、そのなかの何枚かに腰のところで切断された若い女性が写っていた。

「これはひどい」

一枚目――下半身、衣服なし、脚が大きく開かれている。左の太腿の肉が大きくえぐられていて、腰から陰毛のあたりにかけて黒ずんだ深い傷が走っている。脚の曲がり具合から、両脚とも膝のあたりで骨が折れているとわかる。被害者が縛られていたのは明らかで、足首に火傷状のロープの跡が残っている。かなり太いロープだ。

二枚目――足の指のクローズアップ写真。スタンプで指紋が押されているのがわかる。クルブヴォアのロフトの壁に残されていたのと同じだ。どうやらこれが犯人の署名らしい。

三枚目――上半身。乳房に煙草の火を押しつけた跡が多数。右の乳房は切りとられ、皮一枚で胸につながっている。左の乳房は乳首のあたりに複数の切り傷があり、どれも深くて骨まで達している。

四枚目――顔のアップ。最悪としか言いようがない。全体が痣《あざ》だらけで、鼻はめり込むほどにつぶされ、口が耳元まで切り裂かれている。そのせいでにやりと笑っているように見えるのがあまりにも不気味だ。しかも歯が全部折られていて、笑いだけがそこに残されている。直視に堪えない。髪は黒く、それも作家たちが「カラスの濡れ羽色」と表現するような漆黒だった。

カミーユは息苦しくなってあえいだ。吐き気にも襲われた。目を上げてしばらく部屋をながめ、それからまた写真に戻った。今朝のクルブヴォアの様子を思えば、切断されたその若い女性にある種の親近感を感じなくもない。カミーユは当時の報道でリポーターが使った表現を思い出した。「この引きつった笑いは醜悪の極みです」。切り込みは左右とも唇の端から始まり、カーブを描いて耳たぶまで続いている。

カミーユは写真を置き、窓を開けて、しばらく下の通りと屋根の連なりをながめた。トランブレの犯行は十六か月ほど前だが、それが最初という証拠はどこにもない。もちろん最後でもなかったわけだ。こうなると全部で何件になるのかと考えざるをえない。

カミーユは一種の安堵《あんど》と不安のあいだで揺れていた。安堵というのは技術的観点から二つの事件の殺し方に共通点が見られることで、いわば異常殺人の典型であり、捜査の大きな足がかりになる。一方、不安というのはクルブヴォアのあの不可解な犯行現場のことで、計画的な犯行であることははっきりしているが、それ以外はちぐはぐでつかみどころがない。現場に残された金のかかった品々、奇妙な演出、一種のアメリカ趣味、電話線のない電話などをどう解釈すればいいのか皆目見当がつかない。カミーユはまたトランブレ事件に戻ってファイルを繰りはじめた。

一時間後、不安はますます高まっていた。トランブレ事件にもやはり不可解な点が数多くあるとわかったのだ。カミーユはそれらを頭のなかでリストアップしはじめていた。たとえば、被害者の髪が驚くほどきれいだったこと。鑑識の報告書に、髪はリンゴの香りのシャンプーで洗われていたと書かれている。しかも解剖報告書と突き合わせるとシャンプーしたのは死後と考えられ、どうにも不可解だ。被害者の顔を切り裂き、胴を切断した犯人が、そのあとでわざわざ髪を洗ったというのだろうか……。また内臓のかなりの部分がなくなっていた。腸も、肝臓も、胃も、脾臓《ひぞう》も見つかっていない。一種の戦利品として持ち帰ったのだとすればフェティシズムを思わせなくもないが、それは一見して感じられるサディズム的傾向と必ずしも一致しない。クルブヴォアの二人の被害者の内臓も一部なくなっているのかどうかは、明日の司法解剖でわかるはずだ。

いずれにしても、あのスタンプの指紋がある以上、二つの事件に同じ人間が関与していることはほぼ間違いない。事件の概要も似ていて、若い女性が殺され、その方法は報告書に「残酷な」と書かれるたぐいのものだった(トランブレでも両脚が野球のバットのようなもので折られ、被害者は長時間にわたってナイフで痛めつけられ、また遺体は肉切り包丁で切断されていた)。

だが似ていないところもある。トランブレ事件では犯人が死体から血を抜き、それも大量の水で洗い流したと考えられ、きれいにしてお返ししますとでもいうように髪まで洗っていたのだが、これはクルブヴォアの血まみれの現場とは似ても似つかない。クルブヴォアの犯人はあの血文字を書き、そこから血がしたたるのを見て快感をおぼえるような人物だったと思えるが、トランブレは様相が異なる。

カミーユはまた写真を手に取った。この醜悪な笑い顔には何度見ても慣れることがないだろう。そういえばクルブヴォアの壁に釘で打ちつけられた頭も醜悪だったが、ここになにか共通の要素があるのだろうか……。

すでに夜も更け、カミーユは疲労のあまりめまいをおぼえたので、ファイルを閉じ、明かりを消し、寝室に向かった。

深夜二時半、カミーユはまだ眠れずにいた。考え込んだまま丸い小さい手でイレーヌの腹をなでていた。イレーヌの腹、それはカミーユにとってまさに奇跡だ。こうして寝顔を見守りながら彼女の香りに満たされていると、その香りが部屋全体を満たし、さらにカミーユの人生そのものを満たしてくれるように思える。愛は時にはこんなふうに単純なものなのだ。

だがカミーユは時折、この夜もそうだったが、信じがたい奇跡に胸がつぶれそうになることがある。イレーヌがあまりにも美しく思えて、それが現実なのかどうか疑ってしまうことさえある。そう、これまでにも二度、イレーヌは本当に美しいのかと自問したことがあった。

一度目は三年ほど前に二人で初めてデートした日のことだ。イレーヌは上から下までボタンが並んだ藍色のワンピースを着ていた。男ならどうしても一つずつはずしていくところを想像してしまい、女はまさにそのために着るといったたぐいの服だ。そして胸元にはシンプルな金のペンダント。カミーユはそのとき、以前どこかに「慎ましやかなブロンド女になぜか惹かれてしまう男たち」と書いてあったなと思い出した。だがイレーヌは官能的な美人で、その文章が間違っていることを示す好例だ。そのとき「イレーヌは本当に美しいのか？」と自問したのだが、答えはもちろん「美しい」だった。

二度目は七か月前のことで、イレーヌは同じワンピースを着ていたが、ペンダントはカミーユが結婚式の日に贈ったものに変わっていた。そして化粧していた。

「誰かと出かけるのか？」カミーユは帰るなりそう訊いた。

それは質問というより事実確認のような口調だった。カミーユが自分とイレーヌの関係を、運命が好意によって人に与えながら、良識によってまた取り上げてしまう一時的なものでしかないと思っていたころに身についた口調だ。

「いいえ」とイレーヌは答えた。

イレーヌはそのころまだテレビ局でフィルム編集の仕事をしていたので、普段は夕食を作る時間などなかった。カミーユもスケジュールがこの世の災厄次第で変わるので、だいたい帰りが遅く、朝も早い。ところがその晩は料理ができていた。カミーユが目を閉じて鼻を利かせると、ボルドレーズソース（ワインベースのソース）のいい匂いがした。イレーヌがかがんでカミーユにキスし、カミーユは笑みを返した。

「きれいだよ、ヴェルーヴェン夫人」と言いながら手を胸のほうに伸ばしたが、「食欲が先でしょ」とうまくかわされてしまった。

「なにかのお祝いか？」カミーユはソファーによじ登りながら訊いた。

「お知らせがあるの」

「知らせって？」

「だからお知らせよ」

イレーヌがカミーユの横に座り、手を取った。

「いい知らせのようだね」

「だといいけど」

「自信がないのか？」

「どうかしら。あなたの仕事が大変なときじゃなければよかったんだけど」

「いや、少し疲れてるだけだ」カミーユはすまないと思ってイレーヌの手をさすった。「ぐっすり眠れば問題ないって」

「いい知らせっていうのはね、わたしは疲れてないけど、でもわたしもぐっすり眠りたいっていうこと」

カミーユは笑った。その日は、刃傷沙汰《にんじょうざた》、慌《あわただ》しい逮捕、取調室での悲鳴や怒号と大荒れの一日だった。要するに現代社会のざっくり開いた傷口と格闘したので、正直なところ参っていた。

だがイレーヌは人を元気にするのが特技だ。自信を取り戻させ、嫌なことを忘れさせる術《すべ》を心得ていて、その日もスタジオでの出来事や編集中のフィルムのことを面白おかしく話してくれた（「ほんとにくだらないんだから、もう最悪よ」）。そんなたわいもない会話とアパルトマンの温もりで、カミーユの疲れはいつのまにかどこかへ行ってしまい、代わりにうっとりするような幸福感がわいてきた。カミーユはもう話の内容ではなく、イレーヌの声だけを聞いていた。それだけで幸せだった。

「さあ、食事にしましょう」

そう言って立ち上がりかけたイレーヌが、ふいになにかを思い出したようにふり向いた。

「忘れちゃいそうだから今言わせて。二つ、いえ三つ」

「いいよ」カミーユはそう言って一杯飲み干した。

「十三日に〈シェ・フランソワーズ〉で食事したいんだけど、無理？」

「問題ない」カミーユはちょっと考えてから答えた。

「よかった。じゃ二つ目。家計簿つけなきゃいけないから、カードの利用伝票を出して」

カミーユはソファーから降り、かばんから財布を取り出してなかを探し、くしゃくしゃになった伝票を引っぱり出した。

「なにも今晩つけなくても」ローテーブルに伝票を置きながら言った。「今日は疲れたし、一緒にゆっくり休みたい」

「ええもちろん」イレーヌはキッチンに向かいながら言った。「さあ、テーブルにどうぞ」

「あれ、三つと言わなかったか?」

イレーヌは足を止め、振り向き、ちょっと考えるような表情をした。

「そうそう! 三つ目はね……パパになるってどんな気分?」

イレーヌはキッチンのドアの近くに立っていた。カミーユはその姿をぽかんと見つめ、それから反射的に視線を少し下げ、だがもちろんイレーヌの腹はまだ平らで、そりゃそうだと思ってまた視線を戻した。イレーヌの目が笑っていた。二人にとって子供のことは長いあいだ懸案事項で、まったく折り合いがつかなかった。当初カミーユは時間を稼ぐ作戦に出ようとしたが、イレーヌは頑として認めなかった。次にカミーユは遺伝の問題を持ち出したが、イレーヌがいろいろ調べてきて問題はないと退けてしまった。仕方なくカミーユは切り札を出した。要するに、きっぱり拒否したのだ。するとイレーヌも切り札を出してきた。わたしはもう三十よ……。賽《さい》は投げられた。そして今の「パパになるってどんな気分?」によって勝負がついた。カミーユが二度目に「イレーヌは本当に美しいのか?」と自問したのはこのときで、答えはもちろん「美しい」だった。しかもわけもなく、もう二度とこう自問することはないだろうと思い、と同時に涙がこみ上げた。おそらくは人生初の喜びの涙だ。そして、命が顔ではじけたかのように、泣き笑いになった。

21

そんなことを思い出しながら、カミーユはイレーヌの腹に片手を載せたまましまうとうとしていた。するとふいに手の下に動きを感じた。弱々しく蹴り上げるような動きだ。カミーユははっと手を止めて次を待った。イレーヌが小さくうめき、一分が過ぎ、二分が過ぎた。なおも猫のようにじっとしていると、また来た。手のすぐ下で、今度は蹴るのではなく回転するような動き。もう何度目になるかわからないが、またしてもカミーユは「動いた！」という感動以外なにも考えられなくなり、自分の人生まで突然動きだしたような気がした。ところがその瞬間、あろうことか、あの釘づけにされた頭部の映像が脳裏をよぎったのだ。カミーユはあわてて悪夢を追い払ってもう一度幸福感に浸ろうとしたが、もう戻れなかった。

そこからは夢のような幸福感と現実の恐怖がせめぎ合い、さまざまな映像が浮かんできた。最初はゆっくりと、赤ん坊、イレーヌのふくらんだ腹、泣いている乳飲み子と続き、やがて速度を増して映画の予告編のようにめまぐるしく変化しはじめた。愛し合うときのイレーヌの美しい顔、その手、切りとられた指、イレーヌの目、女の醜悪な笑い顔、耳から耳まで切り裂かれたあの笑い……次第に恐怖のほうが勝っていく。

すっかり目が覚めてしまった。脳が覚醒し、カミーユは自分と人生のあいだに常に確執があったことを思い出さざるをえなかった。すると今度は、クルブヴォアのあの直視に堪えない死体の発見によって、その確執が本格的な戦いに変わろうとしているような気がしてきた。考えてみれば、あの二人もイレーヌと同じように生きていたのだ。あの二人にも白く丸みを帯びた腰、若く締まった体があり、夢のなかをたゆたう寝顔、規則正しい寝息、軽いいびき、そして彼女たちを愛する男を不安にさせる一瞬の無呼吸もあったかもしれない。そしてやはりイレーヌのように、はっとするほど美しいうなじで渦巻く髪があったはずだ。そう、イレーヌと同じように生きていたのに、ある日突然彼女たちの身になにかが起きた。それはなんだろう。招かれた？　雇われた？　無理強《じ》いされた？　さらわれた？　金をもらった？　それはわからないが、いずれにせよ二人は何者かの手で切り刻まれてしまった。しかもその何者かは、死を前にした二人の必死の形相に心を動かされることもなく、むしろそれを見て興奮したかもしれない。生きるために生れてきた二人の女は、結局あのロフトで死んでいった。それなのに、同じ都市に、同じ時代に生きているカミーユ・ヴェルーヴェン——冴えない刑事、うぬぼれが強く、妻にべた惚れの司法警察の小男——はあきもせずに妻の腹をなでていて、それこそがこの世の奇跡だと思っている。なにかがおかしくないだろうか。

カミーユの疲れた頭に最後に浮かんだ映像は、自分が二つの目標に向かって必死に手を伸ばし、もがいている姿だった。一つは自分が今愛《め》でている女、人生最大の驚きを生み出そうとしているこの女を可能なかぎり愛すること。もう一つは、あのロフトの女たちをだまし、犯し、殺し、切断し、壁に打ちつけたやつ（あるいはやつら）をあぶり出し、追い詰めて捕らえること。

眠りに落ちる寸前に、もう一つだけ疑問が浮かんだ。
おれはそんなにも疲れているんだろうか？

四月八日火曜日

1

カミーユはメトロのなかで新聞に目を通した。恐れていたことが現実になり、トランブレ事件との関連がすでに記事になっていた。この種の情報流出の速さには驚かされるが、避けがたいことでもある。サツ回り専門の雇われ記者がいて、彼らを介して各紙がそれぞれに警官を抱き込み、こっそり情報を仕入れているのは周知の事実だ。それにしても、関連がわかったのは昨日の夕刻なのに、その後どういうルートで流れたのだろう。カミーユはしばし首をひねったが、すぐに無駄なことだとあきらめた。漏れてしまったものは取り返しがつかない。それより厄介なのは、クルブヴォア事件とトランブレ事件がつながったことで記事の材料が一気に増えたことだ。メディアはクルブヴォア事件についてはまだ詳細を知らないが、トランブレ事件については山ほど情報をもっている。そんなわけで、どの新聞もまるで楽しむように《小さな王冠《プティ・クーロンヌ》の切り裂き魔》（「小さな王冠」はパリ市に隣接する三つの県のこと）、《トランブレの殺人鬼がクルブヴォアにも出没》、《トランブレの恐怖がクルブヴォアの虐殺へ》などとセンセーショナルな見出しを掲げていた。

それでもカミーユはどうにか気を取り直し、法医学研究所に着くとさっそく指示されていた部屋に向かった。

マレヴァルはなんでも簡略化するのが好きで、それが面白い発想につながることもある。たとえば人間も二つのカテゴリーに分け、カウボーイかインディアンのどちらかだと言うのが口癖だ。よく言われる内向的か外向的かという分類を現代風にアレンジしたものだと思えばいい。そしてこのマレヴァル式分類法を使うなら、解剖医のグエン医師もカミーユもインディアンに属することになるだろう。二人とも口数が少なく、だいたいにおいて観察に徹し、注意深い。そのせいだろうか、カミーユはグエン医師とはほとんど言葉を交わさず、互いに表情だけでだいたいわかってしまう。いや、もしかしたら、ベトナム難民の息子と背の低い警官のあいだには、逆境ゆえの連帯感のようなものが生まれているのかもしれない。

遺体確認のためにやってきたエヴリン・ルーヴレの母親は、いかにも田舎者が都会に出てきましたという風貌で、服もサイズが合っているとは言いがたかった。昨日会ったときに比べると、たった一日で背が縮み、一気に老け込んだように見えたが、それは心痛のせいだろう。それに酒の匂いもする。

「それほど長くはかかりませんから」

カミーユはそう声をかけ、つき添って遺体保管室に入った。テーブルの上のシートで覆われた遺体は、なんとか人の形に見えるように工夫されたものだ。カミーユはルーヴレ夫人を助けて頭のほうに近づくと、白衣を着た男に合図し、その男が慎重に頭部の覆いをめくった。めくりすぎると首から下がないことがわかってしまう。

母親は無表情なままぼんやりと見下ろしていた。覆いの下から現れたのは芝居の小道具の生首のようで、死は内部に閉じ込められてしまっている。だからなんなのかもよくわからないし、ましてや誰なのかなどわかるはずもない。母親も当惑しているようだったが、娘さんですかと訊かれるとひと言「はい」と答え、そのまま気を失った。支えてやらなければ倒れるところだった。

2

解剖室の前の廊下で男が待っていた。

誰でもそうだろうが、カミーユも自分の背丈を基準にして他人を測る。だからほとんどの人間は背が高いことになるが、その男はまあ高すぎるほどではなかった。せいぜい百七十センチくらいだろう。それよりカミーユを驚かせたのはまなざしだ。それこそがその男の本質だと思えるほど印象的なまなざしだった。見た目から推測できるのは、五十前後で、自分で自分の面倒を見るタイプで、健康管理も怠らず、何事にも細心の注意を払うといったところだろうか。あとから聞いた話では、夏でも冬でも毎日曜二十五キロ走っているそうだ。身なりもいいが、華美に走らず、手にさりげなく革のかばんを下げて静かに待っていた。

「エドゥアール・クレストです」と男が手を差し出した。「デシャン判事の指示で来ました」

「さっそくありがとうございます」カミーユは握手を返した。「判事にお願いしたのは、ほかでもありません、犯人グループのプロファイリングと動機の推定が必要でして……これまでの報告書の写しを持ってきました」

カミーユは紙ファイルを渡し、クレスト博士が最初の数ページに目を走らせるあいださらに観察した。美男子だなと思った瞬間、なぜかイレーヌの顔が浮かび、カミーユはあわてて嫉妬心をのみ込んだ。

「いつまでにお願いできますか?」カミーユが訊いた。

「解剖のあとで申し上げましょう。そこでわかる内容によっても変わりますから」

3

解剖室のなかをひと目見ただけで、いつもとは要領の違う作業になるとわかった。それは一つには、先ほどの遺体保管室とは違って、今度は切断された状態の頭部と対面したからだ。そしてもう一つには、すでに解剖台の上がジグソーパズルに近い状態になっていたからだ。

普通、冷蔵庫から取り出された死体は耐えがたい苦しみを連想させるが、だからこそそこに命があったことがわかる。苦しむには生きていなければならないのだから。だが今日の死体はばらばらで、苦しみさえ感じさせない。複数の包みとなって運ばれてきたところは、まるで魚市場で計量されるマグロの切り身のようだ。

ステンレス製の解剖台の上に、形のはっきりしない、大きさもまちまちの塊が並べられていく。まだ全部ではないが、それでもすでに明らかなのは、どうやったらこれらが一人あるいは二人の人体を構成するのか想像もつかないということだった。肉屋の陳列台を見て動物の全体像を思い浮かべる人がいないのと同じことだ。

クレスト博士とグエン医師が学会で出会ったかのように穏やかに握手を交わした。狂気の専門家が残虐行為の専門家にあいさつする図といったところか。それからグエン医師は眼鏡をかけ、テープレコーダーの状態を確認し、さっそく腹部から取りかかった。

「女性、白人、年齢はおよそ……」

4

フィリップ・ビュイッソンは一流ジャーナリストではないが、粘り強さでは誰にも負けない。

「ヴェルーヴェン警部は現段階ではなにもお話しできないと申しております」と断られても引き下がろうとしなかった。

「いや、記者会見をお願いしてるんじゃなくて、ほんの少しインタビューさせてもらいたいだけなんですが」

そういう電話が昨夕から始まり、今日も朝一番からかかってきた。十一時には電話交換手が音《ね》を上げて、もう十三回もかかってきたんですけどとカミーユに知らせてきた。交換手は苛立っていた。

ビュイッソンには大ジャーナリストになる素質はないようだが、人並みはずれて勘の鋭いところが専門分野とマッチして、それなりに成功を収めている。専門というのは社会面で、自分でも長所短所をわかった上で選んだのかもしれない。いずれにしてもこの選択は正しかった。

実際、名文家とはいかないものの読者を引きつける文章を書くし、細かい事実を掘り出してきて面白い記事にまとめるのがうまい。ちょっとした発見をいかに効果的に提示するかが彼の特技で、そこをとことん追求したのが幸いし、やがて運がめぐってきた。それがトランブレ事件だ。ビュイッソンはこの事件が注目を浴びることになると早々に察した一人で、事件発生当初からずっと追いつづけ、狙いどおり読者を獲得した。というわけで、クルブヴォア事件がトランブレ事件と絡むとわかった時点ですぐに鼻を突っ込んできたのは、むしろ当然のことだった。

メトロの駅を出たところでカミーユはすぐビュイッソンに気づいた。背が高く、三十代の今風の男だ。その印象は、少々魅力過多、狡猾、そして知的。

カミーユは顔をこわばらせ、足を速めた。

「すみません、二分だけ」とビュイッソンが大股で追いついてきた。

「その二分がないものでね。失礼するよ」

カミーユはさらに足を速めたが、それでもビュイッソンのような体格の男の普通の速度にしかならない。

「少しくらい話してくれたっていいじゃありませんか、捜査官。そうじゃないとどこのブン屋だって勝手に書きまくりますよ」

カミーユは足を止めた。

「古いな、ビュイッソン。〝捜査官〟という呼び方はとっくの昔に使われなくなっているんだがね。勝手に書くというのは単なる予告か？　それとも脅しか？」

「どちらでもありませんよ」ビュイッソンはにやついている。

しまったと思った。足を止めたのは失敗で、ビュイッソンに先手をとられた。一瞬二人の目が合い、互いを探り合った。

「言うまでもないでしょう」ビュイッソンが続けた。「書く材料がないと、記者は空想しはじめる」

ビュイッソンはなんでも相手のせいにするのがうまいようだ。しかもその目つきを見ていると、こいつは情報を手に入れるためならなんでもやりそうだという気がしてくる。他人を食いものにする人間にレベルの違いがあるとすれば、それを分けるのは生来の素質だろう。そしてビュイッソンは明らかに、ネタに食らいつくのに必要な遺伝的特質を備えている。

「トランブレ事件とのかかわりが浮上したと――」

「情報が早いな」カミーユは遮った。

「当時あの事件を取材しましたからね、当然興味がありますよ」

いけすかないやつだと思いながら、カミーユはもう一度ビュイッソンの顔を見上げた。すると、どうやらそう思っているのはこちらだけではないようだ。知らないうちに二人のあいだに密かな斥力《せきりょく》が働いて、どちらもそれを振り切れなくなっている、そんな気がした。

「残念だが今はなにも話せないし、それはどこの記者に対しても同じだから」カミーユは突き放した。「コメントが欲しいならほかを当たってくれ」

「ほかって、もっと背の高い人ってことですか？」と言ってビュイッソンはカミーユをわざとらしく見下ろした。

二人はまた睨み合ったが、突然生じた大きな亀裂にどちらも驚いたように目をそらした。

「失敬」とビュイッソンが口ごもった。

だがカミーユのほうは妙なことに少しだけほっとした。時には軽蔑も慰めになる。

「あの、ほんとにすみません。つい口がすべって」

「気にしなくていい」

カミーユはまた歩きはじめ、ビュイッソンもぴたりとついてきた。だが二人のあいだの空気はだいぶ変化していた。

「せめてなにか一つくらい教えてくださいよ。捜査の状況はどうなんです？」

「なにも言えない。もちろん捜査は進めている。それ以上のことはル・グエン警視に聞いてくれ。あるいは検事局に」

「ヴェルーヴェンさん、二つの事件はもうあちこちで取り上げられてますからね、どこの編集局もネタが欲しくてうずうずしてるんです。このままだと一週間もしないうちに、大衆紙が次々ともっともらしい容疑者を掘り出して、勝手にモンタージュ写真を載せたりして、フランス中がパニックになりますよ。警察からまともな情報を出しておかないと集団ヒステリーを招くだけです」

「仮にわたしに決定権があるとしたら」カミーユは素っ気なく言った。「犯人が逮捕されるまで情報なんか出すつもりはないがね」

「メディアから報道の自由を奪うつもりですか？」

カミーユはまた立ち止まった。もうメディアに対する得点稼ぎも作戦もどうでもよくなっていた。

「わたしなら勝手に集団ヒステリーを煽るようなまねはさせない。わかりやすく言えば、でたらめを書くことは許さん」

「ってことは、警察はだんまり？　まったく当てにするなというんですか？」

「とんでもない、われわれは犯人を捕まえる」

「でもメディアは不要だとおっしゃる？」

「当面はね」

「当面？　よくそんなことが言えますね。常識はずれもいいところだ」

「既成の枠にとらわれていないだけだ」

するとビュイッソンはちょっと考えるそぶりを見せた。

「こういうのはどうです？　ここだけの話ですけどね、あなたのためにできることがあるんです。いや警察じゃなくて、あなた個人のためです」

「それはどうだか」

「ほんとですよ。あなたの宣伝ができます。今週から週一の人物紹介のコーナーを任されてまして……知ってますよね、真ん中に大きい写真をどんと置いて、適当な文章で囲むっていうやつ。一つ書きかけてるのがあるんですが、それは先にまわせばいいし。もしよければ先にあなたを――」

「やめとけ」

「いや、こっちは本気ですよ！　あなたが自分で宣伝するわけじゃないから気を遣わなくていいし、ただ二、三、個人的なエピソードを聞かせてもらえるだけでいいんです。ぐっとくるようないい記事にしますよ、で、その代わり事件のことを少し教えてください。面倒なことにはなりませんから」

「やめとけと言ったんだ、ビュイッソン」

「話のわからない人だな、ヴェルーヴェン」

「ヴェルーヴェンさん、だ！」

「そういう口調はどうかと思いますけどね、ヴェルーヴェンさん、」

「ヴェルーヴェン警部！」

「そうですか」とビュイッソンが急に冷ややかな口調で言ったので、カミーユは眉をひそめた。

「どうとでもお好きなように」

そう言うとビュイッソンはさっさと背を向け、追ってきたときと同じ大股で歩き去った。

カミーユは時にメディア受けがいいと言われるが、それは少なくとも駆け引きの才によるものではなかった。

5

背が低いので、カミーユは立っているほうがいい。だがカミーユが座らないとなるとほかのメンバーも座りにくい。というわけで、新入りが来るたびに、ここではミーティングは立ってやるからなという不文律が伝えられてきた。だから今日も全員立っている。

前日、マレヴァルとアルマンは現場周辺の目撃情報を求めてかなり歩きまわった。とはいえ現場の近くに住宅はなく、ましてや犯行時刻の夜間ともなれば人の気配すらなかったはずなので、最初から望み薄ではあった。女二人を車で送っていったジョゼ・リベイロも、合図を待つあいだ道行く人を一人も見なかったと証言している。だが、ひょっとしたらそのあとで誰か通りかかったかもしれない。

マレヴァルたちがようやく人を見つけたのは二キロ以上歩いてからのことだった。現場から離れた住宅地に差しかかる手前に、ぽつんと数軒の店があったのだ。だが特に変わったものを見た人はいなかった。一昨日はトラックもバンも配達人も、住宅地内の住民さえ見かけなかったという。まるで加害者も被害者も、聖霊のお導きでぽっと現場に現れたかのようだ。

「つまり、犯人はよくよく考えてあの場所を選んだわけです」とマレヴァルが言った。

カミーユは最近、機会があればマレヴァルを観察している。今日は比較研究だ。ドアにもたれてくたびれた手帳を見ながら報告しているマレヴァルと、デスクの脇に立って腕を組んでいるルイは、いったいどこが違うだろう？

どちらも魅力的で、着こなしもうまいが、となると大きな違いは女だろうか。そこは明らかに違うぞ、とカミーユはその点に絞って考えてみた。マレヴァルは女好きだし、女に不自由していない。誘惑し、征服したいという欲望を常にまき散らしていて、性欲の赴くままに生きている。だがそれは多くを求めるからというよりも、いくらでも女がいるからだろう。マレヴァルは女を愛しているのではなく、女の尻を追いまわしているだけだ。獲物が目に留まるやいなや走りだす。だからいつもラフで動きやすい服を着ているのかもしれない。そう、彼は既製服のような男だ。一方ルイにとっては、スーツと同様、恋愛も特別に仕立てるものではないだろうか。春の日差しが穏やかな今日、ルイの着こなしは淡い色のスーツにライトブルーのシャツ、クラブストライプのタイ、そして靴は……わからないがとにかく最高級品に違いない。だがルイの女性関係となるとカミーユはほんのわずかしか知らない。というのはつまり、なにも知らない。

カミーユはマレヴァルとルイの関係についても考えてみた。同僚として仲よくやっているように見える。ルイがここに来てから数週間後にマレヴァルも配属されてきた。気が合ったようで、最初のころは一緒に遊びにいくことさえあった。カミーユがそれを覚えているのは、そんな日の翌日にマレヴァルがこう言うのを聞いたからだ。「ルイはいつもミサの侍者みたいにまじめぶってるけど、あれは猫をかぶってるんだ。特権階級ってのは、いったん羽目をはずすととんでもないからな」。それに対してルイはなにも言わず、前髪をかき上げただけだった。どちらの手だったかカミーユは覚えていない。

マレヴァルの声でカミーユはわれに返り、比較研究を中断した。

「ヒトゲノムマップですが、どこでも入手可能です。新聞、雑誌、その他の出版物に載っていて、つまり巷《ちまた》にあふれてます。人工牛革の飾りパネルも同じで、今はもう流行っていませんが、一時は飛ぶように売れていました。だから入手経路をたどるのはまず無理ですね。バスルームのダルメシアン柄の壁紙はごく最近張られたようですが、今のところ入手先はわかっていません。これも販売店に片っ端から当たるしかなくて」

「見通しは暗いね」とルイが小声で言った。

「そういうこと。で、オーディオ機器も何百万台と売れてるやつです。製造番号は消されてました。鑑識にまわしましたが、酸が使われたようで、となるとまず判明しませんね」

マレヴァルは報告を終え、アルマンに目でバトンタッチした。

「こっちもぱっとしなくてな」

「なんのなんの」とカミーユが口をはさんだ。「アルマンの報告はいつもすばらしいからなあ。なんといっても建設的で、みんなの助けになってる」

「や、でも、カミーユ」アルマンはみるみる赤くなった。

「おい、冗談だよ。ちょっとからかっただけだ」

アルマンとは犯罪捜査部に来たときから一緒で、ずいぶん長いつき合いになる。だから互いになれなれしい口を利く。カミーユにとってアルマンは友、マレヴァルは放蕩息子、ルイは後継者候補のようなものだ。だが……と時々自問する。彼らにとっておれはなんだ？

アルマンはすっかり赤くなり、手まで震えている。最近はちょっとしたことで手が震えるようだ。カミーユは時々、苦痛にも似た同情で胸がいっぱいになる。

「それで、そっちもやはりなにも見つからなかったか？」カミーユは勇気づけるように温かい視線を送った。

「いや、実はちょっとだけ」アルマンも少し落ち着きを取り戻して話しはじめた。「でも大したことじゃなくてな。あの家のシーツ類はどれもありきたりのもので、どこでも売られている品だった。サスペンダーもそうだ。だが、あの日本式のベッド……」

「どうした？」カミーユが先を促した。

「〝ふぉとん〟とか呼ばれていて」

「それはたぶん〝ふとん〟のことですね？」ルイが遠慮がちに言った。

するとアルマンは手帳をゆっくり繰りはじめた。これが始まると長いのだが、それこそがアルマンの長所だ。自分で確信がもてないかぎり認めない。いわばアルマン流デカルト主義。

「ほんとだ」とアルマンがようやく顔を上げ、ちょっと感動したような目をルイに向けた。

「それだよ、〝ふとん〟だった」

「で、その〝ふとん〟がどうしたんだ？」カミーユがまた背中を押した。

「それがな、日本から輸入されたものだった」

「日本から……いや、でも、日本製のものが日本から輸入されるのは、まあ普通のことだろ？」

「そりゃ普通なんだろうけど……」

そこで言葉が途切れたが、全員じっと続きを待った。皆アルマンのことをよく知っている。粘り強さでは庁内一で、アルマンが言い淀むとき、そこには何十時間分もの仕事の成果がからんでいるかもしれないとわかっている。

「説明してくれるか？」

「ああ、つまり日本から輸入されるのは普通なんだが、あのロフトにあったのは京都の家具メーカーから来たものだ。で、そのメーカーは主に人が座ったり眠ったりするための家具を作ってて……」

「いいぞ、それで？」

「それで、その……」アルマンはまたメモを見た。「〝ふとん〟はそのメーカーから来た。でももっと面白いのは、ソファー、あの大きいソファーもそこから来たってことだ」

また全員静かに待った。

「すごく長い変わったソファーだろ？　たくさんは売られていない。あれは一月に製造されたもので、出荷されたのは全部で三十七台。クルブヴォアのソファーはその三十七台のうちの一台なんだよ。でな、顧客リストがあって」

「おい！　なんでそれを最初に言わないんだ？」

「いや待ってくれ、まだ続きがあるから。三十七台のうち、二十六台はまだ販売店にある。十一台はメーカーから直接客に売られていて、そのうち六台は日本のバイヤーが買った。残りの五台は通販で買われていて、そのうち三台がフランスに来てるんだ。一台はパリの家具店が得意客のために調達したもので、客の名前はシルヴァン・シーゲル。そのソファーがこれ」

と言ってアルマンがポケットから写真を取り出した。クルブヴォアのロフトにあったのとそっくりのソファーが写っている。

「そのシーゲルさんって人がわざわざ撮ってくれた写真だ。一応実物を見にいくつもりだが、思うに、事件には関係なさそうだな」

「で、あとの二台は？」カミーユが訊いた。

「それがまたちょいと面白くてな。どっちもネットで購入されている。個人客へのネット販売となると追いかけるのに時間がかかる。すべてがコンピューターだから、まともな連絡先を見つけて、そいつが要領を心得てればラッキーで、ファイルを調べてもらって……。まあとにかく、その二台はクレスピとかいうやつと、ダンフォードってやつが買っていた。どっちもパリに住んでる。クレスピはまだつかまらなくて、二回伝言を頼んだが、まだかけてこない。明日の朝になっても連絡がなければこっちから出向く。だがこいつはなんでもないだろう。おれの考えでよけりゃだけど」

「その考えって、ただ？」マレヴァルがにやにやしながら訊いた。

だがアルマンはメモに集中していて顔も上げない。カミーユは勘弁してくれという視線をマレヴァルに投げた。ここは冗談を言うタイミングではない。

「電話に出たのはクレスピの家政婦だったんだが、そのソファーならここにありますよと言ってたからな。残る一人がダンフォードで」アルマンはここで顔を上げた。「こいつが怪しい。足取りがまったくつかめない。支払いは国際送金で、これについては明日確認がとれる。納品先としてジュヌヴィリエ（パリ北部の郊外）の家具倉庫が指定されていた。そこの管理人によると、ソファーが届いた翌日、男が小型トラックで引き取りに来たそうだ。管理人はその男の特徴をなにも覚えていないんだが、とにかく明日の朝、供述をとりにいくよ。少しでも思い出してくれてるといいんだがな」

「でもそいつだっていう証拠があるわけじゃないし」マレヴァルが横やりを入れた。

「それはそうだが」カミーユが応じた。「小さくても手がかりは手がかりだ。マレヴァル、おまえも明日アルマンとジュヌヴィリエに行ってくれ」

　四人はしばらく黙り込んだが、明らかに皆同じことを考えていた。なにもかもが漠然としていて、どの手がかりも行き着く先がなさそうだと。つまり、この殺人は単なる計画殺人ではなく、異常なほどの注意を払って入念に準備されたもので、偶然任せにされた部分がほとんどない。

「どうやらとことん細部を追っていくしかなさそうだな。今のところそれしか方法がないし、まあそれが仕事だ。だが肝心なことを忘れるなよ。鍵になるのは〝どうやって〟じゃない。〝なぜ〟だからな」カミーユはそう言って自分でも一瞬考えた。「さて、ほかにもあるか？」

「もう一人の被害者のジョジアーヌ・ドゥブフですが、パンタンに住んでいました」今度はルイがメモを見ながら報告した。「さっそく行ってきましたが、アパルトマンはやはり空です。ジョジアーヌはだいたいポルト・ド・ラ・シャペルで客を引いていて、たまにポルト・ド・ヴァンセンヌでも商売していたそうです。四、五日前から行方不明で、誰もなにも知りません。恋人もいなかったようです。この線も大した収穫は得られそうにありません」

それからルイが紙を一枚カミーユに渡した。犯人が残していったあのスーツケースの中身の品目リストだ。

「そうだ、これもあったな」カミーユは眼鏡をかけ、さっそくリストを追った。「旅慣れたビジネスマンの必需品ってところか？」

「しかも、どれも高級品ですね」ルイが言った。

「そうなのか？」カミーユにはぴんと来なかった。

「ええ、そう思います。アルマンが報告したこととも符合しますね。二人の女性をばらばらにするために、わざわざ日本から変わったソファーを取り寄せたというのはどう考えても妙ですが、三百ユーロはするラルフ・ローレンのスーツケースを殺害現場に残していくというのも、これまた妙です。中身もそうですよ。ブルックス・ブラザーズのスーツに、バーニーズの靴べら、シャープのハンディコピー機……どれも安くはありません。それに充電式シェーバー、スポーツウォッチ、革の札入れ、高級ヘアドライヤー……けっこうな金額になります」

「なるほど」カミーユはリストをじっくり見た。「あとは例の指紋の件だな。スタンプで押されたものとはいえ、かなり有力な手がかりだ。ルイ、念のため、トランブレ事件のときあの指紋が欧州データベースに照合されたかどうか確認してくれ」

「もう確認しました」と言ってルイがメモをめくった。「二〇〇一年十二月四日、トランブレ事件の捜査中に照合されていますが、ヒットしませんでした」

「そうか。だが二年経っているし、改めて照合するべきだろうな。欧州警察に必要な情報を送っておいてくれ」

「でもその……」とルイが言いかけた。

「なんだ？」

「その権限は予審判事にありますから」

「わかってる。とりあえず再申請してくれ。手続きはあとでおれがやるから」

カミーユは昨夜メモしておいたトランブレ事件の要点のコピーを配り、当時の証言をすべて洗い直すようルイに命じた。被害者の最後の数日を再構築し、改めて常客から話を訊けば、新たな手がかりが出てこないともかぎらない。カミーユにとっては、ルイをそうしたいかがわしい場所に送り込むのは少々愉快でもある。ルイが磨き上げられた靴でべたつく階段を軽やかに駆け上り、アルマーニのスーツでむっとするような部屋に立ち入るところを想像すると、まさに見ものだと思ってしまう。

「やるべきことに対して、人数が多いとは言えませんね」

「ルイ、いつもながら、おまえの控え目な表現には恐れ入るよ」

ルイが右手で前髪をかき上げた。

「実際おまえの言うとおりだな」カミーユは嘆息し、それから時計を見た。「グエン医師が夕方には仮の解剖所見を出すと約束してくれた。正直なところありがたい。昨夜のニュースにおれの禿げ頭が映ったし、今朝の新聞記事もあるからな、判事殿は少々いらついていて……」

「つまり？」とマレヴァルがせっついた。

「つまり、われわれは全員午後五時に判事の執務室に呼ばれている。そこで現状報告をする」

「はあ？」アルマンが目を丸くした。「報告って、なにを言やいいんだ？」

「そこが問題だ。報告すべきことは大してないし、中身もぱっとしない。だが少しは時間稼ぎができるぞ。クレスト博士が犯人の心理プロファイルを披露し、グエン医師がとりあえずの所見を述べるからな。それにしても、有力な糸口の一つくらいは示さないとな」

「なにかあるのか？」アルマンが訊いた。

また全員黙り込んだが、その沈黙はそれまでのものとは性質が違っていた。カミーユは羅針盤もなしに大海原に乗り出したような気分になり、改めて愕然とした。

「なにもないよ、アルマン。これっぽっちも。はっきりしているのはただ一つ。おれたちはとんでもない窮地に立っている」

今度ばかりはその言葉も大げさではなかった。四人ともそれを肌で感じつつあった。

6

カミーユとアルマンが同乗し、ルイとマレヴァルは別の車で判事のところに向かった。

「デシャン判事を知ってるか？」カミーユが訊いた。

「いやあ、どうだったかなあ」

「おまえが覚えてないってことは、会ったことがないんだな」

車はバス専用路線を縫うように進んでいた。

「で、そっちは？」とアルマンが訊いた。

「おれはよく覚えてるさ！」

デシャン判事は穏健だという噂で、その点では幸先がいい。カミーユはもう一度よく思い出してみた。ほぼ同年代で、とにかく細く、顔が非対称。目も鼻も口も頬も個別に見れば悪くないが、どういうわけか無秩序にばらまかれてしまっていて、知的であると同時に文字どおり混沌とした印象を与える。そして上等な服を着ている。

カミーユとアルマンがグエン医師と同時に執務室に着いたとき、部長のル・グエンはすでにその巨体を椅子の一つにうずめていた。マレヴァルとルイもすぐあとからやってきた。デシャン判事はデスクの後ろに堂々と構えている。その姿を見て、カミーユは自分の記憶に若干の修正を加えた。思っていたより若々しく、思っていた以上に細く、顔は知性というより教養を感じさせる。そして服は上等どころではなく、べらぼうに高そうだった。

数分遅れてクレスト博士もやってきて、唐突にカミーユと握手し、あいまいな笑みを見せ、ドアのすぐ近くに立った。ここには最小限の時間しかいたくありませんという態度にも見えた。

「この件には総力を挙げて取り組まねばなりません」と判事が口を開いた。「すでにテレビも新聞もこの話題でもちきりですから、急がなければなりません。無論、幻想を抱くつもりはありませんし、不可能を求めもしませんが、毎日報告していただきたいですし、捜査については情報が漏れないよう細心の注意を払ってください。記者たちにしつこく追いまわされるでしょうが、捜査上の機密保持に関しては断固たる姿勢で臨むつもりです。なにを言いたいかはおわかりですね？　さて、この会議のあとも取材班がわたしを待ち受けているでしょうし、なんらかの発表をせざるをえません。ここで皆さんの報告を聞いて、なにをどこまで出すかを決めるつもりです。それでメディアも少し落ち着いてくれるといいのですが」

一同を代弁するかのように、ル・グエンが大きくうなずいた。

「けっこう」と判事が言った。「ではグエン博士、あなたからお願いします」

若い解剖医はまず咳払いし、それから報告を始めた。

「詳しい分析結果が出るまでにはまだ数日かかりますが、今朝の解剖で明らかになったこともいくつかあります。まず、現場の惨状と遺体の損傷の激しさにもかかわらず、この犯行は単独犯によるものと考えられます」

執務室に無言の緊張が走った。

「また、十中八九、男によるものです」グエン医師は続けた。「細部は省略しますが、被害者には二人とも口腔、膣、肛門に性交の形跡があり、その一部は女性同士、一部は未知の男性とのもので、それがすなわち加害者だと考えられます。しかしながら、このかなり、ええ……無節操な戯れにもかかわらず、コンドームを使用した形跡も見られます。ゴム製のディルドも使われています。一方、殺害行為そのものについては不明の点が多く、なにがどういう順で行われたのかはわかっていません。凶器はさまざまで、まず電気ドリル、これはコンクリート用のドリル刃を装着したものです。それから塩酸、チェーンソー、釘打ち銃《ネイルガン》、数種類のナイフ、ライターなど。これらがどういう順で使われたかを正確に把握するのは困難です。遺体の状態があまりにも、その……混沌としていますから」

執務室の雰囲気は次第に重苦しくなってきた。グエン医師は目を上げ、眼鏡を押し上げてからまた続けた。

「二人の被害者はなんらかの有毒ガスを複数回吹きかけられたようです。またどちらも電気ドリルか釘打ち銃の台尻で——推測でしかありませんが、いずれにしても二人とも同じものでーー殴られています。力加減も同じで、長時間失神するほど強くはありませんでした。つまり二人は、一時的には感覚を失ったり気絶したりしたものの、自分の身になにが起きているかは最後の瞬間までわかっていたと推測できます」

グエン医師はまたメモに目を落とし、少しためらう様子を見せてから続けた。

「詳細はあとで報告書を見ていただくとして、要点だけ説明しておくと、エヴリン・ルーヴレの胴体には腹部と両脚に深い切り傷があり、また下腹部に塩酸で穴が開けられています。頭部は釘打ち銃で頬に釘を打ち、壁に留められていました。唇が爪切りと思われるもので切りとられていて、口のなかには精液が残っていましたが、死後に入れられたものと思われ、この点は分析によってはっきりするはずです。続いてジョジアーヌ・ドゥブフですが……」

「まだかなりあるんですか？」カミーユが訊いた。

「いや、あと少しだけ。ジョジアーヌ・ドゥブフですが、こちらは胴体に嚙み跡がいくつもあり、かなり出血したものと思われます。また現場に残されていた六本のサスペンダーでベッドの脇に縛りつけられていたようです。細部はあまりにもひどいのでこの場では省略するとして……頭部については、睫毛《まつげ》と眉毛がマッチの火で焼かれていました。また加害者は喉に手を突っ込んで、周囲の静脈や動脈をまるごとつかんで引っぱり出しています。なお、壁に《わたしは戻った》と書かれていましたが、あれはジョジアーヌ・ドゥブフの血液によるものです」

しばらく誰もなにも言えず、少ししてからようやくル・グエンが口を開いた。

「質問は？」

「トランブレ事件との関連性についてはどうですか？」と判事がカミーユのほうを見て訊いた。

「昨夜事件簿に目を通しました。照合すべき点が多々ありますが、いずれにしても、現場に残されたスタンプによる指紋が同じものであることは確かです。どちらの場合も署名的行動だと思われます」

「どう考えてもいい徴候ではありませんね」判事が言った。「犯人は自分の存在を知られたいと思っているわけですから」

「その点は、異常殺人犯の典型と言えそうです」とクレスト博士が割り込んだ。

クレストが声を発したのはそれが初めてだったので、全員が振り向いた。

「いきなり失礼」

クレストはそう言ったが、口調も態度も詫びになっておらず、効果を狙って意図的に口をはさんだのは明らかだった。

「どうぞ、続けてください」とこちらもまた平然と、すでになされた発言でさえ自分の許可によるものだという口調でデシャン判事が促した。

クレストは今朝と同じく、グレーの三つ揃いを品よく着こなしている。カミーユは部屋の中央に踏み出したクレストを見て、エドゥアールという名前がぴったりだと思った。世の中には自分たちがどういう子供をこの世に送り出したか理解している親もいるのだ。

クレストはメモを見ながらゆっくり話しはじめた。

「心理学的観点から申し上げると、構造は典型的でありながら様相が特異な事例と考えられます。構造としては、これは強迫神経症です。殺害状況と矛盾するようですが、おそらく犯人は破壊したいという妄想にとりつかれているわけではなく、支配衝動が破壊につながったのでしょう。犯人は女を所有したい。しかし所有しても満足が得られない。そこで女を苦しめるが、それでも満足を得られず、ついには殺す。それでもまだ満足できないのです。彼は支配し、犯し、虐待し、切断するが、それでも喜びは得られない。自分が求めるものはこの世では見つからない、どうやっても安らぎを得ることはできないとどこかで感じている。それでもやめられない。そして年月とともに、女性を深く憎むようになる。それは女性だからではなく、自分に満足を、あるいは安らぎをもたらしてくれないからです。実のところこの男は孤独なのです。性的に不能なわけではなく、勃起も射精も可能で、いわゆる快楽は得られるのですが、それが本当の意味の性的満足と異なることは誰もが知るとおりで、男はその次元に達したことがない。

いや、たとえ達したことがあるとしても、その扉はもはや閉ざされ、鍵も失われています。そしてそれ以来、彼はその鍵を探しつづけているわけです。つまり冷酷で感情のない、単なるサディストではありません。不幸な男で、自分自身が苦しいがゆえに、女性を苦しめるのです」

ゆっくりと言葉を選んで説明する様子からは、教育者としての自信のほどがうかがえる。カミーユはクレストの左右の額の生え際がかなり後退しているのを見て、四十代のころよりもてなくなっているに違いないなどと考えてしまった。

「わたしがまず目を留めたのは、皆さんも同じだと思いますが、犯行現場の演出に細心の注意が払われていることです。この種の犯行ではある種の署名、いうなれば自分の仕事に〝印をつける〟ために署名が残されることが少なくありません。そうした署名は幻想と関係し、それも多くの場合原初的幻想と結びついています。あの壁に残された指紋はそうした署名だと考えられますし、《わたしは戻った》という血文字に至っては疑いようもなく署名です。しかし、あなたからいただいた報告書を見ると」とカミーユのほうを見た。「この事件においてはそのような署名が多すぎるのです。あまりにも多い。小道具も、場所も、演出も、すべてがこの犯罪に〝署名する〟ことだけを意図しているように見える。だとすれば、こちらも見方を変えるべきでしょう。すでに明らかなのは、加害者がすべてを念入りに準備したこと。注意深く計画を練り上げたこと。また加害者から見れば、すべての細部が重要な、極めて重要な意味をもっていたことです。しかしながら、それらを個々に解明することに意味はありません。今回は、同種の他の事例のようにそうした細部が加害者の人生にどうかかわっていたかを探っても意味がありません。なぜならそれらの要素が個別に意味をもっているわけではないからです。今回重要なのは全体です。個々の署名を解読しようとするのは時間の無駄です。それはシェイクスピア劇のなかの言葉の意味を個別に問うようなもので、それでは『リア王』は理解できません。全体としての意味を解読すべきなのです。ですがそうなると」とまたしてもカミーユのほうを見た。「残念ながらわたしの知識の及ぶところではありません」

「社会的にはどのような人物だと考えられますか？」カミーユが質問した。

「教育を受けた白人。インテリとまで言えるかどうかはわかりませんが、知的。年齢は三十から五十のあいだ。独り暮らし。妻と死別、あるいは離別した可能性もありますが、いずれにしても独り身でしょう」

「反復性についてはどう考えたらいいでしょう？」ルイが訊いた。

「そこは難しいですね。ただ、これが初犯とは思えません。この加害者の反復性は、そうですね……波紋のようなものでしょう。つまり同心円を描いて次第に広がっていく。最初はレイプだけだったかもしれない。それが虐待になり、ついには殺人にまでエスカレートする。こうしたステップは容易に想像できますが、難しいのは具体的にどういう要素が反復されるかです。代数でいうところの定数は案外少ないのではないでしょうか。確実だと思えるのは、若い売春婦、虐待、殺害、その程度かもしれません。それ以上のこととなると……」

「精神疾患の病歴がある可能性は？」アルマンが訊いた。

「可能性はあります。軽い行動障害など。しかし相手は頭のいい男です。しかも自分自身をだましつづけてきたので、人をだますのもお手のものでしょう。ですから病歴から簡単にたぐれるとは思えません。とにかくこの男は心が休まらない。最後の希望が女性なので、女性に要求する。彼女たちが与えられないものまで要求し、暴力は際限なくエスカレートしていく。逮捕されないかぎり終わりはありません。しかも自分の欲動に論理的な図式を見いだしている。それが先ほど述べた複雑な演出のことです。その演出によって欲動が行動になるわけですが、しかしその図式には終わりがない。シリアルキラーは皆そうだとおっしゃりたいでしょうが、少し違います。犯行が念入りなのは完成させることが目的なのではなく、自分が偉大なことをしていると思っているからです。崇高な使命とまでは言いませんが、なにかしらそれに近いものです。そして、自分は使命を負うと彼が思っているかぎり次の二点は確実です。一つは犯行が続くこと。もう一つは犯行の内容がますます過激になっていくことです」

クレストは判事を見て、カミーユ、ル・グエンと目を移し、それから困りましたねという表情で全員を見わたし、最後にこう締めくくった。

「この男はわたしたちが想像もつかないことをやってのける恐れがあります。それはもうなされているかもしれず、あるいはこれからかもしれません」

全員黙り込んだ。

「ほかには？」判事が両手をデスクに載せて訊いた。

7

「嘘だろ」とカミーユは時計を見てうめいた。

今夜はイレーヌとレストランで食事をする約束だ。それも特別な食事、結婚記念日だった。

イレーヌの妊娠がわかってからの日々は飛ぶように過ぎた。イレーヌの体形もみるみる変わり、腹が出てくるのはもちろん、顔も、腰まわりも丸くなり、動作もすべて遅く、重くなった。しかもその変化はカミーユが思っていたように徐々に訪れたのではなく、何回かに分かれて急激にやってきたので、そのたびに驚いた。たとえば、ある日帰宅したらイレーヌのそばかすが急に増えていたこともある。それがまた愛らしかったので思わず口にしたら、イレーヌは笑いながらカミーユの頰をなで、こう言った。

「あなたったら、そんなに急に変わるわけないじゃない。もう二週間くらい一緒に食事してなかったからそう思うのよ」

そのときカミーユは戸惑った。その言葉が連想させたのが、男が働き女が家で待つというカミーユが苦手な古臭いイメージだったからだ。とはいえ、そうした状況そのものが嫌なのか、それとも平凡だから嫌なのかは自分でもわからない。同時に身重の妻を顧みない夫というイメージも浮かんだが、それは自分には当てはまらないはずだった。カミーユの思考も人生もイレーヌによって占められていて、日に百回はイレーヌのことを考えるし、そのたびに仕事の手が止まって困るほどなのだから。また生まれてくる子供のことも日に百回考えるし、白内障の手術でも受けたように、人生を新たな角度から見るようになっていた。だから、そう、妻を顧みないという批判はまったく当たらない。だが……心の底をのぞくと、一つだけ認めざるをえないことがある。それは、イレーヌが舵を切ったにもかかわらず、自分はまだ切っていないという感覚だった。

最初の数か月はそんなことは感じなかった。イレーヌは相変わらず忙しく働いていたし、帰りが遅くなることもあり、いつもの生活のリズムが保たれていた。二人は結婚当初から共働きのマイナス面をプラスに変え、工夫しながら生活を楽しんできた。その日のなりゆきで時間が合えば、互いの勤め先の中間にあるレストランで落ち合うこともあるし、残業中に電話し、もう十時近くだと互いに驚き、まだ最終回に間に合うと近所の映画館に飛び込むこともあった。どちらも自然体でいられて、しかもちょっとした喜びに満ちた日々で、要するに二人は楽しんでいた。リズムが変わったのはイレーヌが働くのをやめ、一日中家にいるようになってからだ。

「この子が話し相手だから」と腹をさすりながらイレーヌは言う。「でもまだあんまり話してくれないのよね」。つまりイレーヌは舵を切ったのだが、カミーユはまだ直進していた。以前と同じように働き、帰宅も遅く、二人のリズムがずれたことにも無頓着だった。そしてあるときイレーヌのそばかすが急に増えていて、カミーユはようやくその〝ずれ〟に気づいたというわけだ。

だからこそ、今日はへまをしたくなかった。そこでカミーユは昼ごろからさんざん悩んだ挙句、とうとう夕方ルイに助けを求めた。いい店を探すとなればルイに訊くにかぎる。

「うまい店じゃなきゃだめなんだ。しかも感じのいい。結婚記念日だからな」

「それなら〈シェ・ミシェル〉がいいですよ。あそこなら間違いありません」

ついでに値段も訊きたかったが、自尊心がブレーキをかけた。

「あるいは〈ラシエット〉という手もあります」とルイがつけ足した。

「〈シェ・ミシェル〉がよさそうだ。ありがとう、ルイ、助かったよ」

8

急いで帰宅すると、イレーヌはとっくに身支度をすませて待っていた。カミーユは時計を見たいのをぐっとこらえた。

「いいの」とイレーヌが微笑んだ。「もちろん遅刻だけど、許容範囲よ」

二人は車まで歩いたが、イレーヌの足取りは重かった。外股歩きで、背中が反り、腹のふくらみの位置も下がり、全体的に疲れてみえる。

「だいじょうぶか?」

イレーヌは立ち止まり、唇の端をちょっと上げて言った。

「だいじょうぶ」

カミーユはその声色としぐさになぜか軽い苛立ちのようなものを感じ、ひょっとしたら少し前にも同じ質問をしたのに、その答えをこちらが無視したのだろうかと気になった。もっとイレーヌのことを考えてやらなければと思い、自分に腹が立つ。この女を愛しているのに、どうやら自分はいい夫ではないようだ。そのあと二人は黙り込み、カミーユはその沈黙をある種の非難のように感じながら数百メートル歩いた。なぜか言葉が出てこなかった。映画館の前を通り過ぎるとき、ちらりと女優の名前が目に入った。グエンドリン・プレイン——なにかに似た名前だと思ったが、思い出せないまま車のドアを開けた。

イレーヌは黙って車に乗った。この気まずい雰囲気はいったいなんなのかと、カミーユはますます不安になった。イレーヌも同じように感じているはずだが……。とそのとき、やはりイレーヌのほうが賢いことが証明された。エンジンをかけようとしたカミーユの手を取って自分のふくらんだ腹のほうに引き寄せ、もう片方の手をカミーユの首にまわして熱いキスをしてくれたのだ。それから二人が見つめ合ったときにはもう、気まずい雰囲気は見事に消えていた。

「ヴェルーヴェンさん、愛してるわ」

「おれもだ、ヴェルーヴェン夫人」カミーユはイレーヌを見つめ、指でゆっくりとその額を、目のまわりを、唇をなでた。「おれも愛している」

ルイが薦めただけあって、〈シェ・ミシェル〉はとてもよかった。いかにもパリ風に洗練されていて、鏡張りの室内装飾にも嫌味がない。ウエーターは黒ズボンに白ジャケット、駅のホールのようなざわめき、凍るほど冷たいミュスカデ。今夜のイレーヌは黄色と赤の花柄のワンピースだ。余裕をみてかなり上のサイズを買ったつもりらしいが、早くもきつくなっていて、座るとボタン穴が伸びてしまった。

客が多くてにぎやかだったが、そのほうが周囲を気にせずにしゃべれるのでくつろげる。二人はイレーヌが仕事を離れるまで手がけていた番組の話をし、それからイレーヌがカミーユの父親の消息を尋ねた。

イレーヌを初めて父のアパルトマンに連れていったとき、父は昔からの知り合いのように彼女を迎え、食事のあとには贈り物までした。なんとバスキアの絵だ。あのころすでに父は金を手にしていた。早々に引退し、かなりの額で薬局を売ったのだが、それがいくらだったのかカミーユは知らない。いずれにしても、広すぎるアパルトマン、必要のない家政婦、読みきれない本、聴ききれないＣＤを所有し、そのうえ旅行も楽しむという暮らしを維持できるほどの金額らしい。あるとき、アトリエに残っている母の絵画について、一部売ってもいいかとカミーユに訊いてきたことがある。アトリエを閉めて以来、画商たちにぜひ売ってくれとせがまれているという。

「絵は人が見るためのものだから」とカミーユは答えておいた。

カミーユ自身は母の絵を持っていない。父も手元に置いているのは最初の一枚と最後の一枚だけだ。

「売った分の金はいずれおまえのものだから」と父は言った。

「使ってくれてかまわないよ」とカミーユは答えたが、なんとなくこの話題が嫌だった。結局その話は立ち消えとなり、母の絵はまだアトリエにある。

「こないだ電話したよ」とカミーユは答えた。「元気そうだった」

イレーヌは皿の料理に夢中で、カミーユはイレーヌに夢中だった。

「おいしかったってルイに伝えてね」イレーヌは満足気にナイフとフォークを置いた。

「ついでに請求書も渡しとこう」

「まあ、けちくさい」

「愛してるよ」

「うれしいわ」

デザートが出てきたところでイレーヌが訊いた。

「ところであの事件はどうなの？　さっき予審判事がラジオで話してたわよ。なんだっけ、デシャン判事？」

「そうだ。なんと言っていた？」

「概略だけよ。でもかなり気味の悪い事件みたいね」

カミーユが目で促すと、イレーヌは続けた。

「二人の若い女性が殺されて、場所はクルブヴォアのロフトだって。詳しいことは言わなかったけど、なんだかぞっとするような」

「ああ、そうなんだ」

「別の未解決事件とも関係があるって言ってたけど。トランブレ事件？　それもあなたが担当だったの？」

「いや、当時はおれじゃなかったんだが、今回そうなった」

カミーユは事件の話などしたくなかった。結婚記念日に、身重の妻と、若い女性の殺人事件について話したいやつなどいるものか。だが、どうやらイレーヌは事件発生以来カミーユの頭が二人の被害者のことでいっぱいになっていて、なにかで気が紛れたとしてもすぐまた引き戻されてしまうことに気づいているらしい。だとしたら、差し障りのない概要くらいは話したほうがいいと思った。ところが実際に話しはじめてみると、使いたくない言葉、触れたくない細部、描写したくない光景に次々とぶつかり、それを避けようとして言葉に詰まったり、迷ったり、意味もなく店のなかを見まわしたりと、中断ばかりでなかなか進まない。いや進まないどころかとうとう頓挫してしまい、カミーユは降参の印に両手を上げた。それを見てイレーヌも、カミーユが言わないことは文字どおり説明不可能なのだとわかってくれたようだ。

「つまり、犯人は頭がいかれてるのね」とイレーヌがすっきりまとめた。

そこでカミーユは、勤続中にこんな事件を引き受けることになる警官は百人に一人だし、それを喜ぶ警官は千人に一人もいないよと説明した。多くの人がそうであるように、イレーヌもカミーユの仕事を推理小説の世界と同じだと思っているのだろう。そう思ってうっかり口にしたら、すぐにぴしゃりと言い返された。

「わたしが推理小説を読んでたことなんてある？　大嫌いなのよ」

「でも少しは読んだだろう？」

「『そして誰もいなくなった』だけよ。それも高校生のときにね。交換留学でワイオミングに行くことになって、そのとき父が、アメリカ文化を知るにはこれがいちばんだって買ってくれたんだけど、父は地理がまったくだめなのよね」

「実を言うと、おれもあまり好きじゃない」

「わたしは映画のほうが好き」イレーヌは猫のように微笑んだ。

「知ってるさ」カミーユは哲学者のように微笑んだ。

なにしろ二人は互いを知り尽くしている。

カミーユはテーブルクロスの上にナイフの先で透明な木を描きながら、そろそろプレゼントを渡そうかと考えた。そして顔を上げ、ポケットから小さい箱を取り出した。

「結婚記念日に」

箱を見ただけで、この人には想像力ってものがないのねとイレーヌはあきれているだろう。カミーユは結婚式の日にアクセサリーを贈り、妊娠がわかったときにもアクセサリーを贈った。そして今、その数か月後に、また同じことをしている。だがイレーヌはがっかりした様子など見せなかった。イレーヌは賢いから、金曜の夜しか妻に興味を示さない夫よりましだと達観しているのかもしれない。いずれにしても、イレーヌのほうがはるかに想像力が豊かなのは確かなことで、今回もそうだった。イレーヌは椅子の下に手を伸ばし、席に着いたときさりげなく置いておいた四角い包みを取り上げて、カミーユに差し出した。

「あなたにもね」

カミーユはイレーヌからの贈り物をすべて覚えている。毎回思いも寄らないものなので、ワンパターンの自分が恥ずかしくなる。近くのテーブルの客もちらちら視線を注ぐなか、カミーユが包装紙を開けると、『カラヴァッジョの謎』という本が出てきた。表紙は「トランプ詐欺師」の中央部分の拡大で、二人の人物の手が描かれていて、一人は手袋をはめ、もう一人は両手でトランプを持っている。カミーユもよく知っている絵で、すぐに全体像が目に浮かんだ。身なりのいい青年を相手に今まさにいかさまが行われようとしている場面だ。人を殺したことのある画家の本を刑事である夫に贈るというところに、イレーヌらしいひねりが利いている。

「気に入った？」

「すごいよ」

母もカラヴァッジョが好きだった。「ゴリアテの首を持つダヴィデ」について語る様子を思い出す。本を開いて少しページを繰ってみたら、まさにその絵が出てきた。カミーユの目はゴリアテの首に吸い寄せられた。ここにもまた切り落とされた首が……。母はこう言っていた。

「善と悪の戦いを描いたものだなんて言われるけど、でもダヴィデの狂ったような目を見てごらん。それからゴリアテの苦しみのあとの穏やかな顔を。本当の善は、悪は、どこにあるのかしら？　それが問題よ」

9

二人はレストランを出て、手をつないで大通りを少し散歩した。人目のある場所では、カミーユにはイレーヌの手を取るのがせいぜいだ。肩を抱いたり、腰に手をまわしたりしてみたいものだと思うこともあるし、それは人のまねをしたいからではなく、イレーヌは妻なんだと態度で示したいからだ。だがそれができない悔しさも年々薄れてきた。手をつなぐほうが慎みがあるし、今ではそれこそ自分にふさわしいと思える。イレーヌの歩みがわずかだが遅くなった。

「疲れたか？」

「ええ、少しね」

イレーヌは微笑んだが息が切れていた。そして見えない皺でも伸ばすように腹をさすった。

「車をとってこよう」

「あら、だいじょうぶよ」

いや、だいじょうぶとは思えなかった。

もうかなり遅い時間だったが、大通りは人であふれていた。カミーユが車をとってくるまで、イレーヌはカフェのテラスで待つことになった。

大通りの交差点で信号を待つあいだに、カミーユはイレーヌのほうを振り返った。するとイレーヌの表情がまったく違ったものに見え、二人のあいだに突然大きな隔たりが生まれたように思えて胸が締めつけられた。イレーヌは面白そうに道行く人をながめているだけなのだが、それでも彼女は彼女自身の世界にいて、あるいはやがて生まれてくる子供の世界にいて、自分はそこにいないという気がしたのだ。だがそれは愛の問題ではなく、単純にイレーヌが女で自分が男だからだとわかっていたので、不安はすぐに消えた。それは確かに隔たりだが、狭まることも広がることもない。そもそもその隔たりがあるからこそ二人は結ばれたのだ。そう思ったら頬が緩んだ。

そのときイレーヌが人に遮られて見えなくなった。カミーユのすぐ横に信号待ちの若者が立ったのだ。最近の若者はでかいなあと思わず心のなかでうなった。カミーユの目の位置に相手の肘がある。そういえば、どこの国でも平均身長が伸びているとどこかに書いてあった。日本人でさえそうだという。

ようやく信号を渡り、ポケットのキーを探りながら車に近づいたとき、ふいに答えが出た。数時間前から無意識に探していた〝失われた輪〟、つまり映画館で見かけた女優の名前がなにに似ているかの答えだ。グエンドリン・プレインという女優の名がカミーユの脳の奥から引っぱり出してきたもの、それはヴィクトル・ユゴーの『笑う男』の主人公グウィンプレイン（口を切り裂かれ、笑った顔になった）であり、その語りの一節だった。

「大物は望みどおりに生きるが、小物はなるようにしかならない」

10

「パレットナイフは厚みを出すのに使うのよ。ほら、こんなふうに」

ママがゆっくり教えてくれるなんて久しぶりだ。アトリエはテレピン油の匂いでいっぱい。ママは赤い絵の具を塗る。それもたっぷりと。血のような赤、紅色、夜のように深い赤。パレットナイフをぎゅっと押しつけて、絵の具を厚く置いたら、そこからは軽いタッチで伸ばしていく。ママは赤が好き。ぼくには赤が好きなママがいる。ママが優しい目でぼくを見ている。

「カミーユ、あなたも赤が好きよね?」

カミーユはふいに恐怖にとらわれ、後ずさりした。


カミーユがはっと飛び起きたのは朝の四時少し過ぎだった。熟睡しているイレーヌのほうに身をかがめ、息を止めてイレーヌの寝息に耳をすました。ゆっくりした規則的な寝息、体重が増えた女の軽いいびきが聞こえる。またそっと腹に手をのせ、温かくなめらかな張りを確認してから止めていた息をゆっくり吐いた。ぼんやりした頭のまま見まわすと、部屋はまだ暗く、街灯の光で窓だけがぼうっと明るかった。胸の鼓動が速く、なかなか静まらない。額から垂れてきた汗で目がかすみ、こりゃまずいぞと思った。

カミーユはそっとベッドを抜け出して洗面台まで行き、冷たい水を何度も顔にかけた。

普段のカミーユは朝までぐっすり眠れる。「潜在意識がおれをそっとしといてくれるんだ」というのが口癖だ。それなのにどうしたのか。

キッチンに行って冷たい牛乳を飲み、ソファーに腰を下ろした。体中がだるく、脚が重く、背中と首筋が固まっている。少しほぐそうと首をゆっくり動かした。相変わらずあのロフトのばらばら死体が頭のなかにある。なんとか忘れようとするのだが、精神がわけのわからない恐怖のまわりをぐるぐるまわっていてどうにもならない。

いったいどうした、落ち着けよとカミーユは自分に言い聞かせた。だが頭は混乱したままだ。さあ、深呼吸して、これまで見てきた恐怖を、すべてのばらばら死体を思い出してみろ。確かにあの二人は最悪の部類に入るが、それでも決して初めてではないし、最後でもないだろう。だからただ仕事をすればいい。おまえにできることをしろ。最善を尽くし、犯人を探し出せ。だが事件に人生を乗っ取られるな！

だがそのとき、飛び起きる前に見ていた夢の最後の場面がよみがえった。母が壁に、クルブヴォアの被害者にそっくりな女の死顔を描く。だがやがて生気のないその顔が動きだし、つぼみのようにほぐれていき、花開く。それは赤黒くて花弁の多い菊、あるいは牡丹のような花……。

カミーユはいつのまにか居間の真ん中に突っ立ち、そのまま身動きできなくなっていた。まだ言葉にならないが、なにかが自分のなかで起こりつつあり、動けばそれが止まってしまうような気がする。じっと待つしかない。またしても筋肉がこわばり、呼吸が浅くなる。糸を切ってはいけない。細い糸がそこに見えてきている。だがあまりにも細く、脆い。だから微動だにせず、目を閉じて待つ……。カミーユは夢のなかの壁に描かれた女の顔を慎重に探った。だがその夢の核心は女ではなく花にありそうだ。いや、なにかもう一つ別のものがあり、それがわき出てこようとしている。思考の波が寄せては返し、そのひと波ごとになにかが近づいてくる。

「ちくしょう！」

その女は花だ。なんの花だ？　ちくしょう、なんの花なんだ！　もうすっかり目が覚め、脳が光速で言葉を探している。花弁が多い花、菊か、牡丹か。

そして突然、言葉が出た。そうだ、それだ、信じがたいがそれだ。あの夢はクルブヴォア事件ではなく、トランブレ事件に関するものだ。

「ありえない」と口にしながら、カミーユはすでにありうると思っていた。

書斎に駆け込み、動きの遅い手に悪態をつきながらトランブレ事件の写真を引っぱり出す。枚数が多い。眼鏡はどこだ？　見つからない。仕方なく一枚ずつ手に取って窓辺の街灯の明かりで見ていき、ようやく見つけた。口が耳元まで切り裂かれた顔。そして真っ二つにされた胴体。

「そんなことが……」とつぶやいて居間を振り返った。

カミーユは居間に戻り、書棚の前に立った。手前の踏み台の上にはこの数週間で本や新聞が堆積している。それをどけながら、頭では一連の輪を追った。グウィンプレイン――笑う男――口を切り裂かれた女の顔――笑う女。

その花は牡丹じゃない。

カミーユは踏み台に乗り、棚の上の本に指を走らせた。シムノンがあり、イギリスの作家があり、それからハードボイルド作家……ホレス・マッコイ、そしてジェイムズ・ハドリー・チェイスの『ミス・ブランディッシの蘭』。

いや、蘭でもない。

そしてカミーユはある一冊の本の天に指をかけ、手前に倒した。その花は、そう、ダリアだ。しかも赤じゃない。ブラック・ダリア。

カミーユはソファーに身を投げ、手にした本を見つめた。表紙は黒髪の若い女で、髪型のせいだろうか五〇年代のポートレート風に見える。奥付を見ると、一九八七年。

裏表紙の紹介文はこうだ。

一九四七年一月十五日、腰で切断された若い女の全裸死体がロサンゼルス市内の空き地で発見された。被害者はエリザベス・ショート、二十二歳、通称〝ブラック・ダリア〟……。

ストーリーはよく覚えている。ページを繰りながらところどころ文字を追い、九十九ページ（仏語版）で手を止めた。

腰のところで二つに切断された若い女の、全裸の惨殺死体。下半身が、脚を大きくひろげ、上半身から数フィート離れて雑草のあいだに転がっていた。左の太腿の肉が三角形に大きくえぐりとられ、二つに切断されたところから陰毛の生えぎわまで、ざっくり切り裂かれた長い傷が走っている。その切り口に沿ってべろんとはがれた皮膚がめくりかえされており、内臓が抜き取られていた。上半身はさらにひどくて、乳房のそこここに煙草の火を押しつけた跡、そして右の乳房は切り落とされて、わずかに皮一枚で胸につながっており、左の乳房には、乳首のまわりに無数の切り目。切傷は深く骨にまで達しているが、なんといっても最悪なのは女の顔だった。


「どうしたの？　眠れないの？」

目を上げると、イレーヌがネグリジェ姿で居間の入り口に立っていた。カミーユは本を置き、イレーヌのところまで行って安心させるように腹をなでた。

「おやすみ。おれもすぐに行くから」

イレーヌは悪夢で目覚めた子供のような顔をしている。

「すぐに行くよ。さあ、ベッドに戻って」

イレーヌは眠そうにふらふら戻っていった。本は読みかけのところを開いたまま伏せてある。ばかげた考えだと思いながら、それでもまたソファーに戻って本を手にした。そして先ほどの個所を目で探し、続きを読んだ。


腫れあがって紫色の痣だらけ、鼻はつぶれて顔面にめりこみ、耳まで切り裂かれた口が、女の身に加えられたその他の残虐さをなぜか嘲るかのように、こちらに向かってにたりと笑いかけていた。その笑い顔に、私は死ぬまでつきまとわれるだろうと思った。

「なんてこった」

カミーユはさらにページをめくったが、そこでいったん本を置いた。目を閉じるだけでマヌエラ・コンスタンツァの死体が浮かんでくる。足首にロープの跡がある下半身……。

ふたたび本に戻った。

真っ黒な髪に血糊さえついていないのは、死体を捨てる前に加害者がシャンプーで洗ってやるかどうかしたのだろうか。

また本を置いた。書斎に戻ってもう一度写真を見なければ。だがまさか。これは夢だ……あまりにもばかげてる。

四月九日水曜日

1

「それで、そのばかげた説をとるのか?」

朝九時。ル・グエンのオフィス。

カミーユは上司のだらんと垂れた頰を見て、なかにどんな重いものが入っているんだろうと一瞬考え、それから反論した。

「おれはむしろ、これまで誰も気づかなかったことに驚いてる。これが気がかりな一致だってことは否定できないだろ?」

ル・グエンは『ブラック・ダリア』を読みながらカミーユの話を聞いていた。そして付箋《ふせん》の個所をひと通り読み終えると眼鏡をはずした。カミーユはル・グエンのオフィスでは立ったままでいる。いくつか肘掛け椅子が置いてあるのだが、以前その一つに座ってみたら、クッションで覆われた井戸の底に落ち込んだ気分になり、しかも脚をばたばたさせなければ抜け出せなかったのだ。

ル・グエンは本をひっくり返して表紙をながめ、顔をしかめた。

「いっちゃ悪いが、けっこう有名だぞ」

「……知らん名だ」

「どうだかな」

「いや、そうなんだって」

「なあ、カミーユ、おれたちはもう山ほど厄介事を抱え込んでる。そりゃこいつだっておまえが言うように気がかりじゃあるが、だからどうだってんだ?」

「つまりこの本をまねたんだ。なぜとは訊いてくれるなよ。おれは知らん。だがそう考えればすべてつじつまが合うだろ? トランプレ事件の報告書を読んでみたが、当時意味不明だった点はすべてこの本のとおりだ。腰で切断された死体、煙草の焼け跡、足首をロープで縛った跡、すべて一致する。なぜ髪が洗われたのか、当時は誰にもわからなかったが、本をまねたとすれば筋が通る。解剖所見についても同じことだ。なぜ腸も、肝臓も、胃も、脾臓もないのか誰にも説明できなかった。だが今なら、本のなかに書いてあるからだと説明できる。なぜ背中に……」カミーユは解剖報告書の記述を思い出そうとした。「〝鞭で打たれたような軽度の傷跡〟があるのかもこれまで誰も説明できなかった。要するに、ジャン、こいつは足し算だ。この本を」とル・グエンが肘をついている本を指さす。「まねた意味はわからないが、少なくともまねたことは間違いない。なにしろ大した足し算だからな。〝洗われた髪〟足す〝取り除かれた内臓〟足す〝煙草の焼け跡〟足す〝鞭打ちの跡〟は? 答えはこの本。すべてがそのまま、正確に、このなかに書かれている」

ル・グエンはときどき妙な顔でカミーユを見る。〝勘弁してくれよ〟と〝さすがだな〟が混ざったようなおかしな表情だ。

「で、おまえ、その説をデシャン判事に披露するつもりか？」

「おれが？　嫌だね。そっちは？」

ル・グエンは今度は困り果てた顔をした。そして「まったく」とかなんとかぶつぶつ言いながらデスクの足元に置かれた書類かばんのほうにかがみ込み、新聞を取ってカミーユに渡した。

「これのあとでか？」

カミーユは上着の胸ポケットから眼鏡を取り出したが、そんなものがなくても写真と見出しだけでなんの記事かわかった。それでも一応眼鏡をかけ、読みはじめた。鼓動が速くなり、両手が汗ばんできた。

2

ル・マタン紙の裏面。

カミーユの大きな写真。ハイアングルで撮られたもので、カミーユが気難しい顔で宙を見上げている。おそらく記者たちに囲まれたときの写真だろう。しかも画像は加工され、実際より顔が大きく、目がきつくなっている。

それは《今週の顔》という人物紹介のコーナーで、見出しがやたらに目立っていた。

英雄たちに挑む警察官

数日来本紙でも報じているクルブヴォアの恐るべき殺人事件は、読者諸氏もご存じのとおり、ここへ来て新たな展開を見せている。予審を担当するデシャン判事によれば、重大な証拠（スタンプを使った偽の指紋）によって、この事件がもう一つの痛ましい事件と関係することが明らかになったという。それは二〇〇一年十一月二十一日にトランブレ＝アン＝フランスの空き地で若い女性の切断死体が発見された事件で、犯人はいまだにわかっていない。ヴェルーヴェン警部にはこれでまたチャンスが巡ってきた。捜査の指揮をとる警部は今回もまた並はずれた手腕を発揮してくれることだろう。なにしろ、名声を維持するにはいかなる機会も逃すべきではないのだから。

《人は口数が少ないほど賢く見える》という諺《ことわざ》を地で行くカミーユ・ヴェルーヴェンは、あえて短い言葉で相手を煙に巻く。記者が不満を抱いても気にせず、それより名刑事と見なされることに固執する。事件について語るのではなく、解決する男、結果を出す男であろうとする。

つまり警部は独自の流儀にこだわる。彼が手本とする先人は警視庁内にはいない。先輩警察官では凡庸にすぎるのだ。手本はむしろシャーロック・ホームズ、ジュール・メグレ、サム・スペード、ジョゼフ・ルールタビーユであり、実際警部はホームズの嗅覚、メグレの粘りといったこの四人の長所を根気よく身につけてきた。口の堅さが功を奏して伝説が生まれたとはいえ、近くからよく見れば、結局は本人が英雄の地位を望んでいるだけだとわかる。

だが、少々傲慢とはいえ、その野心は能力によって裏打ちされたものであり、ヴェルーヴェン警部が熟達したプロであることは間違いない。そのうえ一風変わった経歴の持ち主でもある。

警部は著名な画家モー・ヴェルーヴェンを母にもち、自らも画家の道を志したことがある。引退するまで薬局を営んでいた父親は、遠慮がちに「息子も決して下手じゃありませんでしたよ」と語る。当時の作品（どこか日本的な風景画や、緻密だがやや描き込みすぎの肖像画など）は父親の手で大事に保管されている。だが才能の限界を悟ったのか、あるいは母親を越えることはできないと思ったのか、警部は結局法律の道を選んだ。

父親は医者にしたいと思っていたが、若いカミーユに両親を喜ばせるつもりはなかったようだ。美術でも医学でもなく、法律を学んで法学修士号を取得し、「極めて優秀」の折り紙つきで卒業した。それほど優秀なら学界でも法曹界でも歓迎されただろうが、彼が次に選んだのは高等警察学校で、父親はますます首をひねった。

「変わった選択でした」と父親は考え深げに語った。「でももともと変わった子供でしたから」

確かに変わっていて、期待には応えない代わりに、ハンディキャップをものともせずに成功するというのが彼のやり方だ。予想外のところに出没してまわりをあっと言わせるのが楽しいのだろう。採用側としては、身長百四十五センチで、運転に特殊装置が必要で、多くの日常業務に周囲の協力を必要とする人物を受け入れるにはそれなりの逡巡《しゅんじゅん》があったはずだ。しかしそうした障害をものともせず、カミーユ・ヴェルーヴェンはわが道を行き、成績トップで入学、成績トップで卒業し、前途洋々たるスタートを切った。しかも準備怠りなく、あえて特別待遇を望まず、パリ郊外という厳しい配属先を希望した。そこにいればいずれパリ警視庁からお呼びがかかると知っていたのだ。犯罪捜査部の現部長ル・グエン警視はヴェルーヴェン警部の友人でもあるが、そのル・グエン氏は当時すでに犯罪捜査部にいて、それなりの影響力をもっていた。

というわけで、犯罪の巣窟であるパリ郊外で数年経験を積み、まああの働きを見せたあと、われらが英雄は犯罪捜査部の一チームを任されることになり、ようやく手腕を発揮する機会に恵まれた。英雄と書いたのは、実際にちらほらとこの言葉を耳にするからだが、誰がそう言いだしたのかは誰も知らない。いずれにせよ、ヴェルーヴェン警部はこの言葉を裏切らない。勤勉で粘り強いところは前と変わらないが、犯罪捜査部に来てからは結果も出している。大きな事件をいくつも解決に導き、口の代わりに行動で実力を示してきた。

警部は世間とは距離を置きながらも、世間から必要とされることを好み、だからこそ自ら謎の男を演じている。庁内でもそれ以外でも、彼について知られていることはすべて彼自身が意図して語ったことでしかない。つまり慎みの仮面の裏には抜け目なさが隠れていて、思慮深さをテレビの電波に乗せて喜んでいるとも言えるのだ。

今回、警部は凶悪かつ奇怪な事件を追っているが、それについても「極めて残忍な犯罪」と述べるにとどめ、それ以上を語らない。だがその短い言葉が力をもち、いかに重大な難事件であるかを効果的に知らしめる。警部は言葉の力も、それを節約する術も心得ていて、メディアのほうに時限爆弾をさりげなく転がし、それが爆発すると驚いたふりをしてみせるのだ。

あとひと月足らずでわれらが英雄は父親になる。だが彼が後世に残すのは子孫だけではない。カミーユ・ヴェルーヴェンはあらゆる面で「熟達したプロ」であり、根気よく、着々と、自らの神話を作り上げつつあるのだから。

3

カミーユは黙ったまま新聞を丁寧に折りたたんだ。それを見て不安を感じたのか、ル・グエンが言った。

「そんなもの気にするなよ、いいな？」

それでもなお黙っているとこう訊かれた。

「そいつを知ってるのか？」

「ああ、昨日待ち伏せされた」カミーユはようやく口を開いた。「こっちは顔を知ってる程度だが、向こうはおれのことに相当詳しいようだ」

「しかもどうやらおまえが好きじゃない」

「そんなことはどうでもいいが、これが雪だるま式にふくらむとすると厄介だ。ほかの記者もこの流れに乗ろうとするだろうし、それに――」

「それに、判事殿は昨日の晩のテレビ報道にもご不満だろうからな。捜査は始まったばかりなのに、もうあちこちにおまえの顔が映ってる。いや、わかってるって、おまえのせいじゃない。だがそこへこの記事だぞ」

ル・グエンはまた新聞を手に取ると、腕を伸ばしたまま聖画《イコン》のように吊り下げた。あるいは犬の糞でもつまみ上げたように。

「一面ぶち抜き！　しかも大きな写真に、この内容ときた」

カミーユはル・グエンの顔をじっと見た。

「これを乗り切る方法は一つしかない」ル・グエンが続けた。「わかってるな？　一刻も早くこの事件を解決することだ。超特急で。トランブレ事件との共通点が手がかりになるはずだし」

「目を通したんだろ？　トランブレ事件」

ル・グエンはたるんだ頬をかいた。

「ああ、まあな、簡単な事件じゃない」

「簡単じゃない？　言ってくれるね。手がかりなんかあってないようなもんだろ？　あるとしても、それがかえって事態をややこしくしてる。同一犯だとわかっているのに――もちろん単独犯だとすればの話だが――それさえ確信がもてなくなるような内容だぞ。そいつはクルブヴォアではあらゆる方法で被害者を犯してる。だがトランブレではレイプの形跡はなかった。いったいどこが似てるんだ？　そいつはクルブヴォアではチェーンソーだの電気ドリルだのを使って血しぶきをまき散らしていったが、トランブレではなにもかもきれいにしてあって、血も洗い流されていた。間違ってるところがあったら止めてくれよ。それからクルブヴォアでは――」

「わかった、もうわかった」ル・グエンは早々に降参した。「二つの事件の関連性は必ずしも捜査の助けにならないかもしれん」

「そういうことだ」

「だがそれを言うなら、おまえのこの……」ル・グエンはタイトルさえ無視していたとみえて、本をひっくり返してまた表紙を見た。「『ブラック・ダリア』の説だって同じようなもんだぞ」

「そうだよなあ。そりゃあんたのほうがまともな仮説を立ててるだろうさ。ぜひ聞かせてくれ」カミーユは上着の内ポケットを探った。「メモをとらせてもらうから」

「ばかな芝居はやめろ」

二人は黙り込んだ。ル・グエンは『ブラック・ダリア』の表紙を見つめ、カミーユはル・グエンの眉間の皺を見つめた。

ル・グエンの欠点を数え上げればきりがない。これについては三人の元妻の意見も一致する。だが欠点リストのなかに「間抜け」はない。それどころか管理職になる前は優秀な刑事で、特に頭脳で群を抜いていた。つまり頭は切れるのだが、世にいう「ピーターの法則」のとおり、管理職になって能力の限界まで昇進したことで結果的に無能になっただけなのだ。二人は長いつき合いなので、カミーユはル・グエンの本来の才能がしおれていくのを見ているのがつらい。

一方、本人はといえば、後ろを振り返るまいと努力しているようだ。仕事に夢中で、三度も離婚に追い込まれたほどだったあの時代が実は懐かしいのに、それをあえて懐かしむまいとしている。それに、この数年で体形が一段と横方向に膨張したのは、ある種の自己防衛本能が働いているからだろうとカミーユは思っている。そうやって新たな結婚から逃げ、過去の夫人たちの面倒をみるだけで満足しようとしている。つまり、いささか自虐的だが、人生にできた亀裂に給料が流れ込むのを見て、これでよしとしているのだろう。

ではカミーユに対する態度はどうかというと、これも行動パターンが決まっている。ある意味では序列上の立場をわきまえていて、自分で確信がもてないかぎりカミーユの主張を認めない。だがいったん確信したら敵から味方に変身する。そしてそのいずれにおいても、なんでもやってのけるパワーをもっている。

だが今回、ル・グエンは迷っていた。カミーユにとってはまずい状況だ。

「いいか」とル・グエンはカミーユを目でとらえた。「おれにもまともな仮説はない。だからといっておまえの仮説の重みが増すわけじゃない。よく似た犯罪が出てくる小説を見つけただと？　それがどうした。太古の昔から男は女を殺してきたんだ。それもあらゆる方法でな。犯すにしろ切り刻むにしろ、男なら誰でもそうした発想のかけらぐらいは頭の片隅に隠してる。おれだって……まあそれはどうでもいいが、これだけ歴史が長くなりゃ、よく似た方法が繰り返されることもあるわけさ。図書館に行くまでもないぞ、カミーユ。人類の悲劇はおまえの目の前にあるんだからな」

そして少し悲しげに眼を細めた。

「とにかくその説だけじゃ足りん。おまえをできるかぎり援護するつもりだが、これだけは言っておく。デシャン判事に対しては、それだけじゃ足りんぞ」

4

「ジェイムズ・エルロイとは、それはまた」

「感想はそれだけか？」

「いえいえ」とルイがあわてて否定した。「いえ、ぼくが言いたかったのは、それはまたかなり――」

「気がかりな、だろ？　わかってる。ル・グエンもそこまでは認めた。だがついでに、太古の昔から男は女を殺してきたんだと御大層《ごたいそう》な理屈を聞かされたよ。おれはそんなことはどうでもいいんだが」

まだ朝の十時前だったが、ドアにもたれ、ポケットに両手を突っ込んだマレヴァルはいつも以上の〝夜更かし顔〟を見せていた。アルマンはコートハンガーと一体化したようにこっそり立ち、自分の靴を見つめている。ルイはグリーンの薄手のニット地のジャケットに、クリーム色のシャツ、クラブストライプのタイを締め、カミーユのデスクについている。カミーユがそこで『ブラック・ダリア』に目を通すように言ったからだ。

ルイが本に向かう姿勢はル・グエンとはかなり違っていた。カミーユが自分の椅子を示すと、ルイはすっと座り、片手を大きく開いてページに載せ、すぐに集中して読みはじめた。そして重要な個所をほかの二人のために朗読した。そんな姿を見てカミーユはなにかの絵に似ていると思ったが、思い出せなかった。

「どうやって『ブラック・ダリア』にたどりついたんですか？」

「そいつは説明が難しい」

「つまり班長は、トランブレ事件の犯人がある意味でこの小説を演じたと考えているんですね？」

「演じた？　まったくおまえの使う言葉ときたら。そいつは女を真っ二つにして、腸《はらわた》を抜いて、上半身も下半身も洗って、髪をシャンプーして、そのうえで空き地に放置したんだぞ！　これが芝居だとしたら、セリフがないのが幸いで――」

「いえ、あの、そういうことじゃなくて」

ルイはうろたえたように真っ赤になった。カミーユはほかの二人の顔を見た。ルイは落ち着いた声で朗読を始めたのだが、内容とともにその声は調子を落とし、最後のほうは聞き取れないほどの小声になっていた。だがマレヴァルもアルマンも耳を傾けている様子はない。それが朗読の内容のせいなのか、カミーユの仮説のせいなのかわからないが、オフィスにはどこか白けた雰囲気が漂っている。

カミーユはそこでようやく気づいた。原因は仮説にあるのではなく、彼らもまたル・マタン紙の記事を読んだからだ。おそらくもう犯罪捜査部のあちこちで、いやそれどころか司法警察全体で回し読みされ、デシャン判事にも届けられただろう。場合によっては大臣の手元にまで届いているかもしれない。この種の情報は癌細胞のように自己増殖する。彼らはどう思っただろう？　記事が出た経緯をどう想像し、どう受け止めただろう？　その答えは彼らの沈黙が如実に物語っている。同情しているならなにか言うはずだし、関心がないならけろりとしているはずだ。黙っているということは、どうとるべきか測りあぐねている。なにしろ一面丸ごとの目立つ記事なのだから、内容がどうであろうと知名度を上げる役に立つ。こちらが承知のうえの記事だと思っているかもしれないし、あるいは積極的に書かせたとまで思っているかもしれない。しかもそこにはチームを組んでいる仲間への言及がなく、カミーユ・ヴェルーヴェンのことしか書かれていない。その〝時の人〟が今度はおかしな仮説を口にしている、そういう印象なのかもしれない。カミーユは自分の世界が消えてしまったように感じた。彼らの沈黙は非難でも無関心でもなく、要するに失望だ。

「まあ、ありえなくはないっていうか」とマレヴァルが慎重に言葉を選んだ。

「けど、それでどうなるってんだ？」アルマンが言った。「いや、だから、クルブヴォアとはどうつながるんだ？」

「わからん！」カミーユは思わず声を上げた。「十六か月前の殺人事件がある小説の中身とそっくりだった。それだけだ。それ以上のことはわからん！」するとまた三人が黙ってしまったので、こう締めくくらざるをえなかった。「そうとも、おまえたちが思っているとおり、ばかげた考えってことさ」

「で、どうするんです？」とマレヴァルが訊いた。

カミーユは三人の顔を順に見た。

「女性の意見を訊こうじゃないか」

5

「確かに妙ですね」

不思議なことに、電話口のデシャン判事はカミーユが想像していたほど懐疑的ではなかった。それは独り言のように素直に出た反応だった。

「あなたの言うとおりなら」と判事は続けた。「クルブヴォア事件もジェイムズ・エルロイか、あるいはほかの作家の小説に書かれているはずですね。それを確認しなければなりませんが」

「実はそれ以外にも可能性があります」カミーユは補足した。「この小説は現実の殺人事件を題材にして書かれたものです。一九四七年にロサンゼルスでエリザベス・ショートという女性がまさにあのような惨殺死体で発見され、当時アメリカで一大センセーションを巻き起こしました。エルロイはわかっている事実に想像を加えて小説を書いたんです。実は彼の母親も一九五八年に殺害されていて、この小説は母親に捧げられています。つまり、可能性はいろいろあるわけです」

「そうなると状況も少し変わりますね」

そこでしばらく声が途切れた。

「警部」とまた声が聞こえた。「検事局はこの線をまともに取り上げようとは思わないでしょう。一致する要素があるとはいえ、だからなにができるのかという問題が残ります。まさか犯罪捜査部を図書館の閲覧室にして、刑事たちにエルロイの作品を全部読めと命じるわけにもいきませんし」

「ええ、まあ」カミーユはそう応じたものの、やはり想像どおりになったとがっかりした。

デシャン判事は根は悪くない。声色からも、判事自身、そうした返答しかできないことを残念に思っているのがわかる。

「ですから、この説を裏づけるような別の事実が出てくるかどうか様子を見ましょう。その間、捜査のほうはこれまでのやり方で……つまり正攻法で進めてください。いいですね？」

「わかりました」

「言うまでもないでしょうが、わたしたちは今いささか……特殊な状況に置かれています。正直なところ、これがあなたとわたしだけの問題なら、この仮説に基づいて捜査を進めるという選択肢もあるでしょう。ですがもはやそういう状況ではありません」

そらきた、とカミーユは思い、そう思ったとたんに胃がよじれた。いや、責められるのが嫌なのではなく、実は自分がすでに精神的ダメージを受けていると自覚しているからで、これ以上はごめんだった。カミーユはこの事件ですでに二度も足をすくわれている。一度目は記者たちの目の前で死体を搬出した鑑識の技術者たちによって。二度目は最悪のタイミングでカミーユの私生活を暴いた記者によって。カミーユは自分がいわゆる被害者になった場合の対応が苦手で、またそれ以上に、明らかなへまを自己弁護するのが苦手だ。つまり今の状況は不愉快そのもので、徐々に堀を埋められていくような居心地の悪さを感じる。

結局ル・グエンも、デシャン判事も、三人の部下でさえカミーユの説をまともに受けとらなかったが、そんなことはどうでもいい。そのことで傷ついたわけではない。むしろ、おかしなことにほっとしたくらいで、あまりにも突飛な仮説を軸に据えるのは自分でも不安だ。ではなににダメージを受けたかというと、決して口には出せないが、要するにル・マタン紙の記事だった。あの記事の一字一句がまだ頭のなかで鳴り響いている。誰かが自分の私生活に乱入し、家族について語り、モー・ヴェルーヴェンの名を出し、子供時代について、勉学や絵について語り、しかももうじき父親になることまで公にした。それは、カミーユにとってはとんでもない不正だった。

十一時半ごろ、ルイから電話が入った。

「今どこだ？」カミーユはまだ苛立っていた。

「ポルト・ド・ラ・シャペルです」

「そこでなにしてる」

「セファリーニのところにいます」

ギュスターヴ・セファリーニならカミーユもよく知っている。プロの情報屋で、ちょっとした分け前を条件に不特定の強盗団に情報を流している。大きなヤマになると準備段階でのロケハンも引き受けていて、その腕のよさが裏社会で評判の、いわば陰の悪党だ。この商売を始めて二十年近くになり、前歴はおよそきれいなものとは言えない。ついでに言うと、娘のアデルに対する愛情も表向きほどきれいなものとは言えない。セファリーニは障害のあるアデルを溺愛していて、献身的な介護ぶりは感動的でさえある。もっとも二十年も武装強盗の手引きをし、その間に一般人が四人も命を落としているというのに、そんな男について〝感動的〟などという言葉を使うことが許されるならの話だ。

「ちょっと来てもらえませんか？」

「急ぎか？」

「ええ。でも、あまり長くはかからないと思います」

6

セファリーニは環状線《ペリフエリック》沿いの粗末な一軒家に住んでいて、薄汚い庭は二重の振動で絶えず揺れている。一つは交通量の多い高速道路の振動、もう一つはその真下を通るメトロの振動だ。みすぼらしい家と、歩道に止められたぽんこつのプジョー306を見ると、稼いだ金がいったいどこへ消えていくのか不思議でたまらない。

カミーユは勝手知ったる家に遠慮なく上がり込んだ。

ルイとセファリーニは六〇年代風のキッチンにいて、合成樹脂のテーブルに向き合って座っていた。擦り切れて元の柄がわからないテーブルクロスの上に、コーヒーを入れたガラスのコップが置かれている。カミーユを見たセファリーニは渋面になり、ルイはといえば、じっとセファリーニを睨んだままコップに指をかけ、いかにもまずそうなコーヒーをもてあましていた。

「で、なんなんだ？」カミーユは空いている唯一の椅子に腰かけた。

「セファリーニさんに説明していたところなんです」ルイがセファリーニから目を離さずに言った。「娘さんのアデルのことで」

「ああ、そういやアデルはどこだ？」

セファリーニはちらりと二階のほうに目をやり、すぐまた下を向いた。

「噂のことを説明していたんですよ」とルイが続けた。

「なるほど」カミーユは慎重に合いの手を入れた。

「ええ、残念ながら、噂ってのは厄介ですからね。それで、アデルさんとの関係について、こちらも心配していると伝えたところなんです。それもかなり」と言ってカミーユを見た。「なにしろ不適切な行為とか、虐待とか、近親相姦とか、いろんな噂が出ていますからね。そしてもちろん、われわれはそのような噂に信憑性があるとは思っていないと伝えました」

「もちろんだ！」カミーユはルイの作戦が見えてきたので、迷わずに反応した。

「ですよね？　しかし、社会福祉事務所は意見が違うようです。われわれ警察はセファリーニさんがよき父親であることを知っているので問題ありませんが、社会福祉事務所となると、これはなかなか……なにしろ投書まで届いているもので」

「そうだよな、投書ってやつは面倒だ」カミーユも調子を合わせた。

「おれをはめようとしてんのはてめえらだろうが！」セファリーニが叫んだ。

「おいおい、騒ぐなよ。子供をもったら、言葉には気をつけるもんだぞ」

「そんなわけで」とルイがいかにも申し訳なさそうに言った。「近くを通りかかったついでに、セファリーニさんとちょっとおしゃべりしようかと思ったわけですよ。〝太っちょ〟とも懇意だし……。それで今、行政による保護の話も出ているとお伝えしたところです。もちろん疑いが晴れるまでの一時的なものですが、それでもアデルさんと一緒にクリスマスを祝えるかどうかはわかりませんよね。ただし警察がうまく口添えすれば……」

カミーユのアンテナはルイのメッセージを完璧にとらえた。

「というわけで、セファリーニさん、ヴェルーヴェン警部に話したほうがいいですよ。アデルさんのためにひと肌脱いでくれるかもしれません。ですよね、警部？」

「ああ、そうとも。方法はいろいろある」カミーユはうなずいた。

セファリーニがルイの話を聞きながらずっと計算していることは、眉間に寄った皺と落ち着きのない目の動きでわかっていた。顔を伏せているのも必死に考えている証拠だ。

「いいから全部話してみろって。〝太っちょ〟ランベールのことをさ」

そしてようやく、セファリーニはトゥールーズの強盗事件のことを話しだした。マヌエラ・コンスタンツァが殺されたのと同じ日に起きた強盗事件のことで、マヌエラのヒモだったランベールが噛んでいたとされている。被害に遭ったショッピングモールに目をつけ、計画を立て、段取りをつけたのはセファリーニだった。

「で、その話のどこが面白いんだ？」カミーユは訊いた。

「ランベールはあそこにゃいなかった。それだけは確かだよ」

「加担してもいない強盗事件を自白したとなると、ランベールにはそれ相応のわけがあったはずだな」

歩道に出て車に乗り込む前に、カミーユとルイは環状線沿いの陰気な風景をながめながら言葉を交わした。

ルイの携帯が鳴り、話し終えるとルイが言った。

「マレヴァルでした。ランベールは二週間前に仮釈放になってます」

「すぐに動こう」

「ぼくがやります」ルイがふたたび携帯に飛びついた。

7

ドゥラージュ通り十六番地。エレベーターなしの五階。この階段の上り下り、あと何年かしたら父はどうするつもりだろうとカミーユはよく考える。だがそれはつまるところ、ここに〝死〟がうろつくようになったらという意味なので、いやいやそういう状況には決してならないと根拠のない希望にしがみつき、その考えを追い払う。

階段は艶出しワックスの匂いがした。カミーユの父は薬品の匂いが立ち込める調剤室で人生を送ってきたし、母はテレピン油とアマニ油の匂いがするアトリエで人生を送った。二親とも匂いとの縁が深い。

疲れと戸惑いで足取りが重くなる。あの父となんの話をすればいいのだろうか。今のカミーユには、なんの役に立つのかわからないお守りを身近に置くように、あまり遠すぎない距離から父が生きているのを見守ることくらいしかできなくなっている。そもそもそれ以外になにができるだろう？　なにを言ってやればいいのだろう？

母が死んでから、父はアパルトマンを売り、十二区のバスティーユ広場の近くに引っ越した。

そしてそこでひっそりと、だがせっせと、孤独と規律が入り混じった〝現代風やもめ暮らし〟を送っている。

父が扉を開けた。二人はいつものようにぎこちなく抱擁をかわした。それは父と息子だからぎこちないのではなく、老いてもなお父のほうがずっと背が高いからだ。牛肉の赤ワイン煮の匂いがした。

「赤ワイン煮を買っといたよ」

すでに明らかなことを言葉にする、父が得意なのはそれだ。二人は向かい合った肘掛け椅子に座り、飲み物を手にした。カミーユはいつも同じ椅子に座ることにしている。そしてフルーツジュースをひと口飲んだらコップをローテーブルに置き、両手を組み、こう切り出す——それで、調子はどう？

「それで」と今日も同じスタートを切った。「調子はどう？」

父の椅子のそばのル・マタン紙には部屋に入ってすぐに気づいた。それを指さして父が言った。

「カミーユ、これのことなんだが、ほんとにすまなかったな」

「いや、どうってことない」

「そいつがいきなりやってきたから、すぐおまえに電話したんだが——」

「いいんだ、ほんとに問題ないから」

「でも話し中だった。それで話が始まって、そしたらそいつはおまえのことがえらく好きみたいで、だからまさかこんなことになるとは思わなくてな。編集長宛てに手紙を書くから。〝反論権〟を主張してやるさ！」

「いいんだって。書いてあることは嘘じゃないし、あとはそれをどう見るかの問題だから。法的にいっても〝反論権〟っていうのはもっと違うものなんだ。だからいいんだよ。忘れてくれ」

もう少しで「これ以上困らせないでくれ」と言うところだったが、カミーユはどうにかこらえた。だが父にはわかったようだ。

「そうか、おまえがますます困ったことになるんだな」父はぼそりと言って口を閉じた。

カミーユは笑顔を見せ、話題を変えた。

「それで、孫息子のことは楽しみにしてくれてるんだろ？」

「やはりな、おまえはそうやって父親をいびるつもりなんだ。こっちは孫娘だと思っているのに」

「男の子だと言ったのはおれじゃなくてエコー技師だよ。それに、おれに息子ができたのが気にくわないんだったら、息子しかいない父さんはどうなんだって話だ」

「名前は決めたのか？」

「いや、まだ。二人で話はしてるし、何度かこれだと決めたんだが、少しするとまた考えが変わって、その繰り返しでね」

「おまえの名前は母さんがピサロからとったんだぞ。ピサロが嫌いになってからも、母さんはこの名前だけは好きだった」

「知ってる」

「おまえの話はまたあとで聞くとして、まずはイレーヌの様子を聞かせてくれ」

「退屈してるみたいでね」

「それももう少しの辛抱さ。それより、疲れているように見えたんだがな」

「いつの話？」

「先週寄ってくれたんだ。いやあ、こっちが恐縮したよ。あんな身重でわざわざ来てくれるなんてな。本当ならおれのほうが行くべきなんだが、おまえも知ってのとおり、出不精でね。それで、向こうが気を回して訪ねてきてくれたんだよ」

　イレーヌがあの体で五階まで階段を上がるところが目に浮かんだ。踊り場ごとに休み、腹に手をやり、呼吸を整えなければならなかっただろう。無理してここへ来たのには、単なる訪問以外の目的があったに違いない。それは自分に向けたメッセージ、一種の非難ではないかとカミーユは思った。こうして父を訪ねたりして、イレーヌは自分のことを支えてくれているのに、自分はイレーヌを支えてやっていない。そう思うと居ても立ってもいられず、すぐにでもイレーヌに電話したかった。だが考えてみればそれもまた謝りたいからではなく、自分の不安だの愛だのを打ち明けたいからでしかないと気づき、思いとどまった。カミーユはあまりにもイレーヌを愛している。それなのにうまく愛することができず、そう思えば思うほど自分の不器用な愛が苦しくなる。

　父とのやりとりは儀式のようにいつもの経路をたどったが、やがて父がタイミングを見計ったようにこう切り出した。

「実はカウフマンがな……覚えてるか？　カウフマン」

「ああ、覚えてる」

「二週間ほど前に訪ねてきたんだよ」

「そりゃ久しぶりだね」

「ああ、母さんが死んだあとに数回会ったきりだった」

カミーユは背筋にかすかに震えを感じたが、それは母の旧友のせいではなく――カミーユは以前からカウフマンの仕事に一目置いている――父の声色のせいだった。さりげなさを装ってはいたが、不自然でばつの悪そうな声だったのだ。

「それで、なんの用だった？」カミーユは話しづらそうにしている父の背中を押した。

「それがな、おまえに訊くまでもないんだが、カウフマンがどうしてもと、訊くだけでも訊いてみてくれと言うもんだから……。おれからはなにも頼んじゃいないんだ！」父は急に声を上げて防御線を張った。

「いいから、話してみて」

「おれの答えはノーなんだが、おれだけの問題じゃないからな。カウフマンは以前のアトリエを出たそうだ。賃貸契約を更新しなかったんだが、それは狭くなったからだ。最近あいつは特大サイズの絵を描いてるんだよ、すごいんだぞ！」

「それで？」

「それで、母さんのアトリエを売る気はないかと訊かれた」

父が言い終える前にもうわかっていた。カミーユはいつかこういう話がくるのではないかと恐れ、それを始終案じていたので、初めて聞いたような気がしなかった。

「おまえの返事はわかってる。だから——」

「いやわかっちゃいない」カミーユはとっさに遮った。

「ああ、まあな。それでもなんとなくわかるから、カウフマンに言ったんだよ。カミーユは売りたがらないだろうと」

「それでも一応訊くことにしたわけだ」

「だから、それはあいつにそう約束させられたからだ。それに今の状況を考えたら……」

「状況？」

「カウフマンはいい値段を出してくれてる。子供も生まれるし、おまえにもなにか計画があるかもしれないと思ってな。もっと広いところに引っ越すとか」

カミーユは言葉に詰まった。そしてそのことに自分で驚いた。


母のアトリエはクラマールの森のはずれのモンフォールと呼ばれる場所にある。モンフォールはかつてそのあたりにあった小さい村の名前で、今では名前しか残っていない。最近では森の周辺にも開発の手が迫り、近くに立派な邸宅が立ち並ぶようになった。森の景観も子供のころに見た手つかずの自然とは言えなくなっている。アトリエはある大邸宅の管理人小屋だった建物だが、邸宅のほうは相続を繰り返すうちに管理の手が行き届かなくなり、跡形もなくなってしまった。ぽつんと残ったのが管理人小屋で、それを母が買い取り、仕切り壁をすべて取り払ってアトリエにしたのだ。カミーユは子供のころよくそこに行き、母が描くのを見ながら、顔料やテレピン油の匂いに包まれて長い午後を過ごした。時には母が薪ストーブのそばに置いてくれた小机の上でスケッチすることもあり、冬になるとそのストーブの重く煙たい熱で顔がほてった。

アトリエの建物そのものには大した魅力はない。壁はただの漆喰《しっくい》塗りで、床は赤いタイルががたついたままだし、採光のためのガラス屋根も大抵ほこりをかぶっている。母の死後は、父が年に一度空気を入れ替えにいっている。掃除にも手をつけてはみるが、いつもすぐに疲れてアトリエの真ん中に座り込み、あとはただぼうっと母の面影を追っているらしい。

カミーユは最後にアトリエに行ったときのことを思い出した。以前からイレーヌが見たがっていたものの、カミーユは気乗りがせず、いつも先延ばしにしていた。だがある週末、ドライブの帰りに近くを通りかかったときにふと思い出し、無意識にこう口にしたのだ。

「アトリエを見ていくか？」

しかしそれがイレーヌのためというより、カミーユ自身のためだということはどちらにもわかっていた。二人は寄り道をしてモンフォールに行った。父はアトリエの隣人に一年契約で金を払い、敷地の管理と庭の手入れを頼んでいたが、その隣人はどうやら大したことはしていないようだった。二人はイラクサをまたいでようやくアトリエにたどりつき、何十年来の隠し場所である花瓶の下から鍵を取り、玄関を開けた。扉が重くきしんだ。

がらんどうの室内は以前よりずっと広く見えた。イレーヌはさっそくうれしそうに見てまわり、カミーユのほうに「いいわよね？」という視線を送ってはキャンバスを裏返したり、窓際まで持っていって光に当てて鑑賞したりした。カミーユのほうはなにげなく部屋の真ん中に座ったが、ひょっとしたらここは父がいつも座るところではないかと思い、妙な気分になった。

イレーヌはカミーユも驚くほど的確な感想を述べながら何枚かの絵を見ていったが、やがて口をつぐみ、一枚の絵に見入った。それは晩年の作で、暗い赤が基調の、怒りをぶちまけたようなタッチのものだ。こちらを向いたイレーヌが両手で絵を持ち上げたので、カミーユにはキャンバスの裏側が見え、そこには母の大らかな筆跡でこう書かれていた。

《耐えがたい苦痛》

母は自分の絵にめったにタイトルをつけなかった。これは数少ない例外の一つだ。

イレーヌが腕を下ろしたとき、カミーユは涙が止まらなくなっていた。イレーヌが驚いて駆け寄ってきて、抱きしめてくれた。

あれ以来アトリエには行っていない。

「考えてみるよ」カミーユはようやく答えた。

「おまえの好きなようにすればいい」父はそう言ってカップの中身を空けた。「どっちにしろ金はおまえのものだ。おまえの息子のものだ」

携帯にルイからメールが入った。《ランベールの巣は空《から》です。張り込みますか？　ルイ》

「もう行くよ」と言ってカミーユは立ち上がった。

父はいつものように驚いた顔でカミーユを見た。もうそんなに時間が経ったのか、もう行かなきゃならないのかと。だがカミーユの頭のなかには妙なタイマーが埋め込まれていて、父のところに来てある時間が経つと鳴りはじめる。そうなるとカミーユはもうじっとしていられず、そこから出るしかなくなる。

「あの記者のことなんだが……」父が立ち上がりながら言った。

「心配いらないよ」

二人はまた抱擁をかわし、カミーユは振り向きもせずにアパルトマンを出た。だが、これまたいつものように、下に降りてから窓を見上げると、父がバルコニーの手すりから身を乗り出すようにして手を振っていた。カミーユはそれを見るたびに、いつかはあれが見納めだったという日が来るのだろうかと考えずにはいられない。

8

カミーユはすぐルイに電話し、報告を受けた。

「もう少し詳しいことがわかりました。ランベールは仮釈放になった先月二十六日に家に戻っています。仲間の話では上機嫌だったそうです。取り巻きの一人で、クリシーで売人をやっているムラドという下っ端によれば、ランベールは子分のダニエル・ロワイエと火曜に旅に出る予定だと言っていたそうです。ロワイエもつかまりません。それ以降の二人の足取りはまったくつかめません。ランベールのアパルトマンは交替で見張らせています」

「セファリーニにも気をつけろと言っといたほうがいいな。すでに日が経ってるし、難しいかもしれんが、とにかく数日集中して張ってみよう。それでだめならランベールは当分つかまらないと覚悟するしかない」

二人はランベールが現れそうな場所をどう張り込むか相談し、アパルトマン以外のポイントを二か所に絞った。それからカミーユがル・グエンに電話すると、奇跡的に、いや力説が功を奏したのかもしれないが、ヴェルーヴェン班だけではとても手が足りないとわかってくれた。

カミーユはとりあえず追加で二チームを確保し、ルイにその指揮を任せた。

9

カミーユはデスクの上に本を積み上げた。『レクイエム』、『自殺の丘』、『ハリウッド・ノクターン』、『キラー・オン・ザ・ロード』、『秘密捜査』。それから「暗黒のＬＡ四部作」を構成する『ブラック・ダリア』、『ビッグ・ノーウェア』、『ＬＡコンフィデンシャル』、『ホワイト・ジャズ』。そして『アメリカン・タブロイド』。

まず手に取ったのは『ホワイト・ジャズ』。といっても適当に選んだわけではない。表紙が『ブラック・ダリア』と同じく女性の顔のイラストだったからだ（仏語版の表紙）。どちらも同じ技法、同じ作風だが、『ホワイト・ジャズ』のほうが顔がやや丸みを帯び、ヘアスタイルも凝っていて、化粧もやや念入りで、大きなイヤリングをつけている。やや俗っぽいハリウッド的妖婦といったところで、その意味では『ブラック・ダリア』のイラストのほうが自然だ。そういえば、カミーユはまだ被害者三人の生前の外見が似ていたかどうか考えてみていなかった。クルブヴォア事件のエヴリン・ルーヴレとジョジアーヌ・ドゥブフの背格好が似ていたことはわかっているが、トランブレ事件のマヌエラ・コンスタンツァとの共通点はあるのだろうか？

それからカミーユは紙のデスクパッドに《ロフト、若い女、レイプ、ばらばら死体》とメモし、そこに《ルイ》と追記して二重線を引き、すぐにルイを呼んだ。

「生半可《なまはんか》にはいかない仕事ですね」

〝生半可〟――そんな言葉がこういう場面で普通に出てくるとは、やはりルイの脳みそは謎に満ちている。

「こっちがおまえの分で、これがおれのだ」と言って本の山の半分をルイに渡した。

「うわ」

「ロフト、若い女、レイプ、ばらばら死体といったところを探せばいい。斜め読みでいいからやってくれ」

エルロイの初期の作品はどこか懐かしい香りがした。私立探偵は薄汚い事務所で腐っていて、未払い請求書の山ができた机の前でコーヒーをすすり、ドーナツにかぶりつく。殺し屋たちは藪から棒にその異常性を解き放つ。だが作品のスタイルは次第に変化し、より奔放に、むき出しになり、生々しい残虐性を帯びていった。そこに描かれたスラム街は絶望を知った人類の象徴のようだし、愛でさえ大都会の悲劇的な色合いを帯びている。サディズム、暴力、残虐行為、幻想の澱《かす》といった要素が形をとり、そこに不正、復讐、殴り倒された女、血まみれの殺人といった物語が重なっていく。

午後はあっというまに過ぎていった。

カミーユは途中で疲れ、残りのページは飛ばし飛ばしでいこうかと何度も思った。どうせ探しているのはいくつかのキーワードでしかないのだし……だが、どれがキーワードだろうか？

よく考えればそれさえはっきりしない。そう思い直してふんばった。仕事を急ぎすぎたために、あるいは系統立てて進めなかったために、捜査が暗礁に乗り上げ、事件が迷宮《おみや》入りするのをこれまでどれほど目にしてきたことか。疲れた刑事のちょっとした不注意で、いったい何人の殺人犯が大手を振って歩いていることだろう。

カミーユは一時間ごとにオフィスを出てコーヒーの自販機まで行き、その途中でルイのデスクをのぞいた。ルイは生まじめな神学生のように本に向かっていて、カミーユに気づくと顔を上げるが、互いに視線だけで状況がわかった。つまり、期待をかけたこの試みもどうやら望み薄だと。しかもこの状態はこのあと何冊読もうが、何人で作業しようが変わらないという気がした。

カミーユは引っかかった内容を紙に書き出していったのだが、途中で読み返してみて落胆した。アセトンに浸した下着で窒息させられた十代の少女、ベッドの上に逆さ吊りにされた全裸の女、心臓を撃ち抜かれてから弓のこで切断された女、レイプされてからナイフで刺し殺された女……。どれも衝動的でずさんな犯行で、クルブヴォアとトランブレの念入りな仕事とはつながらないように思える。もちろん、なんとなくクルブヴォア事件に似ている要素はあちこちに散見されるが、トランブレ事件と『ブラック・ダリア』が酷似しているのに比べるとあまりにも漠然としていて、小説の模倣と言えるレベルではない。

ルイも彼なりのメモを作っていた。だがそれを持ってカミーユのオフィスに中間報告に来たルイは、こちらが訊く前から〝収穫なし〟という顔をしていた。メモには彼特有の凝った字体でこんなふうに書かれていた。《撃ち殺された例多数、刺し殺された例多数、ナックルダスタ

ー、レイプ数件、吊るされた例がもう一件……》

「こんなもんだよな」カミーユもそう言うしかなかった。

10

十八時。この日最後のミーティング。

「誰からだ?」

すると三人とも目を見合わせたので、カミーユはため息をついた。

「じゃあ、ルイ、おまえからだ」

「ジェイムズ・エルロイのほかの作品にざっと目を通しました。手分けして、ボスと、あ、失礼」ルイは舌を嚙みそうになった。

「二つ言っておくよ」カミーユは笑いながら言った。「まずその〝ボス〟だが、察しのとおり、やめてくれるとありがたい。次に本のことだが、頼むから手短にな」

「わかりました」と今度はルイが笑った。「手短に言うと、二人でエルロイの主な作品にざっと目を通しましたが、小説を模倣したという仮説を裏づけるものは見つかりませんでした。でいいですね?」

「いいぞ。しかも紳士的だな。そのために半日無駄になったと補足しておこう。しかも二人ともだ。ばかばかしい。ということでこの件は終わりだ」

三人ともにやにやした。

「よし、マレヴァル、そっちはどうだった？」

「こういうときなんて言やいいんですかね。どれも手応えなくて」

「空振り？」とルイ。

「不発？」とアルマンもがんばった。

「じゃあ、空振り以下ってことで。人工牛革の飾りパネルにはメーカーの表示も特徴もなく、販売元にも製造元にもたどりつけませんでした。バスルームのダルメシアン柄の壁紙はフランス製ではないとわかり、国外の主要メーカーのリストを明日入手予定。でも五百社以上ありそうですよ。リストが来たら当たるつもりですが、でも本人が直接買ったとは思えないし、身分証のコピーを残してたなんてことはまずないだろうから」

「ああ、その可能性は低いな」カミーユが言った。「それから？」

「エヴリン・ルーヴレが最初にその客と、つまり犯人と会ったホテル、メルキュールですが、支払いは現金でした。例によって誰もなにも覚えてません。それから、テレビやCDプレーヤーの消されていた製造番号ですが、鑑識も判別できませんでした。どれも大量に売られてる製品で、この線もそこどまりですね」

「わかった。ほかは？」

「もう一つ行き詰まりがあるけど、それも言いますか？」

「ああ、頼む」

「ビデオテープはアメリカの週一のテレビ番組を録画したもので、USギャグっていう十年以上前からやってる番組です。向こうじゃ人気番組で、オレンジをかじってる犬のやつは四年前に放映されてました」

「どうしてわかった？」

「ＴＦ１（フランスのテレビ局）に訊いたもんで。あそこがＵＳギャグの放映権を買ったんですよ。でも中身があまりにもくだらないから、結局シリーズでの放映はあきらめて、ましなのだけ選んで穴埋め番組として使ってるそうです。で、あの犬のやつはこの二月七日に放映されたので、犯人はそのときに録画したのかもしれませんね。それからブックマッチですが、あれはいわば手作りでした。どこの煙草屋でも売ってる普通のブックマッチを買ってきて、その上から《パリオズ》とカラープリントした紙を貼ったんですよ。使われたプリンターはありふれた機種で、フランスで四十万台以上売れてます。紙も糊も普通のものです」

「あれはクラブの名前だな？」

「ええ、あるいはバーとか。いずれにしてもほかの手がかりと同じですよ」

「ああ、どこにも行き着かないという点ではな」

「まあね」

「ともかぎりません」ルイが手帳に目を落としたまま言った。

マレヴァルとアルマンがルイのほうを振り向いた。カミーユは自分の足元に目を落としたまま説明した。

「ルイの言うとおり、まったく同じというわけじゃない。現場の演出という観点から言うと、ブックマッチは一段階上の部類に入る。この事件の小道具には二種類あって、一つは出所をたどれない量産品。もう一つは特別にあつらえたもの。あの日本のソファーもそうだな」と言ってカミーユはアルマンを見た。

アルマンは不意を突かれ、自分の番が来たと思ったのか、あわてて手帳を開いて報告を始めた。

「あ、例の、ソファーを買ったダンフォードってやつはまだ足取りがつかめない。偽名に決まってるが、送金はその名前で、一方ジュヌヴィリエの家具倉庫への納品の宛名は……」とまた手帳をめくる。「ピースになってた。それ以上のことはわからない」

「ピースって、〝平和〟って意味の?」マレヴァルが訊いた。「変なやつだな」

「こっけいだな」とカミーユも言った。

「でも、なぜ外国の名前を使ったんでしょう」ルイが疑問を投げかけた。「妙ですね」

「きっと気取り屋なんだろ」マレヴァルが言った。

「ほかにもあるか?」

「雑誌の件だが」とアルマンが続けた。「こっちはもうちょい面白い。ほんとにちょいとだけど。あれはGQマガジンの三月号だ。イギリスの男性ファッション誌だな」

「アメリカです」ルイが訂正した。

アルマンはあわてて手帳を繰った。

「ほんとだ、アメリカだ」

「で、それがどう面白いんだ?」カミーユはまたじれてきた。

「この雑誌はパリの英米系の本屋で売ってて、つまり何か所かに限られる。そのうちの二、三に電話してみたら偶然引っかかったんだよ。三週間ほど前にオペラ通りの〈ブレンターノ〉

（アメリカ系書店）でこの雑誌のバックナンバーを注文した男がいた。それもまさに三月号をね」

　アルマンはまた手帳を繰りだした。いつものように自分の調査手順を延々と披露するつもりらしい。

「おい、簡潔にな。結論だけでいいんだぞ」カミーユはたまらずに言った。

「ああ、ちょっと待て。ええと、注文したのは男で、その点だけは書店員が覚えていた。土曜の午後に来たそうだ。ちょうど客で込み合う曜日と時間帯だな。男は注文し、現金で前払いした。だが書店員はその男の風貌を覚えていない。男性でした、だけ。で、その男は翌週の土曜の午後、同じ時刻に取りにきた。そのとき対応した書店員もこれまた身体的特徴を思い出せないとさ」

「そりゃまた残念」マレヴァルが小声で言った。

「スーツケースの中身のほうも新しい情報はなしだ」アルマンが続けた。「とはいえ調査続行中。どれも高級品だが、かといってめずらしい品ってわけじゃないし、よほど運がないとな」

　そこでカミーユはふと思い出した。

「お、ルイ、なんだっけな、あいつの名前」

　こういうとき、ルイは猟犬並みの嗅覚でカミーユの思考を追う。

「ロフトを借りたいと電話してきた男ですね？　エナルです。ジャン・エナル。警察のデータベースにはなかったので、ほかを当たってみました。詳細は省くとして、ジャン・エナルという名で見つかったのは未成年か故人、あるいは長年パリを離れているかです。引き続き追いかけますが、こちらも望み薄です」

「わかった」

捜査の進捗状況は芳しくない。だが少なくとも一つ手がかりがある。〝手がかりがないこと〟が手がかりだ。手抜かりなく準備され、なんの手がかりも残されていないこと、それは〝無〟ではなく、それ自体が手がかりになる。カミーユは今ようやく、すべてが遠からず一点に収束していくだろうと感じはじめていた。それもほかの事件とは違って、写真の現像のように徐々に輪郭が見えてくるのではなく、ある日突然すべてが見えるのではないかと。だとすれば必要なのは粘りだ。

「ルイ、クルブヴォアの二人の被害者とトランブレの被害者をつなげられないかやってみてくれ。顔見知りではなかったか、同じ場所に行っていなかったか――互いに知らない場合も含めてだ――あるいは同じ人物を知っていなかったかとか、わかるな？」

「はい」

ルイが指示を書き留めたあと、三人同時に手帳を閉じた。

「ではまた明日」

これを合図に三人は出ていったが、少しするとルイが戻ってきた。今日目を通した本を戻しにきたのだ。

「残念だったよな。おまえもそう思うだろ？」カミーユはちょっとおどけてみせた。

「ええ。とてもスマートな説でしたからね」

そしてオフィスを出ようとして、また振り向いた。

「つまりここの仕事は小説的じゃないってことなんでしょうか」

カミーユも考えてみた。

「かもしれん」

四月十日木曜日

1

「カミーユ、こいつはまずい。判事殿のお気に召すはずがない」

小説が現実に？
クルブヴォア事件とトランブレ事件

昨日報じられたように、クルブヴォア事件の予審を担当するデシャン判事は、現場に残された偽の指紋から、この事件がマヌエラ・コンスタンツァさん（当時二十四歳）殺害事件とも関係することがわかったと発表した。二〇〇一年十一月二十一日にトランブレ＝アン＝フランスの空き地で女性の切断死体が発見された事件である。つまり、捜査を指揮するヴェルーヴェン警部が立ち向かう相手は十中八九連続殺人犯だということになる。だが本来なら捜査の助けになるはずのこの新事実が、今回はかえって捜査を難しくしている。特に問題なのは手口で、一般的に連続殺人犯は同じ手口を繰り返すが、この二つの事件はそうではない。

手口がまったく異なり、むしろ偽の指紋という共通点のほうを疑いたくなるほどだ。とはいえ、この矛盾を解く鍵がないわけではなく、それこそが本当の手がかりになるかもしれない。少なくともヴェルーヴェン警部はそう考えている。その説は驚くべきもので、トランブレ事件がアメリカの作家ジェイムズ・エルロイの小説に似ているというのだ。その小説のなかで……。

カミーユは思わず新聞を閉じた。

「なんだこりゃ！」

それからまたしぶしぶ開き、結論部分を読んだ。

だがこれだけ類似点があるにもかかわらず、この〝現実離れした〟仮説は現実主義者で知られるデシャン判事には通じないと思われ、新たな証拠が出ないかぎり、ヴェルーヴェン警部はより〝現実的な〟手がかりを追うしかなさそうだ。

2

「こいつはくそ野郎だ」

「まあな」とル・グエンが口をゆがめた。「だが情報収集能力に優れていることは認めざるをえない」

ル・グエンはマッコウクジラのような体躯を大きな肘掛け椅子に埋め込み、カミーユに鋭い目を向けて言った。

「なにを考えてる？」

「知らん……。すべてが気に食わないね」

「判事もだ。朝一番で電話があった」

カミーユはどうだったと目で訊いた。

「彼女は冷静だ。場数を踏んできてるからな。おまえのせいじゃないことも承知している。だがな、判事だって人間だ。これがエスカレートしたらいずれ冷静ではいられなくなる」

言われなくてもカミーユにはよくわかっていた。ル・グエンのオフィスに来る前に自分のオフィスに寄ったのだが、すでに新聞六社、ラジオ数局、テレビ数局からル・マタン紙の記事は本当なのかと確認を求める電話がかかってきていて、ルイが対応に追われていたのだ。カミーユが着いたときには、グレージュ（グレーとベージュの中間色）のスーツ、同色系のシャツ、クリーム色のソックスといういでたちのルイが、イギリス的冷静沈着さをもって応答しながらしきりに前髪をかき上げていた。左手で。

ル・グエンのオフィスから戻ると、カミーユはすぐ三人に集合をかけた。

まずルイが来て、数秒遅れてマレヴァルとアルマンも駆けつけた。マレヴァルのジャンパーのポケットからは今日の競馬新聞がはみ出していて、すでに緑色のボールペンで書き込みがしてあった。アルマンのほうは古びた紙をきっちり四つ折りにしたものと（メモ代わりらしい）イケアの鉛筆を握りしめている。カミーユはまだ怒りが収まらず、三人と目を合わせる余裕もなかった。

ようやく唾をのみ込み、ル・マタン紙の社会面を開いて三人に見せた。

「こいつはなにもかも知っている。ますます仕事がやりにくくなりそうだ」

マレヴァルはその記事をまだ読んでいなかったが、アルマンがもう読んでいることは訊かなくてもわかった。アルマンの一日の行動はだいたい決まっている。朝は三十分早く家を出て、駅のホームのベンチに陣取り（自分が乗る線のホームではない）、三つの紙くず入れを見張る。そして誰かが新聞を捨てるたびに飛んでいってどの新聞か確かめ、ル・マタン紙でなければまたベンチに戻る。アルマンは朝刊にはうるさくて、ル・マタン紙しか読まない。クロスワードパズルが載っているからだ。

マレヴァルが記事を読み終え、感嘆の口笛とともにカミーユのデスクに戻した。

「なるほど、そういう反応もあるな」とカミーユは言った。「この事件には大勢かかわっている。鑑識、研究所、検事局も……情報はどこから漏れてもおかしくない。とにかくいつも以上に注意してほしい。わかるな？」

そう言ったとたんに、これでは責めているようなものだと後悔した。

「いやその、要するにおれみたいにしてろってことだ。口を閉じてりゃいい」

三人はそれぞれに了解らしき言葉をつぶやいた。

「それで、ランベールのほうはどうだ？」カミーユは場の雰囲気を変えようと明るい声で言った。

「まだ十分当たれていません」ルイが答えた。「仲間が騒ぎださないようにひそかに探りを入れています。警察が動いていると知れたらおしまいですから。パリを出たことは確かですが、どこへ向かったのかはわかっていません」

カミーユは少し考えた。

「今日明日でなにもつかめなかったら、一味を一斉検挙して吐かせることにしよう。マレヴァル、対象者をリストアップしといてくれ」

3

デスクに戻るとエルロイの小説が山になっていたので、カミーユはため息をついた。考えながらデッサンする癖があるので、紙のデスクパッドは無数のデッサンで埋まっているが、わずかな隙間を見つけて《トランブレ――ブラック・ダリア――エルロイ》とメモした。

それについてじっくり考えようとしたとき、ふと別の本に目がとまった。クリシー広場の〈パリ書店〉で見つけて買っておいたものだ。タイトルは『犯罪小説論』。

裏表紙の紹介文はこうだった。

犯罪小説は長い間マイナーなジャンルと見なされてきた。まともな文学の範疇に入るまでに一世紀以上かかった。その理由の一つは、読者、作者、編集者がなにを文学と考えてきたか、つまり文化的価値観にある。そしてもう一つよく言われるのは、主題そのものが理由だというもので、その主題とは言うまでもなく「犯罪」である。しかしそれはこのジャンルの誕生以来の誤解であり、主流の文学に名をつらねる作家たちも——ドストエフスキーからフォークナーまで、中世文学からモーリアックまで——殺人や犯罪捜査に特別な関心を寄せてきたことを無視している。実のところ、文学において、犯罪は恋愛とともに古い主題なのだ。

そういえば書店でこの本を手に取ったとき、店主が「よく書けた本ですよ」と声をかけてきて、「著者のバランジェさんはこの分野のエキスパートです。これしか著書がないのが残念ですよ」と言っていた。

カミーユは窓の外に目をやって考えた。やってみて損になるわけじゃなし……。時計を見て、受話器を取った。

4

その大学の校舎はなんとなく病院に似ていた。それも、こんなところで治療を受けるのはごめんだと思いたくなるような病院だ。階を上がるにつれ表示プレートが少なくなり、予定表やポスターが貼られた廊下が延々と続き、この迷路のどこに文学部があるのかまるでわからなかった。

幸いなことに、ファビアン・バランジェ教授の「推理文学——暗黒叢書《セリ・ノワール》」の講義予定は掲示板のいちばん下に貼り出されていたので、カミーユにも見えた。

三十分ほどかかってようやく教室にたどりついたが、教授はまだ講義中だった。そこでまた三十分ほどかけてカフェテリアを探し、大麻の匂いがするなかでコーヒーを飲み、ふたたび教室に戻るとちょうど講義が終わったところで、質問のある学生たちが列を作っていたのでカミーユもそこに並んだ。教授は背の高いやせた男で、質問に手短に答えながら、書類の詰まった黒かばんのなかをせわしなく引っかきまわしていた。教室にはまだ何組かの学生が残っておしゃべりに花を咲かせていて、それがうるさいのでカミーユも声を張り上げなければならなかった。

「先ほどお電話したヴェルーヴェンです！」

バランジェはカミーユを見下ろし、かばんをかきまわす手を止めた。グレーのだぶだぶのカーディガンを羽織っていて、手を止めても目だけは動きつづけている。なにがあろうと思考だけは回転しつづける、そういう人間のようだ。そして、そんな電話は記憶にないとでも言いたげに眉をひそめた。

「ヴェルーヴェン警部です。司法警察の」

バランジェは助けを求めるように教室をぐるりと見まわしてから、ようやく口を開いた。

「あまり時間がないんですが」

「わたしは三人の女性が殺された凶悪犯罪を追っています。つまりこちらも時間があるわけじゃないんですがね」

バランジェはまたカミーユを見下ろした。

「いったいわたしにどういう――」

「ですから数分いただければそこをご説明しますから」

バランジェはカーディガンの左右の袖を順にまくった。どうやら普通の人が眼鏡を押し上げるのと同じ意味をもつようだ。そしてようやくぎこちない笑みを浮かべたが、笑い慣れていないのがよくわかった。

「では、十分ほど待ってください」

だがカミーユが廊下で待っていると三分で出てきた。

「十五分ほど時間があります」

バランジェはそう言うと、今出会ったかのようにカミーユの手を取って握手し、すたすたと歩きだした。カミーユは急ぎ足であとを追った。

自室まで来るとバランジェは鍵束を取り出し、三か所もあるロックを順に解除した。

「昨年パソコンを盗まれましてね。それも二度も」

そしてカミーユを招じ入れた。デスク三卓、パソコン三台、本棚がいくつか、そして静寂が確保された空間。バランジェはカミーユに椅子をすすめ、自分も向かい合った席に座り、黙ったままカミーユをじっと見た。

「数日前に、クルブヴォアのロフトで二人の若い女性の死体が発見されました。犯人の手がかりはほとんどありません。二人とも性的暴行を受け、殺され、ばらばらにされています」

「ええ、その事件なら耳にしています」

バランジェは椅子をすべらせてデスクから離れると、脚を開げ、両肘を膝の上にのせて前かがみになり、案じるような、励ますような目でカミーユを見た。懺悔でも促すように。

「この犯罪は一年半前の別の未解決事件ともつながることがわかっています。それもまた若い女性が殺された事件で、空き地で発見された死体は腰のところで切断されていました。なにかお心当たりは？」

バランジェはぎょっとしたように立ち上がった。顔が真っ青だった。

「どういう意味です？」

「いや、これは尋問じゃありません。専門家としてのご意見を伺っているだけです」

人間関係というのは時に線路のようになる。一度分岐したら、次のポイントまで行かないと元に戻れない。バランジェは自分が容疑者扱いされていると誤解したのだ。だとしたら、こちらからポイントを提示するしかない。

「その未解決事件についてもたぶん耳にされたことがあるでしょう。二〇〇一年十一月にトランブレで起きた事件です」

「新聞はあまり読まないもので」バランジェはまた腰を下ろしたが、体に力が入ったままだ。

「どちらの事件もわたしとはなんのかかわりもありませんが」

「ええ、もちろんです。今日伺ったのは、この二つの事件が小説に出てくる犯罪と関係があるかもしれないからです。いや、まだ単なる仮説ですが」

「関係とは、正確にはどういった？」

「まだなんとも言えません。わかっているのは、トランブレ事件が驚くほどジェイムズ・エルロイの『ブラック・ダリア』に似ているという点だけです」

「なんと！」

バランジェの反応は安堵なのか驚きなのかよくわからなかった。

「内容をよくご存じですか？」

「無論です。しかしそれがなぜ……」

「捜査の詳細はお話しできませんが、とにかく二つの事件は関連していると考えられます。ですから、もしトランブレ事件がエルロイの小説から発想を得たのだとしたら、今回のクルブヴォア事件も同じように――」

「エルロイの別の小説から発想を得たものだ！」

「いや、その点は調べたのですが、どうやら違うようです。しかしほかの作家の小説という可能性もあるわけです。必ずしもエルロイではなく」

バランジェはまた膝に両肘をのせ、顎に手をやって床を見つめた。

「それで、わたしになにを？」

「正直なところわたしはこの種の小説に疎《うと》く、ごく初歩的な知識しか持ち合せていません。ですから誰かの助けを借りたいと思い、あなたのことを思い出しました」

「わたしのことはどこで？」

「暗黒叢書《セリ・ノワール》に関するご著書です。それで、もしかしたらと」

「ああ、あれか！　はるか昔に書いた本ですよ。もう内容が古くて、改訂が必要なんですが」

「ご協力いただけませんか？」

バランジェは顎をかいた。悪い知らせを切り出すときの医者の顔になっている。

「あなたは大学とはどういうところか、実情をご存じですか？　えっと……」

「ヴェルーヴェンです。ええ、ソルボンヌで学びました。といってもずいぶん前のことですが」

「大して変わっちゃいません。今も大学では誰もが専門家なんです」

「だからこそこうして伺ったんですが」

「いや、そういうことじゃなくて……誰もが守備範囲が狭いんです。わたしの専門は推理文学ということになっていますが、実際はもっと狭いわけでして、研究しているのはガリマール社の『セリ・ノワール』（一九四五年にスタートした犯罪推理小説叢書）です。しかも初期の千作品に絞っていて、それに関しては確かに詳しいですが、しょせんは千にすぎません。もちろん解釈学的観点からセリ・ノワール以外の本にも目を向けることはありますがね。たとえばジェイムズ・エルロイはこの叢書に入っていませんが、読んだことはあります。しかし専門というレベルではないわけで……」

カミーユはまたじれてきた。この調子では、ただ〝知っている作品が少ない〟と言うだけのために本一冊分くらいしゃべりそうだ。

「つまり？」我慢できずに訊いた。

するとバランジェは驚きと憤慨が一緒になったような目でカミーユを見た。出来の悪い学生にもこういう目を向けるのだろう。

「つまり、その事件がわたしの専門範囲の小説と関係するならお役に立てるかもしれませんが、その範囲は非常に狭いということです」

ということははずれだろうかと思いながらも、カミーユは上着の内ポケットから折りたたんだ二枚の紙を出してバランジェに渡した。

「問題の事件の要点をまとめたものです。目を通してみていただけませんか？　なにか思いつかれることがあるかもしれませんし」

バランジェはいったん紙を広げたが、結局あとで読むことにしたようで、折りたたんでポケットにしまった。

そのときカミーユの携帯が振動した。

「失礼してよろしいですか？」と言って返事も待たずに電話に出た。ルイだった。カミーユは急いで手帳を出し、自分にしかわからないような書き方でメモをとり、「よし、そこで落ち合おう」と言って切った。そしてその勢いで立ち上がったので、バランジェも不意を突かれて雷に打たれたように飛び上がった。

「失礼しました」とカミーユは戸口に向かいながら言った。「つまらないことで時間をとらせて申し訳ありませんでした」

「え？」面白いことに、バランジェはがっかりしたようだった。「では、小説は関係ないんですか？」

カミーユは戸口で振り向いた。ちょうどひらめいたことがあった。

「いえ、関係はあると思います」カミーユはそのひらめきに興奮していた。「すぐまたご連絡することになりそうです」

パリ中心部へ戻るタクシーのなかで、自分は大学を出てからこれまでに何冊の本を読んだだろうかと考えた。大雑把《おおざっぱ》な計算だが、年に二十冊読んだとしても（多くてそれくらいだ）四百冊程度にしかならない。教養の範囲が狭いなと恥ずかしく思った。

5

カルディナル・ルモワーヌ通りの古書店。

そこは蛍光灯に照らされた大型書店とは似ても似つかぬ世界だった。磨き込まれた寄木張りの床、ニスを塗った木の本棚、艶消しのアルミのはしご、柔らかい照明、すべてから手作りのぬくもりが感じられる。厳《おごそ》かな雰囲気に誰もが思わず声を落とすような、永遠の時を思わせる場所。入口のそばには専門雑誌の陳列棚があり、中央のテーブルには大きさがまちまちの本が積み上げられている。一見ほこりまみれで無秩序な印象を受けるが、よく見るとなにもかもが整理されていて、独自の秩序に支配されていることがわかる。右手に並んでいる本はすべて小口が黄色で、左手にはセリ・ノワールがずらりと並んでいる。もしかしたら全巻揃っているのかもしれない。書店というよりは別世界に迷い込んだようで、修道士の独居房、あるいはカルト信者の隠れ家のようでもある。

カミーユとルイが入ったとき店内には誰もいなかったが、扉についた鐘がチリンと鳴ったので、それを聞きつけてどこからともなく背の高い男が現れた。書店主だ。くすんだ青のズボンと同系色のカーディガン、四十前後、まじめくさった深刻そうな顔、半月形の眼鏡。全身から自尊心がにじみ出ていて、無言のままでも「ここはわたしの場所です。わたしは専門家であり、ここの主です」と主張しているように思えた。

「なにかお探しでしょうか？」その男が低い声で訊いた。

カミーユのほうに近づいてきたが、ある距離で足を止めた。近づきすぎて見下ろすことになるのはよくないと思ったようだ。

「ヴェルーヴェン警部です」

「ああ」

　男は振り向いて後ろに置いてあった本を取り、カミーユに差し出した。

「記事を見て気づきました。間違いないと思いますよ」

　ペーパーバックだった。本のなかほどに黄色い栞《しおり》がはさんである。カミーユはまず表紙を見た。ローアングルでとらえた男のイラストで、赤いネクタイを締め、帽子をかぶり、革手袋をはめた手でナイフを持っている。吹き抜け階段にでも立っているようだ（仏語版の表紙）。眼鏡を出してかけた。表紙にはブレット・イーストン・エリス著、『アメリカン・サイコ』とある。奥付を見ると原書の刊行は一九九一年、フランス語版は一九九二年。ページをめくるとまずミシェル・ブロドーの序文が出てきた。

　ブレット・イーストン・エリスは一九六四年にロサンゼルスで生まれた。（……）エージェントがニューヨークのシリアルキラーの話を書くという企画を出版社に通し、エリスは三十万ドルのアドバンスを受けとった。だが上がった原稿を見て出版社は仰天し、アドバンスを切り捨てて契約を破棄した。あまりの内容に腰が引けてしまったのだ。だがヴィンテージ・ブックス（ランダムハウスの一部門）は迷わなかった。一部の抜粋が関係者に回されただけで非難の嵐が巻き起こったが、それにもかかわらず（あるいはだからこそ）、ヴィンテージ・ブックスは世論やフェミニスト団体からの抗議をものともせずに刊行を決めた。（……）エリスは抗議の手紙や殺しの脅迫状を山ほど送りつけられたため、ボディーガードを雇わなければならなかった。だが『アメリカン・サイコ』はアメリカで大いに売れた。

ルイは上司の肩越しにのぞき込むのが嫌なのか、少し離れて書棚を見てまわっている。書店主のほうは両脚を少し広げ、両手を後ろで組み、ショーウィンドー越しに通りをながめていた。そしてカミーユはというと、なにやら興奮に近いものが体の底からわき上がってくるのを抑えられなかった。

書店主が栞をはさんだ個所には身の毛もよだつ内容が書かれていた。カミーユは読むことだけに集中しようとしたが、途中で何度も首を振り、「うそだろ」とつぶやかずにはいられなかった。

それを聞きつけて、とうとう我慢できなくなったルイが寄ってきた。カミーユは本を少し離し、ルイも一緒に読めるようにした。

三百八十八ページ（仏語版）。

真夜中。私が二人の女、どちらもごく若く、大きな胸をしたブロンドのハードボディー、と交わす会話は、すぐに終わる。私が自分の中の混乱を静めるのに必死で、余裕がないからだ。

「重要な個所には×印もつけておきました」

書店主が声をかけてきたが、カミーユは返事もせずに読みつづけた。


これが私への刺激を失っていく（……）

息を吹きかえしたトーリは、縛られ、ベッドの片側から仰向けに転がされていて、顔が血まみれなのは、その唇を私が爪切り鋏で切り取ったからだ。ティファニーはベッドのもう一方の側で、ポールのズボン吊りを六本使って縛り上げてあり、恐怖に呻き声を洩らし、怪物じみた現実にまったく動きがとれなくなっている。こいつには私がこれからトーリにすることを見せつけたいが、縛られた格好からして、見ないわけにはいかないだろう。いつもの通り、こういう女たちを理解したい私は、その死を映像に記録するところだ。トーリとティファニーを撮るのは、ミノックスのLX超小型カメラで、これは九・五ミリフィルムを使用し、十五ミリf／3・5レンズと露出計を装着し、ニュートラル・デンシティフィルターを内蔵して、三脚に乗っている。トラヴェリング・ウィルベリーズのCDを、ポータブルCDプレーヤーに入れたのがベッドの頭板に置いてあるから、これで悲鳴が消せるだろう。


「なんてこった」とカミーユはうなった。

そのあいだも目は文字を追っていたが、次第に速度が落ちてきた。頭を働かせたくても働かず、目の前で踊る文字に吸い寄せられてしまう。無数の考えが頭のなかで押し合いへし合いし、集中するのが難しかった。

　つぎに、恐怖で腑抜けになった彼女の身体を、もう一度ひっくり返し、口のまわりから肉をごっそり削ぎとって
　カミーユがたまらずに顔をしかめて目を上げると、ルイも同じように顔をしかめていた。

「いったいこの本はなんなんです？」さすがのルイも混乱しているようだ。

「いったいこいつはなに者だ？」と呼応してカミーユはまたページに戻った。

　私は一方の死体の胃袋に手を差しこみ、そこから出る血で、赤く滴る文字の落書きを、リビングルームの人造牛皮の飾りパネルの上に、「わたしは戻った」と書きつけ

6

「やったな、としか言えん」

「からかってるのか？」

「いや、違う」ル・グエンは真剣な声だった。「おまえの話など信じちゃいなかったが、降参する。だがその前に一つ」

「なんだ？」カミーユは受話器を耳に当てたままパソコンをのぞき、マウスをクリックしてメ

ールを読み込んだ。

「おまえ、まさか、判事の許可なく欧州データベースへの照合を申請したりしてないよな？」

カミーユは唇を噛んだ。

「これから手続きする」

「カミーユ」ル・グエンはげんなりした声でうめいた。「おまえは懲りるってことを知らんのか？　たった今判事から電話があってな、すごい剣幕だったぞ。しかしそれも当然だろ？　事件発生初日からおまえがテレビに登場し、翌朝にはおまえの紹介記事が新聞にでかでかと載り、今度はこれだからな。ここまでくるとわざとやってるとしか思えんだろ？　悪いがな、もうこれ以上かばってやれん」

「判事と話す。おれから説明して――」

「あの口調からするとおまえははずされる。おれも責任をとらされそうだ。とにかく明朝、判事の執務室で緊急会議だ。朝一番」

カミーユはなにも言えなかった。メールの一つに目が釘づけになり、返事どころではなかった。

「カミーユ！　わかったな？　朝一番だ、聞いてるか？」

「ヴェルーヴェン警部、ファクシミリを受けとりました」

電話口の判事はのっけから素っ気なかった。これが別の状況ならカミーユにも機嫌をとる余裕があったかもしれない。だが今はそれどころではなく、デスクから離れたところに置いてあるプリンターまで行って、プリントアウトした紙を取ることしか頭になかった。

「問題の小説のあなたが抜粋した個所を読みました。どうやらあなたの説が正しかったようですね。さっそく検事に報告するつもりです。しかし、正直なところ、小説の件以外にも検事と相談すべきことがあると考えています。おわかりですね？」

「はい。先ほど部長から電話がありました。しかし判事――」

「判事殿でしょう！」

「失礼。どうも形式張るのが苦手でして」

「形式はともかく、行政上の決まり事は守っていただかないと。あなたが欧州データベースへの照合の件で勝手にわたしの名前を使ったことは、今しがた正式に確認されました。ご存じでしょうが、これは――」

「重大な過失？」

「はなはだしい越権行為です。とうてい容認できません」

「しかし判事殿、すぐに手続きを踏むつもりですので」

「警部！　手続きを踏むのはわたしです！　あなたに許可を与える権限をもっているのはわたしですよ」

「もちろん承知しています。しかし、やり方はまずかったとしても、考え方は間違っていなかったわけで、あなたもすぐに許可していたはずです」

そこで判事が黙り込んだのがなんとも不気味だった。

「ヴェルーヴェン警部」とようやく判事が言った。「検事にはこの事件からあなたをはずすように言うつもりです」

「それは判事殿の権限内のことですからご自由になさってください。でもその際に合わせて」とカミーユはプリンターから取ってきた紙を見ながら言った。「検事殿に第三の事件も出てきたとお伝えください」

「なんですって？」

「あ、いえ、あなたの許可を得た欧州データベースへの照合の結果、グラスゴー警察殺人課の、ええと」プリントアウトした電子メールの発信者のところを見る。「ティモシー・ギャラガー刑事から情報が入りました。二〇〇一年七月十日に若い女性の絞殺事件があり、死体に同じ偽の指紋が押されていたそうです。ですから、この事件の後任者にはすぐグラスゴー警察に電話するようお命じいただきたく……」

電話を切ってから、カミーユは紙のデスクパッドに書き込んだメモを見た。

トランブレー——ブラック・ダリア——エルロイ
クルブヴォア——アメリカン・サイコ——エリス

そこに一行つけ足した。

グラスゴー——？？？——？？？

7

ギャラガー刑事は席におらず、交換手はルイの電話を上司のスモレット警視につないだ。電話口から漏れ聞こえるアクセントからすると、生粋のスコットランド人のようだ。ルイの問いに答えて、スモレットは前回の照合のときにグラスゴー事件の指紋が引っかからなかった背景を明らかにしてくれた。スコットランドがEUの警察・刑事司法上の政府間協力に参加したのはトランブレ事件よりあとのことだったのだ。

「ほかにも参加が遅かった国があるか訊いてくれ」

ルイがスモレットの返事を聞きながらフランス語に訳した。

「ギリシャ、それからポルトガルです」

カミーユはこの二か国にも確認することとメモすると、ルイに通訳させて、グラスゴー事件の重要事項のコピーを送ってほしい、またギャラガー刑事が戻り次第電話がほしいと頼んだ。

「ついでに、ギャラガーが少しはフランス語を話せるか訊いてくれ！」

ルイは相手の答えを聞くと、受話器を左手で押さえ、からかうような笑みを浮かべて言った。

「幸いなことに、ギャラガーさんは母親がフランス人だそうです」

それからルイはさらに英語でなにかやりとりし、最後に笑ってから電話を切った。カミーユはなんの話だと目を細めた。

「レッドパスは怪我から復帰したのかと訊いたんです」

「レッドパス？」

「ラグビーのスクラムハーフですよ。先々週のアイルランドとの試合で負傷したんです。土曜の試合に彼が出られないと、スコットランドはウェールズに勝ち目がないんです」

「で？」

「試合に出られるそうです」ルイはにっこり笑った。

「おまえ、ラグビーファンだったか？」

「いえ。でもスコットランド人に協力してほしいなら、彼らの話題に合わせるべきでしょう？」

8

夜七時半。カミーユは帰宅の途中ふと不安になった。自宅がある通りはにぎやかな表通りから少し引っ込んでいて、人通りも少ない。父が言っていたことを思い出し、引越しも悪くないなとぼんやり考えた。携帯が鳴ったので着信画面を見るとルイだった。

「花束のことを忘れてませんか？」とルイがさりげなく言った。

「そうだった！　ありがとう、助かったよ」

「お役に立ててなによりです」

そうだ、自分はこんな状態になっているんだと思い、情けなくなった。部下の助けがないと妻を喜ばせることもできない状態に。しかも花屋を通り過ぎていたので、腹が立って勢いよく踵を返し、そのとたん人にぶつかった。いや、正確には頭が誰かの胸に当たった。

「お、失礼」

「いいんですよ、警部さん」

顔を上げるまでもなく、声でわかった。

「きみは尾行までするのか！」思わずきつい口調で言った。

「いえ、追いつこうとしてただけで」

カミーユは口をつぐんで歩きはじめた。ビュイッソンはもちろん余裕でついてくる。

「毎回同じ茶番だと思わないか？」カミーユは足を止めて言った。

「コーヒーでもどうです？」ビュイッソンが近くのカフェを指さした。旧友に再会したような愛想のよさだ。

「勝手にしたまえ。わたしは失礼する」

「あなたの態度こそ毎回同じじゃないですか。ねえ、警部さん、あの記事についてはお詫びしますから。ちょっと頭にきたもんで」

「さあてどの記事のことかな。最初のか、それとも二番目か」

二人は広くもない歩道に立ちつくし、人波の邪魔になっていた。閉店前に買い物をしようとする人々が足早に通り過ぎていく。

「最初のですよ。二番目は単なる情報じゃないですか」

「その情報なんだがね、きみはあまりにも知りすぎちゃいないか？」

「それが仕事なんだから、非難されても困るなあ。最初のだって、しゃべったのはあなたのお父上ですからね」

「きみがしゃべらせたんだ。格好の餌食は見逃さない、そういうことだろう？　ついでに、記事を餌に新聞の購読も申し込ませたんじゃないのか？」

「いいから、ほら、警部さん、コーヒーおごりますから。五分でいいから」

カミーユは相手に背を向けて家を目指したが、それでもついてくるので睨みつけた。

「いったいなにが望みだ？」

すでに怒りを通り越して心底うんざりしていた。だがそれこそビュイッソンの思うつぼだろう。狙った相手を疲弊させることで記者たちは勝利を収める。

「あの小説をまねたっていう説ですけど、本気で信じてるんですか？」ビュイッソンが訊いてきた。

「いや」カミーユは適当に答えた。「実は信じちゃいないよ。確かに気がかりな一致だが、それ以上のものではない。一つの手がかりにすぎん」

「うわ、本気で信じてるんですね！」

こいつは思っていたより鋭いぞとカミーユは思った。甘く見ないほうがいい。二人はアパルトマンの建物の前まで来た。

「少なくともきみ以上に信じてはいない」

「ほかになにか手がかりは？」

「なにかあったとして」暗証番号を押しながら答えた。「それをきみに話すとでも思うか？」

「クルブヴォア事件の現場は『アメリカン・サイコ』に似てるそうですね。それもただの〝気がかりな一致〟ですか？」

　カミーユはぴたりと手を止め、ビュイッソンの顔をまじまじと見た。

「交換条件ってのはどうです？」ビュイッソンが続けた。

「おれは人質じゃない」

「『アメリカン・サイコ』の件は数日伏せておきますよ。そのほうが捜査を進めやすいんでしょ？」

「なにと交換に？」

「新しい展開があったら真っ先に教えてほしいんです。他社より数時間早いだけでいいですから。悪くない取り引きだと思いますけどね」

「だめだと言ったら？」

「ちょっと、警部さん」ビュイッソンは見損なったとでもいうように深いため息をついた。

「うまくやりましょうよ！」

　カミーユはしばらく相手を睨みつけてから、軽く口の端を上げた。

「では失礼」

　言うと同時に建物入口の扉を開けて入った。

　これでまた明日も嫌な一日になると決まった。朝刊とともに最悪のスタートを切ることになるだろう。

　アパルトマンに上がって玄関を開けたところではっと気づいた。

「しまった！」

「どうしたの？」イレーヌがリビングから声をかけてきた。

「いや、なんでもないよ」

花束を忘れた。

四月十一日金曜日

1

「イレーヌさん喜んでましたか?」ルイが訊いた。

「なにが?」

「花束ですよ」

「ああ、実はちょっとな……」

それだけでなにかあったと察してくれたようで、ルイはそれ以上訊かなかった。

「朝刊はあるか?」

「ええ、ぼくのデスクに」

「読んだか?」

ルイは前髪をかき上げた。右手で。

「あと二十分でデシャン判事のところに行かなきゃならん。だからざっと内容を教えてくれ」

「各紙とも、クルブヴォア事件は『アメリカン・サイコ』の模倣だと報じています」

「くそ野郎が」

「誰のことです?」

「何人もいるさ。だがル・マタン紙のビュイッソン、あいつは群を抜いてる」

　カミーユは夕べのことを話した。

「それで結局、自分で記事にするだけではあきたらず、各社に流したというわけですね」ルイが言った。

「そういう心の広いやつなのさ。車を手配してくれるか? このうえ遅刻までしたら最悪だからな」

　判事のところからル・グエンの車で戻る途中、カミーユはようやく新聞を開いた。判事は口にするのも腹立たしい様子で、新聞記事のことにはひと言しか触れなかった。だがこうして各紙の見出しをながめてみると、判事の怒りはもっともだと思える。

「おれはさぞかし間抜けだと思われてるんだろうな」カミーユは新聞をめくりながら言った。

「なあに、ほかにやりようがあったわけじゃなし」

「お優しいね、上司にしちゃ。スコットランドでキルトでも買ってこよう」

　新聞各紙はすでに犯人のことを〝小説家〟と呼んでいた。輝かしいデビューだ。

「これで犯人は大喜びだろう」カミーユは眼鏡を押し上げながら言った。

　ル・グエンが眉を上げて振り向いた。

「またずいぶんと冷静じゃないか。規則違反で停職処分になるかもしれんし、守秘義務違反でこの事件から降ろされるかもしれんのに、冗談言ってる場合か?」

カミーユは遠慮なく音を立てて新聞の上に両手を投げ出した。それから眼鏡をはずし、ル・グエンに顔を向けた。

「参ってるよ、ジャン。実は途方に暮れてる。心底打ちのめされてるんだ！」

2

その日の帰宅前に、カミーユはアルマンのデスクに寄った。アルマンはちょうど受話器を置いたところで、顔を上げる前に、残り一センチを切ったイケアの鉛筆でリストにゆっくりと線を引いた。そのリストは長く、デスクから垂れ下がって床まで届いている。

「なんだそりゃ」

「壁紙ショップとメーカーのリスト。ダルメシアン柄の壁紙を扱ってるかもしれない店や会社だよ」

「状況は？」

「ええと……三十七」

「なにが？」

「だから、次に電話するのが三十八軒目」

「なるほど」

カミーユはマレヴァルのデスクにも目をやった。

「あいつは？」

「リヴォリ通りの店。そこの店員のねえちゃんが、三週間前にラルフ・ローレンのスーツケースを買った客のことを覚えてるんだと」

マレヴァルのデスクはいつも乱雑の極みだ。ファイル、報告書、事件簿から引っぱり出した写真、古い手帳、さらにはトランプ、競馬雑誌、馬券まで放り出してある。夏休みの子供部屋のようだ。そういえば、マレヴァルにはどこか反抗期の少年のようなところがある。マレヴァルがヴェルーヴェン班に加わったばかりのころ、デスクを整理しろと注意したことがあるが、聞く耳をもたなかった。

「急に病気にでもなって、誰かに捜査を引き継ぐときどうするつもりだ？」

「健康には自信あるんで」

「朝はそうも見えんがな」

マレヴァルはにんまりした。

「秩序にも二つあるって言った人がいるじゃないですか。生命の秩序と物理的秩序。おれのは生命の秩序のほうなんで」

「ベルクソンだね」ルイが言った。

「誰？」

「哲学者だよ」

「かもね」とマレヴァルは聞き流した。

カミーユもにんまりした。

「ベルクソンを引き合いに出すメンバーがいるとは、犯罪捜査部広しといえどもうちの班だけ事典を引き、ノーベル賞まで受賞していると知って驚いた。

だろうよ」

　そうからかったものの、カミーユ自身もベルクソンなど読んだことはなく、その晩さっそく

「それで、ルイは？」

「売春宿にしけこんでる」

「冗談だろ」

「いや、だから、マヌエラ・コンスタンツァの商売仲間を当たってるって意味だよ」

「おまえも壁紙ショップよりそっちのほうがいいんじゃないのか？」

「いいや、あんなもん一か所見りゃもう……」

「なるほど。じゃ、月曜からグラスゴーに行くから、今日は早めに失礼するよ。なにかあったらいつでも連絡してくれ」

　そう言って戸口に向かいかけたが、アルマンに呼び止められた。

「カミーユ！　イレーヌは順調か？」

「疲れてるみたいでね」

「早く帰ってやりなよ。どのみち事件のほうはこんな調子なんだし」

「ああ、そうさせてもらうよ」

「おれからもよろしくな」

　帰りがけにルイのオフィスの前でもちょっと足を止めた。すべてが分類され、片づけられて

いる。なかに入ってみた。ランセルのデスクマットにモンブランの万年筆……案件ごとに並べられたファイル、ノート、メモ。現場写真もコルクボードにピン留めされていて、しかも展覧会の額縁のように上辺が揃っている。だがルイのデスクを見て感じるのはアルマンのような几帳面さではない。それはバランス感覚のある合理性と秩序だ。

そこを出ようとしたとき、なにか気になるものを見たような気がしてカミーユは立ち止まった。そして振り向き、改めてデスクを見たが、なんだったのかわからない。結局あきらめて廊下に出たものの、一度気になると頭から離れず、どうにもすっきりしない。誰かの顔が浮かんだのに名前が出てこないときのような気分で、階下に向かううちにとうとう腹が立ってきて、どうしたってこのまま庁舎を出るわけにはいかないと途中で引き返した。そしてもう一度ルイのデスクをじっくりながめ、ようやくわかった。デスクの左端に置かれているジャン・エナル名の人物リストだ。カミーユは人差し指でリストを追っていき、頭に引っかかっていたものを見つけた。

「ちくしょう！　アルマン！」カミーユは叫んでいた。「おい、来てくれ！」

3

回転灯とサイレンのおかげで、ヴァルミー河岸まで十分とかからなかった。二人は正門が閉まる数分前にSOGEFI社にすべり込んだ。受付嬢は二人を止めようとしてまずは手を振りまわし、それから叫んだが、二人の勢いに圧倒されて、あとから追いかけるのがやっとだった。

二人はさっさとエレベーターで上がり、社長室に駆け込んだが、誰もいない。秘書があわてついてきた。

「あの、困ります」

それを片手で制してから、カミーユはデスクまで行き、回り込んでコッテの革張りの肘掛け椅子に身を沈めた。

「社長ってのは気分のいいもんだろうな」と言いながら、カミーユは思い切り首を伸ばして椅子の背に頭を預け、まっすぐ前を見た。足は宙に浮いた。

だが目当てのものが見えなかったので、頭にきて椅子から飛び降り、改めて膝からよじ登ったが、それでも満足できずにとうとう椅子の上に立った。そしてまた前を見て、思わずにたりとした。

「おまえの番だぞ」とアルマンに声をかけて椅子から下りた。

アルマンは不審顔で社長のデスクに近づいたが、椅子に座って正面を見ると納得顔になった。

「なるほどな」

窓の外の屋根のつらなりの向こうに、大きな緑色のネオンサインが見えていた。一文字だけ消えているが、問題なく《エナル運輸》と読める。

「それで社長は今」とカミーユは秘書に向かい、ひと文字ごとに区切って言った「ど ち ら に お い で で しょ う か?」

「それが……実は誰にもわからないんです。月曜の夜から連絡がとれていません」

4

先頭の二台が急ブレーキを踏んでコッテの家の前で止まった。アルマンが乗ったほうは、不運なことに、歩道に出しっぱなしのごみ容器に突っ込んだ。続いて来た三台目から一人飛び降りて、門を開けに走った。

コッテは金を持っていたな――カミーユが家を見てまず思ったのはそのことだ。四階建ての立派な建物で、家というより屋敷だった。装飾のついた鉄柵の向こうに前庭が広がり、玄関ポーチまで続いている。三台はそのまま玄関ポーチまで乗り入れ、停車と同時にカミーユを含めて四人が飛び出した。玄関を開けたのは女性だったが、まだ早い時間なのに、サイレンの音で起こされたようなとろんとした目をしていた。

「コッテ夫人ですか?」カミーユはポーチの階段を上がりながら訊いた。

「ええ」

「ご主人を探しています。ご在宅ですか?」

夫人は唐突にあいまいな笑みを浮かべたが、それはようやく警察が来ていると気づいたからのようだ。

「いいえ」と言い、夫人は扉を大きく開けた。「でもどうぞお入りくださいな」

カミーユはコッテの容姿も年齢もよく覚えていたが、その女性とはまるで釣り合わないように思えた。夫人はコッテより十歳は上に見えるし、コッテにはない気品を感じさせる。背が高く、ほっそりした面立ちで、若いころはさぞ美人だったことだろう。年齢による容色の衰えは隠せないし、服装も着古したスラックスにシンプルなブラウスという地味なものだが、流れるようなしぐさやゆったりした歩き方から生まれのよさがにじみ出ている。コッテにも経営者としての魅力とカリスマ性がなくはなかったが、成り上がり者が透けて見えていた。それに比べると、夫人は明らかに格が上だ。

アルマンが二人の刑事をつれてさっそく家探しを始めた。部屋を片っ端から開け、クローゼットも開けて調べていく。だがコッテ夫人はそんなことにはおかまいなく、立ったまま慣れた手つきでウイスキーを注いで飲んでいる。なるほど、これも容色の衰えの一因だなとカミーユは思った。

「ご主人は今どちらですか？」

夫人は驚いたようにカミーユを見た。だが、高いところから相手を見下ろしていることに居心地の悪さを感じたのか、ソファーにゆったりと腰を下ろした。

「どうせ娼婦のところでしょ。それがなにか？」

「いつからですか？」

「さあ、わからないわ、ええと……」

「ヴェルーヴェン警部です。質問を変えましょう。いつから戻っていませんか？」

「そうねえ……今日は何曜日？」

「金曜です」

「あら、もう？　だったら月曜からじゃないかしら。そう、月曜日からだと思うわ」

「確かですか？」

「ええ、月曜日からよ」

「四日前ですね。しかし心配しておられないようですが？」

「あらそんな、主人が〝散歩〟に行くたびに心配していたらきりがないでしょう？　いつも自分でそう言うんですよ、〝散歩〟って」

「いつもどのあたりを〝散歩〟されるんでしょう？」

「一緒に行くわけじゃあるまいし、見当もつきませんわ」

カミーユは広い応接間を見わたした。立派な暖炉、燭台置き、壁に絵画、足元に敷物。

「それで、ここにお一人で？」

コッテ夫人は部屋全体を示すように手をぐるりと回し、「あなたはどうお思いになって？」とはぐらかした。

「われわれは犯罪捜査の一環としてご主人を探しているんですがね」

夫人はカミーユをじっと見つめ、カミーユはモナリザの微笑みを見たように思った。

「あなたのユーモアのセンスと落ち着きには感服しますが、こちらはご主人が貸していたロフトで若い女性が二人殺された事件を追っているんです。それでご主人に話を伺いたいわけです。それも大至急」

「女性二人って、娼婦？」

「ええ、若い売春婦二人です」

「でも、主人はどちらかというと出かけていくほうですから」と言って夫人はまたウイスキーを注ぐために立ち上がった。「どこかに娼婦を呼び出すようなことはしません。わたしが知るかぎり」

「しかし、あなたはご主人の行動をあまりご存じないようだ」

「そうね」と夫人は投げやりな口調で言った。「〝散歩〟に出たついでに二人の女性を殺したとしても、主人は帰ってきてからわたしに打ち明けたりはしませんからね。残念だこと。話してくれれば面白かったのに」

実のところ夫人がどれくらい酔っているのか、カミーユには見極められなかった。言葉が明瞭で、一音ずつきちんと発音しているところを見ると、酔ったふりをしているだけかもしれない。

上階を捜索していたアルマンが降りてきて、カミーユに来てくれと合図した。カミーユは「ちょっと失礼」と夫人に声をかけてから階段を上がった。

アルマンにつれていかれたのは二階の小さい書斎だ。上質のサクラ材のデスクの上に高性能パソコンとファイルや紙ばさみが置かれている。書棚には法律書や不動産カタログが並んでいたが、それだけではなかった。推理小説が四棚分もあった。

「鑑識を呼んでくれ」カミーユは階段を下りながらアルマンに言った。「それからマレヴァルも呼んで、鑑識と一緒に朝までここに残らせろ。なにがあるかわからんからな」

それから夫人のほうを向いた。

「どうやらご主人について、もう少し詳しく聞かせていただかなければならないようです」

5

「きっちり二日で帰ってくるよ」

カミーユはリビングにいるイレーヌに声をかけた。イレーヌは重そうな体をソファーに預け、座っているというより伸びている状態だった。

「それで、出張を祝って花を買ってきたの？」

「まさか。昨日渡すつもりだったんだ……」

「戻ってきたらもう息子が生まれてるかも」

「おい、三週間じゃなくて、たった二日だぞ」

イレーヌはソファーから這い上がり、花瓶を探しに立った。

「腹が立つのはね」とイレーヌが笑いながら言った。「腹を立てたいのに立てられないってこと。だってすてきなんだもの、あなたのお花」

「きみの花だよ」

イレーヌはキッチンの入り口で振り向いた。

「どうして腹を立てたいかっていうとね、スコットランド旅行のこと二度も話し合ったのに、あなたったら考えるって言っただけで二年も経っちゃって、挙句の果てに一人で行くなんて言うからよ」

「バカンスじゃないんだ」

「わたしはバカンスで行きたかったの」と言ってイレーヌはキッチンに入った。

カミーユは自分もキッチンへ行ってイレーヌを抱きしめようとしたが、イレーヌは拒んだ。優しくではあったが、拒んだのだ。

そのときルイから電話が入った。

「あの、一つだけ……。出張中のイレーヌさんのこと、安心してください。なにかあればぼくがすぐに駆けつけるからと、イレーヌさんに伝えてください」

「悪いな。助かるよ」

「誰から？」電話を切るとイレーヌが訊いた。

「おれの守護天使さ」

「あら、あなたの守護天使はわたしかと思ってた」そう言ってイレーヌはカミーユに身を寄せた。

「いいや、きみはおれのマトリョーシカ人形だからね」カミーユはイレーヌの腹に手を置いた。

「まあ、あなたったら！」

イレーヌは静かに泣きはじめた。

四月十二日土曜日〜十三日日曜日

1

ヴェルーヴェン班は土曜の朝八時半に集まった。ル・グエンも出てきた。

「ジャン、金融犯罪捜査部のほうはどうだった？」

「一時間以内に必要な情報が来る」ル・グエンが請け合った。

マレヴァルは朝までサン＝ジェルマンのコッテの屋敷にいたので眠そうな顔をしていたが、要するにいつもと同じだ。カミーユは仕事を割り振っていった。アルマンにはコッテの交際関係、公私両面の住所録と電子メールを洗うよう指示した。昨夕手配した人相書きが各警察署に回っているかどうかの確認も。ルイにはSOGEFI社の法人口座とコッテの個人口座の金の出入り、およびコッテの行動履歴を調べるよう指示した。

「加害者には必要なものが三つあった。まず時間。コッテは社長だったからやりくりできただろう。それから金。社屋と屋敷を見れば明らかなように、一部の不動産投資に失敗したとはいえ、コッテは金を持っていた。あとは計画的に物事をすすめる力だな。それもコッテならなんとかなっただろう」

「動機を忘れてるぞ」とル・グエンが言った。

「この際それはつかまえてから訊くさ。ルイ、ランベールのほうはまだ進展がないか？」

「ありません。メンバーを入れ替えながら三か所の張り込みを続けていますが、今のところ誰も現れません」

「これ以上続ける意味はなさそうだな」

「ええ、残念ながら。目立たないようにやってはいますが、もうとっくに漏れてるでしょう」

「ランベールとコッテ……この二人のつながりがまったく読めない。その点も、ルイ、おまえが調べてくれ」

「一人では無理そうですね」

カミーユはル・グエンのほうを向いた。

「ルイが一人じゃ無理だと言ってる」

「言っとくがな、人手があるならとっくに回してる」

「たのもしい援護をどうも。ランベールに関しては仲間の一斉検挙に踏み切るべきだと思うんだが。マレヴァル、最新のリストは用意できてるな？」

「十一人リストアップしてあります。でも一網打尽にするには少なくとも四チーム必要ですよ」

「ということなんだが、ジャン？」

「検挙のためだけなら今晩までに揃えてやる」

「二十二時に決行ということでどうだ？　その時間なら尋問場所も確保しやすいだろう。マレヴァル、おまえが準備してくれ。そしてアルマンがマレヴァルと連携して尋問の指揮をとる、いいな?」カミーユは全員を見まわした。「おれはこれから今朝までに集まった情報に目を通す。昼ごろまた集合だ」

午前半ばまでにカミーユはフランソワ・コッテのおおまかな経歴をつかんだ。二十四歳で二流のビジネススクールをどうにか卒業し、SODRAGIM社に入社。SODRAGIMというのは不動産開発会社で、当時は創業者のエドモン・フォレスティエが社長で、コッテは民間住宅を扱う小さい部門の責任者にすぎなかった。ところが三年後、社長令嬢と結婚するという第一の幸運に恵まれた。

「わたしたちは要するに……会社のために結婚させられたようなものよ」とコッテ夫人は語った。「しかも結果的には会社のためにもならなかったんだから、二重の意味で失敗だわね」

そして二年後、コッテは第二の幸運に恵まれた。社長である義父がアルデンヌ県で交通事故にあい、死亡したのだ。つまり三十少し前という若さで社長になり、そこからはやりたい放題だった。次々と新事業に手を出しては子会社を設立し、組織を再編して社名もSOGEFIに変えた。そしてわずか十年で、それまで健全そのものだった優良企業を赤字に転落させるという偉業を達成し、経営者としての無能ぶりを露呈した。何度も夫人の援助でピンチを切り抜けてきたが、いまだに性懲りもなく失敗を繰り返している。このままいけば夫人の莫大な資産もいずれは底をつくだろう。

夫人がどれほど夫を恨んでいるかは想像するにかたくない。

「警部さんは主人に会っておられるんでしょ？　でしたらなにも申し上げる必要はありませんわね。ひどく俗っぽい男です。でもそれが、あの人が入り浸る場所では長所と見なされるようですけど」

コッテ夫人は一年半前に離婚訴訟を起こしたが、金銭面のもつれと夫側の弁護士のふんばりのせいでいまだに離婚は成立していない。

コッテに関しては興味深い事実もわかった。二〇〇一年に警察沙汰を起していたのだ。十月四日の深夜二時半にブーローニュの森で逮捕されたのだが、その経緯は売春婦の顔と腹を殴ったことでそのヒモの用心棒たちに襲われたというもので、運よくパトカーが通りかかったことで命拾いした。コッテは二日間入院し、その後暴行罪および強制猥褻《わいせつ》罪で執行猶予付き禁固二か月の判決を受けた。ただしそれ以外に警察の世話になったことはない。カミーユは日付を確認した。今回の連続殺人のうち、今の時点でわかっている最初の犯行、すなわちグラスゴー事件は二〇〇一年七月十日に起きているが、この事件の被害者は売春婦ではない。十月の逮捕がきっかけになって、その後売春婦を狙うようになったのだろうか？　夫人はしきりに「娼婦」と言っていた。もっとも夫を恨むあまり、過去の逮捕と結びつけて夫を追い込もうとしているだけかもしれないが。

カミーユはクレスト博士の仮報告書を読み返し、今のところコッテが犯人像からそれほどはずれていないことを確認した。

2

十二時四十五分。この日二度目のミーティング。

まずカミーユが説明した。

「コッテの自宅の鑑識作業は今朝方終った。衣類や靴から採取された繊維、毛髪等々の分析には数日かかる。だがそれでなにか出たとしても、コッテをつかまえられなきゃ意味がないがな」

そしてアルマンにバトンタッチした。

「この男がなにを考えてたのかとんとわからないが、とにかく女好きだよ。パソコンにはポルノ写真がわんさか入ってて、閲覧記録には出会い系サイトが並んでた。あちこち物色してたようで、ずいぶん時間がかかったことだろう。もちろん、金もな」

アルマンがそう言うと妙に重みがあり、誰もが笑った。

「住所録に売春婦の名はなかった。オンラインだけでやりとりしてたってことだ。仕事上の連絡先のほうは多すぎて、洗い出すだけでもまだまだ時間がかかる。とにかく今んとこ、おれたちがもってる手がかりとコッテを結びつけるようなものはなにも見つかってない」

「金の動きについても同じことが言えます」ルイが続いた。「直接間接を問わず、これまでの手がかりにつながるような物品の購入記録はありませんでした。釘打ち銃も、ラルフ・ローレンのスーツケースも、日本のソファーも買っていません。一方、現金の引き出しは注目に値しますね。三年ほど前から時折大金が下ろされているんです。ただし不定期で、一連の事件に関係しそうな日付のものもあれば、そうでないものもあります。尋問なしで用途を割り出すのは難しいかもしれません。行動履歴も同じようなものです。グラスゴー事件の日、コッテはスペインにいました」

「そいつは裏をとる必要があるな」カミーユが口をはさんだ。

「ええ、すでに手配してありますが、返事がくるのは来週初めです。それから、トランブレ事件のときにはパリにいました。距離的には近いですが、それだけでコッテがトランブレに行ったと決めつけるわけにもいきません。クルブヴォアも同様です。そのあたりもつかまえてみないことには……」

コッテの人相書きが昨夜全警察署に回されたことはアルマンが確認していた。それを聞いてからカミーユはいったん解散すると決めた。ルイが自ら申し出て、月曜の朝までの連絡係を引き受け、なんらかの進展があり次第カミーユに知らせることになった。

3

その日の午後、カミーユは帰宅早々いくつかの包みを寝室の続き部屋に運び込んだ。以前は物置として使っていた小部屋だが、イレーヌが子供部屋にすると決め、仕事を離れてから自分で模様替えしたのだ。まず物をどけ、きれいに掃除し、淡い色の壁紙を張ると、狭い空間はドールハウスのようになった。カミーユはちょうどおれのサイズだと思うこともある。カミーユも最初のうちはイレーヌを手伝ったが、そのうち時間がとれなくなり、これについても後ろめたさを感じている。残るは子供用の家具類で、これもひと月前からイレーヌが買い集めていたが、まだどれも梱包《こんぽう》されたままだ。早く開梱《かいこん》して組み立てなければと思うと冷や汗が出る。なにしろ子供はもういつ生まれてもおかしくないのだから。

携帯が鳴ったので飛び上がった。ルイからだった。

「いえ、まだ動きはありません。トランブレ事件のファイルが班長のデスクにあったので電話したんです。グラスゴーには持っていかないんですか？」

「おっと忘れた」

「とりあえずぼくが家に持ち帰りました。届けましょうか？」

カミーユは開梱すべき包みを見、シャワーを浴びているイレーヌの鼻歌を聞いて考えた。

「ありがとう。だがこっちが行くよ。明日寄ってもいいか？」

「もちろんです。ぼくは連絡係ですからずっと家にいます」

数分後、カミーユは気合を入れて開梱に取りかかり、一気呵成《いっきかせい》にベビーベッドと整理だんすを組み立てるという大仕事を成し遂げた。つまりこういう仕事だ――《ビスAを穴1cに差し込んでから、支持金具Fで横桟2cを固定してください》ちくしょう、横桟ってなんだ？　ビスAは八つあるのに止め金具Bは四つしかないぞ！　《留め金具BがEの位置にきちんとはまるまでは、ビスAを完全に締めないでください》おい、イレーヌ、ちょっと来てくれ！　これおかしくないか？　まあああなたったら、それじゃ逆よ――。

というわけで午後いっぱいかかってしまった。

夕食を外で済ませたあと、イレーヌがやはり一人になるのは不安だから、月曜から数日ブルゴーニュの両親のところに行くと言いだした。

「じゃあルイに頼んできみを駅まで送ってもらおう。あるいはマレヴァルでも」

「タクシーに乗るからだいじょうぶよ。ルイには大事な仕事があるでしょ？　それに、誰かになにか頼むなら、わたしはアルマンのほうがいいの」

カミーユは笑った。イレーヌはアルマンが大好きなのだ。ある種の母性愛かもしれない。アルマンのおどおどするところや繊細なところに心惹かれるらしい。

「彼は元気でやってるの？」

「しみったれの度合いを測る意味さえなくなってる。もう別次元だよ」

「だったら、これ以上ひどくなることはないわね」

「いや、アルマンの場合はありうるね。困ったことに」


夜十時半にマレヴァルから連絡があった。

「ランベールの仲間はほぼ全員連行しましたが、一人だけだめでした」

「そりゃまずいな」

「いや、それが例のムラドっていう下っ端で、昨夕ナイフで刺し殺されていて、今日の昼にクリシーの地下室で死体が見つかったんです。この手の連中となると、最新情報をつかんでるつもりでもすぐにこれですからね」

「おれの手が必要か？」

イレーヌのことを考えると、明日いっぱいまで引っぱり出されたくないという思いが頭をよぎり、一瞬神に祈った。

「いや、だいじょうぶです。連中が口裏を合わせないようにばらばらにしてありますし、ルイもこっちに来るそうです。アルマンも含めて三人いるから問題ありません。なにかわかったら電話します」

そのなにかはカミーユが眠ろうとしていた夜中少し過ぎにわかった。だが期待していた内容ではなかった。

「結局誰もなにも知りません」かけてきたのはマレヴァルだ。「全員の証言を突き合わせて確認しましたが、要するにランベールはいなくなる前に全員に同じことを言ったんです」

「つまり？」

「ダニエル・ロワイエとパリを出る、しばらくパリを離れなきゃならないとね。そのうちの数人には短期間だと言ってます。抱えてる売春婦の一人には長くても二日と言ったそうです。行き先については誰もなにも知りません」

「わかった。全員帰してやれ。報告書は月曜ということで、おまえも今夜は帰っていいぞ」

4

日曜の夕方、イレーヌが食事に出る支度をしているあいだに、カミーユはファイルを取りにルイのアパルトマンに行った。コッテの屋敷を思い出させるような立派な建物のなかに入ると、磨き上げられた階段があり、各戸の玄関は大きな両開きの扉になっている。呼び鈴を鳴らそうとしたとき、なかから声が聞こえたので手を止めた。

男の声だ。なにか言い争っている。片方はルイの声だとわかるが、内容まではわからない。カミーユはまずいときに来たなと思った。こうなったら電話を入れて、もうすぐ寄るからとでも言うしかない。一度下に降りようかと思ったが、四階まで上がってきたことを思うとそれも面倒なので、逆にすぐ上の踊り場まで上がった。そして携帯を取り出したとき、アパルトマンの扉がいきなり開いた。

「説教なんかくそくらえだ！」と男の声が叫んだ。

今度はわかった。マレヴァルだ。

階段の手すりからそっと顔を出して下をのぞくと、階段を駆け下りていく男のジャンパーが見えたが、それはカミーユが見慣れたものだった。

少し時間を置くしかない。それにしても、いったい二人のあいだになにがあったのだろう。ルイとマレヴァルがどういう関係にあるのか、実のところカミーユはよく知らない。こちらが思っている以上に親しいのだろうか？　だがそう思っただけで、自分は余計なことに首を突っこもうとしているという不快感にとらわれた。結局カミーユは自動消灯スイッチが八回切れるまで踊り場で待ち、それからようやく階段を下りて、ルイのアパルトマンの呼び鈴を鳴らした。

四月十四日月曜日

1

月曜の朝になってもコッテの行方はわからなかった。屋敷の近くに張り込んでいるチームからも、土曜の日中にコッテ夫人が外出し、夕方戻ったという報告しか入っていなかった。

カミーユは十一時半発のフライトを予約していた。

週末ずっと考えつづけたが、今朝になってようやく、結局のところ腹は決まっているのだからうじうじするのはばかばかしいと気づいた。

そこで早朝からバランジェ教授の研究室に電話をかけてメッセージを残し、続いてカルディナル・ルモワーヌ通りの書店にもかけた。すると驚いたことに、応答メッセージの途中であの書店主が出た。

「ジェローム・ルザージュです」

今日も低い声だ。

「おや、定休日ですよね？」

「そうです。でもだいたいは事務仕事で出てきます」

カミーユは時計を見た。

「ほんの数分でいいんですが、お目にかかれませんか？」

「ですから今日は月曜日で、店は閉めています」

その口調は決して横柄ではなく、実務的でストレートなだけだった。要するに、ルザージュは警察と客を区別しないのだ。〈ルザージュ書店〉において警察は法執行機関たりえない。

「しかし、そうして店にいらっしゃるわけですし」カミーユは粘ってみた。

「ええ、店におりますが、それがなにか？」

「できればお目にかかりたいのですが」

ルザージュは少し黙り込み、それからようやく譲歩した。

「わかりました。ほんの数分でしたらどうぞ」


カミーユが書店のシャッターを軽くノックすると、ルザージュが隣の建物から顔を出した。軽く握手をかわしてからルザージュに案内され、隣の建物の通路を経由して書店に入った。薄暗い店内は少々気味が悪く、不安さえ感じさせる。おぼろげな光のなかでは、書棚も、階段の下に無理やり押し込んだようなデスクも、本の山も、さらにはコートハンガーまでもが幻灯機で映し出された幻のように見える。ルザージュがいくつか明かりをつけたが、カミーユの目には大して変わらなかった。シャッターを開けないかぎり陰鬱で重苦しい雰囲気は変えられない。ここは洞窟なのだ。

「これからスコットランドに行くんです」とカミーユは何気なく言った。

「それを言うためにわざわざここに？」

「いや違います。二年前にスコットランドで若い女性が絞殺されました。二十歳前後です」

「あの……」

「死体は公園で発見されました」

「失礼だが、なにをおっしゃりたいのか……」

「もしやこれを聞いて、なにか思い当たる小説があるのではないかと思いまして。前回のように」カミーユはやる気持ちを抑えて言った。

「警部さん」ルザージュはつかつかと歩み寄ってきた。「あなたとわたしでは仕事が違います。前回はクルブヴォア事件のことを新聞で読んでブレット・イーストン・エリスを思い出し、警察に知らせるのが当然だと思ったのでそうしました。しかしわたしが協力できるのはそこまでです。わたしは本屋であって警察官ではありませんし、仕事を変えるつもりも毛頭ありません」

「ということは、つまり……」

「つまり、捜査中の事件の話を聞くためにこうして邪魔されたくはありません。なぜなら、第一にわたしは忙しい。第二にわたしは現実の犯罪捜査に興味はない」

ルザージュは前回のように若干の距離を残すこともなく、カミーユの目の前までやってきた。見下ろされることに慣れているカミーユも、これほど威圧感をおぼえるのは久しぶりのことだった。

「わたしが情報屋ではないことはご存じのはずでしょう？」

「しかしすでに一度、あなたのほうから情報を提供されたわけですから」カミーユがそう言うと、ルザージュは顔を赤らめた。癪《しゃく》に障ったので、「あなたの理念はかなり融通がきくもののようですね」と言い捨て、カミーユは店の出口に向かった。

だが腹立ちのあまりシャッターのことを忘れていた。カミーユは努めて平静を装って引き返し、本を積み上げたテーブルを回り込んで脇の扉に向かった。

「場所はどこです？」背後でルザージュが言った。

カミーユは足を止めて振り向いた。

「その若い女性ですよ。どこで殺されたんです？」

「グラスゴー」

ルザージュはすでに落ち着きを取り戻していた。そして自分の足元を見つめ、額に皺を寄せて考え込んでいた。

「手口に特徴は？」

「被害者はレイプされていました。アナルです」

「服装は？」

「デニムの上下、厚底の黄色い靴。それ以外にわたしが得ている情報では、衣類はすべて現場に残されていたのに、例外が一つあって」

「ショーツ？」

聞いたとたんに怒りが引いた。カミーユは恐れ入ったという思いでルザージュを見つめた。ルザージュは書棚に歩み寄り、一瞬小首をかしげ、それから手を伸ばして一冊の本を取った。

表紙は中折れ帽をかぶった男が手前のビリヤード台にもたれていて、奥のほうから別の男が歩いてきているという構図のイラストだ（仏語版の表紙）。ウィリアム・マッキルヴァニー著『夜を深く葬れ』とある。

「これは……確かですか？」

「いや、確かとは言えませんが、少なくともあなたが言われた内容はここに出てきますよ。たまたま最近読み返したので覚えていました。それでも『最悪かならずしも定かならず』（ポール・クローデル）です。もしかしたら大きな差異があるかもしれない。もしかしたらこの本とは関係ないかもしれない」

「ありがとうございました」カミーユはページをめくりながら言った。

ルザージュは、ではここまでと手振りで応えた。早く仕事に戻りたいと顔に書いてある。カミーユは代金を支払い、本を握りしめて店を出た。

タクシーで店をあとにするとき、ふと、この店の蔵書に出てくる死者を全部足したら何人になるだろうかと思った。

めまいがした。

2

空港に向かうタクシーからルイに電話した。

「『夜を深く葬れ』、ですか？」

であるように感じられる。そんなことを思いながら、カミーユは市内の警察署に着くまでずっと、灰色と薄桃色の見慣れない街並みをながめていた。点在する公園や緑地も、いつかは夏が来てほしいという願いの表れのように思えた。

警察署に着くと、階級順のきびきびした握手攻めが待っていた。そして会議は予定時刻ぴったりに始まった。

ギャラガーは捜査結果をまとめた文書を用意してくれていて、しかもカミーユの英語がたどたどしいとわかると、フランス語にして説明してくれた。カミーユは感謝の笑みを向けたが、それは無意識のうちに、この地のカルヴァン主義的節度に倣った控え目なものになった。

「被害者のグレース・ホブソンは」とギャラガーが始めた。「十九歳の高校生で、グラスゴー・クロスの近くに両親と住んでいました。事件当夜は友人のメアリー・バーンズと市内中心部のクラブに遅くまでいたことがわかっています。店ではこれといって変わったことはなく、唯一の特筆事項はグレースの以前のボーイフレンド、ウィリアム・キルマーもその店にいたことです。そのせいでグレースはずっといらついていて、ウィリアムのほうを気にしながらかなりのピッチで酒を飲んでいたという証言があります。二十三時ごろ、キルマーの姿が消えると、グレースも席を立ちました。グレースが店の出口に向かうところをメアリー・バーンズがはっきり見ています。そのまま戻ってきませんでしたが、メアリーとその友人たちは二人が外で口げんかでもしているのだろうと思い、それ以上気にかけなかったそうです。二十三時四十五分、友人たちもそろそろ帰ろうということになり、グレースを探しましたが見つかりませんでした。

店を出たあとのグレースの目撃情報はありません。

そして二〇〇一年七月十日の朝、グレースの全裸死体がケルヴィングローヴ公園で発見されました。アナルをレイプされたうえ絞殺されていました。キルマーは店を出てからグレースに会っていないと証言しています。ほかの証言からも、キルマーが二十三時ごろ店を出て、通りで別の少女と落ち合って家まで送っていき、真夜中少し前に両親と暮らす家に戻っていることが確認されました。その帰り道、近所に住む同級生の少年二人とすれ違い、数分立ち話をしているのですが、この少年二人の証言もしっかりしたもので、キルマーの証言と食い違うところはありません。

われわれが戸惑ったのは次の三点です。一、被害者のショーツだけが見つからなかったこと。それ以外の衣類はすべて現場に残されていました。二、被害者の足の指の爪にスタンプを使った偽の指紋が押されていたこと。三、被害者の左のこめかみにつけぼくろがあったこと。よくできたほくろで、数時間後に両親が来て遺体を確認するまでつけぼくろだとわからなかったほどです。また鑑識の結果、死後につけられたものだと判明しています」

カミーユはいろいろ質問し、ギャラガーは丁寧に答えてくれた。現場写真も見せてくれた。グラスゴー警察の面々は自分たちの仕事に誇りをもっていて、積極的に情報を開示する姿勢を見せていた。

カミーユがマッキルヴァニーの本を取り出してみせたときも、彼らはむやみに驚いたりはしなかった。カミーユが内容をかいつまんで説明すると、さっそく若いのが一人最寄りの書店に走った。英語版を四部手に入れるためだ。そのあいだティータイムとなり、午後四時に本が揃ったところでまた会議を再開した。

カミーユとスコットランドの刑事たちは、仏語版と英語版を両方参照しながら小説と現実を突き合わせていった。特に重視したのは現場写真との一致、つまり死体の状態だ。

身につけているのは数枚の木の葉だけ。(……)なにかの物音に耳をすましているみたいに、不自然にかしいだ首。(……)左のこめかみに、彼女の悩みの種だったという黒子《ほくろ》。

相互主義に則《のっと》り、カミーユもフランスの二つの事件の捜査状況を説明した。刑事たちは他人事ではないという態度で耳を傾け、熱心に資料を精査した。その顔を見ただけで、こんなふうに思っているのが聞こえてくるようだった。「これは事実なんだ。厳然たる事実。突拍子もない説に見えるけれども、これが当たっているとすれば、おれたちが追っているのは同じやつだ」

会議のあとすぐに、ギャラガーが車で事件に関連する場所を回ってくれた。気温が下がってきていたが、ケルヴィングローヴ公園ではコートなしで散策する人も見かけられ、夏が来たと思い込もうとする涙ぐましい努力のようにも思えた。だがグラスゴーではこれこそが初夏の陽気なのかもしれない。グレース・ホブソンの死体発見現場にも案内され、カミーユはまさにマッキルヴァニーの描写どおりだと思った。

被害者が暮らしていたグラスゴー・クロスは市内中心部の閑静な住宅街で、いかめしい建物が並び、道路との境の黒い錬鉄柵は何度も塗り直されているのかペンキが厚い。ギャラガーから被害者の両親に会いたいかと訊かれたが、カミーユはそつなく断った。自分がしゃしゃり出れば、以前の捜査に不手際があり、再捜査しているような印象を与えかねない。続いて〈メトロポリタン〉にも行った。古い映画館を改装したクラブで、色とりどりのネオンサインといい、赤ペンキを塗りたくったガラス窓といい、ぞっとしないしろものだった。

カミーユは市内中心部のホテルにチェックインすると、さっそくブルゴーニュにいるイレーヌに電話を入れた。

「駅まではルイに送ってもらったのか?」

「まさか。自分でタクシーを拾ったわ。大人の女ですもの。というか、今は大きい女って感じだけど」

「移動で疲れたんじゃないか?」

「まあね。でも移動より親のほうが疲れるわよ。わかるでしょ? 相変わらずなんだから」

「わかるよ。二人とも変わりないか?」

「全然変わらない。だから最悪よ」

カミーユは三、四回しか義理の両親を訪ねたことがない。イレーヌの父親は元数学教師で、引退してからは村の資料編纂《へんさん》官であり、地元のほとんどの組織や団体を取りしきっていて、つまり村の顔役だ。周囲がうんざりするほどの負けず嫌いで、訪ねていくとまずは娘婿にくだらない成功だのささいな勝利だのの自慢話を聞かせ、それから今度こそ勝ってやるぞとチェスの勝負を挑み、三回立て続けに負け、あとは夜までふくれっ面で過ごし、それを胃弱のせいにする。

「パパは子供の名前をユーゴーにしろって言うんだけど、その理由がねえ……」

「訊いてみたのか？」

「勝利者の名前だからだって」

「やっぱりな。それならセザール（シーザーのフランス語名）はどうかって訊いてごらん」

少し間が空いた。

「今朝別れたばかりだけど、もう会いたいわ」

「おれもだ」

「わたしのほうがずっと会いたいわよ。ところで天気はどう？」

「こっちで言う〝変わりやすい〟天気だな。つまり、昨日は雨でした、明日も雨でしょうっていう意味だよ」

四月十五日火曜日

1

飛行機が着陸したのは午後二時過ぎだった。到着ロビーでマレヴァルがいつも以上に疲れた顔で待っていた。

「悪い知らせかと訊くまでもないな。おまえの顔を見りゃわかる」

二人は持っていたものを交換した。マレヴァルがカミーユの荷物を持ち、カミーユはマレヴァルが持ってきた新聞を手にした。

やはりル・マタン紙。今回のタイトルはこうだ。


〝小説家〟は第三の〝作品〟を『夜を深く葬れ』から借用

情報源は一人しか考えられない。ジェローム・ルザージュ。

「くそったれが」

「おれも新聞を見てそう言いました」マレヴァルがエンジンをかけながら言った。「ルイはもっと上品な言葉を使いましたけどね」

携帯に留守電メッセージが二件入っていた。どちらもル・グエンからだったが、聞く気になれず、そのまま電源を切った。

あの記者への対応を誤っただろうか？　うまくやっていれば、もう少し時間を稼げたのだろうか？

いや、そのことでがっくりきているわけではない。カミーユの気力をくじいたのは、この記事がまた波紋を呼び、明日には各紙がこれに続くということ。そしてなによりも自分が判断を誤ったこと、グラスゴー事件と『夜を深く葬れ』が重なることをすぐル・グエンか判事に知らせなかったことだ。出張から戻ってからでいいと思ったが、それが間違いだった。そのせいで自分が昨日の朝から知っていたことを、上司が新聞から知るという事態を招いてしまった。これでもう更迭《こうてつ》は免れない。要するに自分はやり損ねたのだ。考えてみれば、この事件の当初からなにもかもが後手に回った。捜査も然り、上司への報告も然り。ようやく三つの事件がつながるところまで突き止めたが、犯人に関する決定的な手がかりはまだ一つもつかめていない。新聞記者のほうがよほど事件に通じているような気さえしてくる。刑事になってこのかた、カミーユはこれほど自分を無力だと思ったことはなかった。

「うちに寄ってくれるか？　悪いんだが」力が入らず、消え入りそうな声になった。だが口はそのまま動いて、独り言が出た。「万事休すだ」

「必ず見つけてやりますよ！」マレヴァルが吐き出すように言った。

「ああ、誰かが見つけるだろうが、それはおれたちじゃない。少なくともおれじゃない。舞台から降ろされるからな、今日のうちにも」

「なんの話です？」

カミーユは手短に事情を説明した。するとマレヴァルが目をむき、カミーユ以上にショックを受けたようにぶつぶつ言いはじめたので驚いた。

「そんなばかな、ちくしょう、そんなわけないだろ……」

だがマレヴァルがいくらそう言ってくれても、状況は変わらない。

その記事を――言うまでもなくビュイッソンの手によるものだが――読むにつれ、カミーユの落胆は憤りに変わった。

J・エルロイをまねたトランブレ事件、B・E・エリスをまねたクルブヴォア事件に続き、今回警察は〝小説家〟の活動の場がフランス国内に限られないことを突き止めた。関係筋によれば、二〇〇一年七月十日にグラスゴーで起きた女子高校生殺人事件も同じ犯人の手によるものと思われ、しかも今回はスコットランド人作家のウィリアム・マッキルヴァニーが『夜を深く葬れ』のなかで描いた犯罪を忠実にまねているという。


カミーユはああでもないこうでもないと考えてしまい、読みながら何度も目を上げた。

「それにしても、なんてばかな……」また独り言が出た。

「連中はみんなそうですすよ」

「誰のことだ？」

「記者ですよ！」

「いや、おれは別のばか者のことを言ったんだよ」

マレヴァルは口をつぐみ、カミーユは時計を見た。

「もう一つ寄りたいところがある。次を右に入ってくれ」

2

なにも言う必要はなかった。カミーユが新聞をわしづかみにして店に踏み込むと、それだけでルザージュは飛び上がり、両手を前に出して見えない壁でも押すように身構えた。

「申し訳ない、警部さん、誓って悪気は——」

「あの情報は捜査上の秘密です。ルザージュさん、あなたがしたことは違法行為ですよ」

「ではわたしを逮捕しにここへ？　それはひどすぎやしませんか？」

「なぜです？」

「あなたが情報を求めてここへ来たことは捜査上の秘密かもしれないが、小説の内容は秘密でもなんでもありません。警察の誰も気づかないとは、むしろ驚くほどの——」

「無知？」カミーユは歯ぎしりしながら言った。

「そこまでは言いませんが、それにしても」ルザージュの口元に一瞬笑いが浮かんだ。「まあそういうわけですから——」

「そういうわけだから」カミーユは最後まで言わせなかった。「自分の知識をちょっとした宣伝に使うことをためらわなかった。大した商売人だ」

「宣伝なら誰もがやっています。それにわたしは名前など出していませんから宣伝にはなりませんよ。あなたと違ってね。違いますか？」

その言葉が胸に刺さった。そもそもここに来たのが間違いだった。カミーユは軽率な行動を悔やみながらルザージュのデスクに新聞を投げ出した。ルザージュのしたことがどういう結果をもたらすか言ってやるつもりだったし、情報を流した意図も問い詰めるつもりだったが、もうどうでもよくなった。

失望感で体の力が抜けたまま、カミーユは黙って店をあとにし、車に戻ってマレヴァルに言った。

「次は家だ。荷物を置いて着替えるよ。それから本庁に行って、退却の合図だ」

マレヴァルはヴェルーヴェン班長のアパルトマンの前で車を停めた。歩道沿いにはすでに駐車スペースがなかったので、回転灯をつけたまま路上駐車した。班長は車を降りて建物に入ると、メールボックスから郵便物を取り出し、重い足取りで階段を上がっていった。

ところがそれきり戻ってこない。数分ですむと言っていたのに。

班長の携帯にかけようかと思ったが、実際のところ何分経ったかわからないので遠慮が先に立った。ちゃんと時間を見ておけばよかった。仕方なく車を降り、煙草を一本吸った。そしてもう一本。

アパルトマンの窓を見上げたが、なんの動きも見えない。やはり心配だと携帯を取り出したところへ、ようやく班長が建物から出てきた。

「ちょっと心配しかけて……」マレヴェルは言いかけてやめた。

班長の顔を見たらそれ以上なにも言えなかった。やはりあの記事がかなり応えているようで、先ほどアパルトマンに上がっていったときよりさらにやつれた顔だった……。

カミーユはマレヴァルにちょっと待ってくれと手で合図し、歩道に立ったままル・グエンの留守電メッセージを聞こうと携帯を取り出した。先ほどより増えて、三件入っていた。

一件目は頭に血が上った声だった。

「ばかもん！　なんで新聞社が知ってるのにおれが知らないんだ！　空港に着いたら即刻電話をよこせ。わかったな！」

二件目はその数分後で、もう少し人間的だった。

「カミーユ、判事から電話があったよ……。おまえとおれとですぐに相談できるといいんだが、というのもな……とにかくまずいんだ。電話くれ」

三件目は哀れむような声だった。

「十五時半に判事の執務室に呼ばれてるぞ。その前に連絡がなければ、おれは先に行ってるからな」

カミーユは三件とも消去してから車に乗った。

マレヴァルが車を出した。どちらも口を利かなかった。

3

カミーユが判事の執務室に入ると、ル・グエンがすぐに立ち上がり、カミーユの手を握りながら肘を支えた。これじゃまるで葬儀だとカミーユは思った。一方、デシャン判事は微動だにせず、ただ目の前の空いた椅子を示しただけだった。そしてカミーユが席につくと、判事は大きく息を吸い、自分の爪に目を落として静かに口を開いた。

「ヴェルーヴェン警部、懲戒手続きというのはめったにないことですし、こちらも決してうれしいわけではありません」

デシャン判事の叱責はいつも派手なものではないが、計算されている。的確な言葉、重大事ならではの抑えた声、そして素っ気ない口調が特徴だ。

「あなたの違反と怠慢にもはや申し開きの余地はありません。正直なところ、わたしはあなたの弁護を試みることさえしませんでした。したところでどうにもならないからです。すでに指摘した越権行為に加え、検事局よりも先に新聞社に情報を流すなどということは――」

「それは違います！」カミーユは思わず口をはさんだ。

「結果は同じことですよ！　実際になにがあったのかなど知りたくもありません。残念ですが、あなたにはこの捜査から降りていただきます」

「しかし、判事殿――」とル・グエンがなにか言いかけた。

カミーユはすぐに手で制した。

「ジャン、いいんだ。判事殿、グラスゴー事件とあの小説の類似性についてご報告しなかったのは、それがまだ確かではなかったからです。それがようやく確認できたので、こうしてご報告にきました」

「それについてはもう新聞で読みましたし、明らかになってよかったと思っています。しかしながら、捜査が進んでいないことに変わりはありません。新聞にもテレビにもさかんにあなたの名前が出ているのに、そのあなたはまだなんの手がかりもつかんでいませんね。事件発生当日以来、ずっと足踏み状態じゃありませんか」

　カミーユは大きく息を吐いた。そしてかばんを開け、なかから光沢紙を綴じた小冊子を取り出してデシャン判事に見せた。

「これは『ニュイ・ブランシュ』（眠れぬ夜の意）という雑誌です。推理小説専門の週刊誌で、新刊情報や作家の紹介、インタビュー記事などが載っていて、さらに……」カミーユは五ページ目を開いた。「こうした三行広告も扱っています。主に稀覯本や絶版本を探しているという告知です」

　カミーユは椅子から立ち上がって冊子を判事に渡し、また座った。

「左下の短い広告を見てください。丸印で囲んであります」

「ＢＥＥ？　これのことですか？　その下は……あなたの住所？」

「はい。ＢＥＥ、つまりブレット・イーストン・エリスです」

「これは、どういうことです？」

「犯人に連絡をつけようと思いました」

「誰の許可を得てそんなことを――」

「いや、判事殿、わかっています！　秩序の軽視にしろルール違反にしろ、わたしに至らない点があるのはもうよくわかっています。これもまた指揮系統の無視に当たると承知しています。しかし、ほかにどうしろとおっしゃるんです？　わたしは衝動的に動く性格で、これはもう変えようがないんです」

カミーユはまた立ち上がり、今度は文字が並んだ紙を二枚判事に渡した。

「そして、先ほど家に寄ったらこれが届いていました」

拝啓

ようやくお近づきになれて光栄です。広告を見てほっとしました。解放されたような気分だといえば、誰もがあまりにも鈍感であることにどれほど長いあいだわたしが苦しんできたか、少しは察してもらえるでしょう。それにしてもなんと無感覚な人間ばかりなのか。本当に長く苦しい年月でした。そのあいだに警察がいかにお粗末な組織であるかもわかりました。さまざまな階級の警察官の対応を見てきましたからね。直観の片鱗も見られなければ、洞察力のかけらもない。彼らはまさに愚鈍の権化です。わたしは徐々に希望を失っていきました。そして時に絶望し（それがしばしばであったことは神のみがご存じです）、このまま誰にも理解されないという恐怖に押しつぶされそうになりました。

あなたの前に何人もの刑事たちがなにも気づかずに通り過ぎていきました。それが長く続いたので、あなたの登場はまさに希望の灯となりました。あなたは彼らとは違う。なにかが違っています。わたしが時間をかけて根気よく準備してきた舞台にあなたが登場してから、わたしはあなたが事件の核心に近づいていく様子を見ていました。そしてこれならいずれ謎を解いてくれると信じていました。そのとおりになりましたね。わたしが確信したのは、あのひどく偏ったあなたの紹介記事と、その翌日の記事を読んだときです。あの時点ではまだ仮説にすぎなかったとはいえ、すでにあなたが理解していることはわかりました。そしていずれわたしたちは語り合うことになると確信しました。

BEEについてお尋ねでしたね。

長い話です。ずいぶん前に思いついた計画ですが、自分で納得できるレベルに達しないかぎり実行に移せないと思い、ずっと温めていました。ブレット・イーストン・エリスは巨匠です。その傑作を取り上げるからにはそれ相応の謙虚さをもって当たるべきです。もちろんわたしにとっては大きな喜びでもあります。あなたなら、わたしがどれほど細部にこだわったか、どれほど作者に忠実であろうと努力したかおわかりですね？ 難しい仕事でした。準備も大変でした。数えきれないほどの場所とアパルトマンを見てまわりました。フランソワ・コッテはひと目見ただけで器の小さい男だとわかりましたよ。あれは間抜けです。あなたもそう思ったでしょう？ しかしあの場所は完璧でした。それに間抜けを操るのは簡単です。あの男の顔には金が足りないと書いてあり、倒産寸前という焦燥感が全身からにじみ出ていましたからね。そこで話をもちかけると、案の定あいつは金になると踏んだわけです。あいつにとって「金になる」という言葉は「開けゴマ」と同じです。あえて彼を弁護するなら、まじめで親切な男ということで、わたしが借りた小型トラックで家具を受けとりにいくことさえ迷わずにやってくれました。ありがたいじゃありませんか（ところで、家具の受取りにピースという名を使いましたが、あれはもちろん「ヨークシャー四部作」で有名なイギリスの小説家に敬意を表したものです）（デイヴィッド・ピースのこと）。もちろんコッテは自分の役割がそこでおしまいとは知りませんでした。月曜の夜に彼をおびき出しましたが、これも造作のないことでした。あなたが脅しをかけてくれたおかげで、この厄介事から逃げられるならなんでもするという気になっていましたからね。この大仕事に大して絡んだわけでもないのに、なんという小心者。わたしは死を嫌悪しているので気が進みませんでしたが、やはりコッテには死んでもらいました。生きていると困るからで、他意はありません。死体はオアーズ県のクレルモンに近いエズの森に埋めました（ラ・カヴァルリーと呼ばれる場所から三百五十メートル北に行ったところで、石を積んでおいたのですぐわかるでしょう）。このことをコッテの数少ない家族によろしくお伝えください。

さて、本題に戻るとしましょう。現場の再現にわたしが腐心したことはあなたもお気づきのはずです。すべてをあるべき場所に、あるべき状態で配置しました。あれほど完璧に再現された舞台を見たら、エリスもさぞかし喜んだことでしょう。スーツケースとその中身は数か月前にイギリスで買いました。ソファーはわれらがコッテが運んでくれました。ＢＥＥが考えた（なんと見事な発想）あの醜悪なダルメシアン柄の壁紙はかなり苦労しましたが、結局アメリカから取り寄せてなんとかなりました。

ドラマを演じる若い女優の選択にも気を遣いました。主人公のパトリック・ベイトマンがスラングで「胸がでかい《ビッグ・ティッツ》」と言っているので（さらに「若い、ブロンド、ハードボディー」とも）その点と年齢には特に留意しました。とはいえ、若くて胸のでかい女は山ほどいるわけで、それさえ守ればいいというわけではありません。肝心なのは、BEEがあの場面で登場させそうな女たちを用意するということで、そのあたりになると小説にも書かれていないので勘を働かせるしかありません。しかしそれこそ演出家の真価が問われるところです。その意味でもエヴリンは完璧でした。最初にホテルで彼女と寝たのは計画上そうするしかなかったからですが、それほど不快じゃありませんでした。いずれにせよ、こちらがおとなしくて、うるさいことを言わず、かつ金払いのいい客だと思わせるにはあれがいちばん確実です。彼女のほうもなれなれしい態度はとらず、ある意味では客への嫌悪が入り混じった距離感のようなものを保っていて、それがわたしの選択の決め手になったような気がします。そして彼女がジョジアーヌを連れてクルブヴォアに現れたとき、選択に誤りはなかったと誇らしく思いました。ジョジアーヌもまた完璧だったからです。必要な人間を集められるというのも、この仕事に欠かせない才能ですからね。

実は、カミーユ、あの晩わたしはいよいよ舞台に上がるのだと緊張していたんですよ。そして悲喜劇の幕を上げる準備がすべて整ったところへ、あの二人がやってきました。今宵、現実がとうとう虚構と交わる。わたしの手で芸術と現実がとうとう一つになる！　そう思ったら興奮し、最初のうちはわたしの様子が変だと思われやしないかとひやひやしました。まずは三人で軽く戯れ、それから二人にシャンパンを勧めました。二人には計画上どうしても必要なことしかやらせていません。

一時間ほどセックスを繰り広げてから、いよいよその時が近づくと、緊張のあまり胸が締めつけられる思いでした。それでも冷静に知恵を絞り、小説どおりの姿勢になるように二人を巧みに誘導しました。そしてとうとうわたしの歯がジョジアーヌの秘所に食い込むと、この夜最初の悲鳴が上がり、そこからはまさに小説どおりの展開となりました。わたしはこの夜まさしく勝利を収めたのです。

そう、あの日感じたのはそれです。大勝利。二人の女たちもそれを共有していました。あの夜もっと遅くに、わたしがステーキナイフを持ってエヴリンに近づいたときに、彼女が本物の美しい涙を流したところをあなたに見せたかった！　そしてもしBEEがあの時点でまだ彼女の唇を残しておいたとしたら、エヴリンは幸福のあまり微笑んだはずです。なぜなら彼女もまた、わたしのあの長い準備期間を経て、ようやく勝利の時が訪れたことを感じとっていたに違いないからです。彼女は生きたまま芸術作品の一部になるという機会を与えられ、苦痛を乗り越え、ドラマの山場で完全に昇華されたわけで、だとすれば彼女のもっとも深い、もっとも不可思議な部分はその勝利の瞬間を誇らしく思ったに違いありません。わたしはエヴリンを惨めな生活から引っぱり出し、そのちっぽけな人生を宿命の高みにまで押し上げてやったのです。

芸術を愛する者なら誰もが知ってるように、芸術家がわたしたちに伝えてくれる感情ほど深く激しい感情はこの世にありません。ですからわたしは芸術家に仕えることによって、その至上の感情に近づこうとしているわけです。あなたならわかってくれますね。だからこそすべてに、細部に至るまで、注意を払わなければなりませんでした。つまりあなたが目にしたあの現場は、原作を正確に再現したものでした。

わたしの頭にはあの小説の一字一句が句読点に至るまで完全に刻みつけられています。ですからあの日も、セリフがとうとう自分のものになって文字の縛りから解き放たれた俳優のような気分でした。あなたもその様子をいつか見ることができますよ。エリスが書いたとおり、「超小型カメラ、九・五ミリフィルム使用ミノックスLX」で撮影しましたから。フィルムを現場に残すことは想定されていなかったので、わたしが持ち帰りました。残念ですが、芸術家がそう望んだのですから仕方ありません。わたしはそのフィルムを何度も見直しています。いつかそれを見るとき、あなたもまたこの出来事の真実に、〝苦い真実〟に仰天するでしょう。わたしがエヴリンの指を爪切り鋏で切り落とそうとするシーンでは、トラヴェリング・ウィルベリーズの音楽が聞こえます。またわたし、すなわちパトリック・ベイトマンがエヴリンの首をチェーンソーで切り落とし、その首に勃起したペニスを突っ込んだまま部屋を歩きまわるシーンや、ジョジアーヌの腹を素手で引き裂くシーン――何度見ても見飽きることのないシーン――ではすさまじい力を感じるでしょう。とにかく、カミーユ、すばらしい出来です。見事としか言いようがないのです。

これですべて説明できたでしょうか？　なにか忘れているでしょうか？　もしそうなら遠慮なく訊いてください。いずれにせよ、わたしたちにはこれから何度も語り合う機会があるとわたしは信じています。

敬具

追伸

今さらの感がありますが、またあなたの感情を害するつもりはありませんが、ブラック・

ダリア事件も担当することになって喜んでくれていますか？　だといいのですが。なにしろブラック・ダリアは通称で、女の実名はエリザベス・ショートというのですから。心当たりがおありですね？　なお、これはあなたの上官のための追記でもあります。あなたを捜査からはずそうなどと考える上官がいるといけないからです（あなたとわたしは一心同体ですよ、カミーユ。おわかりですよね）。そういう上官にはこう伝えてください。あなたが抜けたら、わたしはもう二度と手紙を書きません。そしてその場合でも、もちろんわたしの仕事は続きます。


デシャン判事はデスクの上に手紙を置いてしばらくぽかんと見つめ、それからふたたび取り上げてデスク越しにル・グエンに渡した。

「ヴェルーヴェン警部、はっきり言っておきますが、あなたのやり方には嫌悪感しか覚えません」

「そんな！　この犯人のやり方に比べたら、わたしなど……」

しかし判事に冷たい目で睨まれ、それ以上言えなかった。

「ル・グエン警視、少し席をはずしていただけますか」と判事はもうカミーユなど存在しないかのように言った。「上司に相談しなければなりませんから」

ル・グエンは廊下に立ったまま手紙を読み終えた。そしてにんまりした。

「おまえのことだからどこかで反撃に出るんじゃないかと思ってたが、まさかこういう展開になるとはな」

4

「お、出張はどうだった？」アルマンが匂いのきつい煙草をひと吹かしして言った。

「帰りがひどかったよ。とんでもない乱気流でね」とカミーユは答えたが、アルマンにはフライトの話に聞こえただろう。

アルマンは煙草の吸い殻を指先でつまんだまましばらく見つめていた。だがこれ以上は吸えないとようやくあきらめたのか、悔しそうに《シャトールー眼鏡店》とロゴの入った灰皿に押しつけた。

「新展開があったんだが、そいつが最悪で」とカミーユは言った。

「ああ、そりゃまた……」

ふいに廊下のほうからルイの声が聞こえた。

「これが最後だからな！」ルイとは思えないほど強い口調だ。

カミーユは立ち上がって廊下に出た。するとルイがマレヴァルを睨みつけていた。

二人はすぐカミーユに気づき、へらへら笑ってとりつくろった。カミーユにとってはこれで三度目、いやルイのアパルトマンでのことを入れれば四度目だ。だがなんとなくタイミングを逸してしまい、また聞こえなかったふりをするしかなかった。

「ルイ、マレヴァル、集合だ！」と声をかけてごまかし、そのままコピー機に向かった。

全員集まったところで、カミーユは犯人からの手紙のコピーを配り、三人は息をひそめて読みはじめた。

「部長が応援をよこしてくれることになった。明日か明後日か、どっちになるかわからんが、どうしたって必要だからな」

手紙を読み終えた三人はほぼ同時にうなずいた。

カミーユは手紙に対する三人の反応を待ってみた。

「こいつ、完全にいかれてますね」とマレヴァルが言った。

「クレスト博士にはプロファイリングの見直しを頼んであるが、基本的には最初の犯人像に合致しているように思う。要するにこいつはいかれてる。少なくともその点は一つの手がかりになるな」

「しかしな、この手紙を書いたやつが犯人だって証拠は……」アルマンが遠慮がちに言った。

「いや、その、こいつが書いてる内容は新聞に出てたわけだし」

「それはあと数時間もすればはっきりするさ。コッテの死体が出てくれれば、アルマン、おまえも納得できるだろ?」

「それにしても、多くのことが書かれているようでいて、新しい要素はほとんどありませんね」ルイが冷静に指摘した。

「そのとおりだ。こいつはひどく慎重だ。でもまあ、一応整理しておこう。あの壁紙はアメリカ製だった。ということで、アルマン、あとは考えてくれ。次に、こいつはアパルトマンを見てまわっていた。これは少々厄介だが、パリと近郊で、こいつの条件に合いそうな住宅開発地を洗い出す必要がある。それから、ジョジアーヌ・ドゥブフに声をかけたのはエヴリン・ルーヴレだったことが再確認できた。つまり、女のほうを追いかけてもなにも出ないということだ。逆に、こいつが使ったと書いているミノックスはもしかしたら——」

「そのフィルムとやらは、できれば見たくありませんね」マレヴァルが言った。

「見たいやつなんかいないさ。いずれにしても、小型カメラは優先リストに入れよう。マレヴァル、ジュヌヴィリエの家具倉庫にコッテの写真を持っていって、管理人に見せてくれ。それから……いや、そんなもんか」

「進展はあまり期待できません」

「あ、もう一つ。その手紙はクルブヴォアの現場の近くで投函されていた。やはり流儀にこだわってるな」

5

夜のエズの森は静かで、もの悲しく、不動産開発の手を寄せつけない雰囲気の場所だった。そこにコッテが埋められたというのは皮肉としか思えない。

現場保存のために地元の憲兵隊が立入禁止区域を設定し、鑑識も大人数でやってきてすでに作業に入っていた。手紙に書かれていた地点は人が立ち入ることのない場所で、散策者からも見えにくいが、意外なことに道路からは近い。ということは、コッテはほかの場所で殺されてからここに運ばれたのかもしれない。遺留物品が残されている可能性もあるので、まずは鑑識チームが一時間ほどかけ、発電機付き投光器のまぶしい光の下でその場をしらみつぶしに調べた。それからようやく死体を掘り出す作業が始まった。

二十一時を回るとぐっと冷え込んできた。回転灯の青い光が木々の若葉を切り裂くように照らし、暗い森はますます不気味に見えた。

二十二時ごろ、さほどの苦労もなく死体が掘り出された。コッテが身につけていたのはベージュのスーツにクリーム色のシャツだ。掘り出してみてはっきりしたのは、頭を撃たれているということで、明らかに即死だった。

カミーユがコッテ夫人に知らせて遺体確認の手続きを進め、解剖にはマレヴァルが立ち会うことになった。

四月十六日水曜日

1

「コッテ夫人、のちほど改めてあなたの供述をとらせていただきますが、その前に一つだけ教えてください」

二人は法医学研究所のホールに立っていた。

「ご主人は推理小説がお好きだったようですね」

おかしな質問に聞こえただろうが、夫人は驚かなかった。

「ええ、それ以外の本はほとんど読みませんでした。自分が理解できるものしか読もうとしませんでした」

「その点についてもう少しなにかわかりませんか？　どういう推理小説が好みだったとか……」

「いいえ、だいぶ前から会話もなかったんですから。たまに口を開いても、本の話などするものですか」

「では、ぶしつけな質問で申し訳ありませんが、ご主人は暴力をふるいましたか？　つまりあなたに対して、これまでに……」

「主人は小心者でした。確かに、その……好色で、少々荒っぽいところもありましたが、あなたがおっしゃるような意味じゃありませんわ」

「正確にいうとどんな……ええと、つまり性的嗜好のことなんですが」カミーユは面倒になってずばりと訊いた。

「性急」夫人もずばりと答えた。「おざなりといってもいいかしら。異常なのではなく、単に想像力が乏しいんです。好きなのはオーラルで、でもアナルにも興味があり……そんなところですわ」

「よくわかりました」

「早漏でした」

「どうも、コッテ夫人、もうよくわかりました」

「どういたしまして。紳士とお話しできるならいつでも大歓迎です」

カミーユは夫人の事情聴取をルイに任せることにした。

2

カミーユはル・グエンとルイを昼食に誘った。今日のルイはマリンブルーのスーツに地味なストライプのシャツ、中央にイギリスの大学の紋章が入った紺地のタイを締めている。ル・グエンがルイを見る目はいつも人類学者のようだ。ルイを見るたびに、自然は人類に対してすでに可能なかぎりの組み合わせを使い尽くしたはずなのに、まだこんな人間が生まれてくるのかと驚くらしい。

「おれたちは今」とカミーユはポロネギをのみ込んでから言った。「五人の死者、三冊の本、二人の行方不明者を追っている」

「それに加えて」とル・グエンが続けた。「マスコミ、予審判事、検事局、大臣と戦っている」

「まあ、厄介事という意味ではな」

「昨日はル・マタン紙が他紙を出し抜いたが、今朝までに各紙とも追いついたぞ。見てるだろ？」

「いや、見たくもない」

「そりゃいかんな。とにかくこの調子でいけば、おまえの〝小説家〟は満場一致でゴンクール賞をとるだろうさ。ところで、さっきデシャン判事から電話があった。それが笑える話でな」

「まさか」

「どうやら大臣はひどく〝胸を痛めて〟おられるらしい」

「胸を痛めて？　冗談だろ？」

「とんでもない。胸を痛める大臣ってのは、おれにとっちゃ感動的でさえあるね。いや、むしろ実用的か？　なにしろ昨日まで不可能だったことが突然最優先事項になるんだからな。というわけで、今日の午後、おまえにはもっと広い部屋と援軍が与えられる」

「なに？　じゃ人選は？　こっちで選んでいいのか？」

「図に乗るな！　感動と寛容は違うんだ」

「そりゃ失敬、語彙《ごい》が乏しくて。それで？」

「三人回してやる。午後四時までに」

「ってことは午後六時？」

「そんなところだな」

三人はしばらく黙々と食べた。

「捜査の進展が芳しくないといっても」とルイが口を開いた。「班長が出したあの広告で、ある意味ではこちらが主導権を握ったと言えますよね」

「ある意味ではな」カミーユは軽くうなずいた。

「だがこいつはおれたちの急所《きんたま》を握ってやがるからな」ル・グエンが言った。

「ジャン！　おれたちは紳士だぞ！　少なくとも……コッテ夫人はそう思ってる」

「そりゃどういう女だ？」

カミーユはその答えをルイに譲った。

「頭のいい人です」ルイがワイン片手に説明しはじめた。「良家の出です。本人の言葉を借りるなら、ご主人とは同じ家にいても一緒に暮らしているとは言えない状態だったようですね。二人はもともと違う世界にいて、その距離が年とともにさらに開いてしまったんです。コッテの私生活について、夫人はほとんどなにも知りません。というより、互いにそっぽを向いていたんです」

「頭の差もありすぎたんだろうよ。あの男は能無しだからな」カミーユが補足した。

「コッテはいいカモだったわけですね。先ほどマレヴァルから連絡がありました。ジュヌヴィリエの家具倉庫の管理人がコッテの写真を見て、間違いなくこの男だと言ったそうです」

「コッテは道具の一つにすぎなかった。切り捨てられてしまえばもう大した手がかりにはならない、そういうことだな」

「結局はっきりしたのは、犯人が犯罪小説に描かれた場面を再現しているということだけですね」

「あるいはもっと広く〝小説〟を」カミーユが指摘した。「今のところ犯罪小説だが、あの手紙を読むかぎり、犯罪小説である必然性はない。もしかしたら次は『アンナ・カレーニナ』をまねして女性を線路に突き飛ばすかもしれないし、『ボヴァリー夫人』をまねしてノルマンディーで女性を毒殺するかもしれない。あるいは――」

「『ヒロシマ・モナムール』をまねして原爆を落とすかもしれん」とル・グエンが博識なところを見せようとして、脱線した。

「まあな」

実際のところ、〝小説家〟の理屈はまだよく見えていないとカミーユは思った。なぜあの三冊を選んだのか。いったいいつから、いくつの小説を〝再現〟してきたのか。そして、逮捕されるまでにあといくつ〝再現〟するつもりなのか。いちばん考えたくなかった問いが浮かんでしまい、急に食欲が失せた。

「カミーユ、おまえはどう思う?」

「なにが?」

「ルイが今言った――」

「コブが欲しい」

「なんだと？　なんでコブの話になるんだ？」

「頼む、ジャン。ほかの人選はどうでもいいが、コンピューター要員だけはコブにしてくれ」
ル・グエンはううむと考え込んだ。

コブはまだ四十歳だが、すでにパリ警視庁内の伝説的存在になっている。ぱっとしない大学を出てから、IT要員の下っ端として犯罪捜査部に加わった男だ。出世競争とは無縁で、勤続年数以外に階段を上がる術をもたず、いまだに階級は中の下といったところだが、本人は平気な顔をしている。その腕を買われていつも難事件に引っぱり出されるからやりがいがあるのだろう。あいつはできるという噂は誰もが耳にしているので、直属の上司になった人間は最初のうちコブを警戒する。だがそのうちライバルではないとわかると素直に評価するようになる。何度もそういう経過をたどった結果、今では天才として危険視されることもなくなり、同じ天才でも〝宝〟として引っぱりだこになっている。

カミーユは個人的に親しいわけではなく、食堂ですれ違う程度だが、それでもコブのことが気にいっていた。大きな四角の四隅だけ丸めたような顔で、しかも顔色が悪いので、まるでモニター画面だ。少々無愛想ではあるが、風刺やユーモアのセンスを内に秘めていて、まじめな顔で冗談を言うところが面白い。とはいえそれが理由で指名したわけではない。今の状況を突破するにはどうしてもITのエキスパートが必要で、となると、犯罪捜査部広しといえども彼の右に出る者はいないからだ。

「わかった」とようやくル・グエンが言った。「コブを入れて四人回してやる。で、ルイが言ったことについちゃどうなんだ？」

カミーユは二人の会話を聞き逃していたのでなんのことかわからなかったが、ルイを見て笑いながら言った。

「なんだってルイが正しい。言うまでもないだろ？」

3

「申し上げるまでもありませんが、今日ここでお話しすることはすべて捜査上の極秘事項です」

「もちろん」とバランジェ教授はわかったようなわからないような顔でうなずいた。

例によってデスクから少し離れ、ロダンの「考える人」のポーズで椅子に座っている。そして赦しを与える聖職者のような目をカミーユに向けて先を促した。来訪の目的を早く言えということだろう。

「今、四つの殺人事件を抱えています」

「前より二つ増えましたね」

「ええ」

「それは大変だ」バランジェは視線を手元に落として言った。

カミーユはそれぞれの事件の概要をかいつまんで話した。

「四件目は派生的なものですが、三件についてはそれぞれ『アメリカン・サイコ』、『ブラック・ダリア』、『夜を深く葬れ』を模倣したものであることがすでにはっきりしています。三冊ともご存じですよね？」

「ええ、読んでいます」

「この三冊になにか共通点はありませんか？」

バランジェは少し考えてから言った。

「いや、これといってありませんね。一人はスコットランドの作家で、二人がアメリカの作家。作風も違います。『夜を深く葬れ』と『アメリカン・サイコ』などはまるで別世界ですよ。正確には覚えていませんが、刊行年もばらばらでしょう」

「しかし同じ犯人が取り上げたということは、なにか共通の要素があるはずなんですがね」

バランジェはまた少し考えた。

「自分が好きな本を選んだだけなんじゃありませんか？」

カミーユは思わず頬を緩め、するとバランジェも笑った。

「それは考えてもみませんでした」

「好みとなると、読者は必ずしも一つの傾向に偏らないんですよ」

「しかし殺人犯は別でしょう。彼らはかなり論理的です。ただし、彼ら自身にしか通じない論理ですがね」

「不適切な言い方になるかもしれませんが……」

「かまいません」

「その犯人はすごくいい作品を選んでいると思いますね」

「なるほど」カミーユはまた頬を緩めた。「こちらも審美眼のある犯人を追うほうがいいですね。やりがいがあります」

「あなたの言う殺人犯は、明らかに読書家です。この分野を極めているという印象を受けます」

「ええ。そして、心を病んでいるという点も確かです。しかし、捜査の観点からいえばもう一つ重要な問題が残っています。すべてはどこから始まったのかという問題です」

「それはつまり？」

「これまでの三件はいずれも犯人が〝署名〟を残していたので同一犯によるものだとわかりました。しかしこの連続殺人の全体像はまだつかめていません。いつ、どこで、どの作品の模倣として始まったのかわかっていないわけです」

「なるほど」とバランジェはまたわかったようなわからないような顔でうなずいた。

「犯人はこの三件以外にも、場合によってはグラスゴー事件よりさらに前にも、人を殺しているかもしれません。この男の行動範囲は広く、しかも計画は壮大です。ですからその全体像をつかむためのヒントがほしいんです。これまでの三冊は、どうでしょう、この分野の古典的名作といっていいんでしょうか？」

「有名な作品ではありますね。しかし古典的名作かというと、どうでしょう。少なくとも学術的にいう古典ではありません」

「だとすると少々驚きですね」カミーユはいささかがっかりした。「この男がミステリにある種の敬意を表するために模倣しているのだとしたら、いわゆる古典的名作から始めるはずですからね。それが道理でしょう」

バランジェが急に目を輝かせた。

「そうだ、そのとおりですね」

「先生のお考えでは、ミステリの古典的名作というと何作品くらいあるんでしょうか」

「いやあそれは……山ほどありますよ。でも……」とバランジェは考えた。「いや、それほどでもないかな。そもそも定義があいまいです。いうなれば、文学というより社会学や歴史の問題です」

カミーユが首をかしげてみせるとこう続けた。

「たとえば、専門家の目からすれば傑作でもなんでもないものを、一般の読者が傑作と考える場合があり、これは社会学の問題です。また歴史的観点から見ると、古典は必ずしも傑作ではありません。たとえば、ハーバート・リーバーマンの『死者の都会《まち》』は傑作ですが、まだ古典とは言えません。アガサ・クリスティーの『そして誰もいなくなった』はその逆です。一方『アクロイド殺し』は傑作であり、古典でもあります」

「先生、そこをなんとか線引きできませんか？　わたしも研究者ならそのあたりを論じたいところですが、残念ながら刑事ですからわかりません。結局のところ、ミステリの傑作、あるいは古典、なんでもいいんですが、そういった本は何冊くらいあるんでしょう？　おおよそで」

「そういうことなら、まあ三百。おおよそでね」

「三百。それをもう少し絞り込んで、リストを作っていただけませんか。それと、どこを探せばあらすじを手に入れられるかも教えていただきたい。キーワードを抽出して、未解決事件のデータベースと突き合わせたいんです」

「なぜわたしに?」

「深い知識があり、しかもそれをマクロ的に見て分類し、そこから必要なものを抽出できる人でなければできない作業だからです。刑事にそこまで文学に詳しい人間はいないんですよ。この分野が専門の書籍商に依頼することも考えましたが——」

「それはいい考えだ」とバランジェは身を乗り出した。

「ええ、適任者が一人いることはいるのですが、残念ながら協力的とは言えません。それにわたしとしてはやはり、その……この国の重要な教育機関で研究されている方にお願いしたいと思いまして」

カミーユは大げさに言ってみたのだが、それがバランジェのつぼにはまったようだ。言葉の重みが自尊心と生まじめさを刺激し、断れなくなったとみえて、バランジェはしばらく考えてからとうとううなずいた。

「ええ、やれると思います。リストを作るのはそれほど大変じゃありません。ただし、主観的なものにならざるをえないことはおわかりですね?」

カミーユはそれでもかまわないとうなずいてみせた。

「研究論文や参考書もここにいろいろありますし、学生にも手伝ってもらうとして……二日でどうでしょう?」

「お願いします」

4

個別の事件に対する上層部の関心の度合いは、担当捜査官に割り当てられる人的および物的資源によって測ることができる。この日の午後、カミーユは地下の広い部屋をあてがわれた。ただし窓がない。

「つまり、殺人がもう一件多けりゃ、窓のある部屋がもらえたってことなんだろうな」カミーユはル・グエンにこぼした。

「たぶんな。だが殺人がもう一件少なかったら、こんなにコンピューターはもらえなかったかもしれんだろ?」

ちょうどシステム関係の技術者が五台のコンピューターを運び込み、設置作業に取りかかったところだった。ほかにも作業員が出たり入ったりして、コルクボードを壁に掛けたり、ウォーターサーバー(インスタントコーヒー用のお湯も出る)を設置したり、机、椅子、会議テーブルを並べたり、何本もの電話線を引いたりしている。すでにデシャン判事からカミーユの携帯に直接電話があり、新チーム結成後初の判事への報告会は明朝八時半と決まっていた。

この日の午後六時半までに全員が顔を揃えた。椅子がまだいくつか足りなかったが、顔合わせに支障はない。例によってカミーユが立ったままミーティングを始めたからだ。

「ありきたりだが、まずは紹介から始めよう。ヴェルーヴェン警部だ、よろしく。カミーユと呼んでくれ。なんでも短くいこう。こっちがルイだ。彼にチーム全体の情報をまとめてもらう。新しい情報を入手したらまずルイに報告してくれ。仕事の割り振りもルイがやる」

新たに加わった四人がルイを見て、あいさつ代わりにうなずいた。

「あっちがマレヴァルだ。名前はジャン＝クロードだが、みんなマレヴァルと呼んでる。機材の調達に関しては彼に全体をまとめてもらう。コンピューター、車、機器、その他なんでも彼に相談してくれ」

四人の視線は部屋の反対側にいたマレヴァルのほうへ移動し、マレヴァルは軽く手を上げてそれに応えた。

「そしてアルマン、おれと同じくここの古株だ。粘り強さで彼の上をいく者はいないぞ。捜査に迷いが出たらいつでも彼に相談してくれ。喜んで助けてくれる。とにかく気前のいいやつだからな」

アルマンは顔を真っ赤にしてうつむいた。

「よし、次は新メンバーだ」カミーユはポケットから紙を出して広げた。「まず、エリザベス？」

四十前後のやや太めの女性が手を上げた。明るい顔立ちで、年代不明のパンツスーツを着ている。

「どうも。このチームに参加できて光栄です」

カミーユはひと目で気に入った。ストレートで、屈託のないところがいい。

「ようこそ、エリザベス。凶悪犯罪を担当したことは？」

「ヴェルシーニ事件をやりました」

庁内にその事件を知らない者はいない。コルシカ人のヴェルシーニがパリで起こした事件で、二人の子供を絞殺してから八週間も逃げまわり、最後は派手なカーチェイスを繰り広げてあちこちに損害を出し、その挙句にマジェンタ大通りで至近距離から撃たれて死んだ。新聞を大いに賑わせた事件の一つだ。

「そいつはすごい。今回の事件もぜひ解決して、キャリアに箔をつけてくれ」

「そのつもりでがんばります」

エリザベスはすぐにでも仕事にかかりたい様子だった。そしてルイのほうを見て、にっこり笑った。

「次は、フェルナン？」カミーユは名簿を見て声をかけた。

「わたしです」と五十前後の男が答えた。

カミーユはすばやく観察した。顔はいかめしいが、どこかうつろなまなざし、しょぼついた目。そのうえ冴えない顔色とくればアルコール中毒だ。現実主義のル・グエンは「午前中に使え。それ以外は使いものにならん」と言っていた。

「風紀犯罪取締班から来てくれたんだね？」

「ええ、だから殺人事件捜査のことはあまり知りません」

「だいじょうぶ、頼りにしているよ」と言ったものの、カミーユは少々不安だった。「あなたが組むのはアルマンだ」

コブの顔は知っているので、となるとあとはもう一人。

「では、きみがメフディだね？」

若い男で、せいぜい二十四、五にしか見えない。ジーンズとＴシャツはジムで鍛えたボディラインを自慢するためだろうし、勤務中だというのにアイポッドのイヤホンがだらりと首にかかっている始末だが、目は鋭く真剣で、なかなか魅力的だ。

「はい。第八班にいました……っていうか、ちょっとしかいませんでしたが」

「この事件がいい経験になるだろう。歓迎するよ。きみはマレヴァルと組んでくれ」

メフディとマレヴァルは目を合わせてうなずき合った。カミーユは自分が無意識のうちに年下を〝きみ〟呼ばわりしていることに気づき、おれも年取ったもんだと思った。

「そして最後に、コブだ」カミーユは紙をポケットにしまいながら言った。「お互い顔見知りだが、仕事で一緒になるのは初めてだな」

コブは無表情な目をカミーユに向けた。

「そうですね」

「彼がＩＴ技術でこのチームを支えてくれる」

チーム内にちょっとしたざわめきが走ったが、コブはただあいさつ代わりに眉を上げただけだった。

「足りないものがあれば遠慮なくマレヴァルに言ってくれ。今回はＩＴ関連を優先する」

四月十七日木曜日

1

「今のところ当初の分析と矛盾する点は見当たりません。この男は女性を憎んでいます」

デシャン判事は予定通り八時半きっかりに報告会を始めた。まずはクレスト博士が指名され、いつもの革かばんを机の上にぺたりと置き、細長い斜めの字で書かれたメモを頼りに手紙の分析結果の報告を始めていた。

「容疑者からの手紙で当初のプロファイルをかなり補完することができましたが、基本的な部分は変わっていません。教養があり、うぬぼれが強い男です。ミステリにかぎらず、かなりの本を読んでいると思われます。文学、哲学、歴史といった人文系の高等教育を受けている可能性が高いですね。そしてそういう知識を誇示しようとしているところに虚栄心が表れています。またこの手紙の明らかな特徴として、ヴェルーヴェン警部に対する熱心な呼びかけが挙げられます。筆者は、警部、あなたに感心してもらいたいわけです。あなたのことを好いていて、つまりあなたのことをよく知っていると考えられます」

「それは個人的に？」カミーユが訊いた。

「いや、違うでしょう。その可能性も完全には排除できませんが、わたしはむしろ、テレビで見たとか新聞で読んだといった意味であなたを知っているのだと思います」

「ほっとしました」とカミーユはため息をつき、初めてクレストと笑みをかわした。だがその笑みが今後敬意につながるのか落胆につながるのかはまだわからない。

「あの短い広告は巧みでした」とクレストが続けた。

「ほう？」

「ええ、あれはいい問いかけでした。短く、明確でありながら、個人的な内容ではない。あなたは彼個人のことではなく、彼の〝仕事〟について訊いたわけです。だから返事がきたのだと思います。もし違うアプローチをしていたら、たとえばなぜこういうことをしたのかといった訊き方をしていたら、それはあなたが彼を理解していないという意味になってしまいます。それに対して《BEE》は、あなたには彼が理解できていて、そのうえで仕事のことを訊いているという問いかけだったので、向こうも、なんというか……ある価値観を共有していると思ったんでしょう」

「いや、そこまで考えてはいなかったんですが……」

クレストは続きがあると思ったのか少し黙っていたが、カミーユがなにも言わなかったのでまた説明を続けた。

「無意識のうちになにかしら考えていたのではありませんか？　一方、動機ということになると、手紙からも大したことはわかりません。文面を見るかぎり、この男は自分が〝傑作〟と呼ぶものを再現することが自分の仕事だと考えているわけですね。また謙虚さを装い、自分自身を傑作のレベルにまで高めたいのだと主張しています」

「でもいったいなぜ？」エリザベスが訊いた。

「理由となると、これはまた別の問題ですね」

「作家のなりそこないとか？」とエリザベスが、おそらくは全員が考えていることを代表して言った。

「もちろんその可能性もあります。というより、その可能性はかなり高いでしょう」

「だったら、なにか小説を書いてるはずですよね」今度はメフディが言った。「出版社に当たればなにかわかるんじゃないかな」

その無邪気な意見には誰も驚かなかった。なにしろまだ若い。カミーユは軽くため息をついて目頭をもんだ。

「あのな、メフディ、フランス人の半分は作家のなりそこないで、残りの半分は画家のなりそこないなんだ。フランスには出版社が何百社もあって、その各社に数えきれないほどの原稿が送られてくる。だから過去五年に絞ったとしても――」

「はい、はい、わかりました」メフディは両手を上げて早々に降参した。

「年齢はどうですか？」エリザベスがさりげなく話題を変えてメフディを助けた。

「当初三十から五十としましたが、四十は超えていると思っていいかもしれません」

「社会階層は？」ルイが訊いた。

「中流の上といったところでしょう。自分の頭のよさをさかんにアピールしようとしていますからね。少々やりすぎくらいに」

「たとえばクルブヴォアから投函するといった?」

「そうです!」とクレストが感嘆の声を上げた。「まさにそれを言いたかったんです。いかにも芝居がかっていて、わざとらしい。その点はこちらに有利かもしれません。この男は慎重ではありますが、うぬぼれが強すぎてミスをするかもしれない。人から認められたいという思いがあまりにも強く、自分で抑えられない。その一方で内向的でもある。そこにこの男の最大の矛盾があるようです。もちろんそれだけではありませんが」

「というと?」カミーユが訊いた。

「不明な点は多々ありますが、とりわけ気になっているのは、なぜマッキルヴァニーの小説をグラスゴーで再現したのかという点です」

「それは小説のなかでもそうだからですよ」とカミーユはすかさず答えた。

「しかし、だとしたら『アメリカン・サイコ』をクルブヴォアで再現したのはなぜです? なぜ小説どおりにニューヨークではないんです?」

しまった、そうだったとカミーユは思った。うっかりしていた。

「同様に、『ブラック・ダリア』も本来ならフランスのトランブレではなく――」

「ロサンゼルスでなければならない」ルイが言った。

「確かにそうだ。その点はわたしにも説明がつかないな」とカミーユは認めた。

だがそこで大きく息を吐き、先に進むことにした。

「次の一手を打つべきでしょうね。次の広告です」

「賛成です」とクレストも言った。「ただし、まずはこの男の信頼を得ることが大事です。ここで動機を訊いたらすべてが水の泡になってしまいますからね。あくまでも対等の立場を崩さずに、あなたが彼を理解していると信じ込ませることです」

「具体的には？」

「彼自身のことを訊かないこと。ほかの事件の詳細を訊くのがいいでしょう。その返事を見てまた次を考えましょう」

「しかし、あの雑誌は毎週月曜発売で、毎回一週間空いてしまうというのがなんとも……時間がかかりすぎる」

「縮める方法がありますよ」とコブが初めて発言した。「あの雑誌はウェブサイトをもってるんでね、さっき確認しました。だからネット上で案内広告が出せます。今日送信しておけば明日にはサイト上に載ります」

カミーユは会議が終わってからクレスト博士と二人で話し合い、次の広告の文面を決め、メールでデシャン判事に送って了承を得た。今回も短く《あなたのブラック・ダリアは？》とし、そのあとにカミーユのイニシャルだけを《CV》と入れる。それをコブがさっそく『ニュイ・ブランシュ』のウェブサイトに投稿した。

2

バランジェ教授が電子メールで送ってきたリストには百二十の作品が並んでいた。《あらすじはのちほど。五、六日かかるかもしれません》とメッセージが添えられていた。

百二十！　ずらりと二列に並べられていて、実際に読んだら二年？　あるいは三年かかるかもしれない。まさにミステリの珠玉のコレクションで、このジャンルの基礎固めをしたい人間には理想的だが、犯罪捜査の資料としては手に余る。カミーユは思わず自分が読んだ本と（たった八冊だった）、タイトルだけ知っている本を（それもわずか十六冊だった）数えてしまった。そして犯人が詳しいのが小説ではなくて絵画だったらよかったのにとつくづく思った。

「おまえが知ってるのは何冊くらいだ？」とルイにも訊いてみた。

「そうですねえ」ルイがリストに目を走らせた。「三十冊くらいでしょうか」

バランジェがもてるかぎりの知識を注ぎ込んでくれたのは明らかで、それこそこちらが頼んだことなのだが、こうして実際にリストを手にしてみると、このままでは捜査に使えないというのがよくわかる。われながらいいアイディアだと思ったが、しょせん机上の空論にすぎないということだろうか？

電話に出たバランジェは誇らしげだった。

「大急ぎであらすじのほうを集めています。三人の学生に手伝ってもらってるんですが、三人とももう夢中ですよ」

「先生、多すぎます」

「いやあ、心配はいりません。この三人は今期はそれほど忙しくありませんから」

「そうじゃなくて、リストのことです。百二十もあるとこちらが処理できないんです」

「ほう、ではいくつなら処理できますか？」

バランジェの口調を聞いていて、自分とは別世界の人だとカミーユは改めて思った。自分は犯罪が日常化した暗いむき出しの世界にいるが、バランジェは文化の高みに住んでいる。

「それが、先生、わたしにもわからないんですよ」

「だったらどうしろというんです！」

「つまりこう考えたいんです」カミーユは相手の苛立ちを無視して言った。「犯人が完全に自分の好みだけで作品を選んでいるのだとしたら、先生にお願いしたリストはどのみち役に立ちません。しかし、この男がミステリの初心者でないことはすでに明らかです。だとしたら彼の選択のなかに、少なくとも一つか二つは古典的名作が入っていてもおかしくないと思いませんか？　そこをつかまえられればいいんです。そのために先生のお力を仰ぎたいんです」

「リストを練り直します」

カミーユが礼を述べたときには、バランジェはもう電話を切っていた。

四月十八日金曜日

1

アルマンとフェルナンというコンビは絶妙だった。顔合わせからわずか二時間でもう長年連れ添った老夫婦のように見えた。要するに、アルマンはフェルナンの新聞、ペン、メモ帳を遠慮なく失敬し、フェルナンの煙草を堂々と吸う（夜のための予備の分はちゃっかりポケットに入れる）代わりに、フェルナンがたびたび席をはずし、ミントキャンディーをなめながらトイレから戻ってくることに気づかないふりをする、そういう持ちつ持たれつの関係が生まれたのだ。ルイの指示で、二人は壁紙ショップとメーカーのリストをあきらめ（アメリカから取り寄せたとわかってもなお範囲が広すぎる）、犯人がクルブヴォアのロフトを見つける前に回ったかもしれない住宅開発地区に的を絞っていた。メフディはさっそくクルブヴォアの郵便局に飛んでいき、ひょっとして誰か手紙を投函する犯人を見かけていないか聞き込みを始めていた。マレヴァルは比較的最近ミノックスの超小型カメラを買った客を調べはじめた。そしてルイは、判事の協力要請書を手に、『ニュイ・ブランシュ』の購読者リストを入手するべく出版社に出向いていた。

午前も半ばを回ったころ、驚いたことにバランジェ教授がリストを持ってカミーユを訪ねてきた。昨日の電話の苛立ちはどうやら収まったようで、妙におどおどした様子で部屋に入ってきた。

「わざわざ来てくださるとは……」

カミーユはそう言いかけて気づいた。バランジェがわざわざ訪ねてきたのは、本物の刑事たちの世界に興味津々《しんしん》だからだ。その証拠に、まるで地下墓地《カタコンベ》を見学する観光客のように物珍しそうにあちこち見ている。仕方がないのでざっと室内を見せてまわり、残っていたエリザベスとルイとアルマンに、こちらが今回貴重な知識を生かして大変なご尽力をいただいているバランジェ教授だと紹介した。

「リストを練り直しました」

「それはありがたい」

渡されたのはホッチキスで留めた数枚の紙だった。リストは五十一作品に絞られていて、それぞれに数行から十数行の短いあらすじがついている。カミーユはざっと目を通した。『盗まれた手紙』、『ルルージュ事件』、『バスカヴィル家の犬』、『黄色い部屋の謎』……。早くも気が急《せ》いて、ついコンピューターのほうに目がいってしまう。笑顔で接してはいたが、早々に退散願いたいというのが正直なところだった。

「本当にありがとうございました」カミーユはそう言って早くも別れの握手のために手を差し伸べた。

「なんでしたら少しご説明しましょうか？」

「いや、わかりやすいあらすじがついていますから、これで十分です」

「もしよろしければ――」

「貴重な時間を割いてくださり、ありがとうございました。本当に助かりました」

　幸いなことに、バランジェは機嫌を損ねた様子はなかったが、ただひたすら残念そうにこう言った。

「そうですか……では、これで失礼します」

「ありがとうございました」

　バランジェが立ち去ると同時に、カミーユはコブの席に駆け寄った。

「これだ、ミステリの名作リスト」

「わかってますよ」

「あらすじからキーワードを抜き出すんだ。そしてそれに当てはまる未解決事件を洗い出そう」

「洗い出そうって、誰が？」

「もちろんきみだよ」とカミーユは笑ってみせた。

　そして自分のデスクのほうに数歩行きかけたが、また戻った。

「もう一つやってほしいことがある」

「これだけでもけっこう時間かかるんだけど」

「わかってる。でもどうしても必要なんだ。ただ、どう説明したものか……」

コブにやる気を出させるには感性を刺激するのがいちばんだ。その感性は――コブに関するすべてがそうであるように――基本的に情報科学に根づいている。そして〝難しい仕事〟以上にその感性を刺激するものがあるとすれば、それは〝不可能な仕事〟しかない。

「対象は同じく未解決事件なんだが、そこから犯行の手口に関する情報を集めたい」

「つまりなにを？」

「不合理な要素、事件そのものとは符合しない細部、なぜこんなものがここにと思うような手がかり、手口に一貫性がない殺しといったところだ。まずは名作リストに頼るとしても、犯人は基本的に自分の趣味で選んでるかもしれないからな、だとするとこのリストでは引っかかってこない。そうなると、残る切り口は〝不合理で意味の分からない要素〟しかない。小説の模倣であるがゆえに、現実の殺しとしては意味をなしていない要素のことだよ」

「そんなのを洗い出すアルゴリズムはありませんよ」

「ああ、そのとおり。アルゴリズムがわかってりゃわざわざきみに頼まない。自分でやるさ」

「範囲は？」

「そうだな……フランス本土、過去十年」

「そりゃ大仕事だって！」

「どれくらいかかる？」

「さあ」コブは考え込んだ。「まずはアルゴリズムをひねり出さないと」

2

「おまえは最初からこいつが気に食わないんだろ？」カミーユは笑った。

「いや、そういうわけじゃありません」ルイが首を振った。「犯人が警察に情報提供するという例が過去にもあったからですよ」

「そうだったな」

「ええ、それで調べてみたら、少々気になることが見つかって」

「聞かせてくれ」

　ルイが手帳を広げた。

「ジェローム・ルザージュ、四十二歳、独身。あの書店は父親から相続したもので、父親は一九八四年に死亡。ソルボンヌで文学を学び、《伝承としてのミステリ小説》という論文を書いて学位を取得。評価は〝優〟。家族は妹が一人、クリスティーヌ、四十歳。この妹と二人暮らしです」

「冗談だろ？」

「いえ、本当ですよ。あの書店の上のアパルトマンで暮らしていて、それも父親から相続したものです。で、妹のクリスティーヌですが、一九八五年にアラン・フロワサールと結婚。結婚したのが四月十一日で——」

「簡潔に！」

「でもそこが大事なんです。結婚したのが四月十一日で、十日後の四月二十一日に夫が交通事故死、クリスティーヌは莫大な遺産を相続。アランは毛織物工場から既製服市場に参入して成功した北フランスの名家の末裔で、大変な資産家でした。夫の事故死ののち、クリスティーヌは精神病院に短期入院し、その後二度にわたって療養所に長期滞在しています。一九八八年にパリに戻り、それ以来ずっと兄と暮らしています。

われわれが追う連続殺人犯は金をもっていたと思われますが、ルザージュにはそれがありました。それが第一。第二に時間と場所の問題です。グラスゴーでグレース・ホブソンが殺されたのは二〇〇一年七月十日ですが、ルザージュはその七月、夏休みでずっと店を閉めていました。そして妹と二人でイギリスに遊びにいっています。ロンドンに友人がいて、そこに二日から十五日まで滞在しました。ロンドンからグラスゴーは飛行機なら一時間半ですよね」

「しかしとんぼ返りの離れ業だぞ？」

「ええ、でも不可能ではありません。それから二〇〇一年十一月二十一日のマヌエラ・コンスタンツァ殺害事件ですが、ルザージュはパリにいましたから犯行可能です。当日のアリバイはありません。そして今回の事件も同様です。トランブレにしろクルブヴォアにしろ、パリから車で一時間圏内ですから」

「それだけじゃ弱すぎる」

「三冊の本のうち二冊を教えてくれたのはルザージュです。しかもその片方は自ら警察に電話してきました。もう片方については新聞社に情報を流していますが、その理由ははっきりしません。ひょっとしたら事件に注目を集めたかったのかもしれません」

「それはありうるな」

「それから『ニュイ・ブランシュ』を購読しています」ルイはそう言って今朝入手したばかりの購読者リストを振りかざした。

「見せてみろ！」カミーユはリストをめくってみた。「あいつは専門の本屋なんだから、この手の雑誌は全部とってて当たり前だろ？　ほうら見ろ、ほかにも書店名が何十とあるぞ。それだけじゃない、作家、図書館、新聞社、みんな載ってるじゃないか。この調子だとおれの親父も……お、あった！　なんとこんなのまでとってるとはな。それに、案内広告ならウェブサイトで誰でもただで見れるんだし……」

その点はルイもしぶしぶ認めた。

「それで」とカミーユはまじめに訊いた。「おまえの提案は？」

「金の動きを調べましょう。書店ですから日々現金が動いています。入金、出金、口座の動きを突き合わせて、おかしな支出がないか調べるべきだと思います。とにかくこの犯行には金がかかってますからね」

カミーユは少し考えてから言った。

「よし、判事に話しておく」

四月十九日土曜日

1

リヨン駅。朝十時。

イレーヌがよたよた歩いてくるのを見てカミーユは驚いた。出かける前よりさらに顔が膨れ、腹も膨れていた。カミーユはあわてて駆け寄ってキャリーバッグを引き受け、ぎこちなく抱擁した。イレーヌは疲れ切った顔をしていた。

「向こうはどうだった？」

「だいたい電話で話しちゃったわ」もう息が切れている。

タクシーを拾い、家に着くやいなや、イレーヌはソファーにへたりこんで息をついた。

「なにか飲むか？」

「紅茶がほしい」

イレーヌがブルゴーニュの話をはじめた。

「もう父ったらしゃべりづめなの。それもずっと、ずーーっと自分のことばっかり。でもしょうがないわね。あの人ほかに話題ってものを知らないんだから」

「そりゃ大変だったね」

「でも二人ともいい人よ」

カミーユはいつか息子が自分のことを「いい人でね」と言うのを耳にしたらどんな気分だろうかと考えてしまった。

それからイレーヌが捜査のことを訊いたので、犯人の手紙のコピーを渡し、イレーヌが読んでいるあいだに郵便物を取りに下りた。

「今夜は一緒に食べられる？」戻ってくるとイレーヌが訊いた。

「いや、無理そうだ」カミーユは思わず暗い声になった。

郵便物のなかから分厚い封筒が出てきたのだ。消印はトランブレだった。

拝啓
わたしの仕事に興味をもっていただけて光栄です。

わたしのせいであなたもお仲間も多忙を極め、さぞかしお疲れでしょう。大変申し訳ない。あなたの荷を軽くできるならなんでもしたいところですが、残念ながらわたしにも次の仕事が控えているのでそうもいきません。その点も、あなたならわかってくれるでしょう。

前置きが長くなりました。『ブラック・ダリア』の件でしたね。

あれは傑作です。そうでしょう？　そして、自分で言うのもなんですが、その傑作に対するわたしのオマージュもまた傑作になりました。奇しくもあなたが《あ、な、た、のブラック・ダリア》と呼んでくれた女性のことですが、彼女はしがない淫売です。エヴリンのような美人じゃありません（エヴリンは少々俗っぽいとはいえ魅力的でしたからね）。ひと目見て、街角に立たせておくよりエルロイの小説のなかに置いてやったほうがいいと思いました。容姿が、なんというか、そこにぴたりとはまるんです。ただし、エルロイが描写しているのは生きているときの彼女ではなく、死んでからの彼女ですけどね。わたしはエルロイの文章を頭のなかで復唱しながら、幾晩もパリの歓楽街を歩きまわりました。もう見つからないかと絶望しかけていましたよ。そんなある晩、思いがけず――というより、むしろ当然のごとく――サン＝ドニ通りの角に立っている彼女を見つけました。けばけばしい服に赤いサイハイブーツという恰好で、大きく開いた胸元とスカートの深いスリットから派手な下着が見えていました。決め手になったのは彼女の微笑みです。マヌエラは口が大きく、髪は天然の漆黒でした。そこで値段を聞き、部屋に上がりました。しかしそこからが試練でした、本当に。むさくるしい部屋で、整理だんすの上のアロマキャンドルでもごまかせないほど汗臭いんです。粗末なベッドは不潔極まりなく、まともな人間なら触れようとも思わないしろものです。仕方がないので立ったままですませました。

その後は慎重に時間をかけました。売春婦は用心深いものだし、ヒモは姿を見せなくても近くにいますからね。半開きのドアとか、廊下の角にすっと消える影とか……。無害でいい客だと思わせるには何度も通う必要がありますが、これも注意が必要で、あまり頻繁に行ったり、いつも同じ時間に行くのは危険です。それでは目立ちすぎ、売春婦仲間に顔を覚えられてしまいます。

そうやって信用させてから、ある晩いよいよ「次はよそでゆっくりひと晩過ごそう」と誘いました。そっちの言い値でいいよと。難しい交渉になるとは思っていませんでした。ところが、彼女が情夫に訊かないとわからないと言いだしたんです。その段階であきらめて、別のパートナーを探すこともできたでしょう。でも正直なところ、すでに彼女に小説のイメージを重ねてしまっていましたからね。マヌエラはもう完全にエリザベス・ショートになっていて、それをあきらめる気にはなれませんでした。そこで〝太っちょ〟ランベールに会うことにしたんですが、これがなんとも笑えるやつでしたよ！　生前の彼をご存じかどうか知りませんが――そう、彼はもう死んでいます。でもその話はまたあとで。とにかくランベールは小説のなかから抜け出てきたような、ヒモのパロディーみたいな男でした。横柄な態度でしたが、好きにさせておきました。これはゲームですからね。『さあてこの取り引きの相手は何様なのか、聞かしてもらおうじゃねえか』といった調子です。仕事好きなんですよ、彼は。普段は女たちに暴力をふるっていたでしょうが、そういうときだけは保護者ぶって、まるで父親でした。長くなるのではしょりますが、わたしはひと晩彼の女を借りたいんだと説明しました。あいつはぼったくろうとしましたよ、カミーユ、恥も外聞もなく。でもこれはゲームですから。しかも女とひと晩過ごす場所はどこだとしつこく訊いてきて、これは厄介だと思いました。そこで嘘の住所を教えると、それで一応満足したようでした（とわたしは思っていたんです）。マヌエラとわたしは翌日落ち合いました。すっぽかされるかもしれないと思っていましたが、結局のところ、わたしは彼らにとっていい金蔓《かねづる》になったわけです。

ガルニエ通りのあの空き地のすぐ近くに、かなり前に取り壊しが決まって廃屋になっている戸建住宅が何軒かあります。一部は開口部をレンガや板でふさいであって不気味ですが、まだなかに入れるのが二軒あり、わたしは五十七番地の二のほうを選びました。夜マヌエラを車でそこへ連れていくと、不安を感じたようだったので、わたしは純情で不器用な男を演じました。つまり、こんなところとは思わず困ったなとおろおろしてみせたわけですが、われながら名演技でしたよ。

準備に抜かりはありませんでした。家のなかに一歩入ったところで後頭部を強打すると、彼女は声を上げることもなく倒れました。それから地下室に運び、照明の下に置いた椅子に全裸で縛りつけて待ちました。彼女は二時間後に息を吹き返し、状況を理解して震えだし、恐怖に目をむきました。そしてこれからなにをするのか説明してやると暴れ出し、その後数時間のあいだ、さかんに身をくねらせたり叫ぼうとしたりしました。顔にガムテープを貼っておいたので声は出ませんでしたが、あまりじたばたされるのは不快でした。そこで、早々に脚を折ってやることにしました。野球のバットで。その後はすべてがやりやすくなりました。もう縄を解いても立ち上がれず、這うことはできても力が続かないので大して移動できません。おかげで、小説に書かれているとおり鞭で打ったり、乳房に煙草の火を押しつけたりするのに苦労はありませんでした。その一方で苦労したのは、あのブラック・ダリアの笑い顔をそっくり再現することです。やり直しがきかないうえに、ここをしくじったらすべてが台無しですからね。あれはまさに大勝負でした。

どんな細部も手を抜かない、それがわたしの仕事です。

ジグソーパズルと同じで、すべてのピースがあるべきところに収まらなければ完成とは言えません。一つでも欠ければ別の作品になってしまいます。いい方向に違っていようが悪い方向に違っていようが、違いは違いです。わたしの使命は大作家たちが創造した世界を正確に再現することで、その〝正確さ〟がわたしの仕事の価値です。だからこそどんな細部も疎《おろそ》かにせず、慎重に検討し、結果を予測しながら進めなければなりません。あの笑い顔の再現も完璧でなければなりませんでした。わたしの仕事はいわば複製です。中世の修道僧がやっていた写本のようなものです。そのためにこの身を捧げていますし、その献身に限界はありません。わたしは他者のために人生を捧げているのです。

　頭が動かないように髪をわしづかみにし、耳のすぐ下の頭蓋骨すれすれのところにナイフを刺し、そこから口の端まで切り込みを入れていったとき、その作業の手応えから、そしてマヌエラの獣のような咆哮《ほうこう》——彼女の体内の深いところから上がってきて、半分だけ完成した大きな口からどくどく流れる血とともに漏れ出た咆哮——から、わたしはこの仕事が成就されつつあると実感しました。反対側の切り込みにはさらに神経を使いましたが、もしかしたら少しナイフを深く入れすぎたかもしれません。それでもあの完成したダリアの笑いを見て、あなたならわかるでしょうが、心底報われたと思いました。あの瞬間、あの見事な笑いにこの世のすべての美が凝縮されていると思いました。そして改めて、わたしの使命は細部にこだわってこそ価値をもつのだと悟ったのです。

　マヌエラが死んでから、これも書かれているとおりに肉切り包丁で体を切断しました。人体について詳しいわけではないので、小説どおりに内臓を取り除くには解剖学の本を参照しなければなりませんでした。腸はすぐわかるし、胃も肝臓もわかりますが、脾臓となるとどこにあるのやら……あなただって知らないでしょう？

次は死体を洗うのですが、そのためには地下室から死体を運び上げなければなりませんでした。電気も水道もとっくの昔に止められていたので、裏庭に放置されていた貯水桶の雨水を使いました。髪は特に念入りに洗いました。

そうこうするうちに空が白みはじめ、誰かに見られる恐れが出てきたので、死体を空き地に配置する作業はあきらめていったん家に帰りました。思った以上にへとへとでしたが、満足でした。そしてその晩暗くなるのを待ってから空き家に戻り、死体を空き地に運んで小説どおりに配置しました。

唯一の失敗は——あれを失敗と呼ぶならですが——帰りにあの空き家の前をもう一度通ったことです。自宅に戻って玄関を開けようとしたとき、ちょうど通りかかったバイクの男がちらりと振り返り（ヘルメットで顔は見えませんでしたが）、そこでようやく気づきました。わたしはあの空き家から自宅までつけられていたんです。マヌエラは夜の商売ですから、日中は姿が見えなくても誰も心配しません。でも夜になっても現れないとなると……。わたしは振り返って考えてみて、おそらく前夜もランベールにあとをつけられていたのだろうと思いました。そしてこの日マヌエラが現れなかったので、ランベールは改めてあの家まで様子を見にきて、空き地から戻る途中のわたしを見かけ、あとをつけてきたに違いありません。まずいことに、これで住所を知られてしまいました。わたしは弱みを握られ、いつもの冷静さを失い、とにかく逃げるしかないとすぐにパリを離れました。結果的にはたった一日の逃避行でしたが、その一日ときたら！　あの恐怖は経験した者にしかわかりませんよ。

そして翌日、わたしは新聞を見て胸をなでおろしました。ランベールはショッピングモールの強盗を自白して逮捕されていました。もちろんランベールはもっと大きな計画のために嘘の自白をしたわけです。刑期の三分の一程度で仮釈放になると踏み、そこまで辛抱すれば大金を巻き上げられると思ったんでしょう。わたしは静かに待ちました。しばらくはランベールが刑務所から仲間に指示してわたしを見張らせていましたが、わたしはあえて身を隠さず、なにも気づかないふりをしました。肝心なのはこちらが気づいたと相手に悟らせないことです。その作戦が功を奏してランベールは安心し、あとは仮釈放後に強請《ゆす》るだけだと思ったようでした。この時点で彼の負けです。やがてランベールが仮釈放されたところで、わたしは数日休暇をとりました。そしてめったに行かないわが家の田舎の屋敷に出かけていきました。めったに行かないのはあまりいい思い出がないからです。それに、庭はまだしも家が広すぎるし、周辺の村がすたれてしまってからは不便な場所です。そこでじっとランベールを待ちました。彼は自信過剰になり、また一年以上も刑務所で我慢していたので気が逸《はや》っていたのでしょう、わたしの居所を突き止めると、さっそく手下の一人を連れてやってきました。それも不意を突こうとして、夜陰に乗じて家の裏口から忍び込んできたのです。わたしはそれを待ち受けていて、二人とも猟銃で真正面からぶっ飛ばしてやり、庭に埋めました。この二人は急いでお探しになることもないでしょうが……。

というわけです。わたしがどれほど真剣に仕事をしているかはもうおわかりですね？　あなたはわたしを理解してくれているし、わたしのほかの作品についても、少なくともあなたは、正しく評価してくれることでしょう。

敬具

四月二十一日月曜日

1

警察が案内広告で〝小説家〟に呼びかけ

ル・マタン紙。

〝小説家〟の連続殺人事件はあらゆる面で異常な展開を見せている。まず犯罪そのものが異常で、すでに四人の若い女性（スコットランドの事件を含む）が同一犯の手にかかったと判明しており、いずれもむごい殺され方をしている。手口も異常で、犯人は犯罪小説の再現を試みていることが明らかになっている。さらにここにきて、警察の捜査方法も異常な様相を呈しつつある。

事件を担当するヴェルーヴェン警部は雑誌に案内広告を出すことで犯人との接触を試みている。最初の広告は《BEE》という短いもので、これはブレット・イーストン・エリス、すなわちクルブヴォア事件の基になった『アメリカン・サイコ』の作者のイニシャルだ。広告は先週月曜にミステリ専門誌『ニュイ・ブランシュ』に掲載された。犯人がこれを見たのか、返事を書いてきたのかは明らかにされていないが、いずれにせよ変わったやり方だ。しかし変わったものに目のない警部は迷う様子もなく、続いて第二の広告を同誌のウェブサイトに出した。今回も《あなたのブラック・ダリアは？》と短い文面で、言うまでもなく〝小説家〟のもう一つの事件、ジェイムズ・エルロイの『ブラック・ダリア』を模したトランプレ事件のことを指している。

このようなやり方を上層部が許可したかどうかは疑問であり、さっそく司法省と内務省に問い合わせてみたが、案の定ノーコメントだった。

カミーユは新聞を丸めてわざと遠くまで投げたが、誰も反応しなかった。

「ルイ！」とたまらずに叫んだ。「こいつを引っ立ててこい！」

「誰をです？」

「くそったれのビュイッソンだ！　つかまえてここに引きずってこい！　いますぐだ！」

だがルイは動かなかった。困ったように下を向き、前髪をかき上げただけだ。部屋は一瞬静まり返り、するとアルマンがめずらしく口を開いた。

「あのな、カミーユ、そりゃばかげてるからやめといたほうがいい」

「ばかげてるだと？」カミーユは嚙みついた。

それでも怒りが収まらず、そのまま（カミーユなりの）大股で部屋を歩きまわり、目についた物を持ち上げてはたたきつけるように置いた。本当に壊してやりたい気分だった。なんでもいいから。

「頼むから、落ち着けって」

「アルマン、もううんざりだ。それでなくても厄介な状況なのに、こいつときたら……。報道倫理はどうした？　これじゃごろつき同然だろ？　こいつが書けば書くほど、おれたちが追い詰められるんだぞ。ルイ、早く行ってこい！」

「でもその前に――」

「その前にもなにもない！　なんでもいいから連れてこい。来ないと言ったらな、大人数を送り込んで手錠をかけて留置してやる！」

抵抗しても無駄だと思ったのか、ようやくルイが出ていった。と同時にメフディが受話器を押さえてカミーユを呼んだ。

「ボス！　ル・モンドの記者から電話です」

「くたばれと言ってやれ！」と言ってメフディのほうを向いた。「ついでに言っとくが、今度おれのことを〝ボス〟と呼んだら、きみにもくたばってもらうからな！」

2

ルイは賢いので、いつもカミーユの言うとおりに行動するわけではなく、時にはカミーユの〝超自我〟として行動する。いや、実はそういうことが少なくないし、カミーユも無意識のうちにそれを期待している。どうやら今回もそうなったようで、ルイはビュイッソンを引っ立ててきたのではなく、「ヴェルーヴェン警部がお越し願いたいそうです」と言って丁重にご足労願ったので、ビュイッソンは上機嫌でやってきた。カミーユのほうも待っているあいだに少し頭が冷えたのでちょうどよかった……と、そこまではよかったのだが、困ったことに、顔を見たとたんにまた頭から湯気が出た。

「きみは最低のやつだな、ビュイッソン」

「つまりジャーナリスト、と言いたいんですよね？」

最初に路上で会ったときからそうだが、二人のあいだにはすぐに斥力が働く。カミーユは自分のオフィスにビュイッソンを招き入れた。オープンスペースでまたなにか新しい情報を盗まれてはたまらないと思ったからだが、よく考えてみたら今さらそんな心配をしても始まらない。わざわざパリ警視庁まで来なくても、ビュイッソンはあれだけの情報を仕入れてきたのだから。ルイはカミーユのすぐ近くに控えていた。険悪なムードになったらすぐ止めに入るつもりだろう。

「どこから情報を入手しているのか、ぜひとも聞かせてもらいたい」

「ちょっと、警部さん、子供じゃあるまいし。その質問は職業上の秘密を明かせってことじゃないですか。あなたの得意な〝職業上の秘密〟ですよ」

「ある種の情報は捜査上の守秘義務の対象になる。こちらにもやりようが――」

「やりようなんかありませんよ」ビュイッソンが遮った。「あなたにそんな権利はない」

「警察留置（令状なしで一時的に身柄を拘束できるフランスの制度）にはできるぞ。簡単にな」

「そんなことしたらまた大スキャンダルですよ。そもそもなにを理由に？　報道の自由に楯突こうってんですか?」

「ここで職業倫理を振りかざすのはやめてもらいたいね。物笑いの種だぞ。そんなのを聞いたらおれの親父だって――」

「それで、警部さん、どうするっていうんです? パリ中の記者を逮捕するんですか? そりゃ誇大妄想だな」

カミーユはビュイッソンをまじまじと見た。いつものにやけ顔でこちらを見返している。古い知り合いのようななれなれしさが不愉快でたまらない。

「なぜこんなことをするんだ? これが難事件で、犯人逮捕が急務だということも、きみが記事を書くたびに捜査に支障が出ることもわかってるんじゃないのか?」

ビュイッソンはそれこそ訊いてほしかったことだという顔をして、ふっと息を吐いた。

「だから取り引きですよ。前回断ったのはあなたのほうじゃないですか。だから、もし――」

「だめだ。警察が記者と取り引きすることはない」

ビュイッソンは派手に口を曲げてにやりと笑うとすっと立ち上がり、カミーユを真上から見下ろした。

「あなたは腕のいい刑事かもしれないが、思慮深いとは言えませんね」

カミーユは数秒のあいだ相手をじっと見てから言った。

「わざわざ来てもらって助かったよ、ビュイッソン」

「こちらこそどうも。またいつでも呼んでください」

この対面の〝成果〟は夕方さっそく現れた。午後四時にはもうル・モンド紙がビュイッソンの情報を取り上げていた。カミーユが午後五時に自宅に電話を入れると、「ラジオでも言ってたわよ」とイレーヌが教えてくれた。デシャン判事はあえて電話もしてこなかった。例によってまずい徴候だ。

カミーユはパソコンに向かい、《フィリップ・ビュイッソン、ジャーナリスト》と打ち込んだ。検索結果を見ていくと《フランス人ジャーナリスト人名録》なるものがあったので、そこをクリックした。

ルイが横からのぞき込んだ。

「なにを調べてるんです？」

「あいつが何者なのか知りたいんだ」

人名録のビュイッソンのところが画面に出た。

「おいおいおい、貴族様だぞ、知ってたか？」

「いえ」

「フィリップ・ビュイッソン・ド・シュヴェンヌだとさ。どういう家系だ？　聞いたことあるか？」

ルイは少し考えた。

「もしかしたら、ビュイッソン・ド・ラ・モルティエールと関係があるんじゃないでしょうか」

「それだ！　きっとそうだ」

「ペリゴール地方の貴族ですね。革命で没落した」

「〝平等万歳！〟だな。で、本人がどうかというと……パリでジャーナリズムを学び……まずはウエスト・フランス（ブルターニュ地方の日刊紙）、ほかにもいくつか地方紙の仕事をして、フランス3ブルターニュ（ローカルチャンネル）で研修、それからル・マタン紙に移ってる。独身。そりゃそうだろう、あんなやつ……。それから主な記事の一覧。なんと最新のものまでしっかりアップされてるぞ。見ろ、おれの名前がいちばん上だ」

「早く帰らなくていいんですか？」とルイが言った。

カミーユはそうだなと思い、窓を閉め、パソコンの電源も落とした。

「カミーユ！」コブの四角い顔がのぞいた。「ちょっといいですか？」

3

「これが第一のリスト」とコブが説明を始めた。「簡単なほう。バランジェのリストとの照合で引っかかってきたやつです」

　コブはバランジェが持ってきた名作リストのあらすじからキーワードを抜き出し、それを条件にして過去十年の未解決事件のデータベースを検索していた。要するに、有名なミステリと似ている未解決事件ということだが、その結果抽出されたのは五件だった。コブはそれを表にまとめていて、そこには事件番号、日付、捜査担当者、迷宮《おみや》入りになった日付などが並び、最後の欄に小説のタイトルが入っていた。

カミーユは眼鏡をかけ、画面をのぞき込んだ。

一九九四年六月、ペリニー（ヨンヌ県）〔ブルゴーニュ地方〕
農家の一家惨殺事件（両親と子供二人）
考えられる作品：トルーマン・カポーティ『冷血』

一九九六年十月、トゥールーズ〔南仏〕
結婚式の日に新郎が殺された事件
考えられる作品：コーネル・ウールリッチ『黒衣の花嫁』

二〇〇〇年七月、コルベイユ〔パリの南方約三十キロ〕
川で女性の死体が発見された事件
考えられる作品：エミール・ガボリオ『オルシヴァルの犯罪』（『河畔の悲劇』の邦訳もあり）

二〇〇一年二月、パリ
強盗の際に警察官が殺された事件
考えられる作品：W・R・バーネット『リトル・シーザー』

二〇〇一年九月、パリ

警察官が車のなかで自殺した事件
考えられる作品：マイクル・コナリー『ザ・ポエット』

「で、第二のリストは例の不条理な要素ってやつだけど、これがややこしくて」コブは指を動かしつづけた。「手口とか状況証拠とか、被害者の身元とか、いろいろ突き合わせてやってみたんだけど、もうぐちゃぐちゃで……」

ようやく指が止まり、画面にリストが出た。三十七件ある。

「ここから衝動的な殺人、計画性が見られない殺人を除くと」マウスをクリック。「二十五件になって、このうち七件は複数犯とみられるのでそれも除くと」またクリック。「十八件。さらに、明らかに金銭がらみとか、被害者が高齢とか、サドマゾで知られた女だったとか、いろんな理由から関係なさそうなのを除くと」クリック。「最終的に残るのは九件」

「なるほど」

「それがこのリストってことで」

「怪しそうか？」

「どうかな……」

カミーユはコブの顔を見た。

「どうかなとは？」

「どれも不条理ってレベルじゃないから。あなたが言うほど不条理じゃない。もちろんおかしな点はあるんだけど、でも現場の様子がまったく異常だったとか、まったく不可解な物が残されていたとか、考えられもしない凶器が使われたといった事例じゃなくてね。探してるものとは違うような気がするんです」

「そうか……。エリザベス？」カミーユは振り向いて声をかけた。「どう思う？」

「事件簿を全部出してきて、徹夜で目を通して、明朝結果をまとめるとか……」

「そりゃいい。それでいこう」カミーユはプリンターが吐き出したばかりのリストを取ってエリザベスに渡した。

　エリザベスは目を丸くし、それから腕時計を見て、今度は片方の眉を上げてこちらを見た。カミーユは目頭を揉んだ。

「明日にしよう。ただし早朝だぞ、〝バラ色の指もてる曙〟（ホメロス）にな」

　カミーユは帰宅前にもう一件メールを送信した。クレスト博士に次の案内広告の文面を相談するメールだ。カミーユが考えたのは《あなたのほかの作品は？　ＣＶ》というものだった。

四月二十二日火曜日

1

朝八時にエリザベスが重そうなカートを押して現れたとき、チームメンバーはすでに全員顔を揃えていた。カートに積み上げられたのは未解決事件の分厚い事件簿だ。全部で十四件分。それをエリザベスがコブのリストを見ながら二つの山に分けた。〝名作〟の五件と、〝不条理〟の九件。

「ルザージュのほうはどうなってる?」

「判事からゴーサインが出たところです」ルイが答えた。「〝証拠不十分につき〟警察留置はまだ認めないとのことですが、金銭面を洗う許可はもらえました。すでに金融犯罪捜査部から個人口座、資産、借入などを調べるのに必要な情報がコブのところに来ています。あとは彼次第ですよ」

コブはすでに作業に没頭していた。家に帰ったのかどうかもわからないくらい、いつ見てもモニターの前にいる。今はフェルナンのコンピューターも占領し――フェルナンはどうせ使わないからいいのだが――自分のと合わせて二台同時に使っているので、四角い顔も二台の大きなモニターの後ろにすっかり隠れてしまっている。指の動きが少し見えるが、キーボードを二つ重ねるように置いていて、まるでオルガン奏者だ。

カミーユは事件簿の山を見て、それからチーム全員をながめた。この資料を短時間で調べるには訓練された目と集中力が必要だ。メフディにはまだ無理だろう。マレヴァルは例によってぼうっとした顔をしていて、これも頼りにならない。フェルナンは問題外だ。もうワインとメントールの混じった息をしている。

「よし、エリザベス、アルマン、ルイ、手伝ってくれ」

四人で会議テーブルを囲んだ。テーブルの上には〝不条理〟の九件の事件簿が並べられた。

「すべて未解決のものだ。いずれも被害者あるいは殺害そのものと関係のないおかしな点があり、ひょっとすると小説を模倣したものかもしれない。とはいえ、いささか強引な推測に基づいて抽出したという点は否定できない。だから無駄な時間をかけたくない。欲しいのはそれぞれの事件の要点だ。全部で二ページ程度にまとめたい。それをバランジェ教授に送って、学生たちに知っている小説と似ているものがないか見てもらおうと思う。先方には昼までに送ると言ってある」

そこでふと思いついた。

「ルイ、それをルザージュにも送ってみるか？　〝名作〟の五件のリストも加えてな。ただし小説の欄は削って。どういう反応をするか見たい」

それから〝さあ食事だぞ〟とでもいうように両手をこすり合わせた。

「さあ仕事だぞ。昼までにやっつけよう」

2

バランジェ先生

以下の九件が電話でお話しした未解決事件です。このなかにフランスあるいは海外の犯罪小説をヒントにしたものがあるかもしれないと考えています。被害者は女性が六人、男性が二人、子供が一人で、いちばん古いものは一九九五年にさかのぼります。これではないかと思われる小説があればご指摘ください。それについては小説の内容と事件の詳細をこちらでさらに詳しく調べるつもりです。

事件1
一九九五年十月十三日、パリ
三十六歳の黒人女性の切断死体がバスタブで発見された。
説明のつかない点
1 死体は切断後に男物の服を着せられていた。

事件2
一九九六年五月十六日、フォンテーヌブロー三十八歳のセールスマンがフォンテーヌブローの森で頭に銃弾を受けて死んでいた。
説明のつかない点
1 めずらしい銃が使われていた（二二口径のコルト・ウッズマン）。
2 被害者が着ていた服は自分のものではなかった。

事件3
一九九八年三月二十四日、パリ
三十五歳の妊婦が倉庫で腹を裂かれて死んでいた。
説明のつかない点
1 被害者の足元に葬儀用の花輪が置かれ、添えられたカードに《愛する両親に》と書かれていたが、被害者は養護施設で育った孤児だった。

事件4
一九九八年九月二十七日、メゾン＝アルフォール（パリ郊外）
四十八歳の男性の死体が自動車修理工場の検査ピットで発見された。死因は心臓発作。
説明のつかない点
1 死亡推定時刻は死体発見の三日前だった。
2 被害者はドゥエ（セーヌ＝エ＝マルヌ県）の薬剤師助手で、客観的な立場にある三人の証言により、ほぼ死亡推定時刻のころに薬局で働いていたことがわかっている。

事件5
一九九九年十二月二十四日、カステルノー（オート＝ピレネー県）
九歳の少女の首吊り死体が自宅から三十キロ離れた果樹園で発見された。サクラの木にぶら下がっていた。
説明のつかない点
１　死亡前に、被害者のへそがカッターで切りとられていた。

事件6
二〇〇〇年二月四日、リール
四十七歳のホームレスの女性が低体温症で死亡。
説明のつかない点
１　死体は廃業した肉屋の冷蔵庫に入れられていたが、冷蔵庫は冷えていて、その電源は近くの街灯から引かれていた。

事件7
二〇〇〇年八月二十五日、パリ
ウルク運河で浚渫《しゅんせつ》クレーンのバケットのなかから若い女性の全裸死体が発見された。絞殺されていた。

説明のつかない点
1　被害者の左ももの内側に母斑があったが、アクリル絵の具で描かれたものだった。
2　浚渫工事はまだ始まっていなかったにもかかわらず、死体の一部は運河から浚った沈泥《シルト》に覆われていた。

事件8
二〇〇一年五月四日、クレルモン＝フェラン（ピュイ＝ド＝ドーム県）
七十一歳の老女（子供のいない未亡人）が心臓に二発の銃弾を受けて死亡しているのが発見された。
説明のつかない点
1　死体が発見されたのは一九八七年型のルノーの車内だが、その車は六年前に廃車証明書が発行されていた。

事件9
二〇〇二年十一月八日、ラ・ボール（ロワール＝アトランティック県）
二十四歳の女性が絞殺された。
説明のつかない点
1　死体は浜辺で発見されたが、被害者は街着をきていて、消火器による粉末状のドライアイスで覆われていた。

3

昼過ぎからはコブの第一のリストに上がった五件の未解決事件、つまり〝名作〟の五件のほうに取りかかり、会議用テーブルに集まって手分けして事件簿に目を通した。ルイがペリニーの事件、エリザベスがトゥールーズの事件、アルマンがコルベイユの事件、マレヴァルがパリの警察官が殺された事件、そしてカミーユがパリの警察官が自殺した事件。アルマンは集中したいと言って自分のコーナーに引っ込んだ。

幸いなことに（と言うべきだろうが）、小説のあらすじとぴったり符合する事件はなさそうだった。犯人が細部にまでこだわっていることはすでに明らかで、それを基準に考えると、これらの事件と小説のあいだには開きがありすぎる。資料とにらめっこを始めて四十分ほどで、まずルイが「違うな」と言って事件簿を閉じた。少し遅れてエリザベスが、そしてマレヴァルが続いた。カミーユも小さく安堵のため息をついて事件簿を閉じ、三人に声をかけた。

「みんなコーヒーにするか？」

「あんたはだめだ」と声がした。

アルマンが申し訳なさそうな顔で自分のコーナーから出てきた。

カミーユは今度は逆のため息をつき、両手を顔に当てて目のまわりを揉んだ。ほかの全員はじっとアルマンの顔を見つめた。

「カミーユ、部長に電話したほうがいい。デシャン判事にもな。たぶん」

「どうした？」

「この『オルヴァシルの犯罪』とかいうやつ」

「オルシヴァルですね」ルイが優しい声で訂正した。

「オルヴァシルかオルシヴァルか、まあ発音しやすいほうで勘弁してもらうとして、とにかくこいつは、おれにとっちゃコルベイユの事件だよ。そっくりなんだ」

その瞬間に電話が鳴った。バランジェ教授だった。

カミーユは片手で眉の下を揉みながら受話器を取った。ちょうど正面が大きなコルクボードで、クルブヴォア事件の写真（切り落とされた指が花びらの形に置かれている）、トランブレ事件の写真（上下に切断されたマヌエラ）、グラスゴー事件の写真（首が不自然な角度にかしいでいるグレース）がピンで留めてあるのが目に入り、急に息苦しさを感じた。

「どうでしたか？」と控えめな口調で訊いてみた。

「どうも完全に一致する小説はなさそうですね」いつもの学者ぶった声が返ってきた。「学生の一人が一九九八年三月の事件について、似たようなのを読んだことがあると言っているんですが……倉庫で妊婦が殺されていた事件です。しかしわたしも知らない本で、タイトルはええと……『影の殺人者』。作者はフィリップ・チャブとかハブとか、そんな感じだったと言っていますが、この作家もわたしは知りません。ネットで調べても見つかりませんでした。もう絶版になっているんでしょう。それからもう一つ、フォンテーヌブローでセールスマンが殺された事件。これについては気になる本がありまして。すべてが一致するわけではないのですが、それでもジョン・D・マクドナルドの『夜の終り』に似ています。緩い類似とでも言いますか……」

4

カミーユがオフィスに戻って仕事をしていると、ルイが案内広告の件を報告に来た。指示どおりコブが三回目の広告をウェブサイトに投稿したという確認だ。これで明日の朝にはサイト上に出る。

ルイはすぐ戻ろうとしたが、カミーユが止めた。

「ルイ、おまえとマレヴァルがなにで揉めてるのか教えてくれ」

ルイは顔をこわばらせ、口を引き結んだ。やはりなにも言うつもりはないようだ。

「男の戦いか？」なんでもいいから反応を見ようと思い、言ってみた。

「戦いなんかじゃありません。ちょっとした……意見の食い違いです」

カミーユは立ち上がってルイに近づいた。こういうときルイはいつも同じ反応をする。身長の差を縮めたいのか、ある種の服従の意味なのか知らないが、目立たない程度に身をかがめるのだ。カミーユにはそれがうれしくもあり、腹立たしくもある。

「一つだけ言っておく。一度しか言わないからな。おまえたちの揉め事がもし仕事に関係するなら――」

「関係ありません」

答えが早すぎる。カミーユはじっとルイの顔を見た。

「その言い方は気に食わないね」

「業務外の問題です」

「私的な?」

「業務外です」

「そうか……わかった」カミーユはデスクに戻った。

そして立ち去っていくルイの後ろ姿を目で追い、前髪をかき上げるのを待った。だが頭が混乱し、どちらの手がなにを意味するのかも思い出せない。しばらくあれこれ考え、内線でコブと話し、それからル・グエンのオフィスに向かった。

5

すでに午後も遅い時間になっていた。ル・グエンはカミーユが急いでまとめた二件のメモをさっそく読みはじめた。最近大きいサイズに替えたばかりの肘掛け椅子にゆったりと身を沈め、報告書を持った両手を腹の上に載せている。読み終えるのを待つあいだ、カミーユは新たに浮上した二つの事件のハイライトシーンを想像し、頭のなかで上映してみた。

最初のメモは一九九六年のフォンテーヌブローの未解決事件に関するもので、バランジェ教授の言う、一九六〇年のアメリカの小説『夜の終り』との〝緩い類似〟とはどういうものなのかを書き出したものだ。

一九九六年五月十六日の昼少し前、フォンテーヌブローの森を散歩していたジャン＝クロード・ボニファスとナデージュ・ヴェルモンテルが、頭部を撃たれた男の死体を発見した。身元はすぐに判明した。ロラン・スーシエ、水周りの工事やバス・トイレ用品を扱う会社のセールスマン。銃弾はフランスではめずらしい二二口径の拳銃から発射されたもので、警察のデータベースに登録されていなかった。被害者の財布がなくなっていたため強盗殺人と思われ、さらに同日、三十キロ南のガソリンスタンドでキャッシュカードが使われ、しかも防犯カメラに映っていた車がスーシエのものだったことから、ますますその線が濃厚と思われた。

当時の担当刑事が注目したのは次の二点だ。まずは拳銃がめずらしいものだったこと。コルト・ウッズマンというアメリカ製の競技用自動拳銃で、一九七〇年代に製造中止になっていた。もう一点は被害者の服装だった。青いスポーツシャツを着て、白のモカシンを履いていたが、遺体の確認に来たスーシエ夫人がひと目見て「主人の服ではありません」と証言した。それどころか「こんな恰好で外に出すものですか」とまで言った。

「どうもしっくりこないな」ル・グエンが言った。

「おれもだ」

それでも念のため、バランジェ教授がファクシミリで送ってくれたジョン・D・マクドナルドの『夜の終り』の抜粋と突き合わせてみた。セリ・ノワールの第六百九十八巻、一九六二年のフランス語版だ。

百六十三ページ（仏語版）

車から二十フィートほどの所に、岩が山と積んであった。（……）男は開いている車のドアのそばに立って、さも痛そうに首をさすり、ひるんだ色を見せている。三十五歳ぐらいで、（……）わきの下が、汗で濡れている明かるい青のスポーツ・シャツ、グレイのズボン、黒・白コンビの靴といういでたち。

「もう少し先に殺しのシーンがある」カミーユが言った。

ふたたび狙いを定めた。拳銃が小さな音を立てる。ベッチャーのひたいのやや右寄りの上のほうに、小さな黒い穴があいた。両眼がかっとひらき、罐は落ちた。ふんばろうとするかのように、足を一歩大きく踏みひらいた。それから、がっくり崩れていった。

「まあ、この程度じゃな」ル・グエンが顔をしかめた。

二人は少し考えた。

「そうだな」とカミーユも言った。「おれもこれは違うと思う。相違点が多すぎる。本のなかじゃ被害者が『右の小指にはずんぐりした会員指輪』をはめていることになってるが、フォンテーヌブローの被害者はそうじゃなかった。小説のとおりなら現場にシェービングクリームとバーボンの瓶が残されているはずだが、それもなかった。岩に投げつけられたイタリアのタイルってのもなかった。これは模倣じゃなくて、単なる空似だ」

だがル・グエンはもうあらぬ方向を見ていた。二人はまた黙り込んだが、それは二人の思考がもはやフォンテーヌブローを離れて別の場所に飛んでいたからだ。不吉な川岸へと……。

「コルベイユのほうは」ようやくル・グエンが言った。「判事に報告すべきだな」

ジャン＝フランソワ・リシェは夏休みではなかったが、仕事柄、七月は比較的時間に余裕があった。そこで十六歳の息子のロランを誘ってセーヌ川に釣りにいくことにした。二〇〇〇年七月十二日のことだ。こういうとき釣りのスポットを決めるのはいつも息子なのだが、その日は事前に探す暇がなかった。川岸を歩きはじめるとすぐ、息子が震え声で叫んだ。女性の死体を見つけたのだ。水辺の浅いところにうつぶせに倒れていて、顔は泥に埋まり、血と泥にまみれた灰色のドレスを着ていた。

コルベイユの憲兵隊が二十分で駆けつけ、捜査はアンドレアーニ中佐の手でてきぱきと進められた。一週間もしないうちにひと通りの調べは終わったが、残念ながら大したことはわからなかった。

被害者は二十五歳前後の白人の若い女性で、さんざん痛めつけられていた。髪をつかんで引きずられたとみえて前髪の一部が頭皮ごともがれていたし、ハンマーで殴られたことも司法解剖で明らかになった。しかし、解剖を担当したモニエ医師によれば、死因は殴打ではなく、その少しあとにナイフで二十一か所も刺されたことにあった。性的暴行の形跡は見られなかった。被害者は左手に灰色の布きれを握りしめていた。死亡推定時刻は発見のおよそ四十八時間前とされた。

被害者の身元はすぐ明らかになった。コルベイユ在住のマリーズ・ペラン。四日前に両親から捜索願が出されていて、友人も同僚もそれ以来姿を見ていなかった。マリーズは二十三歳の美容師で、レピュブリック大通り十六番地のアパルトマンを従姉妹のソフィー・ペランとシェアしていた。マリーズについて特に変わった証言は得られなかった。わかったのは毎朝バスでヘアサロンに通っていたこと、仕事振りがよかったこと、週末にはソフィーとおしゃれな街に繰り出していたこと、男友達も何人かいて、そのうちの数人とはベッドインしていたことなどで、要するにごく普通の若い娘だった。ところが七月八日の土曜日朝七時半に家を出たまま行方がわからなくなり、四日後に死体で発見された。しかも家を出たときは白いスカートとブラウス、ピンクのブルゾン、平底の靴という服装だったのに、発見されたときは灰色のドレスを着ていたのだ。この謎は解けなかった。なぜ殺されたのか、なぜセーヌ川のほとりなのか、この四日間にどこでなにがあったのか、まるでわからなかった。

この事件には、一見どうということはないが、よく考えると奇妙なことがいくつかあった。たとえば性的暴行を受けていないのもその一つだ。若い女性が暴力をふるわれて殺された場合、ほとんどは性的暴行も受けている。だがマリーズはそうではなかった。モニエ医師によれば、マリーズには直近の性交の形跡が見られなかった。正確な分析が不可能なほどなので、おそらく数週間はなかったと考えられる。その点は従姉妹のソフィーの二度目の事情聴取でも裏づけられた。マリーズはかなり前からつき合っていたボーイフレンドにふられ、それ以来数週間デートしていなかった。その元ボーイフレンド、郵便局員のジョエル・ヴェネッケルも尋問を受けたが、すぐに容疑が晴れた。

さらに奇妙なのが灰色のドレスだ。これについては捜査も長引いた。家を出てから殺されるまでに二日あったのだから、服装が変わっていても不思議ではない。しかしそれが一八六〇年代の裾の長いドレスだったとなると話は別で、これには憲兵たちも驚いた。いや、それもすぐにわかったのではない。アンティークだと判明するまでには時間がかかった。まずは両親と従姉妹がドレスなど着ているのはおかしいと主張した。マリーズはそんなドレスは持っていなかったし、好みでもなかった。一方、鑑識のほうは生地の損傷がはげしいことに疑問をもった。最長で二日間水に浸かっていたとしても説明がつかないほどだったのだ。そこで複数の服飾専門家に見せたところ、全員からアンティークだという答えが返ってきた。生地と仕立て方から十九世紀半ばにパリか、その周辺で作られたものと思われ、さらにボタンとレースの縁飾りからおそらく一八六三年——誤差三年——というところまで絞り込めた。

ではこのドレスの金銭的価値は？　三千ユーロという専門家の鑑定を見て、憲兵たちはますます首をかしげた。ずいぶん金のかかった犯行だ。三千ユーロもするアンティークの服を被害者に着せ、川に放置するとはどういうことなのか。犯人は価値を知らなかったのだろうか？

さっそく古物商や古着屋の調査が始まったが、人員の確保がネックになって捜査範囲は限られ、数週間経ってもなんの収穫もなかった。

このドレスに関してもう一つ奇妙なのは、「灰色のドレスを着た女性が殺された」という表現が正確ではなかったことだ。マリーズは殺害されたとき別の服を着ていて、死後およそ三十六時間経ってからドレスを着せられたことが明らかになった。しかも、犯人は死体を川に投げ捨てたというよりも、注意深くそこに置いたものと思われ、ドレスの折り目や、顔がどの程度泥にもぐるかまで計算されているように見えた。ハンマーで殴って殺しておきながら、その数十時間あとにそこまで細かい配慮をするとはいったいどういうことなのか。

これらの点について、当時捜査に当たった憲兵たちは戸惑うばかりだった。

その謎が今日ようやく解けたというわけだ。バランジェ教授が犯罪小説の古典的名作の一つに挙げていた作品、一八六七年に刊行されたエミール・ガボリオの『オルシヴァルの犯罪』にスポットが当てられたことによって、コルベイユ事件は謎でもなんでもなくなった。マリーズ・ペランも、この小説のなかで殺されるトレモレル伯爵夫人も、髪がブロンドで目が青かった。また殺され方、死体の状態、服装、左手で握りしめていた布きれに至るまで、すべてが小説と一致する。なかでも驚かされるのは、ドレスがまさしく小説の時代のものだったことで、このこだわりは尋常ではない。もはや疑いの余地はないとカミーユは思った。つまりこれが四つ目の事件だ。

「だが偽の指紋がないぞ」とル・グエンが言った。「なぜこのときは〝署名〟を残さなかったんだ?」

「〝署名〟するようになったのはグラスゴー事件から、ってことじゃないか? 理由は聞くなよ、おれにもわからん。その後は必ず署名しているとすると、二〇〇一年七月以降はグラスゴー、トランブレ、クルブヴォアの三件だけということになる。そう思うと少しはほっとするな」

「だとすれば、残る問題はこれから行われるものだけだ」とル・グエンが独り言のようにつぶやいた。

6

イレーヌは自分でハーブティーを淹れて飲んでいた。

居間の肘掛け椅子に座り、暗い窓をながめている。夕方から降り出した雨が雨脚を強め、早々に降り止むつもりはないという覚悟のほどを示していた。

二人は簡単な夕食を済ませたところだった。イレーヌはもうあり合わせの料理しか作らない。それはちゃんとした料理を作る元気が出ないからだが、それに加えて、毎日いつ食事できるのかわからないからでもあった。

「犯罪向きのお天気だわね」イレーヌが両手を暖めるようにティーカップを持ち、ぼんやりとつぶやいた。

「どうして？」

「さあ、なんとなく……」

カミーユは読みかけの『カラヴァッジョの謎』を持ってイレーヌのところまで行き、足元に腰を下ろした。

「疲れたの？」

「疲れたかい？」

二人同時に言った。

「こういうのなんて言うんだっけ？」カミーユが訊いた。

「知らないわ。テレパシーかしら？」

　二人はそれぞれに考え込んだ。

「すごく退屈してるんだろ？」

「ええ、さすがにね。時間が止まってるみたいで」

「明日の夜、気晴らしでもするか？　なにがしたい？」カミーユは半ば冗談で訊いてみた。

「子供を生みたい……」

「そりゃ救急箱がいるな」

　カミーユはまた本を広げてぱらぱらとページをめくった。カラヴァッジョの絵が次々と現れる。「マグダラのマリアの法悦」のページで手を止めると、イレーヌが少しかがみ込んでカミーユの肩越しに絵をのぞいた。マグダラのマリアが仰向けに体を反らせ、口を少し開き、両手を胸の下で組んでいる。赤みがかった長い髪が右肩から胸までかかり、服が乱れて左肩が露わになっている。カミーユはこのマグダラのマリアの女らしさが好きだ。それから数ページ戻って、「エジプトへの逃避途上の休息」でまた手を止めた。ここには聖母マリアが描かれている。

「同じ女の人？」とイレーヌが訊いた。

「どうかな」

　聖母マリアは赤ん坊のほうに身を傾けている。髪はさらに赤みが強く、緋色に近い。

「さっきの絵はオルガスム？」

「それを言うなら『聖テレジアの法悦』（ベルニーニの彫刻）だろう」

「どっちもきっとそうよ」

マグダラのマリアと、幼子を抱く聖母マリア。口には出さなかったが、カミーユにはどちらの絵の女もイレーヌに見える。背中に寄りかかったイレーヌは熱く、重かった。カミーユの人生にとってかけがえのない存在だ。肩越しに手を伸ばし、彼女の手を取った。

四月二十三日水曜日

1

表現のしようがない女性だった。美しくもなければ醜くもなく、年齢もよくわからない。服装も実用本位で素っ気ない。だが、子供のころの同級生のようにどこか懐かしい顔だ。それもそのはずで、クリスティーヌ・ルザージュは兄にそっくりだった。あの書店主を女にすればこうなる。クリスティーヌはカミーユの正面に座り、両手を膝の上で組んでいる。怖いのか、それとも困惑しているのかわからないが、とにかく手元に視線を落としている。これはひょっとするとどんでもなく頑固な女かもしれないとカミーユは思った。顔は瓜二つでも、意志の強さでは兄を超えているようだ。

だがその一方で、クリスティーヌにはどこか迷いも見てとれた。時折、ふいに途方に暮れたように目が部屋のなかをさまよう。

「ルザージュさん、今日お越しいただいた理由はご存じですね?」カミーユは眼鏡を机の上に置いた。

「兄のことで、と言われましたけど……」

初めて耳にしたクリスティーヌの声は細く、甲高《かんだか》いといってもいいほどで、相手の挑発に乗るまいとする緊張が表れていた。〝兄〟という言葉に込められたニュアンスも独特で、息子のことを訊かれた母親の口調を思わせる。

「そうです。お兄さんのことを調べています」

「兄は悪いことなどしていません」

「その点をはっきりさせるためにご協力いただきたいんです。いくつかの点であなたの説明が必要でして」

「言うべきことはすべて部下の方にお話ししました」

「ええ確かに」とカミーユは目の前に置いた書類を指さした。「しかしそこが問題で、あなたのおっしゃる〝言うべきこと〟とは、ほとんどなにも言わないという意味のようですね」

クリスティーヌはまた両手を膝の上で組んだ。事情聴取はこれで終わりという合図のつもりらしい。

「特に伺いたいのはスコットランド滞在の件です。ええ……」カミーユは眼鏡をかけてメモを見た。「二〇〇一年七月の」

「スコットランドには行っていません。滞在したのはイングランドです」

「本当に?」

「嘘だとおっしゃるんですか?」

「ええ、こちらはそう思っています。正確にいえば、お兄さんはずっとイングランドにいたわけではない、そうでしょう？ あなた方は七月二日にロンドンに着いた……そこはいいですね？」

「そうだったかもしれません」

「いや、そうなんです。そしてお兄さんは八日にロンドンを発ってエディンバラに向かった。つまりスコットランドです。航空券によればロンドンに戻ったのは十二日。違いますか？」

「あなたがそうおっしゃるなら……」

「お兄さんは五日間もロンドンを離れていたのに、それに気づかなかったとでもいうんですか？」

「八日から十二日でしたら五日間ではなくて四日間です」

「お兄さんはどこにいたんです？」

「今あなたがエディンバラとおっしゃいました」

「エディンバラでなにをしていたんでしょう？」

「古書の取引相手がいるんです。ロンドンと同じように。兄は機会があれば取引先を訪ねてまわっていて、つまり……商用です」

「それがサマヴィルさんですね」

「そうです」

「そこに少々問題がありましてね。今朝エディンバラ警察がサマヴィルさんに訊いたところ、お兄さんとは八日に会ったが、九日にはもう発たれたということでした。となると、九日から十二日までお兄さんはどこにいたんでしょう？」

カミーユはクリスティーヌが一瞬眉をひそめたのを見逃さなかった。まさか、そんなという反応で、どうやら初耳だったらしい。

「観光でしょう」とようやく言った。

「観光。なるほど、スコットランドですからね。荒地、湖、城、それに幽霊もいます」

「つまらない冗談はやめてください、捜査官」

「警部です。では、お兄さんはグラスゴーまで足を延ばしたかもしれませんね？」

「さあ、わかりません。グラスゴーまでなにをしに行くというんです？」

「たとえばグレース・ホブソンを殺すとか」

カミーユは反応を見るためにあえてぶつけてみた。こういう手が功を奏することもある。だがクリスティーヌは動じなかった。

「なんの証拠があるんでしょう？」

「グレース・ホブソンのことはご存じですか？」

「新聞で見ました」

「要点をまとめます。お兄さんはエディンバラに四日間滞在する予定でロンドンを離れたが、実際には一日しかいなかった。残りの三日間どこにいたかはあなたも知らない」

「まあそんなところです」

「〝まあ〟とは？」

「そうです。でも兄にはなんの問題も——」

「それはこちらが判断します。二〇〇一年十一月の話に移らせてください」

「それも部下の方にもう——」

「ええ、よくわかっています。ここでもう一度確認させてもらったら、それ以上は訊きませんから。十一月二十日のことを聞かせてください」

「あなたは二年前の十一月二十日になにをしたか覚えていらっしゃいます？」

「ルザージュさん、質問されているのはわたしではなく、あなたです。お兄さんのことですが、外出が多いようですね？」

「警部さん」わからず屋はこれだから困るという口調だ。「兄は商売をしております。古書や希覯本を買ったり売ったりするわけです。個人の蔵書を見にいってまとめ買いすることもあれば、鑑定を頼まれることもありますし、同業者との売り買いもあります。どれも店にじっとしていてできることではありません。ですから、ええ、兄は始終出かけています」

「ということは、いつどこにいるかよくわからない？」

クリスティーヌはしばらく黙っていた。どう切り抜けようか考えているようだ。

「これでは時間が無駄だと思いませんか？　もう少しはっきり言ってくださらないと」

「はっきりしていますよ。お兄さんは犯罪に関する情報をわれわれに知らせてきました」

「ですからそれは助けようとして――」

「頼まれもしないのに、自ら、寛大にも、クルブヴォア事件はブレット・イーストン・エリスの作品の模倣ではないかと知らせてくれました。そしてそのとおりでした」

「それが専門ですから」

「売春婦を殺すことが？」

クリスティーヌはさっと顔を赤らめた。

「証拠があるならおっしゃってください。でもあるなら、わたしはここに呼ばれていませんよね。もうよろしいでしょうか？」

そう言ってクリスティーヌは腰を上げかけたが、カミーユがなにも言わずにじっと見ていると、また力なく腰を下ろした。

「お兄さんの予定表も入手しています。几帳面な性格ですね。訪問や打合せなどがすべて細かく書き込まれています。今それをこちらで確認しているところで、過去五年にさかのぼって調べるつもりです。ところがですね、まだ着手したばかりなのに、すでに驚くほど多くの記載ミスが見つかっているんですよ」

「記載ミス？」クリスティーヌは明らかに驚いていた。

「ええ。たとえば、予定表ではあるところにいたことになっているのに、実際にはそこに行っていなかったとか、誰かと一緒だったと書かれているのに、その誰かとは会っていなかったとか。そんなわけで、疑問を抱かざるをえないわけです」

「どういう疑問でしょう？」

「その時間になにをしていたかです。誰かが二十四歳の売春婦を二つに切断した二〇〇一年十一月になにをしていたのか。今月初旬に誰かがクルブヴォアで二人の売春婦をばらばらにしたときなにをしていたのか。お兄さんは売春婦のもとによく通っていましたか？」

「あなたは……なんておぞましい」

「それを言うなら、お兄さんは？」

「兄についておっしゃりたいことがそれだけなら、わたしはもう」

「いやいや、ルザージュさん、それだけじゃないんです。金銭上の疑問もありましてね」

クリスティーヌは啞然とした顔でカミーユを見た。

「金銭上？」

「ええ、それもお兄さんのというより、あなたの……。お兄さんがあなたの資産を管理しているわけですから。そうですね？」

「わたしに〝資産〟なんかありません！」

クリスティーヌはその言葉を屈辱だと思ったようだ。

「しかし、株券に、賃貸用アパルトマンがパリに二つ、さらに立派な別荘もお持ちです。そうそう、その屋敷ですが、すでに警官隊が向かっています」

「ヴィルレアル（南西部《フランス》）に？　なんのためです？」

「死体を探しに。大男と小男です。その点はまた後ほど。それで、あなたの資産ですが――」

「管理は兄に任せています」

「そう、それですよ。遺憾ながら、賢明な判断だったとは言えないようで……」

クリスティーヌはカミーユを見つめたまましばらく動かなかった。その表情は硬く、胸に去来するものが驚きなのか怒りなのか疑いなのかわからない。だが結局は、意志の強さがすべてに勝ったようだ。

「兄がそれをどう使おうと、すべてわたしが了承していることですから。例外なく、すべてです」

2

「どうだ、なにか出そうか？」

「正直なところ見当もつかない。おかしな関係なんだ、ジャン、あの二人は」

ジェローム・ルザージュは背を伸ばして椅子に座り、明らかに意識して平静を装っていた。手玉にとられるつもりはないという意思表示だろう。

「ルザージュさん、つい先ほど妹さんと話をしました」

ルザージュは一瞬顔をしかめたが、姿勢は崩さなかった。

「なぜ妹と？」口調のほうも平静そのもので、メニューや時刻表について質問するのと同じだ。

「あなたを理解するためです。もっとよく理解したいからですよ」

「妹は徹底して兄を守ろうとしてる。二人のあいだにくさびを打ち込むのは難しそうだ」

「だろうな」とル・グエンが言った。「それがカップルってもんだ」

「かなりややこしそうなカップルだけどな」

「カップルってのはみんなややこしいんだ。おれのこれまでの結婚だって全部そうだったぞ」

「あなたの行動履歴がはっきりしなくて困っています。あなたをよく知る妹さんでさえ――」

「妹はわたしが話して聞かせることしか知りません」

ルザージュはそう言って腕を組んだ。どうやらそれはクリスティーヌが両手を組むのと同じで、この話はもう終わりだという合図らしい。そこでカミーユがあえて黙っていると、しばらくしてルザージュが言った。

「いったいわたしはなにを責められているのか、説明してもらえますか？」

「責めてなどいませんよ。犯罪捜査をしているだけです。何人もの死者を抱えているもので」

「そもそもあなたに協力したのが間違いでした」

「でもそうせずにはいられなかったんでしょう？」

「まあ……そういうことです」ルザージュはその答えに自分で驚いたようだった。「確かにあの事件の記事を読んでエリスの本にそっくりだと気づいたとき、誇らしく思いましたよ」と考え深げに言った。「だからといって、それで殺人犯にされてはたまらない」

「妹は兄を助けようとし、兄は妹を守ろうとしてる。あるいはその逆かもしれないが」

「で、カミーユ、こっちの切り札はなんなんだ？　なにがある？」

「まず、ルザージュの行動には穴がある」

「まずはスコットランド滞在の件を説明していただきたいんですがね」

「なにを知りたいんです？」

「二〇〇一年七月の九日から十二日までなにをしていたかです。エディンバラに八日に着いて、人と会ったところまではわかっています。その後の十二日までがわからない。なにをしていたんです？」

「観光です」

「それでそいつは〝穴〟を説明したのか？」

「いや、時間を稼いでる。こっちが証拠をもってるかどうか見極めようとしてる。証拠がないかぎり大したことはできないと知ってるんだよ。二人ともな」

「観光ですか。どこを？」

「あちこち見てまわりました。気の向くままに。誰もが夏休みにするように」

「しかし、夏休みの気ままな旅の途中で人を殺す人はあまりいませんが」

「わたしは誰も殺していない！」

ルザージュは初めて声を荒げた。それまで平静を保っていたのはカミーユへの軽蔑を表わすためでもあっただろう。だが殺人容疑をかけられたとなれば、もうそんなことは言っていられない。

「あなたがやったとは言っていません」

「口にしなくてもわかりますよ。あなたはわたしを犯人に仕立て上げようとしているんだ」

「ルザージュさん、本を書いたことはありますか？　小説は書かないんですか？」

「いいえ一度も。わたしは読書家であって、作家じゃありません」

「実に貪欲な読者ですね」

「それが仕事ですから。あなたは殺人犯と親しくしておられるようだが、それが仕事だから批判したりはしませんよ。わたしはね」

「しかし、これほどの想像力をもちながら小説を書かないとはもったいない。あなたの予定表はまるでフィクションじゃありませんか。なぜありもしない打合せや面会を予定表に書き込んでいるんです？　その時間をなにに使っているんです？　これほど多くの時間を」

「わたしにも時には息抜きが必要です」

「息を抜きすぎじゃありませんか？　会っていたのは売春婦？」

「たまにはね。あなただってそうじゃないんですか？」


「次に、金の使い道にも〝穴〟がある」

「大きい穴なのか？」

「コブがまとめてるところだが、何万ユーロという単位にはなる。ほとんどは現金で、ある時は五百ユーロ、またある時は二千ユーロといった調子で金が消えている」

「いつからだ？」

「少なくとも五年前から。それ以前は許可がないから調べられなくてね」

「で、それも妹は知らんのか」

「そうらしい」

「帳簿も調べさせてもらっていますが、そこにも妹さんが驚くようなことが――」

「妹を巻き込まないでくれ！」

そう言ったルザージュは、うっかり口走った自分に驚いて目を見開いていた。

「あいつは精神が不安定なんです」

「しっかりしているように見えましたが」

「夫が事故死してから鬱病になりましてね。だからパリに連れ戻したんです。正直なところ、わたしにとってもかなりの負担です」

「しかし金銭的には、その分の埋め合わせを十分に受けているんじゃありませんか？」

「それは妹とわたしの問題です。あなたは関係ない」

「警察に関係ないことなどあるとお思いですか？」

「それで、どこまで進んだ？」

「それがな、ジャン、また一つ問題が……」

「ルザージュさん、その件についてもまたあとで話しましょう。時間はたっぷりありますから」

「ここに長居するつもりはありません」

「それはあなたが決めることじゃありませんよ」

「弁護士に会わせてください」

「ええもちろん。では弁護士が必要だとお考えなんですね？」

「あなたのような人が相手では、誰だって弁護士が必要ですよ」

「もう一つだけ。未解決事件のリストをお送りしましたが、あなたの反応に驚きました」

「反応？」

「ええ、反応がなかったことに驚きましたよ」

「もう助けるつもりはないと言ったはずですが、いったいなにを期待していたんです？」

「たとえば……未解決事件の一つとジョン・D・マクドナルドの『夜の終り』が似ていることに気づくとか。でもこの本はご存じなかったんでしょうね」

「もちろん知っている！」とルザージュは声を張り上げた。「そしてその事件が小説と完全には一致しないことも知っていますよ。違いがありすぎる。残念ですがね」

「おお、では確認してくださったんですね？　それはそれは。しかしわたしには知らせないほうがいいと思った。残念です」

「もう二度も教えたじゃありませんか。そしたらこのざまだ。だからもう二度と――」

「でも記者には教えましたよね。サービス精神なんでしょうが」

「そのこともすでに説明しました。記者に話した内容は法に触れるようなものじゃない。もう帰らせてもらいます」

「もっと驚くのは」とカミーユは相手を無視して続けた。「あなたほど犯罪小説に詳しい方が、ガボリオの『オルシヴァルの犯罪』のような古典を見逃したことですよ！」

「わたしをばかにしていませんか？」

「とんでもない」

「ガボリオを見逃していると誰が言いました？」

「あなたが。なにも言ってこられなかったんですから」

「すぐに気づきましたよ！　いや、誰にだってわかります。あなたを除いてね。ほかにも気づいたことはありますが……」

「問題？　もう問題は出尽くしたんじゃないのか？」

「おれもそう思ってたよ。ところがそうじゃなかった」

「で、今度はなんなんだ？」

「気づいたこととは？」

「もう言いたくありません」

「それではこちらもますます疑うしかありませんね。すでにまずい状況に置かれていることがわかりませんか？」

「未解決事件のリストのことをぶつけてみた。あいつも最初は黙っていたんだが、誰にもプライドってものがあるからな」

「いったいなにを言いたくないんです？」

「言いたくないものは言いません」

「そんな……喉まで出かかってるくせに」カミーユはつついてみた。

ルザージュはカミーユを睨みつけた。明らかに軽蔑の目だ。

「未解決事件の一つ……若い女の死体が浚渫《しゅんせつ》クレーンのバケットのなかで発見された」

「それが？」

「ビキニの日焼け跡があったんじゃありませんか？」

「ええありましたが、なにを言いたいんです？」

「あれは……『ロセアンナ』ですよ」

3

環状線《ペリフェリック》、高速道路、幹線道路、運河。こうした都会の大動脈には悲劇、悪事、事故、死がつきものだ。そこではなにもかもが動いていて、とどまることがない。そこでなにかが落とされても、川に投げ入れるのと同じでいつのまにか消えてしまう。どんなものが落とされるかというと、靴、金属板、服、札束、鉛筆、段ボール箱、犬の餌皿、ドラム缶等々。

時には死体まで。

二〇〇〇年八月二十五日。この日は土木課がウルク運河の浚渫工事をする予定だった。河底の土砂を浚って台船に積み込む作業だ。朝から準備が始まると、近くの水閘門《すいこうもん》の上で近所の人や通行人、釣り人などが足を止め、見物しはじめた。

十時半、クレーンのエンジンがうなり、黒煙を吐き出した。台船は死んだ魚のように運河の中央に浮いている。数分後、クレーンが位置に着いた。現場監督のリュシアン・ブランシャールはクレーンの近くに立ち、運転士に始めろと手で合図した。そして運転士がレバーを操作すると、乾いた金属音とともにアームが動きだし、バケットが上がって水閘門のほうに近づいてからゆっくりと水面へ下りていった。

だが一メートルも下りないうちに水閘門の上の十数人の見物人が騒ぎだした。バケットのほうを指さしながら口々になにか言っている。なかには手を大きく振りながらこちらに向かって叫ぶ人もいる。そしてバケットが水面に触れるとその叫びが大きな悲鳴に変わった。ブランシャールはわけがわからないまま機械を止めさせ、バケットは半ば水に浸かった状態で止まった。だが水閘門までは少し距離があり、人々がなにを叫んでいるのかわからない。すると一人の男が両手を前に出し、物を引き上げるジェスチャーを始めた。どうやらバケットを上げろと言っているようだ。

ブランシャールは苛立ち、煙草を投げ捨てた。こんなふうに工事を邪魔されるのは初めてのことだった。だがそれに腹が立ったというより、こういうときどうすればいいのかわからず、うろたえている自分に腹が立ったのだ。見ると、今や水閘門の上では全員が上げろ上げろと同じジェスチャーをしている。仕方がないので運転士に指示してアームを上げさせた。水から出たバケットが台船のほうに戻ってきて止まった。ブランシャールは前に出て、運転士に手で合図しながらバケットのなかが見えるまでアームを下げさせた。そしてひと目見て、とんでもないことになったと血の気が引いた。バケットの底に、半ば泥に覆われた状態で裸の女が横たわっていた。

当初の検死報告を見ると、被害者は二十五歳から三十歳のあいだとされている。美人だったのかもしれないが、写真からはもうわからない。カミーユは十二枚の大判の現場写真をデスクに並べた。

よく見ると、生前も取り立てて美人というほどではなかったようだ。また全身のバランスが悪く、腰は大きいが、胸は小さく、足も華奢《きゃしゃ》だ。肌が日焼けしていて、その跡からビキニを着て日を浴びていたと思われる（その後の皮膚の分析で太陽によるものではないとわかった）。どこかで暴力をふるわれた形跡はないが、ウエストから腰骨のあたりまで切り傷が走っている。どこかで引きずられてできた傷だろうか？　顔は水分の多い泥に浸かっていたためふくらんでいるが、眉が濃く、口がやや大きいのが特徴で、髪はセミロングで黒っぽい。

その後マレット警部補が率いた捜査の結果、被害者は倒錯的なレイプのあとで絞殺されたとわかった。レイプはかなり暴力的なものだったと考えられるが、体に目立つ損傷はなかった。

カミーユは時間をかけて事件簿を読み進めた。途中で何度も顔を上げ、情報を頭にたたき込んでから先に進んだ。どこかでなにかにスイッチが入ることを期待してのことだったが、なにもひらめかない。ただ陰鬱な事件だというだけで、犯人についてはなんの情報もない。

解剖報告書を読んでもなお、カミーユが思い描く被害者像は漠然としたままだった。二十五歳前後、身長百六十八センチ、体重五十八キロ。日焼けの跡からわかったのはビキニを着て、サングラスをかけ、ビーチサンダルを履いていたこと。煙草は吸わない。出産や中絶の経験なし。身ぎれいにはしていたが、特におしゃれに気を配っていたとは思えない。身に着けていた装飾品を犯人に奪われたといった形跡はなく、マニキュアも塗っていないし、化粧もしていない。最後に食事をしたのは死亡推定時刻の六時間前で、食べたのは肉、ジャガイモ、イチゴ。また牛乳をたっぷり飲んでいた。

死体は発見されるまで十二時間ほど半ば泥に浸かっていた。当時の刑事たちが首をかしげたのは次の二点で、いずれも答えがわからずじまいで終わっている。どちらも〝不条理〟の九件の要点を抜き出したときにルイがメモしていたものだ。一つは死体を覆っていた泥。死体がバケットに入れられたのは浚渫工事が始まる前で、また死体が発見されたときバケットは水に浸かったものの、河底には達していなかった。それにもかかわらず泥で覆われていたということは、犯人がバケットのなかに死体を置いてから、わざわざ泥をかけたとしか考えられない。いったいなんのためにそんなことをしたのか、マレット警部補には見当もつかず、報告書もこの点を強調するだけで終わっている。

確かにこの現場の状況は奇妙で、犯人の行動は理解不能だ。まず死体をバケットのなかに入れ(報告書によれば、バケットは高さ一・三メートルほどのところにあった)、それから運河の泥を自分ですくってきて(泥は間違いなくウルク運河のものだった)死体にかけたことになるのだから。量から見て、バケツのようなものを使ったとすれば何度もすくい上げなければならなかっただろう。カミーユはそのあたりを想像し、背筋に震えを感じた。小説の模倣以外に、このような行動を説明できる理屈があるだろうか?

刑事たちを戸惑わせたもう一つの点は、被害者の体に残されていた痣状の印だった。それほどめずらしくない母斑のように見え、現に現場での検死ではそう思われていた。だがその後の司法解剖で偽物だとわかった。直径二センチほどの茶色い染みなのだが、アクリル絵の具と筆を使って丁寧に描かれたものだったのだ。形はほぼ楕円形で、動物のようにも見える。当時の刑事たちは豚だとか犬だとか言い、なかには動物に詳しい刑事もいて、イボイノシシだと言っていた。カミーユが注目したのは、その染みが絵の仕上げに使われる乾燥促進剤《シッカチーフ》入りの透明ニスで覆われていたことだ。カミーユは油彩に移る前にアクリル絵の具で描いていた時期があり、今でもこのニスの匂いを覚えている。快とも不快とも言えないきついシンナー臭で、注意書きにあるように、長時間吸っているとひどい頭痛に襲われる。犯人がこのニスを使った理由は明らかで、死体が水に浸かっても描いた母斑が消えないようにするためだ。

結局、被害者の身元はわからずじまいだった。行方不明者のデータベース検索も、被害者情報の積極的な提供も結果に結びつかなかった。犯人探しも暗礁に乗り上げ、マレット警部補は数少ない手がかりに望みをかけたが、絵の具もニスも簡単に手に入るもので特定のしようがなかった。バケットのなかの泥の謎も解けず、事件は証拠不十分で事実上迷宮《おみや》入りとなっていた。

4

「おい、こりゃなんて読むんだ？」ル・グエンが眉間に皺を寄せて『ロセアンナ』の著者名を指さした。

シューヴァルとヴァールーと読むのだが、カミーユは無視して本を開き、いきなり朗読しはじめた。

「二十三ページ（仏語版）。《絞殺による死か、とマルティン・ベックは考えた。（……）何枚かの写真を順番に見ていった。写っていたのは、水の溜まった閘門、浚渫機械、クレーンの先についているバケット、埠頭でシートの上におかれた死体、そしてモルグの台の上におかれた死体だった。（……）目をつぶると、写真で見た娘の姿が浮かんできた。一糸まとわぬ裸で放り出された哀れな姿。狭い肩幅、そしてのどに張りついていた一筋の髪の毛。（……）身長は百六十七センチ、灰色っぽい青い目、髪の毛はダークブラウン。歯は虫歯一本なく完璧で、体に手術の跡も傷もない。ただ一つの例外が左腿の内側にある母斑で股から四センチか五センチのところにある。茶色でおよそ十ウーレ硬貨の大きさ、楕円形で子豚のような形だ。》」

「なるほどな」とル・グエンがうなずいた。

カミーユは朗読を続けた。

「《死の五、六時間前に食事をしている。肉、ジャガイモ、イチゴ、牛乳が胃から検出されている》それから前のほうに戻って、ここだ。《それは女だった。防波堤の先端で、たたんだビニールシートの上に横たえられた。その周りを》……。いや、ここじゃなくて、もう少し先だ。《女は素裸で、装身具もいっさい身につけていなかった。胸と腰回りが日に焼けていないことから、おそらくふだんからビキニ姿で日光浴していたものと推察された。大きな腰部に、しっかりした脚が続き》……」

5

ルイとマレヴァルが協力して、ウルク運河事件に関するあらゆる情報を総ざらいした。捜査が行き詰まった原因の一つは被害者の身元がわからなかったことにある。だが各種記録や国外も含めたデータベースへの照合など、あらゆる努力がなされていた。カミーユは部屋の奥でモニターに半分隠れたコブの姿をながめながら、これほどの情報社会にあって、一人の若い女性が完全に消え失せるという不思議について考えずにはいられなかった。台帳だの名簿だの帳簿だの、現代人の暮らしの重要な側面は必ずどこかに記録される。通話や移動や支払いといった日常の行動でさえ追いかけることができる。それにもかかわらず、突発的な出来事や思いがけない偶然によって、あらゆる記録から消えてしまう人々がいる。それは考えてみれば、奇跡にも等しいのではないか。二十五歳の女性なら両親も友人も恋人も職場の上司もいただろうに、忽然《こつぜん》と消えたまま捜索願も出されていない。一か月連絡がなくても友人の一人も心配せず、旅から一年戻らなくても恋人がなんの心配もせず、葉書の一枚もこないのに、あるいは留守電にメッセージを入れてもかかってこないのに両親が心配しないとしたら、それは殺される前からもう死んでいたようなものだ。社会から孤立していたのか、孤児だったのか。それとも逃げまわっている無法者？　この世に腹を立ててすべての縁を断ち切った人間？　女は自分が死ぬ以前に、周囲の人々を心のなかで殺してしまっていたのだろうか。

ルイがチームのためにと、フリップチャートに一連の事件を書き出してくれていた。その必要はなかったかもしれないが、ここ数日のめまぐるしい展開で頭が混乱しそうなのは確かだ。

遺体発見日＝二〇〇〇年七月十二日
場所＝コルベイユ
小説＝エミール・ガボリオ『オルシヴァルの犯罪』
被害者＝マリーズ・ペラン（二十三歳）

遺体発見日＝二〇〇〇年八月二十五日
場所＝パリ・ウルク運河
小説＝シューヴァル＆ヴァールー『ロセアンナ』
被害者＝身元不明の女性（二十五歳前後）

遺体発見日＝二〇〇一年七月十日
場所＝グラスゴー
小説＝ウィリアム・マッキルヴァニー『夜を深く葬れ』
被害者＝グレース・ホブソン（十九歳）

遺体発見日＝二〇〇一年十一月二十一日
場所＝トランブレ

小説＝ジェイムズ・エルロイ『ブラック・ダリア』
被害者＝マヌエラ・コンスタンツァ（二十四歳）
その後事件に関連して死亡？（未発見）＝アンリ・ランベール、ダニエル・ロワイエ

遺体発見日＝二〇〇三年四月七日
場所＝クルブヴォア
小説＝B・E・エリス『アメリカン・サイコ』
被害者＝エヴリン・ルーヴレ（二十三歳）、ジョジアーヌ・ドゥブフ（二十一歳）
その後事件に関連して死亡＝フランソワ・コッテ

「ヴィルレアルのルザージュの別荘ですが、まだなにも見つかりません」ルイが報告した。

「派遣された警官隊はまず庭をざっと調べたものの、広大な庭園だそうで、本格的に調べるには何か月もかかると言ってきています」

「クリスティーヌ・ルザージュは自宅に送っていきました」とマレヴァルが言った。

「よし」


重大な局面を除き、エリザベスはちょくちょく抜け出して煙草を吸いにいく。フェルナンも少し前にふらつく足取りをごまかしながら出ていった。この時間に出ていくとだいたい戻ってこない。だがアルマンは苛立つ様子もない。封を切ったばかりの煙草を一箱、フェルナンから

くすねてあるので、次の補給まで余裕があるのだ。

マレヴァルとメフディ、ルイとエリザベスがそれぞれ組んで、これまでに入手できたジェローム・ルザージュの情報と五つの事件の情報の突き合わせを始めていた。マレヴァルの組が行動履歴、ルイの組が金の動きを追っている。マレヴァルとメフディはそれぞれ携帯を手に、身を寄せ合ってモニターをのぞき込み、ルザージュの取引先の連絡先を見つけては片っ端から電話するという方法をとっていた。この二人はネット世代なので、手書きのメモなどほとんどとらない。

アルマンはほかのメンバーからの情報を踏まえて、コブにも手伝ってもらいながら、改めて五つの事件の詳細を洗い直していた。そのコブはというと、チーム全員の要望に応えようと奮闘し、同時進行で複数の作業をこなしている。すでに三台目のコンピューターを自分用に確保していたが、自分のデスクに載らないので、数分おきに立ち上がっては三台目のところに行ってコマンドを入力している。

どの組の作業も何時間もかかるややこしいものだが、明日の尋問が成功するかどうかはひとえにその出来にかかっている。ルザージュと五つの事件をつなぐ材料が多ければ多いほど、カミーユはルザージュに圧力をかけやすくなるし、自白に追い込める可能性が高くなる。

「金銭面ですが」ルイがテーブルの上に両手を置き、それぞれのファイルを指さしながら言った。「預金の引き出し回数は多いものの、日付は事件と直接結びつくものではありません。そこで、それぞれの犯行の準備にどの段階でどの程度の額が必要だったかを見積もろうとしています。並行して、怪しい払い出しと預け入れをすべて抜き出してリストにしています。しかしルザージュの場合、収入経路が多岐にわたっているのでかなり厄介です。株の売却もあり——これは譲渡益がつかめませんし——書店での現金販売、あるいは同業者からのまとめ買いや個人の蔵書を丸ごと買い取った場合の再販、さらにオークションでの販売もあります。支出のほうはもっと複雑で……金融犯罪捜査部の助けが必要になるかもしれません」

「わかった。ル・グエンに電話して、デシャン判事に話を通しておいてもらう」

「予定表のほうですが」次はマレヴァルが報告した。そのあいだもメフディは携帯にしがみついている。「一部はかなり前のもので、相手に古い手帳や予定表を探してもらい、確認後に電話をかけ直してもらうという作業になっています。かったるいですよ。しかも……」

マレヴァルの報告の途中でカミーユの電話が鳴った。

「ル・グエン部長から電話をもらったところです」デシャン判事だった。「ウルク運河の事件ですが」

「はい、被害者の身元がわかっておらず」カミーユが先に言った。「それがネックになっています」

二人は今度どう進めるかについて数分言葉を交わした。

「案内広告を介してのやりとりはもう長くは続かないでしょう」カミーユはきっぱり言った。「犯人は今、注目を浴びるという長いあいだの夢をかなえ、それを満喫しているはずです。ですがわたしが思うに、次の広告にはもう答えてこないでしょう」

「なぜそう思うんです？」

「まずは勘ですが、理屈から考えてもそうです。この犯人の過去の犯行はこれですべて暴かれたとわたしは思っているんですが、だとすると、彼にはもう説明することがなくなります。それに、このやりとりが当たり前になってしまえば、犯人はあきるでしょうし、警戒もするでしょう。同じことの繰り返しにはリスクが伴いますから」

「とはいえまた新たに事件が見つかったわけですし……どう動きます？　明日の朝にはまた新聞がわたしたちを責め立てるでしょうし」

「責められるのは主にわたしですよ」

「メディアが責めるのはあなたかもしれませんが、わたしには司法省もありますから。どちらも厄介なのは同じでしょう」

デシャン判事の口調はだいぶ変わってきていた。事件が難航すればするほど態度が和らいできているのだから、おかしな話だ。もちろんカミーユにはいい徴候とは思えなかった。帰る前にひと言ル・グエンにそのことを話そうと思い、頭にメモした。

「ところで古書店主のほうはどうです？」

「妹のクリスティーヌ・ルザージュは必要なアリバイをすべて自分が引き受けるつもりのようです。明日の尋問に備えて今チーム全員で準備しているところです」

「警察留置は二十四時間ぎりぎりまで使うつもりですか？」

「ええ、できれば延長もお願いしたいと思っています」

「今日も長い一日でしたが、明日はもっと長くなりそうですね」

カミーユは腕時計を見た。そのとたんにイレーヌの顔が浮かんだ。

四月二十四日木曜日

1

ル・マタン紙。

犯罪捜査部は大混乱
〝小説家〟の新たな二作品が判明

警察は〝小説家〟に振りまわされている。

今月六日にクルブヴォアで二人の女性を殺害した犯人は、二〇〇一年十一月にトランブレで起きたマヌエラ・コンスタンツァさん殺害事件の犯人でもあることがすでに明らかになっている。また十日ほど前には、同年七月にグラスゴーで女子高校生が殺害された事件も同じ犯人によるものだとわかった。この時点ですでに被害者は四人になっていた。

そして今日、新たに二つの事件が明るみに出た。一つは二〇〇〇年七月に二十三歳の美容師が二十か所以上を刺されて死亡した事件で、これもどうやらミステリの古典、エミール・

ガボリオの『オルシヴァルの犯罪』の緻密な再現らしい。なんと十九世紀の小説である。もう一つは同年八月に若い女性が強姦のうえ殺害された事件で、これもまたミステリ、シューヴァル&ヴァールーの『ロセアンナ』の再現らしい。

これで合計五冊の本が凶悪な殺人計画の題材として使われたことになる。そして六人の若い女性が〝小説の再現〟の犠牲となり、六人とも陰惨を極める舞台演出の下で被害者を演じさせられ、悲惨な死を迎えた。

一方、警察は次々と明るみに出る事実になすすべもなく、藁《わら》にもすがる思いで雑誌の案内広告にしがみつき、犯人と連絡をとろうとしている。最新の広告は《あなたのほかの作品は?》というもので、これを見ると捜査班が犯人に称賛を送っているようにも思えるのだが、いったいどういうことなのか。

新たな動きもあり、今のところ最有力容疑者とされているパリの古書店主、ジェローム・ルザージュ氏が昨日から警察に留置されている。妹のクリスティーヌ・ルザージュさんも昨日事情聴取を受けたが、突然の兄の留置に愕然とし、怒りを込めてこうコメントした。「兄は警察がまだなんの手がかりもつかめていなかったときに助けたんですよ。その報酬がこれだなんて! なんの証拠もない不当逮捕です。弁護士はただちに釈放するよう求めています」

実際この〝便利な〟容疑者に対して、警察は確たる証拠を一つも手にしていないようだ。些細な状況証拠を積み上げただけで逮捕に踏み切ったようで、これでは次に誰が容疑者にされてもおかしくない。

何件の犯行が未発見のまま埋もれているのだろうか？　犯人逮捕までに、あと何人の罪のない女性が暴行され、強姦され、無残にも殺されるのだろうか？

誰もがこうした疑問を抱き、不安を覚えざるをえない。

2

ジェローム・ルザージュは今日も落ち着きを保っていたものの、昨夜は一睡もできなかったようで、顔色が悪く、少し前かがみになっていた。体をこわばらせてじっと机を見つめ、密かな震えを隠すために両手を握りしめている。

カミーユはその向かいに座り、机の上にファイルと記号のようなメモを一枚置いた。自分にしかわからないように書いたものだ。

「ルザージュさん、あなたのここ数か月の予定表を細かく調べさせてもらいました」

「弁護士を呼んでください」ルザージュは断固たる口調で言ったが、その声もかすかに震えていた。

「まだだめです。昨日もご説明したと思いますが」

するとルザージュは覚悟を決めたのか、戦ってやるという目でカミーユを睨みつけた。

「いいですか、ルザージュさん、これを全部説明してくれたら」カミーユは平手でファイルをたたいた。「すぐに帰れるんですよ」

そして眼鏡を押し上げた。

「まず行動履歴です。ここ数か月の例をランダムに拾ってみましょう。十二月四日、あなたは同業者のペリシエさんとパリで会ったことになっています。しかしペリシエさんはこの日パリにいませんでした。そして十二月十七日から十九日、あなたはマコンで開かれた古書のオークションに出かけたことになっています。しかしあなたは出品もしていないし、入札に必要な登録もしていないし、会場であなたを見かけた人もいませんでした。一月十一日、バトルマン夫人の家に蔵書の鑑定に行ったことになっています。しかし夫人はあなたに来てもらったのは十六日だと証言しています。それから一月二十四日から四日間、あなたはケルンの古書見本市に行っていたことになっています。しかしケルンに足を踏み入れた形跡はまったくありません。さらに――」

「それは……」

「なんです？」

ルザージュがまた手元に視線を落としたので、カミーユはあえて無関心を装ってメモに集中するふりをした。そして頃合いを見て顔を上げると、ルザージュは別人のようになっていた。自信とうぬぼれの仮面が剝がれ落ち、疲れ果てた顔がむき出しになっていた。

「妹のために……」とつぶやいた。

「妹さんのために？　あなたは妹さんのために仕事であちこち出かけるふりをしていたということですか？」

ルザージュは小さくうなずいた。

「なぜです？」

ルザージュは答えない。カミーユはしばらく待ったが、それでも返事がないので、わずかに開いた隙間にこちらから踏み込んだ。

「あなたの居所がわからない日時は不規則ですが、かなり頻繁です。しかも困ったことに、若い女性たちが殺された日時とも重なります。ですからこちらも質問せざるをえないわけです」

カミーユは少しルザージュに考える時間を与え、また続けた。

「さらに、かなりの金額が使途不明で、その時期も計画殺人の準備期間とほぼ重なります。たとえばこの二月と三月、妹さんから管理を任されている金融資産のなかから、あなたは一部の株券を売っていますね。株の運用実態を調べるのに少々手間取りましたが、とにかく最低でも四千五百ユーロ相当の株を売っています。これをなにに使われました？」

「個人的なことだ！」ルザージュは急に顔を上げて嚙みつくように言った。

「こうした金額が消えていった時期と、金のかかった連続殺人の準備期間が重なっている以上、もはや個人的とは言えません。おわかりですよね？」

「わたしじゃない！」ルザージュは叫び、拳で机をたたいた。

「でしたら説明してください。あなたがどこにいたのか、なにに金を使ったのか」

「立証責任があるのはそっちであって、わたしじゃない」

「判事の意見を訊いてみましょうか？」

「わたしは妹に……」

「妹さんに？」

ルザージュはもはやもてるかぎりの忍耐を使い果たしたようだった。

「あなたは妹さんに、自分が見かけほど働いていないことを知られたくなかった。彼女の資産に手をつけていることも。そういうことですか？」

「あいつを巻き込まないでくれ。精神がひどく不安定なんだから、放っておいてくれ！」

「だから妹さんになにを知られたくないんです？」

それでもルザージュは答えなかった。カミーユは長いため息をついた。

「ではもっと続けましょうか」カミーユはうつむいたまま目を上げ、眼鏡の上からルザージュの顔を見た。「グレース・ホブソンがグラスゴーで殺された日、あなたにはアリバイがありません。前日にエディンバラにいたことは確認されていますが、翌日ロンドンに戻っていない。エディンバラからグラスゴーはほんのひとっ飛びです。そしてちょうどグレース・ホブソンが――」

そのときふいにルイが耳元でささやいた。なんの音も立てずに入ってきていたので、カミーユはそれまで気づかなかった。

「ちょっと出てもらえますか？　緊急の電話が入っています」

カミーユはゆっくり立ち上がり、うつむいたままのルザージュをじっと見た。

「ルザージュさん、これらの疑問に全部はっきり答えてもらいますよ。それも早いに越したことはない。答えないなら、もっと私的な問題を取り上げさせてもらいますからね」

3

イレーヌはマルティール通りで転んだ。歩道を踏みはずしたのだ。通行人がわっと駆け寄ってきた。イレーヌはだいじょうぶですと言いながら、歩道に横になったまま両手で腹を押さえ、息を整えようとした。近くの肉屋兼惣菜屋の主人が救急車を呼んでくれた。イレーヌは店内に運ばれ、椅子に座らされた。店のおかみさんが客や野次馬をつかまえて、なにが起きたかまくし立てている。だがイレーヌ自身には転んだときの記憶がなかった。ただ得体のしれない不安と鈍い痛みが全身に広がりつつあった。

「イヴォンヌ、ちょっと黙ってろって。もううんざりだ」店の主人が繰り返し言っている。

誰かがオレンジジュースを持ってきてくれたが、イレーヌは飲むこともできず、聖遺物かなにかのようにただ両手で持っていた。

ようやく救急隊員が来て、担架に乗せてくれた。担架は人だかりを縫うようにして救急車まで移動した。

カミーユはモンタンベール病院の三階まで一気に駆け上がり、息を切らして病室に飛び込んだ。

「だいじょうぶか?」

「転んだの」

　イレーヌはそれしか言わなかった。その事実をまだ頭が受け入れていないようだった。

「どこか痛むか？　医者はなんと言った？」

「転んじゃった」

　こちらを見上げたイレーヌの目から涙がこぼれた。カミーユはイレーヌの手を取って握りしめた。そのイレーヌの顔が、夢のなかに出てきて「この子のせいでわたしが痛い思いをしてるのがわからないの？」と言うときのイレーヌにこれほど似ていなければ、カミーユも泣いていたかもしれない。

「痛いのか？」カミーユは何度も訊いた。「つらいのか？」

　イレーヌはもう片方の手を腹に当てて泣きつづけた。

「注射を打たれたわ」

「まずは休むことですね。ショックを受けたんですよ」と声がした。

　振り向くと、医学部一年生かと思うような医者が立っていた。小さい丸眼鏡をかけ、髪は伸び放題、口の片端だけ上げて笑っていて、背だけ大きくなったティーンエイジャーといったところだ。その医者がカミーユに代わってベッドの横に立ち、イレーヌの手を取った。

「ゆっくり休めばすぐ元気になりますよ」

「はい」イレーヌは涙を溜めた目でようやく微笑んだ。「そうします」

「あなたはちょっと転んだだけです。でもそれでびっくりしてしまった。そういうことです」

　カミーユはベッドの足元に追いやられ、自分だけ除《の》け者にされたように感じた。そのせいで喉まで出かかった質問をのみ込まざるをえなかったが、医者が続けてこう言ったのでほっとした。

「赤ん坊はこの騒ぎがあまり好きではなかったようです。それで今少し居心地が悪いだけですよ。いったいどうなっているんだろうと知りたがっているかもしれない」

「本当に？」

「ええ、そう思います。もしかしたらあわてて出てこようとするかもしれません。一、二時間様子を見ればそれもわかるでしょう」そして微笑みながら言った。「もう赤ん坊の部屋は用意できてますか？　だといいんですが」

イレーヌは心配そうに医者を見上げた。

「この子はだいじょうぶなんでしょうか？」

「予定日より三週間早いだけですから、なんの心配もいりません」


ルイがエリザベスに電話をかけ、カミーユの自宅に来るように言ってくれた。そして二人は申し合わせたかのように同時にやってきた。

「それで」とエリザベスがにっこりした。「いよいよパパになるんですか？」

だがカミーユはまだ足が地に着いていなかった。自分でも滑稽だと思いながら寝室と居間のあいだをうろうろし、イレーヌのために必要なものを集めようとするのだが、すぐまたそれをどこかに置き忘れてしまい、なにがなんだかわからなくなっていた。

「わたしがお手伝いします」とエリザベスが言い、ルイは郵便物を取ってきますと下におりていった。

エリザベスは少々のことでは動じないし、しかも手際がいいので、すぐにイレーヌの小型スーツケースを見つけだした。カミーユが開けてみると、もうすっかり入院に必要なものが詰めてあった。イレーヌは自分で準備していたのだ。カミーユは驚いたが、いや待てよ、イレーヌのことだからそのことを自分に言っただろうし、「ほらこのスーツケースよ」と場所まで示したのではないかという気がしてきて、ますます落ち着かなくなった。

エリザベスが中身を確認し、カミーユに質問しながらアパルトマンのなかを歩きまわって二、三の品を追加した。

「はい、これで準備できました」

「助かった……」カミーユは息を吐いてソファーに座り込んだ。そしてエリザベスに感謝の目を向け、ぎこちなく微笑んだ。「ありがとう。さっそく病院に持っていくよ」

「エリザベスに届けてもらってはどうでしょう？」

郵便物を抱えて戻ってきたルイが言った。その手には一通の手紙が握られていた。

4

拝啓

またあなたの広告を目にするとは、なんと喜ばしいことでしょう。

《あなたのほかの作品は？》とお尋ねですね。もう少し気の利いた質問がくるかと思っていましたが、まあいいでしょう。いえ、文句を言っているのではありません。誰もあなた以上のことはできませんよ。

とは言いながら、今回の質問はやや見え透いていますね。実に単純だ。でも余談はここまでにしましょう。念のために言っておきますが、わたしがこれから説明するのはあなたがすでに見つけた事件だけです。そうでなければ面白くありません。お楽しみはとっておくべきですからね。

というわけで、グラスゴーです。取り立てて質問に書かれていなくても、あなたがこの事件のことを聞きたくてうずうずしていることはわかっています。ですがこれはかなり単純な仕事でした。ほとんどの部分、マッキルヴァニーのこの名作に素直に従うだけで、洗練された――とあなたも思ったでしょう――〝作品〟に仕上がったからです。この小説はグラスゴーという町、そして現実の事件から発想を得て書かれたもので、そこに回帰します。文学と現実を結びつける輪――それこそわたしのテーマですからね。

グレース・ホブソンを見つけたのはクラブの前で、わたしはそこにレンタカーを停めていました。ひと目見て決めました。あどけなさが残る顔立ち、細いながらもいずれ肉付きがよくなるとわかる腰。まさに悩ましくもノスタルジックな町グラスゴーの化身です。もう時間も遅く、人通りも絶えて久しいころに、彼女はふらりと一人で歩道に出てきました。不安気な顔で、苛立ってもいるようでした。それにしてもあんなにうまく事が運ぶとは意外でした。当初の計画ではまず跡をつけ、通る道や習慣を確認して、それからさらうつもりでした。グラスゴーに長居するつもりはありませんでしたが、それでもヒロインが簡単に手に入るとは思ってもいませんでした。わたしはグラスゴーの地図を持ってすぐ車を降り、適当な場所を考えて彼女にそこまでの道を訊きました。たどたどしくてチャーミングな英語を使い、ぎこちない微笑みも添えました。そこはクラブの前でしたから、ぐずぐずしてはいられません。そこで、彼女の説明を聞きながら流暢な英語についていけないふりをし、車のほうに招きよせ、ボンネットの上に地図を広げてこれで説明してほしいと頼んだんです。そしてグローブボックスからペンを取り出すのを口実にドアを開け、そのままにしておいて、タイミングを見計らって彼女を抱き寄せ、クロロフォルムを嗅がせました。数分後にはもう車で人気《ひとけ》のない町を走っていました。わたしは慎重に運転し、彼女は安らかに眠っていました。この仕事では予定になかったこともしました。レイプする場所を車の後部座席にしたことです。彼女のなかに入ったとき、小説にあるように彼女がはっと目を覚ましたので、もう一度眠らせなければなりませんでした。そしてそのままの状態で、つまり挿入したまま首を絞めました。わたしたちは性的快楽と死をともに分かち合ったのです。あなたもご存じのように、それは結局のところ同じものですからね。

必要な道具を取りに一度ホテルに戻りました。ショーツを現場に残さないこともちゃんと頭にありました。

スコットランドのご同僚から、わたしが演出したあのケルヴィングローヴ公園の現場写真を見せてもらっていますよね？　自慢するわけじゃありませんが、グラスゴーに生きたウィリアム・マッキルヴァニーはわたしのことを誇りに思っているでしょう。そしてその誇りは、わたしの敬慕の情と釣り合うほどのものかもしれません。

『夜を深く葬れ』は初めてわたしが〝署名〟した作品です。警察がまったく理解してくれないので、うんざりしてしまったんですよ。誰かに気づいてもらうにはこの仕事とその後の仕事を結びつける印が必要でした。それでいろいろな方法を考えてみましたが、偽の指紋を残すというのがいちばんいいと思いました。あのときすでに、まだ自分にできるかどうか自信がなかったとはいえ、近々エルロイの小説も取り上げたいと思っていて、そこには指紋が出てきますからね。明確な印、つまり署名を残せば、たとえ警察が無理でも（正直なところ、あなたを例外として、連中はあまりにも鈍感で無教養です）、せめて芸術愛好家やミステリ愛好家がわたしの芸術に気づき、その真価を認めてくれるのではないかと考えたわけです。それに、グレース・ホブソンの足の指に残された指紋は、わたしがケルヴィングローヴ公園で再現したあの見事な光景を引き立てこそすれ、損なうことはありません。あの現場では、すべてがあるべきところにありました。考えうる最高の出来だったと思っています。

スウェーデンの傑作のほうにも気づいたようですね。『ロセアンナ』は衝撃的な作品でした。ですからあの作家コンビのほかの作品も読んでみましたが、残念ながらくらくらするような感動は二度と得られませんでした。

あの本のどこがそれほど魅力的なのか。これもまた大きな謎です。ウルク運河の水のように動きの少ない小説で、大したことは起きません。むしろ忍耐を強いられる本です。刑事のマルティン・ベックは陰鬱なのに魅力があり、アメリカの小説に出てくる貧乏たらしい私立探偵とも、フランスの小説に出てくる退屈で屁理屈ばかりこねる刑事ともまったく違っていました。

もちろん、『ロセアンナ』をフランスで再現するのは危険な賭けでした。原作と同じ空気尽くしました。

感が漂うような、納得のいく場所を見つけなければなりません。そのためにあらゆる手段を尽くしました。

それだけにあの日どんなにうれしかったか、想像してみてください。八月二十五日の朝、運河の水閘門の上で見物人の一人になりすまし、あのバケットがわたしたちのほうに動いてくるのを目にしたとき、わたしは芝居の幕が上がるかのようにどきどきしました。すると近くで欄干に肘をついていた男が、「おい見ろ、なかに女がいるぞ!」と叫び、見物人たちのあいだに衝撃が走ったのです。あのときの喜びといったら!

あの若いヒロインも完璧でした。もうお気づきでしょうが、彼女はまさにロセアンナの体形です。腰幅が広く、魅力に乏しい体。足首が細いところまでそっくりです。

シューヴァルとヴァールーはロセアンナがどう殺されたかについて明確にしていません。書かれているのは《性交時の過剰暴力に関連する絞殺》だったことくらいです。あとは、《犯人に残虐性あり。変態性の兆候あり》とも書かれていますが、いずれにしてもかなり想像力で補わなければなりませんでした。ただし《血はそれほど出なかった》という点ははっきりしていたので、それを頼りに考えました。いちばん厄介だったのがこの個所です。《ロセアンナは死んだあとであれほどひどく傷つけられたのかもしれない。少なくとも意識を失ってから。司法解剖報告書の中にそれを窺わせる記述があった》

もう一つ、ウエストから腰骨にかけて《切り傷》もあったのですが、これはなんなのか。あなたならどう解釈したでしょうね。わたしはコンクリートブロックのようなものに引っかかった傷ではないかと考え、家の地下室で再現してみました。単純なアイディアですが、二人の作者も納得してくれたはずです。

あとは、靴べらを使って乱暴にアナルをレイプしてから、素手で首を絞めました。《ひどく傷つけられた》という記述もあいまいですが、靴べらならうまくいくと思いました。つまりそれなりに粘膜は傷つくけれども、血はほとんど出ません。

神経を使ったのは母斑です。もう分析でわかっているでしょうが、材料はすべてどこでも入手できるものを使いました。ロセアンナの母斑にふさわしい動物の形を決めるのにも苦労しました。あなたのような画才がないもので。

死体はレンタカーでウルク運河まで運びました。この仕事の舞台になりうる場所で浚渫工事が実施されるまでに、なんと一年近く待たされましたよ。まったく行政ってやつは！　というのは冗談ですが、待たされたのは本当です。

あなたが知りたいことはわかっています。この事件を発見してからずっと探しているんでしょう？　つまり、
ロセアンナは誰なのか。

現実の話をすれば、彼女はアリス・ヘッジズといいます。一応学生です（身分証を入れておきますから、時間があったらアーカンソー州の家族を見つけ、お嬢さんの協力に対する感謝の意を伝えてください）。重要な点は――この仕事の要といってもいいくらいです――被害者の身元がすぐには割れないことでした。小説の謎の核心が被害者の身元にあるからです。『ロセアンナ』はそもそもそれを探す物語ですから、警察がさっさと割り出してしまったら滑稽だし、作品に傷がつくとすら言えます。アリスとはハンガリー国境で事件の六日前に出

会いました。ヒッチハイクしていたんです。拾ってやってから話をするうちに、二年以上前に家を出て、それ以来両親と連絡をとっていないこと、独り暮らしであること、ヨーロッパ旅行に出たことを誰も知らないことがわかりました。これでようやく仕事ができるとうれしくなりました。『ロセアンナ』というあまり知られていない傑作を世に知らしめる機会がとうとう訪れたわけです。

話が長いと思っているでしょうね。仕方ありません、仕事の話をする相手がいないんですから。自分がこの世でなにを期待されているか悟って以来、誰かに理解されるという希望ももてないまま、ただひたすら期待に応えてきました。しかしこの世はなんと無知に満ちているることか。そしてなんと移ろいやすいことでしょう。確かな形跡を残すものなどめったにありません。わたしが差し出した作品も、誰にも理解されないまま忘れられていったので、正直なところ腹が立つこともありました。ええ、腹が立ちましたよ。あなたも想像できないほどに。つまらない愚痴になって申し訳ない。しかし怒りに耳を貸してもろくなことになりません。そしてわたしの場合、その怒りを静めるには、心を落ち着けて過去の名作を読み返すしかありませんでした。心を奮い立たせて怒りを乗り越えるには、それしか方法がなかったのです。それから何か月もかけて、わたしはようやく自分自身であることを捨てました。苦しい闘いでしたが、なんとか乗り越えました。そしてとうとう、そう、報われたんです。闇のあとに光が、啓示が授けられたのです。大げさに言ってるわけじゃありません。あの瞬間は昨日のことのように覚えていますよ。嘘のように怒りが消え、わたしは自分がなすべきこと、自分の存在意義、自分に託された本当の使命に気づきました。

ミステリがこれほどもてはやされるのは、人々が無意識のうちに死を求めているからです。そして謎を。誰もが死のイメージを追い求めるのは、イメージが欲しいからではなく、イメージしか手に入らないからです。血に飢えた人々のために政府が用意する戦争や虐殺を除くと、ほかになにがあるでしょう？　そう、死のイメージです。それしかありません。だから人々は死のイメージを求めます。そして、その渇きを癒すことができるのは芸術家だけです。作家は死を夢見る人々のために死を描き、悲劇を求める人々のために悲劇を書いています。しかし人は常に多くを求めます。もはや物語では満足できず、血を、本物の血を求めるようになります。人類は芸術という形で現実を変貌させることによって、自分たちの欲望を正当化しようとしているのですが――あなたの母親もそのために人生を捧げたのではありませんか？――その欲望が満たされることは決してありません。人々が本物の血を望んでいるからです。だとすれば、人類を思いやり、そのために尽くそうとする人のために、芸術と現実をつなぐ細い道の一本くらいあってもいいのではないでしょうか？　いや、もちろんわたしは救世主なんかじゃありません。聖人でもありません。ただ自分にできることを地道に続けているだけです。でも、もし誰もが同じように努力したら、この世界ももう少し居心地がよくなるんじゃないかとは思いますが。

ガボリオが刑事ルコックにこう語らせているのをご存じですか？《芝居に夢中になる連中がいるだろう？　わたしにも似たような情熱はあるが、対象が違う。そもそもなぜあんな虚構の舞台に喜びを覚えるのか理解できないね。芝居と現実にはランプと太陽ほどの違いがある。（……）観客より気難しくて冷めているわたしには、本物の喜劇や現実の悲劇が必要だ。社会、それこそがわたしの劇場さ。わたしの俳優たちは本当に笑い、本物の涙を流すんだ》。この文章はいつも胸に迫ります。わたしの女優たちも本物の涙を流しますからね。特に『ロセアンナ』のアリスと『アメリカン・サイコ』のエヴリンには特別の愛情を感じます。どちらも見事に泣いたからです。二人とも女優の素質があり、与えられた難しい役を立派にこなして信頼に応えてくれました。

あなたのことだから察しているでしょうが、このやりとりはもうこれで終わりです。いずれまた、互いに得るところの多いこの対話を再開できると思いますが、今はまだその時ではありません。わたしは〝作品〟を完成させたいのです。そのために全神経を注ぐ必要があります。もちろんわたしはやり遂げます。その点は信頼してください。残っているのは、これまで丹念に作り上げてきた建築物に最後の仕上げを施す作業だけですから。そして無事完成したら、そのときこそ、これが今世紀の傑作と呼ばれるにふさわしいものだとおわかりになるでしょう。

敬具

5

「また診てもらったの。先生は陣痛がないことに驚いてたわ」

「なあに」とカミーユは笑った。「坊やはしがみついてるんだ。いるべきところにいたいのさ。おれにはわかるよ」

電話の向こうでイレーヌがくすくす笑った。

「それで、今はなにしてる？」

「エコーが終わったところ。坊やが手を振ってたわよ、パパによろしくって。あと一、二時間待っても陣痛がこなければ家に帰っていいみたい。あとは坊やが顔を出す気になるまで待つことになるわ」

「気分はどうだい？」

「なんだか胸が痛いの。転んだときすごく怖い思いをしたからかしら。先生がまだわたしを帰さないのはそのせいだと思うわ」

カミーユも胸が痛んだ。イレーヌはいつもの穏やかな口調で話しているのだが、それでも「助けて」とか「苦しい」といった声が隠れているような気がして、それがカミーユの胸に堪えた。

「これから行くよ」

「いいのよ、だいじょうぶ。エリザベスがとても親切にしてくれたの。お礼を言ってね。少し一緒にいてくれたのよ。すぐにでも仕事に戻りたいのはわかってたんだけど、ついおしゃべりしちゃって。忙しいのに悪かったわ。彼女が言ってたけど、三通目の手紙が来たんですって？

あなたも大変なんでしょう？」

「まあな……でも心はいつもきみと一緒だよ」

「わかってるわ。心配しないで」

「ルザージュはまだ口を割りません。しかし行動履歴にも金の動きにも不審な点が山ほどあります」

「では、逮捕前にこの手紙を出すこともできたと考えているんですね？」

「はい」

この日のデシャン判事はぞっとするほど悪趣味なパンタロンスーツを着ていた。色は地味なグレーだが、大げさなひだ飾りがついていて、男物のスーツとサロペットとフラメンコの衣装を継ぎ合わせたような服だ。だがその目はいつものように知性を放ち、なかにはこの不可解な魅力の虜《とりこ》になる男もいるだろうとカミーユは思った。

判事は〝小説家〟の手紙にもう一度目を落とした。その鋭い目の動きはどんな細部も見落としそうにない。

「妹のほうはもう帰したんでしたね」

「今はあの二人を遠ざけておくことが大事ですから」とル・グエンが言った。「妹は兄の言うことをすべて認めるつもりです。妄信ですよ」

「しかしそれも現実的には難しいでしょう」とカミーユが補足した。「アリバイがない日時はどれも自分が一緒にいましたという主張は、そのままでは通りませんからね。こちらはかなりの情報をもっていますし、すべてのアリバイを立証することはできないはずです」

「あなたの話によれば、ルザージュ容疑者は逮捕にかなり驚いているようですが……」

「しかし、仮に重度の精神病質者だとすれば、そうした態度も当てになりません。同居している妹さえ長年だましとおしてきたのだとしたら、相当手ごわいかもしれない。そうなればクレスト博士の協力が必要です。別の取調室に移して、博士に隣室から観察してもらうべきでしょう」

「そうですね……。警察留置の期限が切れれば釈放せざるをえませんが、それは非常に危険なことかもしれません。その場合ですが、ル・グエン部長、厳重な監視下に置くための人員は確保できていますか？」

ル・グエンはずっと握りしめていた新聞を持ち上げてみせ、険しい顔でこう言った。

「こういう状況ですから、人員の確保に支障が出るとは思えませんが」

判事はなにも答えなかった。

「犯人はこの手紙で脅しをかけてきています」ル・グエンが続けた。「もちろん形だけかもしれないし、自分でも結末がわかっていないという可能性もありますが」

すると手紙を睨んだままの判事が舌打ちした。

「これほど緻密な計画を実行してきた男が、途中であきらめるとは思えません。わたしはこの内容をまじめにとるべきだと思います」判事は目を上げて二人をまっすぐ見た。「この男は言ったとおりのことをやるでしょう。最初からずっと計画どおりにやってきたんですから。そしてわたしが恐れているのは」と今度はカミーユの目を見た。「すべてはかなり前に計画されていたのではないかということです。つまり、この男は最初から結末を決めているんです」

「……なのにわれわれはそれを知らない」とカミーユが締めくくった。

6

ルザージュの尋問はルイが引き継ぎ、そのあとマレヴァル、アルマンとバトンタッチしていった。カミーユを含めて四人とも尋問のやり方にそれぞれ特徴がある。過去の事件でも、四人の持ち味の違いがいい結果を生んだという例が少なくない。ルイは几帳面なうえにセンスがあるので尋問も巧みだ。時間を気にする様子もなく落ち着きはらい、よく考えてから質問し、相手の答えも注意深く聞く。マレヴァルは柔道家にふさわしく、不意を突くすばやい攻撃が得意だ。常に疑問を投げかける。その注意深さは相手を不安に陥れるほどだし、解釈にも慎重で、打ち解けた口調で相手を安心させたかと思うと、急に突き放してどきりとするようなことを言ったり、得意の魅力を振りまいて引きつけておいてから、矛盾を突いて一気に攻め、〝一本〟をとったりする。アルマンはというと、これはもうアルマンらしいとしか言いようがない。ほとんど相手を見ることもなく、じっとメモの上にかがみ込んで細かい質問をする。そして答えも細かくメモし、何度も戻って細部を確認する。たった一つの事柄に一時間かけることもあり、ほんのちょっとした不一致やごまかしを見つけると、骨を投げてもらった犬のように突進し、しゃぶりつくすまで放さない。要するに、ルイは蛇行し、マレヴァルは直進し、アルマンは螺《ら》旋《せん》を描いて容疑者に迫る。

カミーユが戻ったときには三番手のマレヴァルが尋問を終え、アルマンにバトンタッチしたところだった。ルイとマレヴァルがメモを見ながら結果を検討していたので、カミーユは自分も加わろうと思ったが、その前に呼び止められた。コブがモニターの後ろから手招きしていた。

普段のコブは感情をほとんど表に出さない。それだけにカミーユはコブの様子を見て驚いた。椅子にぐったりと背を預け、参ったという表情でカミーユを見上げていた。

「悪い知らせか？」

コブは背を起して机に肘をつき、組んだ手の上に顎をのせた。

「最悪」

だがコブがその先を言わないので、二人はしばらく見つめ合った。それからコブがプリンターのほうに手だけ伸ばし、見もせずに紙を取ってカミーユに渡した。

「残念です」とコブが言った。

カミーユはその紙を見た。数字と日付と時間がずらりと並んでいる。そして顔を上げ、コブの前のモニターをしばらく見つめた。

「ほんとに残念です……」

立ち去るカミーユの後ろからコブが言った。

7

カミーユは部屋を横切り、途中でルイの肩をたたいて「ちょっと来てくれ」と声をかけ、そのまま出入り口に向かった。ルイはきょとんとして左右を見、それからあわてて立ち上がって小走りについてきた。

　カミーユはルイを引き連れて庁舎を出ると、通りを渡り、カフェレストランに入った。二人がたまに帰宅前に一杯やる店だ。ガラス張りのテラス席を選んで模造革の長椅子に座り、向かいの椅子にルイを座らせた。そしてボーイが注文をとりにくるまで黙っていた。

「エスプレッソを」とカミーユが頼んだ。

　ルイも身振りで同じものを頼んだ。そしてコーヒーが出てくるのを待ちながら、不安気な顔でカミーユとテーブルを交互に見た。

　カミーユはコーヒーが来てからようやく口を開いた。

「マレヴァルはおまえからかなりの額を借りてるのか？」

　そしてルイがまたポーカーフェイスでなにか言おうとするのを見て、すぐさま拳でテーブルをたたいた。コーヒーが揺れ、周囲の客が振り向いた。カミーユはそのまま黙ってルイの答えを待った。

「それなりの額です。でも大げさに言うほどじゃ――」

「いくらだ」

「正確にはわかりません」

　カミーユはまた拳を握りしめてテーブルの上にあげた。

「五千ユーロくらいです」

　カミーユはいまだにユーロがぴんとこず、頭のなかでどうにか換算した。

「なんのための金だ？」

「賭け事です。あいつは最近大損して、かなり借金を抱えてるんです」

「それで、おまえはだいぶ前からあいつの銀行をやってるのか？」

「いいえ、前にもたまに少額を貸すことはありましたが、すぐに返してきていました。ところが最近になって急に回数も金額も増えはじめたんです。先々週の日曜に班長がうちにファイルを取りにきましたよね？　あのときも千五百ユーロの小切手を切ってやったばかりでした。これが最後だと言って」

カミーユはルイの顔を見なかった。右手をポケットに突っ込み、左手で携帯をなでまわしていた。

「でもそれは個人対個人の問題で」ルイが小声で言った。「仕事とはなんの――」

そこでカミーユが突きつけた紙を見て、ルイはそれ以上なにも言えなくなった。そして力なく紙をテーブルの上に置いた。

カミーユは泣きたくなった。涙がこみ上げてきて視界がぼやけた。

「ぼくの辞職をお望みですか？」

「こんな状態でおれを見捨てないでくれ。頼むから」

8

「おまえを解雇しなきゃならん」

向かいに座ったマレヴァルは何度もまばたきし、しがみつく藁を探している。

「これがどんなにつらいことか、おまえにはわからんのだろうな……。なぜひと言相談しなかった？」

マレヴァルのうろたえた姿を見ると未来まで見えてくるようで、胸が苦しくなった。解雇、無職、そして借金地獄……それをマレヴァルは自分でどうにかしなければならない。〝どうにかする〟というのはどうしたらいいかわからない場合に使うのだから、ひどい言葉だ。

カミーユは机の上に通話記録のリストを置いた。マレヴァルが携帯からル・マタン紙の記者にかけた通話の記録。コブがプリントアウトしたのは、クルブヴォアで死体が発見された四月七日以降の記録だった。

最初の通話は四月七日十時三十四分。カミーユたちが現場に着いてからほんの少ししか経っていない時刻だ。

「いつからだ」

「去年の年末です。向こうから接触してきました。最初はほんのちょっとした情報を流してただけで、それで十分だったんですけど……」

「その後、帳尻を合わせるのに四苦八苦するようになった。そうだな？」

「かなりスったんです。ルイが助けてくれたけど、それでも足りなくて、それで……」

「ビュイッソンをしょっぴいてくることもできる」カミーユはこみ上げる怒りを抑えきれずにうなった。「公務員贈賄で、編集部のど真ん中で身ぐるみ剝いでやることもできるんだぞ！」

「はい」

「それをしないのはひとえにおまえのためだってこともわかってんのか！」

「わかってます」

「なんとか表沙汰にならんようにやってみる。ル・グエンには報告しなきゃならんが、なるべくややこしいことにならないように」

「家に帰ります」

「ここにいろ！　ここを出るのはおれがいいと言ってからだ。わかったな？」

マレヴァルは力なくうなずいた。

「いくらいるんだ」

「なにもいりません」

「ふざけるな！　いくらだ」

「一万千ユーロ」

「なんてこった……」

カミーユは少し考えた。

「小切手を切ってやる」

そしてマレヴァルがなにか言おうとするのを手で制し、静かに言った。

「ジャン＝クロード、こうするんだ。まずは借金の方《かた》をつける。おれへの返済はそのあとで考える。業務上の処分についてもなるべく穏便に済むようにやってみる。辞職が認められるように頼んでみよう。といっても、決定を下すのはおれじゃないからどうなるかわからんが」

マレヴァルは礼も言わず、あらぬ方をみてうなずいただけだった。彼は今ようやく、事の重大さに気づいたのだ。

アルマンは取調室を出てチームの部屋に戻ったが、一歩入ったところで重苦しい雰囲気に気づいた。

コブはいつも以上に黙々と仕事に精を出しているし、ルイは自分のコーナーに引きこもっていて顔も上げない。メフディとエリザベスはやはりこの重苦しさに気づいているようで、教会にいるように声をひそめて話をしている。

ようやくルイが顔を上げたので、アルマンは尋問の結果を報告し、二人でルザージュの証言の摺《す》り合わせを始めた。

9

午後四時半、班長はまだオフィスから出てきていなかった。ルイはそっとドアをノックし、電話中のようなので静かになかに入った。班長は電話に集中していてこちらを見もしない。

「ジャン、だから助けてほしいんだ。考えてみてくれ。事件が大騒ぎになってるときにこんな話が明るみに出たらどうなるか。なにもかもぶっ飛んで、収拾がつかなくなる」

ルイはドアに背をつけたまま、何度も前髪をかき上げながらじっと待った。

「そうだ。考えてくれ。また電話をくれ。いずれにしてもなにかする前に必ず電話してくれよ、な？　頼んだぞ」

班長は受話器を置き、すぐまた取り上げて番号を押した。かなり待ったが、相手が出ないとみえて、また別の番号を押した。

「こっちも出ないな。病院にかけるか。まだあそこにいるのかもしれないし」

「あの、その前にいいですか？」ルイは遠慮がちに言った。

「なんだ？」班長はまた受話器を取り上げて番号を押している。

「ルザージュのことで新たな情報が入りました」

班長が受話器を置いた。

「言ってみろ」

10

ファビエンヌ・ジョリー。三十代のめかしこんだ女。日曜の外出のようにおしゃれしている。短髪、ブロンド、眼鏡。まあ平凡な顔だが、なにかしら不思議な魅力があるとカミーユは思った。セクシーということかもしれない。それはブラウスの上のほうのボタンが三つ開いて、胸の谷間が見えているからだろうか？　それとも妙にきっちり組んだ脚のせいだろうか？　女はバッグを椅子の脚元に置き、両手を膝の上で重ね、少々のことではたじろぎませんという顔でカミーユをまっすぐ見た。しかも自分から口を開く気配はなく、このままならずっと黙っていそうだ。

「これから話していただくことは、すべて供述書に書かれ、のちほど署名していただくことになりますが、それでいいですね？」

「もちろんです。そのために来たんです」

少ししゃがれたその声が魅力に花を添えている。誰もが目を留めるわけではないが、いったん目を留めたら離せなくなる、そういう女だ。口の形が美しい。カミーユはデッサンしたいという思いを無理やり追い払った。

ルイはデスクの横に立ち、手帳にメモをとっている。

「では、先ほどわたしの部下に話されたことを、もう一度聞かせてください」

「ファビエンヌ・ジョリーといいます。三十四歳です。住所はマラコフのフラテルニテ通り十二番地。バイリンガルの秘書ですが、今は失業中です。そしてわたしは一九九七年十月十一日からずっと、ジェローム・ルザージュさんの恋人です」

女は用意していた文章を一気に最後まで言うと、そこでふいに自信をなくしたようで、口をつぐんでしまった。

「それから？」

「ジェロームは妹のクリスティーヌのことをとても心配しています。わたしたちの関係を知ったらまた以前に逆戻りしてしまう、ご主人を亡くした直後のようなひどい鬱状態になってしまうと思っているんです。ですからジェロームはいつもクリスティーヌを守ってきました。そしてわたしもそれを受け入れてきました」

「ええと、お話の趣旨がよくわからないのですが……」

「ですから、ジェロームが説明できないことはすべてわたしに関係することなんです。彼が昨日から留置されていることは新聞で見て知りました。そしてそれは、彼がクリスティーヌにとって危険な情報を出すまいとして、説明を拒んでいるからではないかと思います。わたしと会うとき、彼はいつも仕事上の用事があるふりをしていました。つまりその、クリスティーヌに対してということですが」

「なるほど、わかってきました。ですがそれだけでは説明にならな――」

「警視さん、なんの説明でしょうか？」

カミーユはあえて訂正しなかった。

「ルザージュさんは予定表の矛盾を説明することを拒否しています。それで――」

「いつの予定のことでしょう？」ファビエンヌがすぐに訊いた。

カミーユはルイと目を合わせた。

「そうですね、たとえば二〇〇一年七月のエディンバラ滞在ですが」

「ええ、そうです。わたしは七月十日、いえ、正確には九日夕方着の便でエディンバラに飛びました。そして彼と一緒に高地地方で四日間過ごし、そのあと彼だけがロンドンの妹さんのところに戻ったんです」

「しかし矛盾はそれだけではありません。ルザージュさんが今置かれている状況では、残念ですが、一つの証言だけでは足りません」

ファビエンヌはごくりと唾をのんだ。

「あの、笑われるかもしれませんが」と顔を赤くした。

「なんでも聞かせてください」カミーユは勇気づけるように言った。

「いまだに高校生みたいで恥ずかしいんですけど……日記をつけてるんです」と言ってファビ

エンヌはバッグに手を入れた。

出てきたのは大きなノートだった。表紙はバラ色で、青い花が散らしてある。ロマンティックなものが好きらしい。

「ええ、わかってます。子供みたいでしょう?」ファビエンヌは無理に微笑んだ。「大事なことはすべてここに書き込むんです。彼と会った日、どこに行ったか。それに電車の切符や飛行機の搭乗券、二人で泊まったホテルの名刺、一緒に食事をしたレストランのメニューなども貼りつけることにしています」

ファビエンヌはノートを差し出そうとしたが、カミーユが小さいのでデスク越しでは届かないとすぐに気づき、横にいたルイに渡した。

「後ろのほうに簡単な出納帳《すいとう》もあります。借りっぱなしじゃいけないと思ってつけてるんですけど……。たとえばマラコフのアパルトマンの家賃、彼が買ってくれた家具の値段などです。それが最新のノートで、それ以前のが三冊あります」

11

「ジョリーさんが訪ねてきて、今しがた話を訊きました」

ルザージュはさっと顔を上げた。敵意が怒りに変わっていた。

「なんでもかんでも嗅ぎまわるんだな、あんたって人は――」

「そこまでです!」とカミーユは制し、それから穏やかに続けた。「そういう言葉遣いは官憲不敬罪（実際には存在しない罪）になりかねませんよ。これからジョリーさんが提供してくれた情報をこちらで確認します。それが確かなものであれば、あなたはただちに釈放されます」

「そうでなかったら？」ルザージュは挑発するように言った。

「そうでなければあなたを殺人容疑で逮捕し、送検します。言いたいことがあればそこで予審判事に言ってください」

自分はわざと腹を立てたふりをしているとカミーユは気づいた。敬意を払われることに慣れてしまったせいだろうか。ルザージュの物言いが少々引っかかっただけなのに、なぜこういう態度をとってしまうのか……。だが、もう自分を変えられる年齢は過ぎたしな、といつものように自分に言い訳した。

「それで、妹には……」ルザージュが少しへりくだった口調で言った。

「心配いりません。ジョリーさんの情報が確認できれば、この件は司法上の守秘の対象となり、公表されません。妹さんにはあなたから好きなように説明すればいいんです」

こちらを見たルザージュの目に、カミーユは初めて感謝のかけらのようなものを見た気がした。

カミーユは取調室を出てルイをつかまえ、ルザージュを留置場に戻し、なにか食べさせてやれと指示した。

「産科病棟のナースステーションに回しますのでお待ちください」

カミーユは部屋に戻るなり、チーム員がいるオープンスペースから電話をかけた。病院に確認したくてずっとうずうずしていたのだ。

「エリザベス、うちのやつが携帯を持ってるかどうかわかるか?」受話器を手でふさいで訊いた。

「わたしが持っていきましたよ、荷物と一緒に。だから心配いりません」

いや、だからこそ心配なんだ。だがエリザベスには礼だけ言った。

「お待たせしました」ようやく女性の声が出た。「確認しましたが、ヴェルーヴェン夫人は午後四時ごろに帰られています。ここに時間の記録があるんですが……正確には午後四時五分ですね。どうかされましたか? なにか問題でも?」

「いえ、問題はありません。ありがとうございます」と言ったものの、電話を切ることも忘れてそのまま呆然としてしまった。「あ、ありがとうございました」とようやく電話を切り、すぐルイに声をかけた。

「車を手配してくれ。家に帰ってみる」

12

午後六時十八分。カミーユは携帯を耳に押し当てたまま階段を駆け上がった。アパルトマンのドアが少し開いていた。それを押しながらもなお、イレーヌが携帯に出てくれることを祈りつづけた。だがおかしなことに、同じ呼び出し音がアパルトマンのなかから木霊《こだま》のように聞こえてくる。ばかげていると思いながらも、電話を耳に押し当てたまま居間に向かった。いつもなら「イレーヌ! どこだ?」と呼び、するとイレーヌがキッチンかバスルームから答えるという場面なのに、今は携帯の音に神経を集中するのが精一杯だ。すると呼び出し音が留守電の応答メッセージに切り替わった。一字一句の発音の癖まで記憶しているメッセージを聞きながら、カミーユは居間に向かった。イレーヌの小さくてきれいなスーツケースがそこにあった。イレーヌが自分で用意したあのスーツケースだ。だが開いた状態で床に転がっていて、中身が床に散乱している。ネグリジェ、化粧道具入れ、着替えの服……。

「こちらはイレーヌ・ヴェルーヴェンの――」

居間のテーブルもひっくり返っていて、本も、雑誌も、くず入れも、すべてのものが死んだように床の上に倒れている。物の散乱はカーテンまで続き、そのカーテンも一枚レールからはずれかかって垂れている。

「――留守電メッセージです。お電話くださったのに、残念ながら今出られません――」

なおも携帯を耳に押しつけ、めまいを覚えながら寝室まで行ってみると、ナイトテーブルもひっくり返っていた。バスルームの手前には血痕が細い線になって続いている。

「――こんなちょっとしたことからも、運命は粗忽なものだとわかります――」

バスタブの脚元に小さな血溜まりがあった。鏡の下の棚のものはすべて払い落とされ、バスタブのなかと床にちらばっている。

「――メッセージを残してくだされば、戻り次第――」

カミーユは走りながら寝室と居間をもう一度見て、それから書斎の入り口で立ち止まった。床にイレーヌの携帯が落ちていた。

「――お電話差し上げます。ではのちほど」

カミーユはイレーヌの声で催眠にかかったようにその場に突っ立ち、落ちている携帯を凝視したまま無意識のうちに電話をかけていた。

だが頭のなかではなおもこう繰り返していた。「かけてきてくれ、イレーヌ……頼む、電話をくれ……」その声に重なるようにルイの声が聞こえた。

「ルイ・マリアーニです」

カミーユは膝から崩れ落ちた。

「ルイ！」泣きながら叫んだ。「来てくれ、すぐに、頼む！」

13

六分で三台のパトカーがサイレンを鳴らしてやってきて、そこから六人飛び出した。先頭を切ったのはマレヴァルとメフディとルイで、手すりをわしづかみにしながら階段を駆け上がる。アルマンとエリザベスがそれに続いた。最後がル・グエンで、息を切らし、踊り場ごとにうめきながら上がっていった。マレヴァルがアパルトマンのドアを蹴ってなかに飛び込んだ。

なにが起きたのかは誰の目にも明らかだった。床にイレーヌのスーツケースの中身が散乱していて、カーテンがはずれかかっていて、カミーユが携帯を握りしめたままソファーに座り、ここがどこだかわからないように周囲を見まわしている。全員が即座に理解し、すぐに動いた。ルイはカミーユのそばにひざまずき、その手から携帯をそっと取り上げた。ようやく眠った子供からおもちゃを取り上げるように。

「いなくなった」カミーユがぼんやりとつぶやき、魂を抜かれたような表情でバスルームを指さした。

「あっちに血が……」

アパルトマンの各部屋にメンバーが散った。マレヴァルはキッチンに入るなりそこにあった布巾をつかみ、あらゆる扉を開けていく。エリザベスは携帯を手にして鑑識を呼んでいる。

「誰もなにも触るな！」メフディが素手で戸棚を開けはじめたのを見て、ルイが叫んだ。

「おい、これ使えよ」とキッチンから戻ってきたマレヴァルがメフディに布巾を渡した。

「一チーム必要です、そうです、緊急です」エリザベスが言い、ここの住所を読み上げる。

「その電話こっちによこせ」ようやく息を切らせてやってきたル・グエンが血の気の失せた顔でそう言い、エリザベスから携帯をひったくった。「ル・グエンだ。鑑識を一チーム十分以内にここによこせ。採取、写真、全部必要だ。それから第三班も呼んでくれ。ああ、全員だ。モランにすぐおれにかけろと言え」

それから内ポケットを探って自分の携帯を引っぱり出すと、険しい顔で番号を押した。

「ル・グエンだ。デシャン判事を頼む。緊急だ」

「誰もいなかった」ルイのそばに戻ってきたマレヴァルが言った。

ル・グエンが「電話中？　そっちを切らせてでもつなげ！　今すぐだ！」とどなるのが聞こえた。

ルイに代わってアルマンがカミーユに寄り添い、一緒にソファーに座っていた。カミーユは開いた両脚の膝に肘をつき、床を見つめている。と思っていたらゆっくり立ち上がったので、その場の全員がカミーユのほうを見た。

カミーユはようやくわれを取り戻しつつあった。とはいえこのとき自分の精神と頭脳がどういう状態にあったのか、それはあとから振り返ってみてもわからない。ただ、周囲を見まわし、仲間の顔を順に見ていく過程で、なにか得体の知れない機械が動きだしたのだ。それは経験、怒り、プロ意識、狼狽といった歯車からできた機械で、その奇妙な部品の組み合わせはもっとも優れた人間に最悪の衝動を起こさせることもあるが、それ以外の人間にとっては、感覚を目覚めさせ、認識力を刺激し、ある種の無謀な決断を促すものとして機能する。つまりそれが一般に恐怖と呼ばれるものだろう。

「イレーヌは四時五分に病院を出た」

その声があまりに低かったからか、誰もが近くに寄ってきた。

「そしてここに戻った」

カミーユは仲間が取り囲むようにして立っているスーツケースを指さした。

「エリザベス、この建物の聞き込みを頼む」そう言うなりカミーユは猛然と動きだし、マレヴァルの手から布巾をひったくった。

そしてライティングデスクまで行き、書類の山をかきまわし、そのなかからイレーヌの写真を引っぱり出した。去年の夏のバカンスのときに二人で撮ったスナップショットだ。それをマレヴァルに渡した。

「書斎にあるプリンターでコピーできるから二枚とってくれ。緑のボタンを押せばいい」

マレヴァルはすぐ書斎に向かった。

「メフディ、マレヴァルと一緒に通りの聞き込みをやってくれ。写真のコピーはそのためだ。イレーヌの顔を知ってる連中もいるが、知らんやつもいるからな。とはいえイレーヌは身重だ。車に乗せられるところを誰か見てるはずだ。けがでも……してるとすればなおさらだ。アルマン、おまえは写真のコピーを持って病院に行ってくれ。各階にナースステーションがあるから全部回れ。増員が来たらそれぞれに応援をやる。ルイ、おまえは本庁に戻って全体をまとめてくれ。コブにも状況を伝えて、常に回線を一本空けとくように言ってくれ。あいつが必要になる」

マレヴァルがコピーを持って戻ってきて写真を返し、カミーユはそれをポケットにしまった。一秒後にはもう五人ともいなくなり、階段を駆け下りる音が聞こえていた。

「だいじょうぶか?」ル・グエンが近づいてきた。

「イレーヌが見つかればだいじょうぶになる」

ル・グエンの携帯が鳴った。

「今何人集められる?」通話相手に訊いている。「いや、全員ほしいんだ。そうだ。それもすぐに。おまえもだ。カミーユの家にいる……ああ、まあな……頼むぞ、急いでくれ」

カミーユはスーツケースのところまで行ってひざまずいた。そしてボールペンの先でそっと服を持ち上げ、また落とした。それから立ち上がり、斜めに垂れ下がったカーテンまで行き、それを上から下までじっと見つめた。

「カミーユ」ル・グエンがまた近づいてきた。「言っとかなきゃならんが――」

カミーユはすばやく振り向いた。

「当ててみせようか？」

「そうだな、おまえにもわかってるよな……。判事も断言してる。この事件をおまえに任せることはできない。モランにやらせるしかない」そして自分に言い聞かせるようにうなずいた。

「モランはできるぞ。おまえもよく知ってるだろ？　とにかく、おまえは関係者だからだめだ」

サイレンの音が近づいてきてすぐ下で止まった。

カミーユは身動きせずにじっと考え込んだ。

「ほかの誰かに任せるしかないんだな？　絶対命令だな？」

「そりゃ言うまでもないだろ？　関係者以外の誰かだよ」

「だったらあんただ、ジャン」

「なに？」

どやどやと階段を上がる音がして、鑑識チームがアパルトマンになだれ込んできた。先頭は鑑識課長のベルジュレで、カミーユと握手するなりこう言った。

「超特急でやるから心配するな。総力をあげてやるからな」

そしてカミーユが返事をする間もなく、さっそくあちこち動きながら部下に指示を出しはじめた。二人の技術者が投光器を設置すると、アパルトマンはまぶしい光に満たされた。二人は反射鏡の向きを調節し、最初に作業する場所に光を集めた。そのあいだに別の三人が無言でカミーユに握手してから手袋をはめ、機材が詰まったケースを開けはじめた。

「おまえ今なんて言ったんだ？」ル・グエンが訊き返した。

「あんたにやってほしい。それなら規則に反することもないだろ？　ぐちぐち言わないで引き受けてくれ」

「ちょっと待て、おれはな、現場を離れてからずいぶんになるんだ。おまえも知るとおり動きも鈍ってる。おかしなことを言うなよ」

「あんた以外は認めない。やるよな？」

ル・グエンは首筋をかき、顎をさすった。だがそれは考えるふりをしているだけで、目は恐慌をきたしていた。

「いや、そいつはちょっと……」

「あんた以外は認めない。やるのか、やらないのか」カミーユは有無を言わせぬ口調で迫った。

「まあな……だがそりゃあ……」

「やるんだな？」

「まあ、やらんでもないが……しかし……」

「だからどうなんだ！」

「わかった、やるよ、やる！」

「よし」カミーユは時を置かずに続けた。「あんたがやる。ということは、もう現場がわからないし、勘も鈍ってるから困ったことになる」

「お、ちょっと待てって、そりゃおれが言ったことだろうが！」ル・グエンがほえた。

「だから」カミーユはル・グエンの目をとらえた。「経験者を任命して仕事を任せるしかない。おれが引き受けるよ。ジャン、ありがとう」

カミーユはル・グエンに反論の余地を与えず、すぐに背を向けた。

「おい、ベルジュレ！　やってほしいことを説明させてくれ」

ル・グエンはまたポケットを探って携帯を取り出し、先ほどと同じ番号にかけた。

「ル・グエンだ。もう一度デシャン判事を頼む。大至急」

そして判事が出るのを待つあいだ、鑑識官たちと話しているカミーユのほうを睨んでつぶやいた。

「とんでもない野郎だ」

14

その数分後にモランのチームが到着した。アパルトマンのなかでは鑑識作業の邪魔になるので、ル・グエンは階段の踊り場に刑事たちを集めた。といっても踊り場はル・グエン、カミーユ、モランの三人が立つともういっぱいで、五人の刑事はその下の階段に立つしかなかった。

「イレーヌさん捜索の総指揮はわたしがとる」ル・グエンがまず説明した。「だがデシャン判事とも相談のうえ、実際の行動の指揮はヴェルーヴェン警部に委ねることになった。なにか質問は？」

それはいっさいの批判を受けつけない口調だった。だから誰もなにも言わなかったが、ル・グエンはその沈黙を長引かせることで決意のほどを示し、それからようやく言った。

「よし、じゃあカミーユ、あとを頼む」

カミーユはまずモランにひと言断りを入れ、それに対してモランは異論なしと両手を上げてみせた。それから各人に仕事を割り振り、全員すぐに駆け下りていった。

鑑識チームがせわしなく階段を行き来し、大小さまざまの機材ケースをアパルトマンに運び込んでいく。すでに見張りも四人配置されている。アパルトマンのすぐ上とすぐ下の踊り場に一人ずつと、建物の前の歩道に二人立ち、住民の出入りを監視している。

エリザベスが報告にきた。

「誰もなにも見ていません。十六時から今までのあいだに人がいたのは四戸のみで、ほかは全員仕事に出ています」

カミーユはアパルトマンの玄関を背にして階段に座り、携帯をいじりながら報告を聞いた。玄関は大きく開け放たれている。階段の曇りガラスの窓越しに、外の回転灯の光が痙攣《けいれん》するように踊るのが見えていた。

カミーユとイレーヌが暮らすアパルトマンの建物はマルティール通りの角から二十メートルほど入ったところにある。目の前の通り、つまり建物が面した通りでは二か月以上前から配管工事が続いていて、通りの反対側に工事用の柵が並べられ、工事用スペースが確保されている。工事そのものはすでに建物の前を通り過ぎ、今は三百メートルほど離れたところ、マルティール通りとは反対側の大通りに近いあたりで作業が続いているのだが、柵は残されていた。そのスペースは建設機械を置いたり、ダンプカーを駐車したり、小さい仮設小屋（機材置き場兼休憩所）を設置したりするのに使われている。今は二台のパトカーが通りの両端をふさいでいて、建物近くの路上をパトカーやら鑑識のバンやらが数珠つなぎになって占領しているという状態だ。当然のことながら通行人の目を引き、何事かと立ち止まる人もいるし、近隣の建物の窓からは住民が身を乗り出して通りを見下ろしている。

カミーユはそれまで配管工事など気に留めたこともなかったが、歩道に出てみてふと気になった。通りを見て、工事用の柵をながめ、通りを渡って柵をよく観察し、その位置で振り向いて建物の入り口をながめ、通りの角を見やり、目を上げて自分のアパルトマンの窓を見て、そしてもう一度柵を見た。

「ここだろう……」

そうつぶやくと同時にマルティィール通りに向かって走った。エリザベスがかばんを胸に抱きしめてあわててついてきた。

カミーユはその女店主の顔は知っていたが、名前は知らなかった。

「アントナプロスさんです」とマレヴァルが言った。

「アンタノプロスです」と女店主が訂正した。

「見たような気がするそうです」マレヴァルが先に説明した。「車が一台建物の前に停まっていて、イレーヌさんがそれに乗るのを」

それを聞いただけでイレーヌの姿が浮かび、心臓が急に波打ち、頭にまで響いてきてめまいがした。カミーユはマレヴァルに寄りかかりそうになったが、目をつぶってなんとか我慢した。

女店主に見たことを話してもらった。それも二回。だがそれは数行で終わってしまう内容で、カミーユが今しがた工事用の柵のところで思いついたことを裏づけるものでしかなかった。十六時三十五分ごろ、黒っぽい色の車が建物の前に停車した。どちらかというと背の高い男が――女店主は後ろ姿しか見ていない――車を降り、柵を少しずらしてスペースを作り、通行のさまたげにならないようにそこに駐車し直した。女店主がふたたびそちらを見たときには、後部座席のドアが大きく開いていて、女性が乗り込んだところで――女店主は足先しか見ていない――乗せるのを手伝ったらしい男がドアを閉めた。女店主はまたほかのことに気をとられていて、次に見たときにはもう車はいなかった。

「アンタノプロスさん、彼女と一緒に来てもらえませんか」カミーユはエリザベスを指して言った。「あなたの協力が必要なんです。あなたの記憶が」

女店主は見たことを話せば終わりだと思っていたのか、目を丸くした。どうやら彼女にとってこの日の体験は、半年分ぐらいの話のネタになりそうだ。

「この調子で通りをずっと調べていってくれ」とマレヴァルに言った。「特に近くの建物の一階の住民だ。それから工事の作業員にも当たってくれ。もうとっくに作業を終えて帰っているから会社に連絡するんだ。逐次報告を入れろ」

15

ルイがチームの部屋に戻ったとき、そこにいたのはモニターの後ろに隠れたコブだけだった。

刑事たちが出払った部屋はがらんとして、そこだけ時間が止まっているかのようだ。コブはパリの地図、工事請負業者のリスト、モンタンベール病院の従業員名簿などを見ながら検索をかけ、連絡先や情報を見つけては各組に伝えている。

ルイはまずクレスト博士に電話した。博士はすでに事件の急展開を知っていて、すぐに来てほしいと頼むと待っていたかのように了解の声が返ってきた。おそらく博士は博士なりに考え、今後数時間のうちに、自分の知識が求められる場面があるかもしれないと思っていたのだろう。

それからほかの部署の若い職員の手を借りて、部屋の一部を大至急模様替えした。デスクを集めて大きなテーブルにし、その上に必要なファイルを見やすいように並べた。ホワイトボードやフリップチャートも増やし、予備のファイルも用意した。そこからはほとんど受話器を置く暇もなく、チーム全員が必要な情報を共有できるよう連絡をとりつづけた。

カミーユが部屋に戻ると、クレスト博士が立ち上がり、寄ってきて手を取った。クレストの顔はカミーユ自身を映した鏡のようだった。落ち着いてはいるが緊張した面持ちで、眉間に深い線が刻まれ、目の下にくまができている。体にも力が入っているようだ。

「大変なことになって……」とクレストが言った。

ほかにもなにか言ったが、カミーユの脳は今そうした言葉を受けつけず、聞いたそばから抜けていく。クレストはまたテーブルの端の席に戻った。その前には〝小説家〟からの三通の手紙のコピーが置かれていて、余白にメモや矢印が書き込まれていた。

コブのほうを見やるとまた一つ〝装備〟が増えていた。今度はヘッドセットだ。なるほど、これならキーボードに手を置いたまま刑事たちとやりとりできる。自由になったコブの十本の指は片時も休まず動きつづけている。ルイがテーブルの奥のほうからやってきてなにか言おうとしたが、カミーユの顔を見てひるんだのか言い淀んだ。

「まだなにもわかりません」とようやく言うなり前髪をかき上げようとし、どういうわけか途中でやめた。「エリザベスは取調室でアンタノプロスさんから話を聞いています。ですが、すでに話したこと以外はなにも覚えていないようです。見たのは男の後ろ姿で、身長百八十センチくらい、黒っぽいスーツとだけ。車種もわかりません。車が駐車するのを見てから、いなくなっているのに気づくまでの時間はおよそ十五分」

「そういやルザージュはどうした？」カミーユは取調室と聞いてふいに思い出した。

「部長がデシャン判事と話して、わたしが釈放するよう指示を受け、二十分ほど前に帰しました」

時計を見ると二十時二十分になっていた。

コブが各組の行動と現状を手早くまとめて持ってきた。

モンタンベール病院の聞き込みからはなにも出なかった。イレーヌが一人で病院を出ていったことが確認できただけだ。誰かに連れ出された様子はない。すでに帰宅して話を訊けなかった看護師二人と看護助手二人については、アルマンが連絡先を手に入れ、四組の刑事たちがそれぞれの家に向かった。そのうち二組からはすでに「変わったことはなにも見ていないそうです」と連絡があった。

通り沿いの聞き込みも空振りだった。アンタノプロス夫人以外にその車と男のことを覚えている人間はいなかった。犯人はすばやく、しかも目立たぬように行動したのだ。配管工事の作業員のほうもコブが住所を手に入れ、三組の刑事が話を聞きにいったが、やはり誰もなにも見ていなかった。

二十一時少し前、ベルジュレが自らとりあえずの結果を知らせにきた。イレーヌとカミーユの指紋以外に、未知の同一人物の指紋が多数検出されたという。犯人は手袋をはめていなかったのだ。

「手袋なし。なんの注意も払っていない。そんなことはどうでもいいと思ってる。こいつはまずい徴候だ……」そこでベルジュレは言葉をのみ込んだ。不吉なことを口にしたと気づいたのだ。「すまん」

「気にするな」カミーユはベルジュレの肩をたたいた。

「すぐに照合したが」そこからベルジュレは慎重に言葉を選んだ。「登録されていなかった」

イレーヌが襲われた場面を完全に再現することはできないものの、すでにかなりの部分がわかっていた。ベルジュレがそれを説明しはじめたが、失言を繰り返すまいと慎重になり、一字一句にまで気を遣う始末でなかなか進まない。

「おそらくこうだ。男はまず呼び鈴を鳴らし、奥さんが……イレーヌさんが開けにいった。ちょうど居間にスーツケースを置いたところだったんじゃないかと思う。で、たぶん、男が、その……足……で蹴って……それで……」

「おい」カミーユが止めた。「その調子じゃ終わらないぞ。おまえもおれもやりにくいだろ？だから〝イレーヌ〟でいこう。それ以外もいつもどおりにしてくれ。ストレートに。つまり足で蹴ったんだな？　どこを？」

ベルジュレはほっと息を吐き、メモを睨みつけたまま続けた。

「……つまり、イレーヌが扉を開けたと同時に男が蹴ったと思われる」

カミーユは吐きそうになり、とっさに口に手を当てて目を閉じた。それを見かねてクレストが言った。

「ベルジュレさん、まずマリアーニさんに説明したらどうでしょうか。とりあえずは……」

だがカミーユはすぐに目を開け、手を下ろし、立ち上がり、周囲の視線を浴びながらウォーターサーバーのところまで行き、冷たい水を続けざまに二杯飲み干し、また戻ってきてベルジュレのそばに座った。

「呼び鈴が鳴り、イレーヌが開けにいき、そこでいきなり蹴られた。どうしてわかった？」

ベルジュレはクレストのほうに当惑顔を向けたが、クレストがうなずいたので、また話を続けた。

「胆汁と唾液が検出された。吐き気がしてかがみ込んだんだ」

「どこを蹴ったかわからないか？」

「いや、そこまでは無理だ」

「それで？」

「それからアパルトマンのなかへ逃げた。おそらく窓際まで。そこでカーテンに絡まるかしがみつくかして一部がレールからはずれた。スーツケースのほうは男が追いかける途中でけつまずいたんだろう。散乱したスーツケースの中身がいじられた形跡はない。イレーヌはバスルームまで逃げ、そこで男につかまった」

「それであそこに血が？」

「ああ、殴られたんだ。たぶん頭。それほど強くはなく、気を失わせるためだろう。少し出血し、彼女は倒れた。倒れたとき、あるいは倒れまいとしてもがいたときに鏡の下の棚の上のものをすべてなぎ払った。そこでも手かなにかを切ったようで、棚のへりに微量の血がついていた。そこから先はよくわからないが、男がイレーヌを引きずっていったのは確かだ。床に靴のかかとの跡が残っている。男はアパルトマンのなかを見てまわっているんだが、それは最後、つまり出ていく前だと思われる。寝室やキッチンでいくつかのものに触っている」

「たとえば？」

「キッチンではスプーンやフォークの入った引き出しを開けている。キッチンの窓の取っ手と冷蔵庫の取っ手にも指紋があった」

「なぜそんなところに？」

「イレーヌが意識を取り戻すまでのあいだに少々嗅ぎまわったんだろう。コップと水道の蛇口にも指紋があった」

「目を覚まさせるためか？」

「そうだと思う。水を持っていったんだ」

「顔にかけたのか？」

「いや違う。水がこぼれた跡がないから飲ませたんだと思う。その場所にイレーヌの毛髪が何本も落ちていた。髪をつかんで持ち上げ、飲ませた。だがそのあとがわからない。階段も調べたが無駄だった。人の出入りが多くてなにも残っていない」

カミーユは額をこすりながら頭のなかで場面を想像してみた。それからまたベルジュレのほうに目を上げた。

「ほかには？」

「ああ、犯人の毛髪があった。短髪、栗色。多くはないが分析中だ。血液型もわかった」

「なぜ？」

「イレーヌが引っかいたんだと思う。揉み合いになったときにな。微量だが、バスルームとタオルからイレーヌのものではない血液が採取された。あんたのものでもなかった。男はタオルで血を拭きとったんだ。そいつはO型Rhプラス、この国じゃいちばん多い血液型だ」

「栗色、短髪、O型Rhプラス、ほかには？」

「それだけなんだ。ほかにはなにも……」

「いや、いいんだ。すまん。助かったよ」

16

全員戻ってきたところで会議を開いたが、大した成果はなく、十八時半と二十一時であまり変わらないという情けない結果になりつつあった。クレスト博士が〝小説家〟の最後の手紙の分析結果を報告しはじめたが、それも大方はすでにカミーユが知っていることか、感じていたことだった。ル・グエンはこの部屋の唯一の肘掛け椅子に鎮座し、深刻な顔で耳を傾けている。

「犯人はヴェルーヴェン警部とゲームをして楽しんでいます。手紙の冒頭で少し緊張感を煽っているのも、これが彼にとってゲームだからです。そしてそれはわたしたちが当初から抱いていた犯人像を裏づけるものでもあります」

「犯人はこれを個人的なゲームだと考えているのか？」ル・グエンが訊いた。

「ええ」クレストがうなずいた。「ただし〝個人的〟の意味にもよります。わたしが言いたいのは、個人的な問題から発したという意味ではありません。たとえば、警部が過去に逮捕した男が復讐しようとしているといったことではありません。そういう意味の〝個人的〟ではなく、むしろあとから個人的なものになったのです。おそらくは最初の案内広告を見たときからでしょう。型破りな手法、しかも本名のイニシャル、自宅の住所」

「なんて間抜けなんだ、おれは」カミーユは小声でル・グエンに言った。

「こんな展開は誰にも予測できなかった」とル・グエンがクレストの答えを先取りした。「どっちにしたって、おまえもおれと同じで名前も住所もすぐわかる立場にいるんだし」

カミーユは自分の無分別を顧《かえり》みずにはいられなかった。あんなふうに捜査に〝個人〟を持ち込み、犯人と一対一で対峙《たいじ》するような行動をとるとは、なんという思い上がりだろう。デシャン判事の執務室での会話も思い出す。捜査からはずすつもりだと警告されたとき、なぜあんなにも意地を張り、自分のほうが強いところを見せようとしたのか。判事に対するつまらない勝利が、結局はこうして取り返しのつかない事態を招いたのだ。

「こいつはなにをどうするか決めている」ル・グエンが続けた。「はなから決めていたんだ。だからこっちがどう動こうと、結果は変わらなかったはずだ」

「もっとも重要なのは手紙の最後のほうです」クレストが説明を続けた。「ガボリオの引用があるあたり」

「こいつは自分が使命を負ってると思ってる、そういうことだろ?」ル・グエンが言った。

「そこですよ。驚かれるかもしれませんが、わたしはそうは思いません」

カミーユはクレストのほうに目を上げた。ル・グエンの隣に座っていたルイもクレストを見つめている。

「あまりにもわざとらしい」クレストが続けた。「やりすぎです。演技過剰ですよ。一部の文章など大げさすぎて読むに堪《た》えません」

「つまり、どういうことです?」

「この犯人は精神が錯乱しているわけではありません。ただゆがんでいるんです。しかし警部に対しては精神の錯乱を装っている。現実と虚構を混同しているようなふりをしている。わたしはこれもまた策略の一つだと思います。いずれにしても、この男は手紙に書かれているような人間ではありません。こういう人間だとあなたに思ってもらいたい、そういうことでしょう」

「その目的は?」ルイが訊いた。

「わかりません。人類の欲望だの現実の変貌だのと、あまりにもわざとらしくて滑稽なほどです。この男は本心を書いているのではなく、ふりをしているだけです。しかしその理由がわかりません」

「捜査を攪乱《かくらん》するためか?」ル・グエンが言った。

「それも考えられます。あるいはもっと根本的な理由があるのかもしれません」

「というのは？」カミーユが訊いた。

「それも計画の一部なのかもしれません」

改めて五つの事件のファイルが配られた。二人一組になり、一つの組に一つのファイル。最初からあらゆる手がかり、あらゆる証言を見直すためだ。デスクもまた離して各組が使いやすいようにした。二十一時四十五分、新たに四本の電話線と三台の端末が設置された。コブがすぐネットワークにつなぎ、どの端末からもコブのデータベースにアクセスできるようにした。データベースにはこれまでに入手したすべての情報が入っている。部屋は騒がしくなり、誰もがなにかを見つけてはほかの誰かに質問したり確かめたりしていく。

カミーユとル・グエンとルイは大きなホワイトボードの前に立ち、時間を気にしながらマクロ的に事件の全貌を再検討した。イレーヌが連れ去られてからすでに五時間が経過し、一分一秒の重みが増している。残り時間が少ないことだけはわかっているが、それがどれくらいなのかは誰にもわからない。

カミーユの指示で、ルイがホワイトボードに五つの事件の場所、被害者、犯行日を並べて書き出した。

コルベイユ——パリ・ウルク運河——グラスゴー——トランブレ——クルブヴォア

マリーズ・ペラン――アリス・ヘッジズ――グレース・ホブソン――マヌエラ・コンスタンツァ――エヴリン・ルーヴレ&ジョジアーヌ・ドゥブフ

二〇〇〇年七月十日――二〇〇〇年八月二十四日――二〇〇一年七月十日――二〇〇一年十一月二十日――二〇〇三年四月六日

三人はそれを睨んで関連性を見つけようとしたが、どの仮説も糸口にならない。すると、少し後ろに座っていたクレストが小説こそが切り口ではないかと指摘したので、ルイがもう一列、犯人が模倣した小説を書き出した。

『オルシヴァルの犯罪』――『ロセアンナ』――『夜を深く葬れ』――『ブラック・ダリア』――『アメリカン・サイコ』

だがこれもつかみどころがない。

「そもそもおれたちはこのなかにないものを探してるわけだ」ル・グエンが言った。「ここにあるのはもう再現済みの小説なんだから」

「もちろん」カミーユはうなずいた。「問題はこの次になにがくるかだ。それはなんだ?」

ルイがバランジェ教授が選んだ五十一作品のリストを手に取ってコピー機に走っていった。そして各ページをA3に拡大コピーし、戻ってきてコルクボードにピンで留めた。

「多いですね」とクレストが言った。

「多すぎる」カミーユも言った。「でもこのなかのどれかかもしれないし……違うかもしれないし……もしかしたらその小説には妊婦が……」

そこでなにかが頭に引っかかった。

「ルイ、妊婦が出てくる話はどれだった？」

「このなかにはありませんよ」ルイが手元の要約つきのリストを見ながら言った。

「いや、一つあったはずだ」

「いや、なかったと思いますが」

「そんなはずない！」カミーユはルイの手からリストをもぎ取った。「あったんだ、確かに」

そして急いで目を通し、ルイに投げ返した。

「これじゃない。別のやつだ」

ルイがカミーユをじっと見た。

「そうだ、忘れてた！」

ルイは自分のデスクに突進し、コブが拾い出した〝不条理〟の九件のリストを引っぱり出してきた。ルイの優雅な筆跡で書き込みがしてあり、ルイがそのなかから一点を見つけて指差した。

「ここを」

その書き込みを見て、カミーユはバランジェ教授が電話で言ったことをはっきり思い出した。

「学生の一人が……一九九八年三月の事件……倉庫で妊婦が殺されていた事件……わたしも知

らない本で……『影の殺人者』……この作家もわたしは知りません」

ルイが〝不条理〟の九件のリストをコルクボードに留めた。


「バランジェ先生、夜分に申し訳ありません」

ルイはさりげなくカミーユに背を向け、小声でバランジェに状況を説明した。

「……そうです。では代わりますので」と言って受話器をカミーユに渡した。

カミーユはすぐ『影の殺人者』について訊いた。

「ああ、あれは……あのときも言ったようにわたしも知らない本でして、その学生もうろ覚えで、なんとなくそんなだったという程度の――」

「バランジェ先生、その本が今すぐ必要なんです！　その学生さんの住所は？」

「いやあ、わかりません。名簿は研究室に置いてあるので」

「マレヴァル！」カミーユはバランジェに返事もせずに叫んだ。「車でバランジェ教授の家に行って、教授を乗せて一緒に大学まで行ってくれ。おれも大学で合流する」

マレヴァルは間髪をいれず動いた。


『影の殺人者』では〝倉庫で〟妊婦が殺されるらしい。コブがさっそく条件に当てはまりそうな倉庫を三十ほど抜き出し、エリザベスとアルマンがパリ地方の地図を広げ、該当個所に印をつけた。そしてコブが見つけた情報を基に注意深く検討し、二つのリストを作った。一つは孤立した場所にあり、かなり長く使われていないと思われる倉庫のリストで、これは優先度が高い。もう一つは条件が揃っているとは言えないものの、調査対象には入る倉庫のリストだ。

「アルマン、メフディ、コブに代わって倉庫の情報をもっと集めろ」カミーユが指示した。「エリザベス、すべての組を動かして倉庫を回らせろ。いちばん近いところから始めるんだ。パリ市内、郊外、その外と、同心円状に広げていってくれ。コブ、おまえは本を探してくれ。作者名はハブあるいはチャブ。タイトルは『影の殺人者』。だいぶ前の本だ。ほかに情報はない。おれはこれから大学に行くから携帯に連絡してくれ。ルイ、行くぞ！」

17

大学の前には二つ街灯があるだけで、青みを帯びた黄色い光が弱々しく正門を照らしていた。カミーユとルイがそこに立ったとき、サイレンを鳴らしてもう一台警察車両がやってきて、急ブレーキを踏むなり運転席からマレヴァルが飛び出し、守衛のところに走った。後部座席からはバランジェが降りてきて、さっそくカミーユたちを案内して研究室に向かった。マレヴァルの荒っぽい運転のせいで少々ふらふらしているようだ。

バランジェは研究室に入るとキャビネットを開け、ファイルを探しはじめた。

カミーユの携帯が震えた。

「こちらコブ。なにも出てきませんよ」

「そんなはずはない！」カミーユは声を張り上げた。

「や、だって、検索エンジンを二百十一も使ってるのに！　そっちの情報こそ確かなんですか？」

「待て、ルイに代わる。切るなよ」

バランジェがシルヴァン・ギニャールと書かれた書類を差し出し、電話番号の欄を指さした。カミーユはコブとつながっている自分の携帯をルイに渡し、代わりにルイの携帯を取って番号を押した。くぐもった声が「もしもし」と言った。

「シルヴァン・ギニャールさん？」

「いや、父ですが……こんな時間にどなたです？」

「司法警察のヴェルーヴェンといいます。息子さんを今すぐお願いできますか？」

「え、どなた？」

カミーユはもう一度ゆっくり繰り返し、つけ足した。

「息子さんを今すぐお願いします。ギニャールさん、緊急なんです！」

どたどたと足音がして、ひそひそ話す声がして、今度は若々しい澄んだ声が「もしもし？」と出た。

「シルヴァン君か？」

「はい」

「ヴェルーヴェン警部だ。司法警察の。今バランジェ先生と一緒にいる。きみは先日犯罪小説について調べるのを手伝ってくれたね？　覚えてるか？」

「ええもちろん。あれは――」

「きみは先生が知らない本のことを話した。リストにあった事件の一つに似ているような気がすると。作家がハブとかチャブとか、覚えてるか？」

「ええ、覚えてます」

カミーユは書類に目を落とした。住所はヴィルパリジ（イル＝ド＝フランス北東部）。車を飛ばしたとしても……。また時計を見た。

「その本を持ってるか？」と訊いた。「家にあるのか？」

「いえ、古い本ですから。なんとなく記憶にあっただけで」

「どこが似てるんだ？」

「状況です。よく覚えてないけど、なんとなく」

「聞いてくれ。身重の女性がさらわれた。今日の午後だ。パリで。とにかく早く探し出さないと……つまり、その女性はこのままだと……いや、だから……わたしの妻なんだ！」

とうとうそう言って……カミーユは生唾をのみ込んだ。

「その本が必要なんだよ、すぐに」

シルヴァンは一瞬黙り込み、それから緊張した声で言った。

「持ってないんです。十年以上前に読んだ本ですけど、タイトルは『影の殺人者』で間違いありません。作者もフィリップ・チャブで合ってるはずです。出版社は……だめです、覚えてません。表紙は頭に浮かぶんですけど」

「どんな表紙だ？」

「いかにも大衆小説っていう感じの派手なイラストです。怯えた女が悲鳴を上げてて、帽子をかぶった男の影がそこにかかってて」

「プロットは？」

「男が妊婦を誘拐するんです。それは確かです。そのころ読んでたほかの本と全然違ってたんで覚えてるんです。なんだかぞっとする内容だったと思うんですけど、具体的にはわかりません」

「場所は？」

「倉庫だったと思います。あるいはそれに似た建物」

「どういう倉庫だった？　地名は？」

「そこまでは覚えてません。でも倉庫っていうのは合ってると思います」

「その本をどうした？」

「うちはこの十年で三回も引っ越してるんですよ。だからどこにいっちゃったか全然わかりません」

「出版社もわからないんだね？」

「はい」

「これから一人そっちに送るから、覚えてるかぎりのことを話してくれ。やってくれるね？」

「はい、わかりました」

「話しているうちに思い出すということもあるから、やってみてくれ。どんな小さいことでもいい。それが助けになるかもしれないし、ひょっとするとすごく重要なことかもしれない。いつ待ってるあいだもそのまま家にいてくれ。電話のそばに。その本のことを考えてみてくれ。いつ読んだか、そのときどこにいたか、当時なにをしていたか。そういうのも思い出すきっかけになる。これから部下がわれわれの連絡先をいくつか教えるから、メモしてくれるか？　なにか思い出したら、なんでもいいからすぐに電話してくれ。わかったね？」

「はい」

「よし」と言ってカミーユは携帯をルイに戻そうとしたが、思い直してもう一度耳に当てた。

「シルヴァン君？」

「はい？」

「ありがとう。できるだけ思い出してみてほしい。頼んだよ」

それからようやくルイと携帯を交換し、自分の携帯でクレストにかけ、ヴィルパリジに行ってくれるよう頼んだ。

「頭のよさそうな学生で、協力的です。まだなにか思い出せそうなんですが、それには自信をもたせてやる必要がありそうです。それができるのはあなたしかいない」

「すぐに行きます」クレストは落ち着いていた。

「今ルイに代わるので、彼から住所を聞いてください。腕のいい運転手つきの車もこちらで手配します」

カミーユはすぐ別の番号にかけた。

「わかってます、ルザージュさん、あなたがもう警察に協力したくないってことは」カミーユは低姿勢に出た。

クレストとの電話を終えたルイが、何気なくバランジェの書棚をながめている。

「当然でしょう？　助けが必要ならほかを当たってください！」当然のことながらルザージュは不愉快極まりないという口調だった。

ルイがふいに首をかしげ、そのまま体をひねってこちらを見た。

「実はですね、わたしの妻は八か月半の身重で」声が割れ、また唾をのみ込んだ。「その妻が今日の午後、自宅から連れ去られました。あいつです、今回の連続殺人事件の犯人です。早く妻を見つけないと……」

沈黙が長引いた。

「……あいつに殺されます」カミーユはとうとう言った。「殺されます」

そのことが、もう何時間も前から考えていたそのことが、このとき初めてあまりにも明白な、避けがたい現実に思えてきて、カミーユは携帯を取り落としそうになり、めまいを覚えて壁に寄りかかった。

だがそれを見てもルイは動かなかった。ただじっとカミーユを見ている。というより、カミーユを通して遠くを見ているような目だ。顔から表情というものが消え、唇が震えている。

「ルザージュさん……」カミーユはなんとか息をついた。

「なにをすればいいんです？」やや投げやりな口調ではあったが、ルザージュはそう言った。

カミーユはほっとして目を閉じた。

「本です。フィリップ・チャブの『影の殺人者』をご存じですか？」

ルイがバランジェのほうを振り向いた。

「先生、英仏辞典はありますか？」抑揚のない声でバランジェに訊いている。

バランジェが立ち上がり、ルイの横を通って書棚の前に立った。

「ああ、知っています。古い本です」ルザージュが言った。「七〇年代か八〇年代、七〇年代末でしょうか？　ビルバン社です。八五年ごろ倒産して、在庫も版権もどこも買い取りませんでした」

ルイがバランジェ教授からハラップ社の辞書を借りて机の上に置き、なにかを調べた。そしてまたカミーユのほうを向いた。顔面蒼白だった。

その顔を見ただけでカミーユの鼓動が速くなった。だが声のほうは無意識のうちにこう訊いていた。

「その本をお持ちじゃありませんか？」

「今調べています……ああ、やはりありませんね」

ルイが辞書に目を戻し、またカミーユのほうを見た。唇を動かしているがなにを言いたいのかわからない。

「どこへ行けば手に入りますか？」

「この手の本は難しいでしょう。価値のない叢書《そうしょ》の、価値のない作品ですから。こういうのをとっておこうと思う人はいませんよ。見つかるとしても偶然であって、よほど運がよくないと」

カミーユはルイから目を離さずに口だけ動かしつづけた。

「あなたでも見つけられませんか？」

「明日ちょっとやってみますが……」

ルザージュはこれほど意味のない答えもないとすぐに気づいたようだ。

「いや、すぐにやってみます」

「ありがとうございます」

カミーユは通話を終え、携帯を手にしたまますぐに訊いた。

「ルイ、どうした？」

「チャブは」とルイが言った。「英語で、コイ科の淡水魚の名前です」

カミーユはルイから目を離さずに先を促した。

「それで？」

「フランス語では……シュヴェンヌです」

カミーユは大きく口を開けた。

手から携帯がすべり落ち、床に当たって金属音を立てた。

「フィリップ・ビュイッソン・ド・シュヴェンヌ。ル・マタン紙の記者ですよ」

カミーユはとっさにマレヴァルのほうを振り返った。

「ジャン＝クロード、おまえ、なんてことを……」

マレヴァルは首を振り、涙を溜めた目を上に向けた。

「知らなかった……そんなこと知らなかったんだ！」

18

リシャール＝ルノワール大通りの建物の前に車が止まり、三人の男が飛び出して階段を駆け上がった。背の高いマレヴァルが先頭で、続いてルイ、何段か遅れてカミーユ。

カミーユは逃げていく人影がないかと手すりから乗り出して上を見たが、六階まで螺旋状に続く手すりしか見えず、自分たち以外に人の気配はなかった。錠を吹き飛ばす銃声がしてから数秒で、カミーユも大きく開かれた玄関にたどりついた。なかは薄暗く、玄関ホールが小さい明かりに照らされてぼうっと浮かんでいる。拳銃を構えてアパルトマンに入ると、右手の廊下に壁に背をつけて慎重に進んでいくルイが見えた。マレヴァルは左手の部屋に消え、血走った目ですぐに出てきた。そこがキッチンだ。ルイはドアを蹴り開けてはすばやく壁を盾にし、また次のドアへと移っていく。カミーユはルイを援護しろと合図してマレヴァルを移動させた。カミーユが今いるのはリビングの入り口だ。左右に目をやりながら一歩踏み込んだが、そのときふいに、わけもなく、このアパルトマンは空だと確信した。

暗いリビングに目を凝らした。大通りに面して窓が二つある。今いる位置からは部屋全体が見わたせるが、妙にがらんとしていて、ほとんどなにも置かれていないようだ。窓のほうに目を向けたまま電気のスイッチを手で探った。抑えた足音が聞こえ、ルイとマレヴァルがすぐ後ろに来た。スイッチを押すと、左のほうのテーブルランプが一つ点いて、思っていたより広い部屋だとわかった。三人はなかに入った。壁に絵画をはずした跡がある。窓際に段ボール箱が数個、一つは開いたままだ。そのそばに藁張りの椅子。床は艶のある寄木張り。カミーユの目は左手にぽつんと置かれたテーブルに吸い寄せられた。今点《とも》っている唯一の照明が載っているテーブルだ。その前にも同じ椅子が一脚。

三人は銃をしまい、カミーユはゆっくりテーブルに近づいた。階段を上がる足音が聞こえ、マレヴァルが玄関に走っていった。踊り場でなにか話している。テーブルの上に置かれたランプのコードが壁を這い、暖炉のそばのコンセントに続いている。テーブルの端に赤いボール紙の紙挟みが置かれ、ゴムバンドがかかってボール紙が少しゆがんでいた。

そしてテーブルの真ん中に、一枚の紙が置かれていた。

親愛なるカミーユ

なんとかここまでたどりつきましたね。このアパルトマンは少々殺風景で、もてなしに向いているとは言えませんが、それにも理由があるとあなたならおわかりでしょう。もちろんがっかりしたことでしょうね。あの魅力的な奥さんがここにいると期待したんじゃありませんか？　まだだめです。再会はもう少し先です。

これからあなたは計画の全貌を知ることになります。ようやくすべてが明かされます。わたしもその場にいて反応を見たいところですが、そうもいきません。

もうお気づきかもしれませんし、いずれにしてもすぐわかることですが、わたしの〝作品〟がどうのこうのという話はおおむねごまかしです。それも最初から。

すでに成功は約束されたようなものです。わ、た、し、た、ち、の物語はベストセラーになりますよ。人々が先を争って読もうとする様子が目に浮かびます。それはもう書かれていて、原稿がここにあります。テーブルの上の赤い紙挟みのなかに。ほぼ完成し、あとは最後の仕上げを待つばかりです。

あなたも知る粘り強さで、わたしは五つのミステリを再現しました。もっとやってもよかったのですが、あれ以上は無駄ですよ。五つというのは多くはありませんが、殺人としてはかなりのものです。それもただの殺人じゃありませんからね。そして最後の一つは、まさに締めくくりにふさわしいものになります。期待してください。これを書いている今も、あなたのイレーヌはすでにヒロインを演じる準備を整えて待っています。イレーヌはすばらしい。完璧な演技をしてくれるでしょう。

わたしの仕事の卓越性は、自分自身の殺人を先に小説に書いておき、それからほかの作家たちが書いた小説を再現していったところにあります。見事なものでしょう？　そして最後に、自分自身の小説を再現することでこの輪が閉じるのですから、それこそ理想の秩序ということになりませんか？

文句なしの勝利です。ある小説に描かれた犯罪が、その後現実の生々しい物語となっていく。その物語を誰が読まずにいられるでしょう。もうすぐ、忘れ去られた作家の手になる新たな小説が注目を浴びます。誰もがひれ伏しますよ、間違いなく。そのときあなたはわたしを、いえ、わたしたちを誇りに思うでしょう。そしてもちろん、見事に演じきった麗《うるわ》しのイレーヌのことも。

今回はわたしを、そしてあなたを栄光へと導く名を記してペンを置きます。

敬具

フィリップ・チャブ

カミーユは手紙をゆっくりテーブルに戻した。ひどい頭痛がして立っていられなくなり、椅子を引いて腰を下ろした。しばらく赤い紙挟みを見つめたままこめかみを揉み、それからようやく手元に引き寄せ、きついゴムバンドをはずして原稿を読みはじめた。

「アリス」

カミーユ・ヴェルーヴェンは目の前の女に呼びかけた。これがカミーユでなければ、なにも考えずに〝若い娘〟の部類に入れるような女だ。

名前で呼んだのは味方だとわからせるためだったが、女は殻に閉じこもっていて、その殻にはほんのわずかなひびも入らなかった。カミーユは視線を落とし、最初に尋問に当たった部下のアルマンの走り書きを見た。《アリス・ヴァンデンボッシュ、二十四歳》

数ページめくった。

「……残酷で」とルイがようやく言葉を吐いた。声が上ずっている。「虐殺です。それもまともじゃありません。わかりますか？」

「いや、それだけじゃわからんよ」

「とにかく……こんなのは見たことがありません」

もっと先まで飛んだ。

ママは赤い絵の具を塗る。それもたっぷりと。血のような赤、紅色、夜のように深い赤。

さらに先へ。

被害者は二十五歳前後の白人の若い女性で、さんざん痛めつけられていた。髪をつかんで引きずられたとみえて前髪の一部が頭皮ごともがれていたし、ハンマーで殴られたことも司法解剖で明らかになった。

カミーユは乱暴にファイルごとひっくり返し、最後のページの最後の個所を見た。テーブルの上に置かれたランプのコードが壁を這い、暖炉のそばのコンセントに続いている。テーブルの端に赤いボール紙の紙挟みが置かれ、ゴムバンドがかかってボール紙が少しゆがんでいた。

そしてテーブルの真ん中に、一枚の紙が置かれていた。

これで終わりか？　カミーユは愕然とし、顔を上げて助けを求めた。マレヴァルは部屋の奥に立っていたが、ルイはすでに肩越しにのぞきこんで同じページを読んでいた。そして手を伸ばしてページをめくり、少しずつ前を見ていく。ところどころ拾い読みしながら、途中で顔を上げて考え、またページに戻っていく。

カミーユの頭は混乱していた。数多くの要素が重なり合い、ぐるぐる回っている。

ビュイッソン、その〝作品〟、その本。

その本にはカミーユの捜査のことが書かれているのだが……。そこで行き詰まってしまう。

これのどこに真実があるんだ？

どうすれば真実と虚偽を見分けられる？

だがはっきりしたこともある。ビュイッソンこそがあの五つの事件の犯人だった。五つの小説を模倣した五つの殺人。そしてそのすべては一点に集約していく。すなわち第六の殺人、彼自身の小説を模倣する殺人へと。それこそがこれから行われる犯罪、もっとも美しい犯罪であり、そのヒロインがイレーヌだ。

だがそれがどう書かれているのかがわからない。

《わたしの仕事の卓越性は、自分自身の殺人を先に小説に書いておき、それからほかの作家たちが書いた小説を再現していったところにあります》

見つけなければ。

どこにいる？

イレーヌ！

第二部

二十二時四十五分、犯罪捜査部。

テーブルの上に赤い紙挟みが広げて置いてある。アルマンがそれを持ってコピー機に向かった。

ル・グエン以外は全員立っている。カミーユはテーブルの後ろから全員を見わたした。

ル・グエンはいらついているようで、鉛筆の端を嚙んでいる。太鼓腹の上に手帳を載せ、たまにメモをとるが、それよりもっぱらカミーユを鋭い目で見て、カミーユの言葉を聞きながら考え込んでいる。

「フィリップ・ビュイッソンは……」カミーユはそこで口に手を当てて咳き込み、また続けた。「ビュイッソンは家に戻っていない。イレーヌを連れてどこかに潜伏している。われわれに必要な答えは三つ。どこにいるのか。なにをするつもりなのか。それはいつなのか。つまりほとんどなにもわかっていないのと同じだが、その答えを大至急見つけなければならない」

少し前にここに戻ったとき、カミーユはかなり動揺していた。ル・グエンはそれを心配していらついているのだ。動揺している暇などないことはカミーユも先刻承知している。とにかく今は仕事に集中するしかない。イレーヌのために。だからカミーユはカミーユであることを捨て、ヴェルーヴェン警部に徹しようと思った。

「ビュイッソンの自宅で発見された文書は彼自身が書いた小説の原稿だ。われわれの捜査の状況を想像して小説にしたものだ。この原稿が第一の手がかりだとすると、第二の手がかりが『影の殺人者』で、これがまだ入手できていない。ビュイッソンがチャブという名でだいぶ前に書いた処女作だが、そこに今行われようとしている犯罪のことが書かれている」

「確かなのか？」ル・グエンが顔も上げずに訊いた。

「これまでに得た情報では、妊婦が倉庫で殺される話だ。まず間違いない」

コブが端末を離れてなにかを報告にきた。カミーユが目で促すと、首を振って言った。

「その本ですが、まだなにもわかりません」

コブの横では小太りの精神科医のヴィギエ博士が腰をテーブルの端に引っかけて足を投げ出し、腕を組んで真剣に聴いていた。だが目はカミーユではなく、刑事たちに向けられている。

アルマンが五セット分のコピーをとって戻ってきた。一方マレヴァルは先ほどから妙にそわそわして、体重を右にかけたり左にかけたりしている。

「三チームに分けるぞ」カミーユが言った。「第一チームは第一の手がかり、つまりこの原稿を調べる。ジャンとマレヴァルとおれだ。ヴィギエ博士もここに加わってください。第二チームは引き続きパリ地方の倉庫を調べてくれ。アルマン、全体をまとめてくれ。今のところ倉庫という以外に手がかりがないから厄介な仕事だが、頼んだぞ。第三チームはルイとコブ。ルイ、おまえはビュイッソンの経歴を洗ってくれ。人間関係、所縁《ゆかり》の場所、資産、そのほかなんでも。コブはフィリップ・チャブの本をなんとかして探し出すんだ。質問は？」

誰も手を上げなかった。

第一チームはさっそく二つのテーブルを向い合せに置き、片方にル・グエンとカミーユ、もう片方にマレヴァルと精神科医のヴィギエ博士が座った。

アルマンはコブがプリントアウトした倉庫の最新リストを取ってきて、今あちこちを回っている刑事たちがすでに確認した倉庫を線で消していった。

ルイは電話に飛びつき、受話器を首にはさんで端末を操作しながら情報を集めにかかった。

コブは一つだけ増えた手がかり――ビルバン社――をキーワードに検索を始めた。

部屋全体が緊張感に震え、そこにキーボードを打つ音と電話の声が重なって低いうなりと化していた。

仕事にかかる前に、ル・グエンが携帯を引っぱり出してオートバイ隊員二名に待機を命じた。次いで特別介入部隊《RAID》にも待機を要請し、カミーユが聞いているのに気づくとしょうがないだろと肩をすくめた。

当然の措置だ。カミーユもわかっている。確かな手がかりが見つかって緊急出動するとなれば、プロの手が必要になる。それこそＲＡＩＤの仕事だ。

カミーユも彼らの仕事を間近で見たことがある。体格がよく、口数が少なく、重装備で身を固めた黒ずくめの男たち。ロボットのような重装備でなぜあんなに速く動けるのか不思議でたまらない。装備のみならず技術も大したもので、赤外線カメラやＧＰＳを使って現場を分析し、あらゆる要素を考慮し、軍にも劣らぬ正確さで介入計画を練り上げる。そして実行部隊が全能の神のごとく狙ったポイントに襲いかかる。

そう、住所が手に入れば、そこからはＲＡＩＤの仕事になる。良くも悪くも……。カミーユが少々不安を感じるのは、そうした介入がこの事件の様相とは合わないように思えるからだ。ビュイッソンの緻密な計画にＲＡＩＤの緻密な計画をぶつけても、勝ち目はないのではないか。なにしろビュイッソンはもう何週間も、もしかしたら何か月も前から、昆虫学者並みの忍耐を発揮してこの事件を準備してきたのだから。ヘリコプターや催涙弾、暗視スコープ、高性能狙撃銃があっても、ビュイッソンが相手では雲のなかで撃つようなものだ。

カミーユはそれをル・グエンに伝えようと口を開けかけたが、そのまま閉じた。そもそもほかにどんな方法がある？　いつもの拳銃を手に自分でイレーヌを救出しにいくのか？　年に一度の射撃訓練以外には引き金をひくこともないのに？

第一チームの四人はそれぞれビュイッソンの家に残されていた原稿を読みはじめた。各人各様のやり方で。

ヴィギエ博士は長い経験を積んだ精神科医で、読み方も精神科医ならではのものになった。読むというより、空を飛ぶワシのようにページを俯瞰《ふかん》する。そして遠隔操作でもされているかのように一定の速度でページをめくっていく。だがワシは獲物を見つければ急降下する。しかもその獲物はほかの人とは違う。まずビュイッソンが自分をどう描いているか。次いで文体。さらに登場人物の描かれ方。なぜなら、たとえ実名でも、被害者以外はすべて架空の人物、ビユイッソンが想像した人物でしかないからだ。要するに、ヴィギエから見れば、この小説はすべてビュイッソンだということになる。ビュイッソンが世界をどう見ているか、現実をどう都合よく変えているかが書かれている。四百ページにおよぶ幻想の世界だ。だからヴィギエは、ビュイッソンが事実をどのように料理して自分の世界観に合わせているかを見極めようとした。ル・グエンは地道に読み込むタイプだ。だから読むのは遅いが、ポイントをつかむのは速い。そこで、自分にいちばん合う方法をとった。最後の章から始めて、一つずつ前に戻っていくやり方だ。例によってメモはほとんどとらない。

マレヴァルはというと、なんと一ページ目を見つめたままページをめくっていなかった。だが周囲の誰も気づかなかったので、何分経ってもそのままで、やがてヴィギエ博士が小声で最初のコメントを始めてもなお、一ページ目の上にかがみ込んだまま固まっていた。

だが心のなかではもがいていたのだ。マレヴァルは何度も立ち上がろうと思った。カミーユの前に行って言うべきことがあるからだ。だが、その勇気も気力もなかった。ページをめくらずにいれば、このまま隠れていられるような気がした。だが自分が崖っぷちに立っていることはわかっていた。あと数分で誰かが自分の背中を押し、あとは奈落の底に落ちていくだけだ。だから自分から動かなければならない。勇気を出して両手に力を入れ、この原稿のなかの自分の名前を探し、それを追い、おそらくは最後のほうに書かれているはずのことを確かめなければ……。マレヴァルが落ち込んだ罠は今まさに閉じられようとしている。だから今しかない。動け。決断しろ！

だがマレヴァルは動けなかった。怖かった。

一方カミーユは、マレヴァルの葛藤に気づかぬまま、集中してかなりのスピードで読み進めていた。得意の拾い読みだ。関係なさそうな段落を飛ばし、そこここにメモを書き込み、時には細部を確認するために前に戻りもする。自分とイレーヌの出会いの場面も拾い読みで飛ばした。しょせんはビュイッソンの想像で、現実とはまったく違う。そもそもビュイッソンになにがわかる？ なんだこのテレビ出演うんぬんの話は、ばかばかしい。と思いながらその瞬間、頭のなかで本当の出会いの場面が走馬灯のように流れた……。

日曜の朝。ルーヴル美術館のギフトショップ。その若い女性はティツィアーノに関する本を探していた。迷っているようで、一冊目を見て、二冊目を見て、結局どちらも棚に戻して三冊目を手に取った。だがそれがいちばん出来の悪い本だったので、カミーユは反射的に声をかけた。「それはやめたほうがいいです。余計な口出しかもしれませんが……」。するとその女性は微笑んだ。まさにイレーヌの微笑み、気取らない、でも魅力的な微笑みだ。そして「まあ、本当に？」と、これまたまさにイレーヌの口調で言った。それは尊敬するというより冷やかすような口調で、相手は謝らざるをえなくなる。というわけでカミーユも謝り、弁解し、ティツィアーノについて少ししゃべりかけた。だがそこが問題で、知識をひけらかすような印象を与えたくないのに、どうしてもそうなってしまい——なにしろティツィアーノについては一家言をもっている——動揺してしどろもどろになり、顔を赤らめた。顔を赤らめるなど何年ぶりのことだったろうか。するとイレーヌはまた微笑んで、「じゃあ、こっちがいいのかしら？」と訊いた。カミーユは言いたいことがありすぎて、だめだ、なんとか短く答えなくてはと思い、結局は気取り屋にみられたくないという恐れと、高い本を薦めて申し訳ないという戸惑いを一文に集約してこう言った。「ええ、これは高いんですが……でもいちばんいいんです」。イレーヌは前にボタンが並んだ服を着ていた。それも上から下まで。そして笑いながら「それって、靴を買うときと同じですよね？」と言って、彼女のほうも顔を赤らめた。芸術の話に靴など持ち出したことが恥ずかしかったらしい。イレーヌはもう十年以上もルーヴルに来ていなかったと言った。カミーユのほうはほぼ毎週来ていたが、そんなことは言えなかった。そして彼女がレジのほうに向かおうとしたときも、誰への贈り物なのか知りたくないことは言えなかったし（彼女が「プレゼントなんです」と言ったのだ）、また会えるチャンスは百万分の一くらいだろうということももちろん言えなかった。イレーヌはカードで支払っていた。近眼なのか、暗証番号を押すとき前かがみになった。そして店を出ていった。カミーユは書棚に目を戻したが、もう心ここにあらずだった。そして疲れと説明のつかない寂しさを感じ、数分後に店を出た。

ところがそのすぐあとで、またイレーヌを見かけたのでびっくりした。中庭に建つガラスのピラミッドの真下にいたのだ。パンフレットを見ながらきょろきょろし、案内板を見上げたりしている。カミーユはさりげなくすぐそばを通り、イレーヌが気づいて微笑んだので足を止めた。するとイレーヌが言った。「それで、美術館を見てまわるにはどんな方法がお薦めなのかしら？」

カミーユはもう次の段落に集中していた。

それからしばらく読み進め、途中でふと目を上げた。するとマレヴァルが両手を原稿のコピーの上に置いてル・グエンのほうを見ていて、ル・グエンは悲痛な面持ちで首をふりながらマレヴァルを見ていた。

「カミーユ」ル・グエンが言った。「マレヴァルのことでちょっと相談しなきゃならんようだ」

ル・グエンは参ったと思った。よりによってまさかこんなことになるとは。カミーユがどんな反応を示すかと思うと気が気ではなかったが、とにかくカミーユとマレヴァルを連れて取調室に移った。そして原稿の先のほうのある個所を示してカミーユに読ませた。


「おまえを解雇しなきゃならん」

向かいに座ったマレヴァルは何度もまばたきし、しがみつく藁を探している。

「これがどんなにつらいことか、おまえにはわからんのだろうな……。なぜひと言相談しなかった？」

（……）

「いつからだ」

「去年の年末です。向こうから接触してきました。最初はほんのちょっとした情報を流してただけで。それで十分だったんですけど……」

読み終えたカミーユは眼鏡を机の上に置き、拳を握りしめた。そしてマレヴァルのほうに顔を上げたとき、思ったとおり、その目は冷たい光を放っていた。今にも殴りかかりそうで、マレヴァルは椅子の上で身を引き、ル・グエンは止めに入ろうと腰を上げかけた。

「カミーユ、ここは規律に則って対処しよう、な？」と言ってル・グエンはマレヴァルのほうを見た。「さて、マレヴァル、ここに書かれていることは本当なのか？」

マレヴァルははっきりしない声でぶつぶつと、まだ読んでない、見てみないとわからないなどと言った。

「見るってなにをだ。情報を流してたのか、流してないのか、どっちなんだ？」

するとマレヴァルはうなずいた。

「そうか。ではおまえを逮捕しなきゃならん」

マレヴァルは水から出た魚のように口を丸く開けた。

「おい」とカミーユが嚙みついた。「おまえはすでに七人殺したやつに手を貸してたんだぞ。なに考えてんだ、え？」

「知らなかったんです……ほんとに」

「そんなたわ言は判事に言ってくれ。今話してる相手を誰だと思ってる！」カミーユはどなりつけた。

「まあまあ……」ル・グエンはなんとかカミーユを落ち着かせようとしたが、カミーユはこちらを見もしない。

「おまえが何か月も前から情報を流してた人間が、イレーヌをさらったんだ！　おまえもイレーヌを知ってるよな？　おまえもイレーヌを好きだよな？」

沈黙が流れた。その沈黙はル・グエンにも破れなかった。

「イレーヌは優しい女だ」カミーユは続けた。「そして八か月半の身重だ。おまえも祝いの品を考えてたんじゃないのか？　あるいはもう買ったか？」

ル・グエンは目を閉じた。カミーユがこうなったらもう誰も止められない。

「なあ、カミーユ……」

と声をかけてはみたものの、カミーユにはもうマレヴァルしか目に入らないようだ。カミーユの怒りは一語一語を重ねるうちに渦を巻き、そこからは怒りそのものが言葉を発するようになってしまう。

「情が深くて優しい班長なんてものは、小説にしか出てこないんだ。おれはおまえを殴り倒してやりたいね。とにかく、まずは監察官に引き渡す。それから検事、予審判事、拘置所、裁判。おれも重要証人ってわけだ。イレーヌが無事に見つかるようにせいぜい祈ることだな。さもなきゃおまえはとんでもない償いを強いられることになるからな。涙の最後の一滴まで搾りとってやる！」

ル・グエンはとうとう拳で机をたたいた。だがその衝撃で自分もはっとして、大事なことを思い出した。

「おい、カミーユ、そんなことしてる場合じゃないぞ」

カミーユもはっとした顔でこちらを見た。

「マレヴァルと話す機会はまた作ってやるから、ここはおれに任せておまえは仕事に戻れ。監察官にもおれから連絡する」そこでひと呼吸置き、もうひと押しした。「それがいちばんいい。カミーユ、信じてくれ」

そして気持ちの切り替えを促すために、さっさと立ち上がってみせた。

それでもカミーユはなおしばらくマレヴァルを睨みつけていたが、ようやく立ち上がり、ドアを力任せに閉めて出ていった。

カミーユが部屋に戻るとルイが寄ってきた。

「マレヴァルはどこです？」

カミーユはぐっとこらえ、最小限のことしか言うまいと思った。

「ル・グエンと一緒だ。長くはかからんだろ」

なぜそう言い足したのか自分でもわからない。舌がすべったようなもので、実際は長くかかるだろう。時間はこぼれるように過ぎていくのに、なにもかもが堂々巡りして先に進まない。だが焦っても仕方がない。カミーユは怒りにわれを忘れかけていたが、ようやく少し前の自分の決意を思い出した。カミーユであることを捨て、ヴェルーヴェン警部に徹すること。

すぐまた原稿に戻った。またしてもイレーヌが出てきた。それにしても、ビュイッソンはなぜこれほど正確にイレーヌの孤独や不安を描くことができたのだろうか。もしかしたら警察官の家庭はどこもこうなのか？　あるいは新聞記者も？

二十三時を過ぎた。だがルイは相変わらず冷静で、身だしなみも朝と変わらない。シャツにも皺一つない。今日は忙しく動きまわったのに靴もまだぴかぴかだ。まさかトイレに行くたびに磨いてるわけじゃないだろうに。

「フィリップ・ビュイッソン・ド・シュヴェンヌ。一九六二年九月十六日、ペリグー生まれ。ナポレオン時代にレオポルド・ビュイッソン・ド・シュヴェンヌという将軍がいました。イエナでのプロイセン軍との戦いに加わっています。ナポレオンの勅令《ちょくれい》で称号と領地を与えられました」

だがカミーユはぼんやりとしか聞いていなかった。なにか大事なことが見つかっていれば、ルイは真っ先にそれを言うはずだからだ。

「おまえ、マレヴァルのこと知ってたか?」唐突に訊いてみた。

ルイがこちらを見た。なにか言おうとし、唇を嚙んだ。だが結局こう訊いてきた。

「マレヴァルのなにをですか?」

「ビュイッソンに情報を流してたことだ。捜査の進捗状況を逐一ビュイッソンに教えてたのがあいつだってこと。マレヴァルのおかげで、ビュイッソンはいつも先回りできてたってことをだ」

ルイは死人のように青ざめ、椅子の背に体を押しつけたまま動かなくなった。やはりルイは知らなかったのだ。

「あの小説に書いてあったんだよ。ル・グエンがまず気づいた。今マレヴァルを尋問してる」

それ以上説明する必要はなかった。ルイは取調室のほうに目を走らせ、口を半開きにしてなにか考えている。

「金を貸してたってのは本当か？」

「なぜそれを？」

「それも小説に書いてあるんだ、ルイ、全部書いてある。マレヴァルがそのこともあいつにしゃべったんだろう。わかるか？　おまえも小説に出てくるんだ。おれたちみんなだ。え、すごいだろう？」

ルイがはっとした顔でまた取調室のほうを見た。

「いや、あいつは大した助けにはならない」カミーユはルイの考えを読んで言った。「ビュイッソンから吹き込まれたことしか知らないだろう。マレヴァルは最初から操られていた。クルブヴォア事件より前からだ。なにもかも織り込み済みで、マレヴァルはまんまと踊らされたんだ。そしておれたちもな」

ルイはうなだれた。

「さあ、続けよう。どこまでいった？」

ルイはまたメモを見て報告しはじめたが、その声は弱かった。

「ビュイッソンの父親は……」

「もっと大きな声で！」カミーユは立ち上がってウォーターサーバーのほうに行きながら叫んだ。

ルイは声を上げた。いっそのこと自分も叫びたかっただろうが、そうしないところがルイだ。その代わり声が震えていた。

「ビュイッソンの父親は実業家でした。母親の旧姓はプラドー・ド・ランケ。アキテーヌ地方の名家の出身で、こちらもかなりの資産を持っていました。主に不動産です。ビュイッソンはペリグーで教育を受けましたが、出来は悪かったようです。一九七八年に短期間療養所に入っています。そこに捜査員を送りましたから、今は報告待ちです。ビュイッソン家は一九八〇年代初頭の不況の煽りでかなりの資産を失っています。ビュイッソンは一九八〇年に大学の文学部に進学し、すぐに中退。その後ジャーナリズムの学校に入り直し、一九八五年にどうにか卒業。その前年に父親が死亡。一九九一年にフリージャーナリストとして独り立ち。ル・マタン紙の記者になったのは一九九八年です。トランブレ事件までは目立たない存在でしたが、この事件の記事が注目されて昇進し、社会面の副編集長になりました。母親が死亡したのが二年前。ビュイッソンは一人息子で独身です。ビュイッソンは相続した遺産のうち一部の不動産を残してすべて売却し、それを株に投資して、運用をガンブラン・エ・ショサール社に委託していました。遺産はかつての規模ではありませんでしたが、とはいえ残った不動産収入だけでもル・マタン紙の給料の六倍でした。さらにこの二年で、田舎の屋敷を除き、残りの不動産も株も全部売却しています」

「どういうことだ？」

「計画のためでしょう。すべてを現金にして、スイスの口座に預けたんです」

カミーユは歯を食いしばった。

「ほかは？」

「友人、知人、普段の暮らしぶりとなると関係者に話を聞く必要がありますが、それは今すべきことではないでしょう。メディアが殺到して、その対応でこちらの動きがとれなくなります」

ルイの言うとおりだ。

ビュイッソンが使いそうな倉庫は最後の一つまで調べ尽くした。

ルザージュが二十三時二十五分に電話してきた。

「これはと思う同業者に当たりましたが、仕事の連絡先しか知らないので、話ができたのは一部です。あとはメッセージを残しました。しかし今のところ、あの本は見つかりませんね。残念ですが」

カミーユは礼を述べた。

扉が一つずつ閉められていく。


ル・グエンはまだマレヴァルと取調室にこもっていた。誰もが疲れを感じはじめていた。

その後も一人で原稿を読んでいたヴィギエ博士がひと通りの分析を終えたというので、カミーユはさっそく話を聞いた。ヴィギエは引退まであと数か月という年齢にもかかわらず、朝からもう十五時間以上仕事をしていることになる。原稿を読みながらも何度かあくびをかみ殺していた。だがこの小太りのベテランは集中力を失うことなく、最後まで試験前の学生のように原稿にかじりついていたのだ。疲労の色は隠せず、今にも倒れそうで、目の下にくまもできていたが、それでも目は澄み、しっかりした声で私見を述べた。

「現実との乖離が少なくありません。ビュイッソンならそれを〝創造の領域〟と呼ぶんでしょうな。たとえばわたしはクレストという名で、実際より十歳くらい若いことになっている。フェルナン、メフディ、エリザベスという三人の架空の刑事も出てきますが、三人とも名字は書かれておらず、五十代のアルコール依存症、若いアラブ系、四十代の女性という設定です。年齢的にも社会的にもバランスをとって読者受けを狙ったといってもいい。それから、チャブの本のことを指摘するのはディディエ教授ではなく、シルヴァン・ギニャールという、これも架空の学生になっていて、またディディエ教授はバランジェという名で登場しますよ」

カミーユもそうだったが、ヴィギエもまず自分がどう描かれているかが気になったようだ。自分たちは文学というゆがんだ鏡の前に立っている。そしてそれがどんな真実を映し出すのか気になっている。そういうことだろうとカミーユは思った。するとその考えを読んだかのように、ヴィギエがこう続けた。

「しかしなんといっても衝撃的なのはここに登場するあなたです。かなり個性的に描かれている、いい意味でね。頭の切れる一途《いちず》な男。そんなふうに思われたら誰だってうれしいでしょう？　ここにはビュイッソンのあなたに対する称賛が読みとれるし、それはあの三通の手紙の基調とも一致します。また尊敬する作家たちへの言及にも通じるものがある。当初からわれわれは、ビュイッソンの殺意は権威に対する——精神分析でいう《父》に対する——強い嫌悪感に根差したものだと考えてきましたが、どうやら間違いないようです。一方で権威を軽蔑し、他方で称賛するわけで、この男は矛盾そのものです。よく見られる認知的不協和といってもいい。そしてその葛藤の対象としてあなたを選んだ。だから、たとえばイレーヌを通してあなたを苦しめようとするんでしょうな。彼はあなたを称賛するが、同時にあなたを打ちのめしたい。

そうすることで自意識を確立しようとしている」

「なぜイレーヌなんです？」

「そこにイレーヌがいるから。イレーヌは、つまりあなたでもあるからでしょう」

カミーユはまた血の気が引く思いで、言葉もなく原稿に目を落とした。

「小説のなかにも手紙が出てきますが」ヴィギエが続けた。「あなたが実際に受けとったものと一字一句同じです。一方、小説ではル・マタン紙の《今週の顔》というコラムにあなたの紹介記事が載るんです。こんなことは実際にはなかったわけですが。それ以外については細かいところまで読まないとわかりません。とはいえ骨組みはおおむね見えています」

カミーユは椅子の背にもたれ、その拍子に壁に掛けられた時計が目に入ったが、見なかったことにした。

「ビュイッソンは自分が小説に書いた犯罪を忠実に実行しようとしているわけですね？」

ヴィギエは唐突な問いにも驚きはしなかった。手にしていたメモを机に置き、まっすぐカミーユを見て、ゆっくり答えた。正確に伝わってほしいという気持ちの表れだ。

「これまでこの犯罪の論理を探ってきましたが、その答えはもう出ました。ビュイッソンはかつて自分が小説として描いた犯罪を現実のものにしたい。そしてその顚末を原稿に書き加え、もう一つの小説を完成させようとしているんです。だから止めなければならない。この男はなにがなんでも実行すると決めていますから」

カミーユはヴィギエの態度をありがたいと思った。真実を言うこと。なにも隠さないこと。相手がすでにわかっていることもあえてはっきり言葉にすること。それが最良の道であり、この場では唯一の道でさえあることをこの精神科医は知っている。そしてカミーユもそのとおりだと思った。

「とはいえ、未知数がゼロだというわけじゃない」ヴィギエが続けた。「処女作の詳しい内容がわかっていない以上、その犯罪が具体的にどこで、いつ行われるのかはなんとも言えないわけです。今すぐとか、数時間後という可能性もありますが、そう考える確固たる理由があるわけでもない。もしかしたらその小説では、犯人が被害者を一日、二日、あるいはもっと監禁しておくのかもしれない。今手元にある情報からはわからないわけで、そこに推測を重ねてみたところでなんの意味もありません」

ヴィギエはそこでかなり間を置き、そのあいだカミーユのほうを見なかった。カミーユが言葉をのみ込むのを待っているのだ。そして頃合いを見計らって、またふいにしゃべりだした。

「この原稿のなかに書かれていることは二種類に分けられます。ビュイッソンが予想したものと、創作したもの」

「なぜあれほど多くのことを予想できたんです？」

「それは逮捕してから直接訊くしかないでしょうが……」とヴィギエは取調室のほうにゆっくり顎をしゃくった。「要するに、内部情報が筒抜けだったんですな。そしてもう一つ、事件の展開に合わせてルポルタージュの要領で書き直していった個所もありそうです。この小説をできるかぎり現実に近いものにしたかったでしょうからね。あなたが意外な行動をとったのでそうせざるをえなかったのかもしれないし、逆にあなたが意外な行動をとることを想定していたのかもしれない。わたしは後者ではないかと思います。だからこそ、部分的にはあなたの反応に小説のほうを合わせていくしかないと考え、そうしたんじゃないでしょうか」
「たとえばどういう個所を？」
「案内広告の件などは想像もしていなかったはずです。あの段階ではあなたが先手をとったわけで、ビュイッソンはさぞかし興奮したでしょう。彼にとって、あなたは共著者みたいなものですからね。しかしわたしがいちばん驚いたのは、もっと基本的な、一連の展開の軸になる部分の推測ですよ。ビュイッソンはあなたたちを誇りに思うでしょう》と書いているのはそういう意味です。《あなたはわたしたちを誇りに思うでしょう》と書いているのはそういう意味ですよ。ビュイッソンはあなたたちなら彼の犯行の一つと小説を結びつけることができると信じていた。しかもあなたがその手がかりをあきらめないことも知っていた。警部、あなたは頑固者なんかじゃありませんが、少々頑なな面がないとは言えないし、自分の直感を信じて動くタイプです。そんなことまでビュイッソンは見抜いていて、それが役に立つかもしれないと考えた。それだけじゃない。チャブというペンネームと本名とのつながりについても、いずれあなたの周囲の誰かが気づくと踏んでいた。この計画はこれらの推測が当たるかどうかにかかっていました。つまり、わたしたちが思う以上に、ビュイッソンはあなたをよく知っているんです」

その数分後にル・グエンが一人で取調室から出てきた。

いつもの手だ。部屋を出て容疑者を独りにする、また戻る、担当官を代える、また戻る、また独りにする……そうやって先を読めなくする。たとえこの常套手段を知っていても――たとえば警察官とか――容疑者は不安に陥る。

「もっとスピードを上げるつもりなんだが……」

「だが？」カミーユが訊いた。

「あいつは大したことは知らんぞ。情報を渡すばかりだったようだ。最初は些細な情報だったが、それがビュイッソンの罠だった。ちょっとした情報に少額の礼金を払うことで、マレヴァルに少しずつ自信をもたせ、同時に臨時収入に慣れさせる。クルブヴォァ事件が発生したときにはマレヴァルはもうどっぷり浸かっていて、なにも疑わなかった。甘いな、おまえのマレヴァルは」

「おれのマレヴァルなんかじゃない」カミーユはメモをとりながら言った。

「なんとでも言え」

コブがビルバン社の情報を探り当てた。

「一九八一年創業、一九八五年廃業。当時はまだサイトをもってる出版社は少なくて、そういう意味ではデータがないんで、古書店の在庫目録のなかから拾ってきてつなぎ合わせてみたんですよ。見ます？」

答えを待たずにコブはリストを印刷した。

一九八二年から一九八五年のあいだにおよそ百冊の本が刊行されていた。どれも駅小説《ロマン・ド・ガール》（暇つぶしの読み物）だ。カミーユはタイトルをざっとながめた。スパイもの＝『諜報員TXはどこに？』、『諜報員TX対ナチス機関《アプヴェーア》』、『スパイの微笑み』、『コードネーム〝オーシャン〟』……。犯罪小説＝『マリブの乱闘』、『美女と弾丸』、『他人の顔』……。ロマンス小説＝『愛しのクリステル』、『いとも清らかな心』、『愛を終えるとき』……。

「ビルバン社の得意は、すでに出ている小説の版権を買って新しいタイトルをつけて売ることですよ」コブは相変わらずカミーユのほうを見ず、指を動かしながら話しつづけた。

「誰か関係者の名前は？」

「わかったのは社長だけで、ポール＝アンリ・ヴァイス。小出版社の株をあちこち持ってて、でもビルバン社だけは自分で経営してたんです。結局倒産したもんで、その後二〇〇一年に死亡するまで出版業にかかわった形跡はないですね。今それ以外の関係者を調べてます」

「あった！」とコブが叫んだ。

カミーユがいちばんに駆けつけた。

「と思うんだけど……ちょっと待って」

コブの指はこっちのキーボードからあっちのキーボードに飛び、画面に次々とデータが現れた。

「なんなんだ？」カミーユが待ちきれずに訊いた。

ル・グエンとルイも飛んできた。ほかのメンバーもそれに続こうとしたところで、カミーユがあわてて止めた。

「こっちはいいから、仕事を続けてくれ！」

「ビルバン社の従業員リストです。全員じゃないけど、とりあえず六人見つけたんで」

コブが瞬く間に表を作り、それが画面に大きく出た。六人分が横に並んだ表で、縦に名前、住所、生年月日、社会保険番号、入社年月日、退社年月日と六つの枠が用意され、まだ埋まっていないところもある。

「で、これ……」とコブが椅子に寄りかかって腰を揉みながら訊いた。「どうします?」

「印刷してくれ」

コブがプリンターのほうに顎をしゃくり、そこにもう紙が四枚出てきていた。

「この情報、どこで見つけたんだ?」ルイが訊いた。

「そいつは少々説明しにくいなあ。大きい声じゃ言えないけど、奥の手を使ってるもんでね……意味わかるよね?」

コブはル・グエンのほうにちらりと目をやったが、ル・グエンは素知らぬ顔でコピーを一枚取った。三人はコブを囲むように立ったままリストを見た。

「続きも今出すから」と言ってコブがまた画面を操作した。

「続きって?」カミーユが訊いた。

「退職後の情報」

またプリンターが紙を吐き出した。六人についてわかっているかぎりの情報が並んでいた。それによると、一人は今年初めに死亡。もう一人は失踪。

「失踪?」ルイが訊いた。

「退社後のことがなにもわからない。忽然と消えちゃってる。これ以上は調べようがないね」

この二人を除くとあとは四人。

まずイザベル・リュッセル。一九五八年生まれ、一九八二年入社、五か月後に退社。カミーユは横線を引いて消した。

次はジャサント・ルフェーヴル。一九三九年生まれ、一九八二年から倒産まで在籍。ニコラ・ブリュー。一九五三年生まれ、創業と同時に入社し、倒産まで在籍。最後がテオドール・サバン。一九二四年生まれ、一九八二年から倒産まで在籍。すでに現役を引退。計算すると、現在七十九歳。住所はジュイ＝アン＝ジョザの老人ホーム。カミーユはこれにも横線を引いた。

「この二人」とカミーユがルフェーヴルとブリューに丸をつけてコブに見せた。「住所は?」

「今やってる」とコブ。

「退職後のことは?」ルイが訊いた。

「わからない。あ、これ、ジャサント・ルフェーヴル、もう引退してるね。住所はヴァンセンヌ、ベレール通り百二十四番地。それから……」

コブが次々画面を出していく。

「あった、ニコラ・ブリュー。住所は十区のルイ＝ブラン通り三十六番地、無職」

「おまえがルフェーヴル、おれがブリューだ」カミーユはルイにそう言うなり電話に飛びついた。

「夜分遅くに申し訳ありません……」ルイの声が聞こえている。「はい、わかっています……あ、切らないでください! こちらはルイ・マリアーニ、司法警察の者です……」

ブリューのほうはなかなか電話に出ない。

「あなたはどなた?……それでお母さんはどちらに?」

ルイの声を聞きながら、カミーユは呼び出し音を無意識に数えていた。七、八、九……。

「どこの病院ですって?……はい……はい、わかりました」

……十一、十二……。カミーユが受話器を耳から離しかけたとき、ようやくカチャリと音がした。誰かが受話器を取ったのだ。だがなんの声も聞こえない。

「もしもし? ブリューさん? もしもし?」カミーユは叫んでいた。「聞こえますか!」

電話を切ったルイがカミーユの前にメモを置いた。《サン＝ルイ病院、緩和ケア病棟》

「なぜなにも言わないんだ、ちくしょう……もしもし! 誰かいるんですか? 聞こえますか?」

するとまたカチャリと音がして、電話が切れた。

「ルイ、一緒に来てくれ」カミーユは立ち上がりながら言った。「ほかにも二人、ついてこい!」

ル・グエンが二人の刑事を選んで合図した。二人はあわただしく立ち上がり、上着を取りに走った。

カミーユはドアまで行ったところで駆け戻り、引き出しから拳銃を取ってまた走った。

零時半だった。

先導する二台の白バイは大いに飛ばしていて、カミーユはついていくのがやっとだった。助手席ではルイがしきりに前髪をかき上げている。後部座席の二人は緊張しているのか黙ったままだ。サイレンの音に時々白バイ隊員の鋭いホイッスルが重なる。さすがにこの時間になると道も空いていて、フォーブール・サンマルタン通りを百十五キロで飛ばし、七分弱でルイ＝ブラン通りに着いた。すでに白バイが道の前後をふさいで交通を遮断していて、四人は車を降りるなり三十六番地に駆け込んだ。

カミーユはル・グエンが誰をつけてくれたのか気にもしていなかったが、走りながらちらりと見ると二人とも若く、その片方がメールボックスの前で立ち止まって「四階、左」と言った。カミーユが四階まで上がったときにはすでにその二人がドアをたたいていた。「警察です、開けてください！」するとすぐにガチャリと音がしたが、開いたのは反対側のドアで、老婆が首だけ出して刑事たちを見、すぐに引っ込んだ。上のほうでもドアが開き、すぐに閉まったが、それ以外は静かなままだ。

若い刑事の一人がまたドアをたたき、もう一人が拳銃を出してカミーユを見、ドアの鍵穴を見、またカミーユを見た。カミーユはドアを見つめ、三人を下がらせ、錠を観察し、アパルトマンの玄関の様子を想像しながら角度を見極めた。

「おまえ名前は？」カミーユは小柄なほうに訊いた。

「ファブリス・プ――」

「そっちは？」名字まで聞かずにもう一人にも訊いた。

「ベルナールです」

ファブリスは小柄で二十五歳くらい、ベルナールはもう少し上で背も高い。カミーユは少し身をかがめて錠を再確認すると、今度は背伸びし、右腕を伸ばして人差し指で発射角を示した。そしてベルナールのほうを振り向いて理解したかどうか確認してから後ろに下がった。

ベルナールは位置につき、指示された角度で銃を構えた。と、そのときようやくなかで鍵を回す音がした。カミーユがすかさずドアを押し開けると、五十前後の男がみっともない恰好で立っていた。以前は白かったに違いないよれよれのTシャツにトランクス。

「な、なんだ？」男は自分に向けられているのが銃口だと気づいて目を丸くした。

カミーユはベルナールのほうを振り向いて銃を収めさせた。

「ブリューさん？　ニコラ・ブリューさんですか？」

カミーユは不安になってきた。目の前にいる男はふらふらして、アルコールの匂いをまき散らしている。

「こりゃ最悪だぞ……」とつぶやき、カミーユは男を押しながらアパルトマンのなかに入った。

ルイが居間の明かりを全部つけ、窓を大きく開けた。

「ファブリス、コーヒーをいれてくれ」カミーユは男をぼろぼろのソファーのほうに押していった。「ベルナール、こいつをそこに寝かせるんだ」

ルイはすでにキッチンで蛇口をひねり、水を流して冷たくなるのを待っている。カミーユは戸棚をあさって適当な器を探したが、サラダボウルしか見つからず、それをルイに渡して居間に戻った。室内は荒れているというより、無視されているのに近い。住む場所を整えようという意思がどこにも見られない。壁はむき出しで、緑色のリノリウムの床の上に衣類が散乱している。椅子が一脚、オイルクロスがかかったテーブルが一脚、その上に残飯。テレビが音声を消したままつけっぱなしになっていて、ファブリスがすぐ消した。

男はソファーに倒れ込むと目を閉じた。顔は土気色で、白髪交じりのひげも数日剃っていないようだ。頬がこけ、脚も痩せて骨張っている。

カミーユの携帯が鳴った。

「それで？」ル・グエンだった。

「ブリュー氏は泥酔状態だ」

「助けがいるか？」

「時間がない。またかけるよ」

「待て」

「なんだ？」

「ペリグー警察から電話があった。ビュイッソン家の屋敷は空だ。家具の一つも残っていない」

「死体は？」

「二体。家の裏手の茂みだ。今ちょうど掘り出してるところだそうだ。また連絡する」

ルイが水を入れたサラダボウルと布巾を持ってきた。カミーユは布巾を水で濡らし、男の顔に載せたが、反応がない。

「ブリューさん、聞こえますか？」

呼吸もとぎれとぎれだ。カミーユはもう一度布巾を濡らしてブリューの顔に載せた。ソファーの横にビールの小瓶が一ダースほど転がっているのが目に入った。腕を取って脈を診た。

「問題ないな」脈拍は正常だ。「そっちにシャワーがあるか?」

ブリューは二人の刑事に抱え上げられても叫びもしなかった。二人がかりでバスタブのなかに立たせ、カミーユが温度を冷たすぎない程度に調節し、「よしいけ」と背の高いベルナールにシャワーヘッドを渡した。

「わ、くそっ!」ブリューは頭の上から盛大に水をかけられると、ようやく反応してわめいた。Tシャツが痩せた体に張りついた。

「ブリューさん? もう聞こえますね?」

「はい、はい、聞こえてるって、このやろ……」

カミーユの合図でベルナールがシャワーヘッドをバスタブのなかに下ろした。ブリューは足にかかる水を避けようとして、川でも歩くように片足ずつ持ち上げている。ファブリスがタオルを取って渡すと、ブリューは向きを変えてバスタブの縁に腰掛け、床にも水がしたたり落ちた。そしてその恰好のまま、バスタブのなかに長々と放尿した。

「連れてこい」と言ってカミーユは先に居間に戻った。

ルイはすでにアパルトマンを調べてまわっていて、キッチン、寝室、クローゼットを終え、サイドボードの引き出しに取りかかっていた。

ソファーに戻ったブリューは、座るなりがたがた震えはじめた。そこでファブリスが寝室からベッドカバーを取ってきて肩にかけてやった。カミーユは椅子を持ってきて前に座り、ここで初めてブリューと目を合わせた。ようやくこれで話が聞けそうだ。ところがそう思ったとたん、またブリューの様子がおかしくなった。徐々にまわりが見えてきたことで今度は恐怖に震えはじめたのだ。確かにブリューからすれば驚きだろう。なにしろ四人の男が自分の家にいて、そのうち二人は怖い顔をして立っていて、一人は勝手に引き出しを開けて引っかきまわし、最後の一人は目の前に座り、冷ややかな目でじっと自分のほうを見ているのだから。ブリューは目をこすり、パニックに陥り、いきなり立ち上がってカミーユを突き飛ばした。二人の若手があわててブリューを取り押さえたが、カミーユはすでに床に倒れてこめかみを打っていた。ファブリスが足でブリューの首根っこを押さえ、ベルナールが両腕を背中に回して動きを封じた。

ルイがカミーユのところに駆け寄ろうとした。

「かまうな!」カミーユはハチを追い払うように腕を振った。

そして起き上がり、打ったところを手で押さえてブリューの前にひざまずいた。ブリューは床に顔を押しつけられて息が苦しそうだ。

「いいか」カミーユはかろうじて怒りをこらえた。「これから説明するから、聞いてくれ」

「な……なにも……してない」ブリューが声を絞り出した。

カミーユはファブリスに合図して足に力を入れさせた。ブリューがうめいた。

「よく聞け! 時間がないんだ!」

「班長……」ルイが心配して声をかけた。

「いいか」カミーユはルイを無視した。「おれはヴェルーヴェン警部だ。妻が殺されかけてる」そして手を離して身をかがめ、ブリューの耳元でささやいた。「あんたが協力しないなら、あんたも殺してやる」

「班長！」ルイが声を上げた。

「思う存分飲んだらいい」穏やかに言うつもりが、どすの利いた声になった。必要な情報を訊き出すこと以外もうなにも頭になかった。「だがそれはあとだ。おれたちが出てってからにしてくれ。今はおれの話を聞いてちゃんと答えてくれ。わかったな？」

ルイが指示したのか、ファブリスがゆっくりと足を上げた。だがブリューはもう動かなかった。頰を床につけてじっとしたまま、怯えた目でカミーユを見て、うなずいた。

「全部廃棄したんです」

その一点張りだった。

ソファーに戻してからビールの小瓶を一本だけやると、ブリューはひと息に半分飲み干し、少しは元気が出たようだった。そこで手短に状況を説明したのだが、ブリューはうなずくばかりで実のところよくわかっていないらしい。本を探していること、ビルバン社のこと、倒産のこと、そのときの在庫がどうなったのか知りたいこと。いろいろ聞いたり説明したりしてみたが、過去の記憶をたどろうとする気配がない。わかったのはブリューが倉庫係だったことだけで、〝廃棄した在庫〟についても詳しいことがわからない。

カミーユはこの男に説明しても無駄だと思い、事実だけに集中することにした。ブリューが理解するまで待っていたら時間がいくらあっても足りない。大事なのは本が今どこにあるか、それだけだ。

「全部廃棄したんだって、ほんとですよ。ほかにどうしろってんです？　ろくでもない本ばかりだってのに」

ブリューがビールの残りを飲み干そうとしたので、カミーユはその手をつかんで止めた。

「それはあと！」

ブリューはほかの三人に助けを求めたが、三人ともむっつりしているのを見てまた震えだした。

「落ち着いてくれ」カミーユは自分にもそう言い聞かせた。「これ以上時間を無駄にできないんでね」

「だからもう答えたでしょ」

「ああ、廃棄だね。しかしどんな場合でも、完全にすべてを廃棄するってことはない。書籍ともなれば、在庫はあちこちに少しずつ散らばってるんだし、あとから戻ってくることもある。だから訊いてるんだ。思い出してくれ」

「いや、だから全部だったんだって」

ブリューは手のなかのビールの小瓶を見つめながらそう繰り返すばかりだ。しかもその手は震えている。

「そうか」カミーユは急に疲れを覚えた。

時計を見ると一時二十分だった。部屋がやけに寒いと思ったら窓が開いたままだ。カミーユは膝に手をついて立ち上がった。

「これ以上は無理だろう。引き上げるぞ」

ルイもそれがいちばんだという顔で首を少し傾けた。四人は踊り場に出て、まず若い二人が野次馬をかき分けながら階段を下りはじめた。カミーユも続こうとしたが、ふとこめかみに手をやると、ずいぶん大きなこぶができていたので驚き、鏡で見ようとブリューの部屋に戻った。

ブリューはソファーに座ったまま肘を膝にのせ、両手でビール瓶を握りしめて呆然としていた。カミーユはバスルームまで行ってごみ箱を踏み台にして鏡を見た。れっきとしたこぶだ。すでに青みを帯びている。蛇口をひねり、冷たい水を何度かかけた。

「ちょっと、わからなくなってきた」と声がした。

カミーユが驚いて振り向くと、ブリューがバスルームの入り口に立っていた。濡れたままのTシャツとトランクスに、タータンチェックのベッドカバーを羽織ったみじめな姿だ。

「段ボール数個分、息子のために持って帰ったような気がしてきましたよ。でもあいつが興味を示さなかったんで、開けなかった。もしかしたらまだ地下の物置にあるかもしれない。もし見てみたいなら……」

帰りはルイがハンドルを握り、フルスピードで飛ばした。右折も左折もアクセルもブレーキも急で、おまけにサイレンもうるさいので、本など読めるはずもない。カミーユは右手でドアの取っ手にしがみつき、左手で本を握りしめて読もうとしたが、ページをめくるために右手を離すとそのたびに体が前か横に投げ出されてしまう。しかも眼鏡をかける暇がなかったので文字が全部ぼやけていて、左腕を思い切り伸ばさなければ判読できない。結局、数分間格闘したところであきらめざるをえなかった。

代わりに本を閉じて膝に置き、表紙を見た。ブロンドの若い女のイラストだ。ベッドらしきものの上に横たわっている。ブラウスの前が少し開いていて、胸とふくらんだ腹が見えている。両腕をベッドの頭のほうに伸ばしていて、どうやら縛られているらしい。顔は怯え、口を大きく開け、白目をむいて悲鳴を上げている。ひっくり返すと裏表紙に黒地に白で紹介文があったが、字が小さすぎて読めなかった。

最後の左折で車はパリ警視庁の建物の中庭に入った。ルイがハンドブレーキを乱暴に引くなりカミーユの手から本を取り、階段のほうへ走っていった。

コピー機が何百枚もの紙を吐き出すあいだ、カミーユは部屋のなかを行ったり来たりしていた。そしてようやくルイがコピーを四部、緑のファイルに綴じて部屋に戻ってくると、すぐにル・グエン、アルマン、ヴィギエ博士と共にテーブルを囲んだ。

「全部で……」カミーユは最後のページを見た。「二百五十ページ。なにか見つかるとすれば後半だ。百三十ページあたりからでどうだ？　アルマンはそこから読んでくれ。ルイとジャンとおれは後ろから前へと読んでいく。ヴィギエ博士は最初のほうをお願いします。どこになにがあるかわかりませんからね。いいか、みんな、キーワードが決まっているわけじゃないから、注意して目を通してくれ。コブ！　ほかの作業は中断しろ！　全員なにか引っかかるものを見つけたらコブに言うこと。大きい声で、全員に聞こえるように。いいな？　よし、かかれ！」

カミーユもさっそくファイルを開いた。後ろのほうをぱらぱらめくってみると、いくつか気になる段落が目に留まり、そこを拾い読みしていった。だがどうしても文章を理解したいという本能が働くので、ちょっとでも気を抜くと本来の目的からそれてしまう。今大事なのは探すことだ。改めて自分にそう言い聞かせ、ずり落ちてきた眼鏡を押し上げた。

床の近くまでかがみ込んでみてようやく、コレーらしき男が床に倒れているのが見えた。煙が喉に入り込み、ひどくむせた。姿勢を低くするしかない。マテオは床に腹ばいになって這っていった。だがそうなるとピストルが邪魔だ。手探りで安全装置をかけ、腰をくねらせてホルスターにしまった。

二ページめくった。

コレーが生きているかどうかははっきりしなかった。動いていないように思えるが、マテオも目がかすんでいるのでよくわからない。目がひどく痛かった。

カミーユはそのページ数を確認し、一気に百八十一ページまで戻ってみた。

「コレーという名字の男が出てくる」ルイが顔を上げずにコブに伝え、つづりも言った。「名前のほうはまだわからない」

「ナディーヌ・ルフランという若い女も」ル・グエンが言った。

「その名前は三千人くらいいそうだな」とコブがぶつぶつ言った。

百八十一ページ

ナディーヌは十六時ごろ病院を出て、車を止めておいたスーパーの駐車場に戻った。超音波画像を見たときからうれしくてずっと体が震えている。今この瞬間、ナディーヌの目にはすべてが輝いて見えた。灰色の空も、寒さも、薄汚れた街並みでさえ。

もっと先だなとカミーユはつぶやき、急いでめくっていった。そのあいだも目はあちこちの単語を拾っていたが、今のところこれといったものは見つからない。

「マテオ警視ってのが出てきたぞ。フランシス・マテオ」アルマンが言った。

「ランスの葬儀社、パ＝ド＝カレー県」ル・グエンが言った。「社名はデュボア・エ・フィス」

「ちょっと待って」コブが目にも止まらぬ速さでキーを打ちながら言った。「コレー姓は八十七人いますよ。誰か名前を見つけてくれないと」

二百十一ページ

コレーは窓の脇に隠れるようにして座った。このあたりは人気のない場所だが、間違っても通行人の目を引くようなことはしたくないので、ほこりで曇ったガラスを拭いたりはしなかった。このほこりは十年もかけて積もったものだ。あたりの街灯はほとんどが壊れてしまっていて、たった二つしか明かりがつかない。だがその弱々しい光のなかで……

カミーユは少し戻った。

二百七ページ

コレーは長いこと車のなかにいて、人気のない建物群をじっくり観察した。時計を見ると、夜の十時になっていた。もう一度頭で計算してみたが、やはり同じ答えになった。服を着て、階段を下りて、道を見つけ、しかもかなり動揺しているとすると、ナディーヌがここに来るまでにおよそ二十分かかるだろう。コレーは少し窓を下げ、煙草に火をつけた。準備はすべて整っている。

いや、もっと前だ。

二百五ページ

それは細長い建物で、小道の突き当りにある。パランシーの村はずれから二キロほどのところだ。コレーは……

「パランシーという場所」カミーユが言った。「たぶん村だろう」

「ランスにデュボア・エ・フィスという葬儀社はありません」コブが結果を知らせた。「デュボアという会社はランスに四社あって、業種は配管工事、会計、防水布製造、園芸センターです。リストを印刷します」

ル・グエンがそれを取りにいった。

二百二十一ページ

「まあいいから言ってみろ」とマテオ警視は繰り返した。

だがクリスティアンには聞こえなかったようだ。

「もし知ってたら……」と彼はつぶやいた。

「女はペルノーっていう弁護士のところで働いてる」アルマンが言った。「リールだ。サン＝クリストフ通り」

カミーユは手を止めて考えた。ナディーヌ・ルフラン、コレー、マテオ、クリスティアン、葬儀社、デュボア、これらを頭のなかで繰り返してみたが、なにもひらめかない。

二百二十七ページ

ナディーヌはようやく意識を取り戻した。そして首を回して左右を見ると、コレーがいた。すぐそばに立っていて、奇妙な笑いを浮かべていた。

どっと汗が噴き出した。カミーユの手が震えた。

「……あなただったの？」とナディーヌは言った。

そして突然恐怖に襲われて起き上がろうとしたが、手足が縛られていて動けなかった。ロープがあまりにもきついので、手も足も感覚がない。どれくらい気を失っていたのだろう？

「よく眠れたか？」コレーが煙草に火をつけながら言った。

ナディーヌは半狂乱になり、頭を激しく振りながらわめき、叫んだ。そのせいで胸が苦しくなり、声がかすれ、息が切れてしまった。いくら騒いでもコレーはまばたき一つしなかった。

「きみは美しいよ、ナディーヌ。涙を流すきみは実に美しい」

そして煙草を吸いながら、もう片方の手をふくらんだ腹に置いた。ナディーヌは思わず身震いした。

「そしてもちろん、死んでいくきみもさぞかし美しいに違いない」と言ってコレーは微笑んだ。

「リールにサン＝クリストフ通りはありません」コブが言った。「ペルノーという弁護士もいません」

「ちくしょうめ……」ル・グエンがぶつぶつ言っている。

カミーユが顔を上げてその手元を見ると、やはりル・グエンも同じあたりを読んでいた。カミーユはまた自分のファイルに戻った。

二百三十七ページ

「しゃれてるだろう?」コレーはぐったりしているナディーヌに声をかけた。

ナディーヌは苦しそうに首を少しだけ回し、こちらを向いた。顔全体が腫れ上がり、目もほとんど開いておらず、眉のあたりの傷が不気味な色になっている。頬の切り傷はもう固まっていたが、下唇からはまだどろどろした血が出て、首にまで流れ落ちている。息をするのもやっとのようで、時折胸が大きく持ち上がる。

コレーはシャツの袖を肘までまくり、ナディーヌに近づいた。

「どうだ、しゃれてると思わないか?」と言ってベッドの足元に置かれたものを指さした。ナディーヌが涙の奥で目を凝らした。そこにはイーゼルの上に載せた木の十字架が置いてあるのだ。横が五十センチくらいの、ミニチュアサイズの十字架。

「赤ん坊用だよ」コレーは優しい声で言った。

そして親指の爪をナディーヌの乳房の下あたりに深く入れた。ナディーヌが痛みにあえぐのを無視して、コレーはその爪をゆっくり、まっすぐ、膨らんだ腹の皮膚に溝を掘るように下ろしていった。ナディーヌは絶叫した。

「ここから出してやるんだ」コレーは親指に力を入れながら優しく言った。「帝王切開だな。きみはもうそのあとを見れないだろうが、きみの赤ん坊は美しい姿になると約束しておくよ。クリスティアンも喜ぶだろう。彼の幼きイエス……」

カミーユは跳ね上がるように立った。そして猛然とページをめくった。「十字架……イーゼルの上……」二百五ページ、いや違う、もう少し先、そう二百七ページ。カミーユは手を止めた。そこだ、そこにあった。

そこはよくよく考えた上で選んだ場所だった。長いあいだ近くの靴工場の倉庫だった建物で、コレーにとっては最適な場所だ。その後しばらく陶芸家のアトリエになっていたが、その死後放置されていた。


カミーユが衝撃のあまり振り向くと、目の前にルイがいて、こちらをじっと見ていた。

カミーユはまたファイルに戻り、そのページのあとを見ていった。

「なにを探してるんだ？」ル・グエンが訊いた。

「もしこれが……」カミーユは顔も上げずにページをめくっていった。そしてとうとう、なにもかもがはっきり見えた。

「この倉庫は」カミーユはそのあたりのページをつかんで振ってみせた。「陶芸家のアトリエだったと書いてある。芸術家のアトリエだ。あいつはイレーヌをモンフォールに連れていったんだ。母のアトリエに！」

ル・グエンが電話に飛びついてＲＡＩＤに出動を要請し、カミーユは上着と鍵束を引っつかんで階段へ飛んでいった。

ルイは全員を集めて手早く指示を出した。それからカミーユのあとを追いかけようとして、ふとアルマンが一人だけじっとしていることに気づいた。口を半開きにして、まだファイルの前に座っていたのだ。ルイは不審に思い、アルマンの顔をのぞき込んだ。

するとアルマンがある一行を指さした。

「こいつは午前二時ちょうどに殺してる」

全員の目が壁の時計に向いた。二時十五分前だった。


ルイが建物から飛び出すと、班長が気づいてすぐに車をバックさせた。そしてルイが飛び乗るなりアクセルを踏み込んだ。

サン＝ジェルマン大通りを行くあいだ、ルイの頭のなかは小説の最後のほうの場面でいっぱいになっていた。縛られた身重の若い女が絶叫していて、男の親指が腹を切り裂いていく。班長もこのイメージを追い払うことができずにいるはずだ。

ルイはシートベルトに身を預け、目の端で運転席の班長をとらえながら、今この瞬間、彼の脳裏をよぎるものはなんだろうかと考えた。決意に満ちた表情を保ってはいても、耳には助けを求めるイレーヌの叫びが聞こえているのだろう。ダンフェール＝ロシュローの交差点で赤信号で止まった車をかろうじて避けた瞬間にも、おそらく班長はイレーヌの叫びを聞いている。だから関節が白くなるほど、ハンドルを握る手に力が入っているのではないだろうか。

ふいにルイの脳裏にもイレーヌの姿が浮かんだ。死を意識してうめくイレーヌ。手足を縛られ、なすすべもなく、生贄にされるのだと知って悲鳴を上げるイレーヌの姿が。

車は交差点をすり抜けてジェネラル＝ルクレール通りに入り、一気に速度を上げた。この瞬間にも、班長の頭のなかではおそらく彼の人生そのものがイレーヌの姿に重ねられているだろう。イレーヌの唇から流れ出る血に凝縮されているだろう。車は心臓が止まりそうなスピードで夜の街を疾駆していく。速すぎる。今死ぬのは困る――ルイがそう思ったのは自分のためではなく、イレーヌのためだ。

街並みが次々と後ろへ飛び、夜の闇に吸い込まれていく。こんな状況でなければきっと美しいに違いないこの夜。車はパリ市を出て郊外に入り、サイレンの音が寝静まった住宅街をナイフのように切り裂いていく。フルスピードで交差点に突っ込んでカーブを切ったとき、遠心力で車体が流され、縁石に引っかかって一瞬跳ねた。ちょっとした接触だったが、乗っている人間には車が空中に舞い上がったように感じられ、ルイは「これで死ぬのか？　悪魔はぼくらも連れていくのか？」と思った。班長は反射的にブレーキを作動させ、タイヤが悲鳴を上げた。そこへ右手から車が来て、からくも一台は避けたがその次の車と接触し、続いてもう一台接触して今度は金属が悲鳴を上げ、回転灯の光に火花まで加わって闇を照らし、車は大きく左右に揺れながら次の道に入った。

その道は右も左も歩道沿いに車が駐車していたが、カミーユは速度を下げなかった。やがて右サイドをこすり、バランスがくずれて左サイドも接触するとハンドル操作がままならなくなり、あるところでは駐車している車のドアをへこませ、またあるところではバックミラーを吹き飛ばした。カミーユはブレーキをかけながら車の向きを修正しようとしたが、一度バランスをくずした暴走車はもはや言うことを聞かない。止めることさえできなくなり、やがて車はプレシ＝ロバンソンの手前の交差点で歩道に乗り上げ、車留めのポールに激突してようやく止まった。

耳鳴りがした。急に静かになったせいだ。サイレンも止まっていた。回転灯はまだ回っていたが、屋根からはずれてぶら下がっている。カミーユはドアのほうに投げ出されていて、頭が痛かった。手をやるとかなりの血がついた。車が一台スピードを落としながら近づいてきたが、運転手はこちらを見てぽかんと口を開けただけで、すぐに通り過ぎた。

背中と脚が痛む。打った衝撃で頭もぼうっとしていた。身を起こそうとしたが力が入らず、またぐったりとシートにもたれた。カミーユは深呼吸しながら何秒かじっとしていた。それから全身の力を振り絞ってどうやら背を起こした。隣ではルイが半ば失神状態で、頭をふらふらさせている。カミーユは自分に活を入れてからルイの肩に手をやり、そっと揺すった。

「だいじょうぶです」ルイがぼんやりした顔で言った。「すぐだいじょうぶになります」

カミーユは携帯を探した。ぶつかった拍子に落ちたとしか思えないので、座席の下を手探りしたが見つからない。暗いので目で探すこともできない。そのうち指がなにかに触れた。拳銃だ。腰をひねってどうにかホルスターに収めた。夜中に派手な音を立てて衝突したのだから当然のことだが、男たちが通りに下りてきて、女たちは窓からのぞいている。ドアに体を当てて体重をかけ、思い切り押すと、きいときしんで開いた。カミーユは両脚を外に出し、ようやく立ち上がった。かなり出血していたが、頭のどこを切ったのかわからない。

よろよろと助手席まで回ってドアを開け、ルイの肩に手を置いた。するとルイが問題ないと手で合図したので、少しそっとしておくことにして、後ろに回ってトランクを開けた。なかはぐちゃぐちゃだったが、引っかきまわして汚い布きれを見つけ、それを額に当てるとすぐに血に染まった。指でそっと探ると、髪の生え際が切れていた。自分の点検のあとは車の点検だ。ドアは四つともひどいありさまで、ヘッドライトも片方つぶれていた。だがそれ以外に致命的な損傷はないようだ。しかも——このときカミーユはようやく気づいた——エンジンがまだ回っている。

カミーユは回転灯を屋根に戻すと急いで運転席に戻った。そしてルイの様子を確かめてからゆっくり車をバックさせた。車はちゃんと動いた。それだけで二人ともまるで事故などなかったかのような気になった。カミーユは慎重にファーストに入れ、それから加速してセカンドに入れた。問題ない。車はふたたび郊外を走りだし、すぐにスピードを上げた。

ダッシュボードの時計が二時十五分を回ったころ、車はようやくクラマールの森に続く道に入った。寝静まった町並みを抜け、右折し、続いて左折し、そこからの直線でまた一気に加速した。その道は両側を高い木々で囲まれ、しかも行く手が森なので、スピードを出すとまさに森に突っ込んでいくような感覚に襲われる。カミーユはそれまで片手で時々額に当てていた布きれを後ろに放り投げ、拳銃を取り出して膝のあいだにはさんだ。ルイもそれに倣い、前傾姿勢をとって両手をダッシュボードに載せた。

アトリエに続く小道の百メートル手前でカミーユがようやく少し減速したとき、速度計は百二十キロを指していた。その小道はでこぼこで轍も穴も深いので、普通なら最徐行するところだが、今日はそうもいかない。カミーユはさらに減速して小道に入ったものの、深い穴だけを避けてそのまま勢いよく進んだ。避けきれなかった穴に突っ込んで車が大きく揺れ、ルイがダッシュボートにしがみついた。少し行ったところで回転灯を止め、暗闇のなかからアトリエの輪郭が浮かび上がるとすぐに減速し、そこからは徐行した。

アトリエの前に車は止まっていなかった。ビュイッソンは人目を避けて裏手に止めたのだろうか。カミーユはヘッドライトを消した。目が慣れるまでに数秒かかった。アトリエは平屋で、正面の右手には床まであるガラス窓が並んでいる。だがどこにも人の気配が見られず、ふいに自信がなくなった。ここに来たのは間違いだったのだろうか？　ビュイッソンがイレーヌを連れてきたのは本当にここだろうか？　暗く静かな森を背にしているからかもしれないが、人気のないアトリエはぞっとするほど不気味だった。カミーユもルイも明かりがまったく見えないことに戸惑っていた。それはお互いなにも言わなくてもわかる。アトリエまで三十メートルのところでエンジンを切り、そのまま少し走らせてから静かにブレーキをかけた。そして手探りで拳銃をつかみ、アトリエから目を離さずにドアをゆっくり開け、車を降りた。ルイも続こうとしたが、先ほどの事故でドアがゆがんでいてなかなか開かず、ようやく肩で押し開けるとドアが耳障りな音を立てた。

二人は顔を見合わせ、どちらも口を開きかけたが、そのときなにか小さな、規則的なようで不規則な音が聞こえてきた。いや、どうやら二種類の音らしい。カミーユはとっさに拳銃を構えてゆっくりアトリエに向かい、ルイも数歩後ろからそれに続いた。だがアトリエの扉は閉められているし、やはりどこを見ても人の気配がない。ではこの音はなんだ？　カミーユは立ち止まり、顔を傾けて耳に全神経を集中した。その音は次第に大きくなってくるようだ。ルイのほうを振り向くと、下を見たままやはり耳を澄ましている。

二人がようやく音の正体に気づいたのと、梢《こずえ》の上にヘリコプターが現れたのがほぼ同時だった。そしてそのヘリコプターがアトリエの上空で向きを変えたかと思うと、強烈な光がアトリエの屋根と庭を照らし、そこだけ真昼のように明るくなった。音は今や耳をつんざくばかりで、旋風もすさまじく、一気に土ぼこりが舞い上がって渦を巻き、周囲の大木もいっせいに身震いした。ヘリコプターはアトリエ上空を旋回しつづけ、二人は本能的に身を伏せ、文字どおり地面に這いつくばった。

次いでヘリコプターは高度を下げ、屋根の上わずか数メートルのところを通過した。二人は頭がおかしくなりそうな轟音と、目も開けられない強風に危険を感じ、身を守るために這いつくばったまま向きを変えた。すると今度は小道のほうから三台の大きな車が猛スピードでやってくるのが見えた。それこそが第二の音だったのだ。三台とも黒く、窓もスモークガラス。でこぼこ道などものともせず、完全な直線を描いて走ってくる。二人は先頭車両の強力なヘッドライトを浴びて目がくらんだ。一方ヘリコプターはまた向きを変え、今度は建物の裏手と周囲の森を照らしはじめた。

カミーユは音と風とほこりと光で半ば呆然としながらも、ＲＡＩＤの出現にもはや慎重を期してなどいられず、アトリエのほうを向くと脱兎《だっと》のごとく駆けだした。ルイもすぐについてきたが、途中でふいに右手のほうに消えた。カミーユは数秒でポーチに着き、四段の朽ちかけた木の階段を駆け上がって扉の前に立った。そして一瞬の躊躇もなく二発撃って周囲の扉と枠ごと錠を吹き飛ばし、扉を蹴り開けてなかに飛び込んだ。

ところが数歩でなにかぬるぬるしたものに足をとられ、あっというまにひっくり返って背中をしたたかに打ちつけた。蹴り開けた扉がその勢いで跳ね返ってばたんと閉まり、アトリエは闇に包まれた。だがそれも一瞬のことで、今度は扉が枠に当たり、ゆっくりと開きはじめた。扉の動きとともに、外の車両の強烈なヘッドライトがアトリエのなかに差し込んでくる。その明かりを受けて、やがてカミーユの前に室内の光景がはっきりと照らし出された。二つの架台の上に大きな板が載せられ、その上にイレーヌが両手を縛られて横たわっていた。その顔はカミーユのほうを向いていたが、もはや表情がなく、目がかっと開き、口も少し開いている。腹のふくらみはなくなっていて、畑を耕した跡のようにたるんだ肉が平らに波打っているだけだった。

次の瞬間、ＲＡＩＤがポーチを上がってくる足音でアトリエが振動し、何人もの人影が戸口に浮かび上がった。カミーユは振り向こうとしたが、その途中で右手の薄闇のなかになにかを見た。窓ガラス越しに入ってくる回転灯の青い光を浴びて、小さな十字架が浮かび上がった。そしてそこに、小さな、いまだ判然としない人形《ひとがた》のものが、両手を大きく広げて磔《はりつけ》にされていた。

エピローグ

二〇〇四年四月二十六日月曜日

拝啓

あれから一年経ちました。もう一年ですよ。あなたも想像がつくでしょうが、ここの時間の流れは速くも遅くもありません。時間に厚みがないというか、時間が外界からここに来るまでに弱められてしまうので、同じ時間が流れているとは思えないこともあるくらいです。特にわたしのように不便を強いられている場合はなおさらです。

あのときあなたの部下がクラマールの森までわたしを追ってきて、卑怯にも背中を撃ったせいで、脊髄をやられましてね、それ以来ずっと車椅子生活です。この手紙も車椅子で書いています。

しかしもう慣れました。時にはこのハンディキャップをありがたいと思うこともあります。そのおかげで若干の特別待遇を受けていますから。ほかの受刑者より注意を払われているし、屈辱的な雑役を強要されることもないし。まあ些細な特典ですが、ここでは些細なことが大事です。

最近は以前より調子がいいんです。落ち着いたということでしょう。両脚はまったく動かせませんが、それ以外はなんの問題もありません。だから本が読めて、小説が書けます。つまりわたしは生きています。

それに、少しずつ自分の居場所を作ることもできました。ここだけの話ですが、意外なことにわたしは羨望の的になっています。何か月も病院で過ごしてからようやくここに来てみたら、すでに評判が広まっていて、ある種の尊敬さえ勝ち得ていたんですよ。しかもいいことはそれだけじゃありません。

もうじき裁判が始まりますが、判決はとっくに決まっているようなものなので、わたしにはどうでもいいことです。しかし別の意味では、実はわたしは裁判を心待ちにしています。なぜなら、手続きがあまりにも煩雑だとはいえ、どうやら弁護士たちが――あいつらの貪欲さときたら大変なものですよ！――わたしの本の出版を可能にしてくれそうだからです。となると裁判はいい宣伝になりますからね。すでにさんざん騒がれているので、本が成功することは確実で、国際的ベストセラーにもなるでしょうが、そこに裁判が重なればいうことはありません。すでに映画関係者からもオファーがあったといえば、期待のほどがわかるでしょう？

そういう状況なので、今後あらゆるメディアに取り上げられるでしょうし、その前にあなたにひと言書いておこうと思ったわけです。

さて、事件のことですが、細心の注意を払ったにもかかわらず、すべてが完璧に運んだわけではありませんでした。あと一歩だっただけに残念です。もしスケジュールを守っていたら（もちろん自分で作ったものですが）、あるいはもし自分の計画に自信過剰になっていなければ、あなたの奥さんが死んだあとすぐにあの場を立ち去り、見事逃げおおせていたでしょう。そうすればこの手紙も計画通りの楽しい暮らしについて書けたでしょうし、まだ自分の脚で歩いていたはずです。その意味でいえば、いささかなりとも正義がなされたわけで、あなたにとってはそれが慰めでしょう。

わたしが〝作品〟ではなく〝事件〟と書いたことに気づきましたか？

〝作品〟などという気取った言葉はもう必要ありません。あれはただ計画遂行のために便利なので使っただけで、あんなものを信じたことは一度もありません。「使命を負っている」だの、「自分を超える大きなもののために」といった表現は小説上の決まり文句にすぎませんし、それもかなり凡庸です。幸いなことに、わたしはそういう人間じゃありません。むしろあなたがあの手の話を受け入れたことに驚いたくらいです。ええ、わたしは正真正銘のプラグマティストです。しかも謙虚です。作家になりたいと思ってはいましたが、自分の才能に幻想を抱いたことはありません。しかしスキャンダルや、恐怖を呼び起こす暴力犯罪といったものの助けを借りれば、わたしの本だって何百万部と売れるわけです。そして翻訳され、映画化され、文学史に名前が刻まれるでしょう。それはわたしの才能だけでは決して望めないことでした。だから障害を迂回して進んだ、それだけのことです。それでも、自分で勝ち得た名声だということに変わりはありません。

しかしあなたはどうでしょう。こんなことを言っては失礼ですが、先が見えませんね。あなたの周囲の人々はあなたがどういう人間かよく知っています。そして、それはわたしが描いたカミーユ・ヴェルーヴェンとかなり違います。わたしは小説のために、あなたを実際より魅力的に書きましたし、やや聖人めいた、優しい側面をつけ加えもしました。読者がそうした要素を求めるからです。しかし実際のあなたはわたしが描いたような人間ではないし、そのことはあなた自身も内心わかっているでしょう。

結局のところ、あなたもわたしも、人々がこうだと思う人間ではありません。わたしたちは、実は自分たちが思うより似ているのかもしれませんね。そもそもある意味では、あなたの奥さんを殺したのはわたしでもあり、あなたでもあるんじゃありませんか？

この問いについてぜひ考えてみてください。

敬具

フィリップ・ビュイッソン

（了）

文学に敬意を表する。それなくしてこの作品は存在しえなかったのだから。

この作品には随所に引用、あるいはそれに少し手を加えたものがちりばめられている。読者の皆さんも読み進めるにつれてお気づきになるだろう。

登場順に名前を挙げておく。

ルイ・アルチュセール、ジョルジュ・ペレック、コデルロス・ド・ラクロ、モーリス・ポンス、ジャック・ラカン、アレクサンドル・デュマ、オノレ・ド・バルザック、ポール・ヴァレリー、ホメロス、ピエール・ボスト、ポール・クローデル、ヴィクトル・ユゴー、マルセル・プルースト、ダントン、ミシェル・オーディアール、ルイ・ギユー、ジョルジュ・サンド、ハビエル・マリアス、ウィリアム・ギャディス、ウィリアム・シェイクスピア。

解説

杉江松恋

「〔……〕どんな言葉もなにかを表現するものであると同時に、なにかをかくすものだ。言葉の数は多い。そして、そのいずれもが人間的なものだ。もちろん、この殺人もすぐれて人間的なメッセージといえるだろう。ただし、そいつは暗号化されている。おれたちは暗号を解読しなけりゃいけない。だが、おれたちが捜しもとめているものは、あくまでおれたちの一部なんだ。そこんとこを理解しなければ、先へは進めない」

ウィリアム・マッキルヴァニー

『夜を深く葬れ』（ハヤカワ・ミステリ）

ピエール・ルメートル、三冊目の脳がざわざわするミステリーをお届けする。

これまでルメートル作品は、第二作の『死のドレスを花婿に』（原著刊行は二〇〇九年。以下同。柏書房→文春文庫）と第四作の『その女アレックス』（二〇一一年。文春文庫）の二冊が翻訳されてきた。日本での翻訳は『死のドレスを花婿に』が早かったのだが、二〇〇九年に単行本が刊行された時はさして話題にならず、知る人ぞ知るという水準に留まった。その名が一般層の読者に知れ渡るようになったのは二〇一四年九月に『その女アレックス』が刊行されて以降であり、下馬評が高かったわけではなく、決して版元が宣伝費を使いまくったわけでもないのに、口コミを中心にそのおもしろさがじわり、じわりと伝わっていき、年末までには数十万部を超すベストセラーへと成長した。年末恒例のヒットセラーランキングでは、なんと四ヶ所で一位に選ばれている。そのかたわら、前作が幻の名作状態になっているという評判が高まり、翌年四月には『死のドレスを花婿に』も本文庫から復刊されたのである。近年フランス・ミステリーがここまでの読者に支持された例はなく、いかなる理由がこの現象の背後に、と関係者の首をひねらせることになった。

いや、単純におもしろさが幸福な形で読者に伝わっただけのことと思いますがね。

とはいえ、筆者もそうやって頭をひねった一人だ。冒頭に「脳がざわざわする」と書いたのは、そうやってルメートルの魅力について考えているときに出てきた、これかもしれないな、という一言である。

ルメートルの作品を読むと、まず胸がざわざわする。

小説は波乱に満ちている。次から次に事件が起これば、読者は眠気を吹き飛ばされ、退屈するどころではなくなる。しかし、ルメートルはそういった遊園地的アトラクションを読者に与えるだけでは到底満足できない書き手だ。彼の小説は、強迫神経症的な迫力に満ちている。首筋に刃物を突きつけられたときのような恐怖感、目の前で蠢《うごめ》いている蛇の群れを見つめているが如き気分にさせられる不快感、そしてその刃物や蛇の群れが今にも自分に迫ってくるのではないかという不安感といった、生理感覚を直接刺激する負の求心力が、全編に横溢《おういつ》しているのである。消息を絶った女性の行方を刑事たちが追うパートと並行して彼女が陥っている苦痛に満ちた境遇が描かれていく『その女アレックス』、ぶつぶつと途切れてしまう記憶に悩まされながら自分を追ってくる司直の手からも逃れ続けなければならない女性を主人公とした『死のドレスを花婿に』といった既訳作品をご存じの方は、その読後感を思い浮かべていただければ、ああ、あれか、と納得していただけるはずである。

しかし、その胸ざわ感だけでは割り切れないものがある。それが「脳がざわざわする」感覚で、ルメートル作品を読んでいると、意外なほど脳細胞が働き出すのである。視界を明晰化させてくれる、と言ってもいい。シナプス接合が盛んに行われ、遠い昔に読んだミステリーのプロットや、まったく関係ないはずの小説の一節が不意に思い出されたりする。そのチカチカする感じを味わうため、読書の途中でときどきページを閉じ、本棚に歩いていって思い出した一冊を手にとってみたりした。この、「どこかに果てしなくつながっていく感じ」こそが、ミステリーファンを魅了して已《や》まない魅力の秘密なのではないだろうか。

たとえば私が『その女アレックス』を読んでいる最中に手に取りたくなったのは、しばらく前に読了していたブノワ・デュトゥールトゥル『幼女と煙草』(二〇〇五年。早川書房)という普通小説だった。デュトゥールトゥルはフランス大統領ルネ・コティの曾孫《ひまご》にあたり、かのサミュエル・ベケットに才能を見出されたという才人なのだが、『幼女と煙草』を読む限りでは、すこぶるつきの皮肉屋のような気がする。その小説の黒い笑いに満ちた幕切れの場面が、『その女アレックス』に重なって見えた気がしたのだ。

『死のドレスを花婿に』を読んだときはさらに多くの作品を連想してしまい、しばらくは書棚の間をうろうろと彷徨《さまよ》うことになった。何冊もの本を出したり戻したりしながら気付いたことは、語りの質やプロットの外形はまったく異なるが、この作品は『日曜日は埋葬しない』（一九五八年。ハヤカワ・ミステリ）のフレッド・カサックに代表される、フランス式の心理サスペンスのエッセンスを色濃く受け継いでいるということだった。本棚の間を逍遥《しょうよう》しているうちに、さまざまなタイトルが頭に浮かんでくる。その中で個人的に最も重なる度合いが大きいと思った作品は、ユベール・モンテイエ『殺しは時間をかけて』（一九六九年。ハヤカワ・ミステリ）だった。

やや脱線するが、モンテイエは作中に手記を埋め込み、その書き手を加害者や被害者などさまざまな事件関係者に変化させることで醸成されるサスペンスの多様さを広げていく、という試みをやった人だ。『殺しは時間をかけて』の編集後記では、手記の語り手は「犯罪を膨張させ劇的に見せる操り人形にすぎ」ず「犯罪の醸成されてゆく魅力はエロティスムとペダンティスムを織りこんだ作家自身の悪の美意識に支えられている」と断じている。もちろんこれはモンテイエのことを指した文言なのだが、『その女アレックス』『死のドレスを花婿に』の両作を読んでから見ると、まるでルメートルのことを言っているように聞こえてくるではないか！

そうかそうか。

呟きつつ私は書見机へと戻っていく（どっさりとフランス・ミステリーを腕に抱えながら）。ルメートルが胸にも脳にも迫る作家であるのは誠に道理である。彼の小説ははるか昔、フランス・ミステリーに夢中になっていたころの記憶を思い切り呼び起こしてくるのだ。あの切なくて、甘くて、しかし信じられないほどに酷薄なサスペンスの世界を。極限状態に追い込まれた者が引き起こす、犯罪という極めて人間的な現象を、飛びきりの美しさで描く犯罪小説の世界を。

しかしルメートルは、そんなことに今さら気付いたのかね、と皮肉に笑い飛ばしそうだ。

さて、そんなわけで『悲しみのイレーヌ』のお話である。

本書の発表年は二〇〇六年、『その女アレックス』で主役を務めるカミーユ・ヴェルーヴェン警部の初登場作にして、ルメートル自身の作家デビュー作でもあった。

ヴェルーヴェンはパリ警視庁犯罪捜査部に属する刑事だ。今回彼は、部下が「こんなのは見たことがありません」と悲鳴を上げるほどの凄惨な殺人現場へと呼び出される。被害者は二人の女性で、そのいずれも甚だしく死体が損傷されていた。使われた凶器は刃物だけではなく、釘で打つ、酸で焼く、火で燃やす、といった徹底ぶりである。しかも壁には《わたしは戻った》という謎の宣言まで書き付けられていた。現場は短期借りされていたロフトで、管理会社はいかがわしい映画でも撮影するのだろうと、借主の素性を深く追及しなかったのだという。

ヴェルーヴェンは呟く。

「犯行が計画的なのは明らかだが、特徴はそれを隠そうとしていないところにある。むしろなにもかもが目立つようにしてある。それもやりすぎくらいに」

すべてがやりすぎな、露出狂の如き犯人なのである。異常犯罪に対するためにヴェルーヴェンは過去に似たような事件が起きていなかったかを調べ始めるが、そこで驚くべき事実に行き当たる。

　紹介できるのはここまでで、後はぜひご自分の目でご確認願いたい。注意申し上げるが、これまでの邦訳作品に比べると事件数も多いので、登場する死体の数もその分増えている。そして、残虐度も格段に上なのである。ラーメン二郎風に言うと店にも嫌がられる「マシマシ」状態で、冒頭の場面が示すように「全部入り」である。

　おそらく気の弱い人はこの時点で読むのを躊躇し始めていると思うが、よかったら少しだけ勇気を出してページを繰ってみていただきたい。ルメートルの長篇には特徴があり、どこにサプライズが仕掛けられているか毎回予測がつかないのである。どんでん返しは終盤に、などと思って読んでいると、曲がり角から飛び出してきた暴走車に撥《は》ね飛ばされるかもしれない。本書にもその展開があり、ヴェルーヴェンに先導される形で（一応）安心して進んでいけた物語が、そこから思いも寄らぬものへと変貌してしまう。そこでヴェルーヴェンの目を通して読者が見るであろう光景は、人倫をことごとく笑いのめすかのような悪夢の道化芝居だ。

　本書でルメートルは、コニャック・ミステリー大賞など四つの賞を獲得したが、同時に内容の残酷さを批判されもしたらしい。確かに流される血の量は多い。しかしそれ以上に非情さを感じさせるのは、そういう表面的な描写の性質ではなく、背景に黒い笑いが隠されているからではないだろうか。まるで糸を切られた操り人形のような簡単さで死体が積み重ねられていく。無機質な死が累積されていく状況は、物語全体の図式にも結びついている（ここで私は「犯罪を膨張させ劇的に見せる操り人形にすぎない」というさっきのフレーズをまた思い出すわけです）。

まだ邦訳で三冊を読んだだけで結論を出すのは早計だが、ルメートルのミステリー作家としての特質はこの死を玩弄する遊戯性にあるのかもしれない。ルメートルの作品内で行われるどんでん返しは、単なるサプライズ用ではなく、読者が共有している倫理観を転覆させて動揺を誘うために行われるものだ。犯罪者側が全体の構図の決定権を握っているわけであり、そうした全知の敵を相手取ったゲームという図式は、いわゆる「本格ミステリー」作品に共通する部分が多いように思われる。実はこれは、フランス・ミステリーにときどき現われる、突然変異のような要素なのである。もっとこういうものを、と餓《かつ》えを覚えた読者はアントワーヌ・ベロ『パズル』(一九九八年。早川書房)などを読むといいでしょう。

ルメートルの経歴は不明の部分が多く、デビューが五十五歳と比較的遅かったこと、成人向け職業講座の講師や連続テレビドラマの脚本作家などの前歴があること、など断片的なことしかわかっていない(詳しくは『死のドレスを花婿に』の訳者あとがきを参照のこと。ただしこの文章は後半に重要なネタばらしがあるので、注意してもらいたい)。なぜ前歴が気になるのかというと、右に書いたようにルメートルが、豊富なミステリー読書体験を背負って自作執筆に臨んだように思えて仕方ないからである。そうした思いは、既刊の二冊よりもむしろ本書を読んだときのほうが強く感じた。というのは、作中唐突に『夜を深く葬れ』の著者ウィリアム・マッキルヴァニーについての言及が行われたりするからだ。

マッキルヴァニーは長篇邦訳が三冊ある作家だが、今では広く読まれているとはいえない。彼はスコットランドの作家で、もともとは普通小説の書き手だったが一九七七年に発表した

『夜を深く葬れ』でミステリー畑への進出を果たした。邦訳があるのは同作に登場するグラスゴー警察の警部ジャック・レイドロウ・シリーズである。レイドロウは同僚からも敬遠されている一匹狼型の刑事で、難事件に遭うと街のどこかに雲隠れし「旅人になる」癖があるという。『夜を深く葬れ』は短い断章を積み重ねたようなやり方で書かれた作品で、レイドロウの存在がそれらを繋ぎ合わせる糸になっている。冒頭に引用したのは彼の台詞だ。『悲しみのイレーヌ』の中でマッキルヴァニーがどういうピースとして準備されているかをここに書くわけにはいかないが、この引用した文章のあたりがルメートルを惹きつけたのではないかと、私は勝手に推測している。こういう風に、ミステリーの先人、過去作への言及が重要な意味を持つ作品なのである。

一匹狼の警官、という話題が出たのでついでに書いておきたいが、フランス・ミステリーは警察小説の優秀な産地でもある。ジョルジュ・シムノン（彼自身はベルギー出身だが）のメグレ警視シリーズという警官を主人公としたミステリーの典型といっていい作品が、まず存在する。それ以降にもクロード・アヴリーヌ（一九四七年。『U路線の定期乗客』他。創元推理文庫）などの優秀な書き手が現われ、堅固な系譜を形作っている。ミステリーの賞の一つにパリ警視庁賞と銘打たれたものがあるのもその証しで、同賞受賞作にはフランシス・ディドロ『月あかりの殺人者』（一九四九年）、イヴ・ジャックマール＆ジャン＝ミシェル・セネカル『グリュン家の犯罪』（一九七六年。以上、ハヤカワ・ミステリ）などの秀作が並んでいる。受賞作ではないが、映画化されて話題になったジャン＝クリストフ・グランジェ『クリムゾン・リバー』（一九九八年。創元推理文庫）も、もちろんフランス警察小説史に残る佳作である。

そうした正統派警察小説の系譜がある反面、そのカウンターとなる諷刺《ふうし》的な作品も数多く存在する。有名なものはフレデリック・ダールがサン・アントニオ名義（作中の主人公もサン・アントニオ警視）で書いたコミカルな連作だ（一九五九年発表のシリーズ第三十三作『フランス式捜査法』のみ邦訳あり。ハヤカワ・ミステリ）。フランスでは一九六〇年代から七〇年代にかけて、ネオ・ポラールと呼ばれる、反権力色の強い犯罪小説が多作されたが、その書き手の一人であり、ジャン・エルマンの本名で映画監督としても実績を残している作家、ジャン・ヴォートランに『パパはビリー・ズ・キックを捕まえられない』（一九七四年。草思社）という長篇がある。パリ警視庁のシャポー刑事が、自分が娘にしてやったお伽噺《とぎばなし》の登場人物が現実化したとしか思えない連続殺人鬼ビリー・ズ・キックと闘うことになる、という奇怪な物語だ。

このシャポー刑事は身長が百六十四センチしかないことを気に病んでおり、身の丈の足りないところを威厳で埋めようと口髭を生やしたり、部下にはわざと無作法な態度をとったり、と涙ぐましい努力をしている。つまりチャールズ・ブロンソンやクリント・イーストウッドがアメリカ映画の中で演じるようなスーパー刑事になりたいのだ。しかし実のところ彼は美人の妻と娘を愛するマイホーム・パパなのだが、自身を逞《たくま》しく見せるために、そうした優しい内面を押し隠している。ところが彼の不誠実さに呼応するかのように、妻や娘もまたパパには見せない顔を隠し持っているのである。

実は『その女アレックス』と本書を読んだときに、ヴェルーヴェン警部の背後に見えたのはこのシャポー刑事の面影だった。シャポー百六十四センチに対してヴェルーヴェンの身長は百四十五センチとさらに低い。二人の違いは、シャポーが美しい妻ジュリエットを意識するあまり巨大な男根のように振る舞おうとしているのに対し、ヴェルーヴェンが妻イレーヌに母親の面影を見出し（そもそも彼の矮軀はその母親の責任なのだが）、精神的には全面的に依存していることである。キャラクターの資質はこのように違うのだが、ともに妻との関係が担当する事件捜査にも影響を及ぼしていくという点で両作は共通点を持っている。ルメートルはヴォートランからも強い影響を受けているのではないだろうか。

背こそ小さいが中身はぴりりと辛い知性の持ち主、というヴェルーヴェン以外にも、彼の属する犯罪捜査部の刑事たちは個性派揃いである。インテリで左翼の思想家にでもなったほうがお似合いだったルイ、ヴェルーヴェンとは対照的な巨軀の持ち主である上司のル・グエン、汚職警官すれすれなほどの放蕩家マレヴァルと警視庁最悪の守銭奴と呼ばれるアルマン。彼らのキャラクターに極端なデフォルメが施されているのにも、もちろん理由がある。サン・アントニオ・シリーズのように戯画化の意図なのか、それともジャン・ヴォートランのように政治的な背景があるのか、などと思い巡らせながら読んでもらいたい。既訳の『その女アレックス』よりも本書が秀でている点はそこで、彼ら刑事たちのチームプレイが、物語の中でも大きな意味を持っているのだ。もう一つの警察小説王国フランスの真髄を、本書からも味わっていただきたい。

ピエール・ルメートルとデビュー作『悲しみのイレーヌ』について、私の感じた魅力をここまで述べてきた。実はここまで一切出さなかった要素があるのだが、それは読んでのお楽しみである。読み終えた後、もう一度この解説に戻っていただくと、何か発見があるかもしれない。

また、時系列が前後してしまっているので『その女アレックス』を既読の人はちょっと頭の中を空にしてから読むことをお勧めする。読了後に同作をもう一度読みたくなるだろうからだ。フランス・ミステリーひさびさの大鉱脈、ぜひ味わい尽くしてください。

（書評家）

＊作中の引用文は左記の邦訳に依拠しています。
『アメリカン・サイコ』ブレット・イーストン・エリス　小川高義訳（角川文庫）
『ブラック・ダリア』ジェイムズ・エルロイ　吉野美恵子訳（文春文庫）
『夜を深く葬れ』ウィリアム・マッキルヴァニー　田村義進訳（ハヤカワ・ミステリ）
『夜の終り』ジョン・D・マクドナルド　吉田誠一訳（創元推理文庫）
『ロセアンナ』マイ・シューヴァル&ペール・ヴァールー　柳沢由実子訳（角川文庫）

文春文庫

悲《かな》しみのイレーヌ

定価はカバーに表示してあります

2015年10月10日　第1刷

著　者　ピエール・ルメートル
訳　者　橘《たちばな》 明《あけ》 美《み》
発行者　飯窪成幸
発行所　株式会社 文藝春秋

東京都千代田区紀尾井町 3-23　〒102-8008
TEL 03・3265・1211
文藝春秋ホームページ　http://www.bunshun.co.jp

落丁、乱丁本は、お手数ですが小社製作部宛お送り下さい。送料小社負担でお取替致します。

印刷・凸版印刷　製本・加藤製本

Printed in Japan
ISBN978-4-16-790480-7

（　）内は解説者。品切の節はご容赦下さい。

人狩りは終わらない
ロノ・ウェイウェイオール（高橋恭美子 訳）
気のいい女友達を拉致した冷血の犯罪者。恩義のある娘を救うべく俺は幼馴染のギャングとともに追撃を開始する。グレッグ・ルッカ、リー・チャイルド絶賛の快作アクション。（小財 満）
ウ-20-2

殺人倶楽部へようこそ
マーシー・ウォルシュ　マイクル・マローン（池田真紀子 訳）
高校時代に書いた「殺人ノート」通りに旧友たちが殺されていく。犯人は仲間なの？　故郷の町の聖夜を熱血刑事ジェイミーが駆け回る。小さな町の人間模様に意外な犯人を隠すミステリ。
ウ-21-1

ブラック・ダリア
ジェイムズ・エルロイ（吉野美恵子 訳）
漆黒の髪に黒ずくめのドレス、人呼んで〝ブラック・ダリア〟の殺害事件究明に情熱を燃やす刑事の執念は実を結ぶのか。ハードボイルドの暗い血を引く傑作。〈暗黒のLA四部作〉その一。
エ-4-1

原潜デルタⅢを撃沈せよ（上下）
ジェフ・エドワーズ（棚橋志行 訳）
ロシア辺境の叛乱勢力がミサイル原潜を奪取し、独立を認めねば米日露に対し核攻撃を行うと宣言した。攻撃を阻止し原潜を葬る手立てはあるか？　氷海に展開する白熱の軍事スリラー！
エ-8-3

百番目の男
ジャック・カーリイ（三角和代 訳）
連続斬首殺人鬼は、なぜ死体に謎の文章を書きつけるのか？若き刑事カーソンは重い過去の秘密を抱えつつ、犯人を追う。スピーディな物語の末の驚愕の真相とは。映画化決定の話題作。
カ-10-1

デス・コレクターズ
ジャック・カーリイ（三角和代 訳）
三十年前に連続殺人鬼が遺した絵画が連続殺人を引き起こす！異常犯罪専従の捜査員カーソンが複雑怪奇な事件を追う。驚愕の動機と意外な犯人。衝撃のシリーズ第二弾。（福井健太）
カ-10-2

毒蛇《どくじや》の園
ジャック・カーリイ（三角和代 訳）
刑事カーソンの周囲で連続する無残な殺人。陰に見え隠れする名家の秘密とは？　全てをつなぐ犯罪計画の全貌は精緻かつ意外だ……注目のミステリ作家カーリイの第三作。（法月綸太郎）
カ-10-3

（　）内は解説者。品切の節はご容赦下さい。

ジャック・カーリイ（三角和代 訳）
ブラッド・ブラザー
刑事カーソンの兄は知的で魅力的な殺人鬼。彼が脱走、次々に殺人が。兄の目的は何か。衝撃の真相と緻密な伏線。ディーヴァーに比肩するスリルと驚愕の好評シリーズ第四作！（川出正樹）
カ-10-4

ジャック・カーリイ（三角和代 訳）
イン・ザ・ブラッド
変死した牧師、嬰児誘拐を目論む人種差別グループ。続発する怪事件をつなぐ糸は？　二重底三重底の真相に驚愕必至、ディーヴァーを継ぐ名手が新境地を開いた第五作。（酒井貞道）
カ-10-5

サイモン・カーニック（佐藤耕士 訳）
ノンストップ！
その朝、友人からの電話をとった瞬間、僕は殺人も辞さぬ謎の勢力に追われることに……。開巻15行目から始まる24時間の決死の逃走。これぞノンストップ・サスペンス！（川出正樹）
カ-13-1

スティーヴン・キング（小尾芙佐 訳）
IT　（全四冊）
少年の日に体験したあの恐怖の正体は何だったのか？　二十七年後、薄れた記憶の彼方に引き寄せられるように故郷の町に戻り、IT（それ）と対決せんとする七人を待ち受けるものは？
キ-2-8

スティーヴン・キング（小尾芙佐 他訳）
ドランのキャデラック
妻を殺した犯罪王への復讐を誓った男。厳重な警備下にいる敵を倒せる唯一のチャンスに賭け、彼は行動を開始した……奇想天外な復讐計画を描く表題作ほか、卓抜な着想冴える傑作集。
キ-2-27

スティーヴン・キング（白石　朗 他訳）
いかしたバンドのいる街で
道に迷った男女が迷いこんだ田舎町。そこは非業の死を遂げたロックスターが集う〝地獄〟だった……。傑作として名高い表題作ほか、奇妙な味の怪談から勇気を謳う感動作まで全六篇収録。
キ-2-28

スティーヴン・キング（永井　淳 他訳）
メイプル・ストリートの家
死が間近の祖父が孫息子に語る人生訓（「かわいい子馬」）、意地悪な継父を亡き者にしようとするきょうだいたちがとった奇策（表題作）他、子供を描かせても天下一品の著者の短篇全五篇。
キ-2-29

（　）内は解説者。品切の節はご容赦下さい。

ブルックリンの八月
スティーヴン・キング（吉野美恵子　他訳）
ワトスン博士が名推理をみせるホームズ譚、息子オーエンの所属する少年野球チームの活躍を描くエッセイなど、〝ホラーの帝王〟だけではないキングの多彩な側面を堪能できる全六篇。
キ-2-30

シャイニング（上下）
スティーヴン・キング（深町眞理子　訳）
コロラド山中の美しいリゾート・ホテルに、作家とその家族がひと冬の管理人として住み込んだ――。S・キューブリックによる映画化作品も有名な「幽霊屋敷」ものの金字塔。（桜庭一樹）
キ-2-31

ミザリー
スティーヴン・キング（矢野浩三郎　訳）
事故に遭った流行作家のポールは、愛読者アニーに助けられるが、自分のために作品を書けと脅迫され……。著者の体験に根ざす〝ファン心理の恐ろしさ〟を追求した傑作。（綿矢りさ）
キ-2-33

夕暮れをすぎて
スティーヴン・キング（白石　朗　他訳）
静かな鎮魂の祈りが胸を打つ「彼らが残したもの」ほか、切ない悲しみから不思議の物語まで7編を収録。天才作家キングの多彩な手腕を大いに見せつける、6年ぶりの最新短篇集その1。
キ-2-34

夜がはじまるとき
スティーヴン・キング（白石　朗　他訳）
医者のもとを訪れた患者が語る鬼気迫る怪異譚「N」、猫を殺せと依頼された殺し屋を襲う恐怖の物語「魔性の猫」など全六篇収録。巨匠の贈る感涙、恐怖、昂奮をご堪能あれ。（coco）
キ-2-35

不眠症（上下）
スティーヴン・キング（芝山幹郎　訳）
傑作『IT』で破滅から救われた町デリーにまたも危機が。不眠症に苦しむ老人ラルフが見た不気味な医者を前兆に、邪悪な何かが迫りくる。壮大で緻密なキングの力作！（養老孟司）
キ-2-36

1922
スティーヴン・キング（横山啓明・中川　聖　訳）
かつて妻を殺害した男を徐々に追いつめる狂気。友人の不幸を悪魔に願った男が得たものとは。〝ダークな物語〟をコンセプトに巨匠が描く、真っ黒な恐怖の中編を二編。
キ-2-38

スティーヴン・キング（高橋恭美子・風間賢二 訳）
ビッグ・ドライバー
突然の凶行に襲われた女性作家の凄絶な復讐——表題作と、長年連れ添った夫が殺人鬼だと知った女性の恐怖を描く「素晴らしき結婚生活」の2編収録。巨匠の力作中編集。
キ-2-39

スティーヴン・キング（白石　朗 訳）
アンダー・ザ・ドーム（全四冊）
小さな町を巨大で透明なドームが突如封鎖した。破壊不能、原因不明、脱出不能のドームの中で、住民の恐怖と狂乱が充満する……。帝王キングが全力で放った圧倒的な超大作！（吉野　仁）
キ-2-40

トマス・H・クック（鴻巣友季子 訳）
緋色の記憶
ニューイングランドの静かな田舎の学校に、ある日美しき女教師が赴任してきた。そしてそこからあの悲劇は始まってしまった。アメリカにおけるミステリーの最高峰、エドガー賞受賞作。
ク-6-7

トマス・H・クック（村松　潔 訳）
石のささやき
あの事故が姉の心を蝕んでいった……取調室で「わたし」が回想する破滅への道すじ。息子を亡くした姉の心に何が？　衝撃の真実を通じ、名手が魂の悲劇を巧みに描き出す。（池上冬樹）
ク-6-16

トマス・H・クック（村松　潔 訳）
沼地の記憶
悪名高き殺人鬼を父に持つ教え子のために過去の事件を調査しはじめた教師がたどりついた悲劇とは…。「記憶シリーズ」の哀切、ふたたび。巻末に著者へのロングインタビューを収録。
ク-6-17

アガサ・クリスティー 他（中村妙子 他訳）
厭な物語
アガサ・クリスティーやパトリシア・ハイスミスの衝撃作からロシア現代文学の鬼才による狂気の短編まで、後味の悪さにこだわって選び抜いた〝厭な小説〟名作短編集。（千街晶之）
ク-17-1

夏目漱石 他
もっと厭な物語
読めば忽ち気持ちは真っ暗。だが、それがいい！　文豪・夏目漱石の掌編からホラーの巨匠クライヴ・バーカーの鬼畜小説まで、後味の悪さにこだわったよりぬきアンソロジー、第二弾。
ク-17-2